BUZZ

© Carley Fortune, 2025
© Buzz Editora, 2025
Publicado mediante acordo com a autora por intermédio de
BAROR INTERNATIONAL, INC., Armonk, New York, U.S.A.
Título original: *One Golden Summer*

Publisher ANDERSON CAVALCANTE
Coordenadora editorial DIANA SZYLIT
Editor-assistente NESTOR TURANO JR.
Analista editorial ÉRIKA TAMASHIRO
Estagiária editorial BEATRIZ FURTADO
Preparação LETÍCIA NAKAMURA
Revisão NATÁLIA MORI e MEL RIBEIRO
Projeto gráfico ESTÚDIO GRIFO
Assistentes de design LETÍCIA DE CÁSSIA e LÍVIA TAKEMURA
Arte de capa ELIZABETH LENNIE

*Nesta edição, respeitou-se o novo Acordo Ortográfico
da Língua Portuguesa.*

Dados Internacionais de Catalogação na Publicação (CIP)
(Câmara Brasileira do Livro, SP, Brasil)

Fortune, Carley
   Um verão radiante / Carley Fortune
   Traduzido por Regina Nowaski e Yonghui Qio
   São Paulo: Buzz Editora, 2025
   352 pp.

   Título original: *One Golden Summer*

   ISBN 978-65-5393-391-0

1. Romance canadense. I. Título.

25-259708   CDD C813

Elaborado por Eliete Marques da Silva – CRB-8/9380

Índice para catálogo sistemático:
1. Romances: Literatura canadense em inglês C813

Todos os direitos reservados à:
Buzz Editora Ltda.
Av. Paulista, 726, Mezanino
CEP 01310-100, São Paulo, SP
[55 11] 4171 2317
www.buzzeditora.com

UM VERÃO RADIANTE

CARLEY FORTUNE

Tradução **REGINA NOWASKI** e **YONGHUI QIO**

Ao lago, às colinas, ao céu

PRÓLOGO

Uma excelente fotografia faz você pensar que conhece a pessoa retratada, mesmo que nunca a tenha conhecido. Uma excelente foto alcança e atrai você para dentro do instante, para que possa senti-lo, cheirá-lo e saboreá-lo. Então, esta, de acordo com todos os relatos, é uma excelente foto.

Contemplo-a e imediatamente tenho dezessete anos.

Ouço-os do outro lado da baía. É fim de verão e aquelas três vozes são tão familiares para mim quanto o peso da câmera em minhas mãos. O menino mais velho está chamando os outros dois — seu irmão e a menina, que estão deitados na plataforma flutuante em trajes de banho, de barriga para cima.

Estou no chalé desde o final de junho, e observo-os quando nadam, flertam e circundam o lago em sua lancha amarela. Todos são lindos. Expostos ao sol e livres.

Eles sobem na lancha. O mais velho dirige. O irmão dele e a garota se sentam na proa. Estou em pé na beira do cais, ajustando a abertura da câmera.

Acontece em um piscar de olhos.

Ouço o barco. A risada deles, mais alta do que o ruído do motor. Ergo os olhos e vejo-os vindo em minha direção. Eu me oculto atrás das lentes. Eles entram no enquadramento.

Clique.

1
SEXTA-FEIRA, 13 DE JUNHO

Elas são cinco das mulheres mais deslumbrantes que já vi. Não tem nada a ver com a luz ou com o tempo que elas gastaram com cabelo e maquiagem. São os sorrisos genuínos em seus rostos. O ventilador sopra, a música está alta e a editora de fotos diz *oh* enquanto observa as imagens sendo carregadas na tela do meu notebook. Não preciso olhar nem de relance para saber que são espetaculares. Sinto isso a cada vez que pressiono o obturador.

Vou dormir mais tarde, sozinha em meu apartamento vazio, mas agora estou em meu hábitat. Quando estou atrás de uma lente, posso esboçar um sorriso furtivo ou inclinar levemente o queixo. Estou no comando. É uma das razões pelas quais tenho trabalhado tanto nos últimos tempos. *Preciso* dessa sensação. O burburinho de um estúdio em plena atividade é o auge para mim.

A mulher mais jovem está na casa dos vinte, a mais velha na casa dos setenta, e nenhuma delas é modelo profissional. Levei tempo para conquistar a confiança delas quando chegaram ao estúdio. Se alguém entende o tamanho do estresse causado por ser o foco de uma foto, esse alguém sou eu. Agora, as mulheres dançam e posam em trajes de banho sem um pingo de inibição. Suas estrias, rugas e celulite estão expostas, emblemas de sua vida devidamente reverenciados em cada quadro.

— Vai ser impossível fazer uma seleção — comenta Willa, a editora de fotos, assim que terminamos. Estamos lado a lado, passando as imagens na tela do meu computador. As melhores serão publicadas na *Swish*, uma revista semanal de estilo que teve seu lançamento nesta primavera. — São tantas fotos ótimas, Alice.

— Fico feliz que você ache isso — digo, radiante. Nunca trabalhei com Willa antes e quero impressioná-la. A *Swish* é distribuída junto ao maior jornal do país e é o principal assunto dos meus amigos da indústria. Este é meu primeiro trabalho para a revista e quero arrasar nele. O trabalho para revistas não paga muito bem, mas é bem mais criativo do que aqueles que realizo para clientes comerciais, além de ser cada vez mais raro.

Faço uma pausa em uma foto de Monica, uma mãe de primeira viagem que era a mais nervosa do grupo. Sua cabeça está jogada para trás e os braços estão esticados. É um momento de pura alegria.

— Temos duas semanas para você entregar os arquivos — avisa Willa.

— Sem problemas. — Trata-se de uma edição com poucas intervenções. O briefing do trabalho descrevia uma sessão de fotos em trajes de banho, "animadoramente realista" com "pessoas comuns" exibindo seus looks. É outro motivo pelo qual eu estava animada com o trabalho: nada de Photoshop agressivo. — Só vou retocar fios arrepiados de cabelo e manchas. Será rápido.

— Bem, talvez você tenha que fazer um pouco mais do que isso. — Willa abaixa a voz. — Quero manter a autenticidade, mas digamos que os furinhos e saliências sejam mais como um *indício* de celulite. Tenho certeza de que você pode fazer sua mágica.

Meu sorriso desaparece. Já colecionei tantos eufemismos para a alteração digital do corpo feminino que poderia montar um dicionário de sinônimos. Já me disseram para fazer com que as mulheres parecessem mais favorecidas, cativantes, envolventes, sedutoras, atraentes e, sem qualquer rodeio, mais comíveis. Mas nunca me pediram para *indicar* celulite.

— Achei que você queria que as fotos fossem *animadoramente* realistas — falo em tom calmo, como se não estivesse prestes a atirar a câmera na parede.

— Quer dizer, sim, *com certeza* — Willa continua. — É ótimo ter diferentes tipos de corpo representados, mas vamos limpar tudo.

Não pisco por trás dos meus óculos de tartaruga. Na superfície, sou a imagem do profissionalismo educado. Domei meus cachos ruivos em um rabo de cavalo elegante. Minha maquiagem é mínima, mas eficaz. Não há uma única lasca em meu esmalte vermelho-rubi. Mas, por baixo, estou desmoronando.

Não é a primeira vez que me pedem para fazer algo de que discordo. Ser uma fotógrafa freelancer significa que às vezes preciso me curvar, me comprometer e deixar crenças ou visões de lado a fim de agradar os clientes. Na fase atual da minha carreira, isso acontece com mais frequência do que eu gostaria.

— A decisão é sua — digo a Willa, com o coração apertado. — A revista é sua. — Não sou uma pessoa combativa e, mesmo que fosse, estou esgotada demais para discutir. É preciso muita energia para ficar *ligada* o dia todo, e estou ligada há tanto tempo que desconfio que meu botão de desligar está quebrado.

E não sou a única a perceber isso. Encontrei Elyse, minha brilhante instrutora que virou mentora e agora amiga, para um café na semana passada, e ela me disse que eu parecia um fantasma. Na noite anterior eu havia tido o sonho, aquele em que estou sendo perseguida, e estava ainda mais esgotada do que o normal.

— Você é excelente em capturar a luz interior — disse ela. — Mas me preocupo que tenha perdido a sua. Pegue-a de volta, Alice. Quero vê-la brilhar. — Elyse me aconselhou a ir mais devagar.

Pela primeira vez, ignorei o conselho dela. Foi o trabalho que me manteve calma nos últimos seis meses. Ou pelo menos era o que eu pensava. Todavia, assim que Willa vai embora, a exaustão bate forte. Sento-me no chão do meu estúdio, esfregando as pontas dos dedos nas têmporas. Encarei tantas tarefas para me manter ocupada, mas esta assumi por mim. E o tiro saiu pela culatra.

O que preciso é de uma noite de folga. Só uma noite em que eu não fique enroscada no meu notebook corrigindo cores até meus olhos arderem. Algumas horas inteiras para fingir que prazos não existem, em que possa me esquecer da exposição coletiva em agosto e do olhar de preocupação que passou pelo rosto de Elyse quando me viu. Preciso de uma noite em que, definitivamente, cem por cento do tempo, *não* vou pensar em Trevor, e essa noite é hoje. Vou sair com minha irmã mais velha.

Por fim, me levanto do chão. Estou trancando a porta quando o celular vibra com uma sequência de mensagens. Sei que é Heather antes mesmo de olhar as mensagens. Ela quase sempre envia mensagens múltiplas.

USE SAPATOS DE FESTA! Acabei de reservar uma mesa para nós no Jaybird.
Espera. Você tem sapatos de festa, pelo menos?

Vou comprar um par quando for buscar você.

Estou digitando uma resposta quando outra mensagem chega. Mas desta vez não é da minha irmã.

2

É uma mensagem do meu pai no grupo de bate-papo da família Everly.

Nan está em uma ambulância.

Minha avó Nanette Everly, Nan para todos, não apenas para os netos, sempre foi minha maior defensora. Eu era criança e tinha acabado de aprender a andar quando ela identificou minha veia criativa e a cultivou tal qual um de seus pés de peônia. Quando eu tinha seis anos, ela me levou à Galeria de Arte de Ontário para fazer aulas de desenho. Nós nos sentamos entre as esculturas de Henry Moore, com blocos de desenho em nosso colo, experimentando sombras, formas e linhas. Quando eu tinha onze anos, Nan me ensinou a usar uma máquina de costura. No ensino médio, deu-me minha primeira câmera. Sempre tentei imitar sua postura, a maneira como ela faz com que todos à sua volta se sintam vistos. Nan é mais prática do que um mapa rodoviário e tem um talento especial para tirar o melhor proveito de uma situação ruim. Eu a admiro tanto quanto a amo.

Por isso, quando ela cai na aula de dança e quebra o quadril, beber com a minha irmã se transforma em uma festa do pijama no hospital Sunnybrook. Enquanto Nan passa por uma cirurgia de emergência para substituição do quadril, libero a agenda para ajudá-la a se recuperar. Sou a melhor opção. Meu pai está no meio da seleção de um júri, e Heather tem menos tempo livre ainda. Ela é advogada, como meu pai, e *também* é mãe solo. Nossos irmãos gêmeos mais novos, Luca e Lavinia, são... Bem, eles são Luca e Lavinia. Eu os amo infinitamente, mas eles têm vinte e quatro anos e ainda levam a sério o fato de serem os bebês da família.

Na manhã que Nan recebe alta do hospital, Heather vem comigo a fim de me ajudar a levá-la para casa.

— Vocês, meninas, têm outras coisas para fazer além de ficar me paparicando — diz Nan enquanto a conduzimos para dentro de casa com seu novo andador. Para uma senhora de oitenta anos que passou por uma cirurgia há trinta e seis horas, ela parece bem. Nan faz os cabelos brancos e curtos uma vez por semana, está sempre bem-vestida e se mantém ativa. Sua postura é imaculada. Eu me pego levando os ombros para trás sempre que estou na presença dela, inclusive agora.

— Não neste momento — responde Heather. — Mas preciso ir ao tribunal hoje à tarde.

— Já eu estarei à sua disposição — aviso a ela.

Nan franze a testa.

— Detesto pensar em você presa aqui comigo, Alice. Você deveria estar vivendo sua vida.

— Que vida? — resmunga Heather, baixinho.

— Estou feliz em ficar aqui — respondo, ignorando minha irmã. — Você sabe que adoro esta casa.

Nan mora em Leaside, um bairro arborizado no centro de Toronto. Durante aqueles primeiros anos agitados depois do nascimento dos gêmeos, Heather e eu dormíamos na casa de Nan e do vovô aos fins de semana com mais frequência do que em nossa própria cama. Nossa casa ficava a algumas ruas de distância, mas eu gostava mais desta casa. As peônias rechonchudas que margeiam o caminho até a porta. As cortinas em estampa de paisley feitas à mão cobrindo as janelas de vitrais. A campainha que toca como se anunciasse um casal recém-casado. Pode-se ouvir seu toque estrondoso em cada canto da construção georgiana de tijolos vermelhos, mas, para mim, aquele é o som da calma e do silêncio. Nada de bebês gritando. Nada de mãe sobrecarregada. Um quarto só meu.

— Deixe, quero subir as escadas sozinha — declara Nan, de um jeito enfático, quando Heather a segura pelo cotovelo.

Não é típico de Nan ser irritadiça, mas eu entendo. Ela mora sozinha desde que o vovô morreu, há vinte anos, e protege a própria independência como um dragão. Além disso, ela embarcaria em um cruzeiro para o Alasca na semana seguinte. Eu também ficaria irritada se estivesse em seu lugar.

— Coitada da Nan — sussurro enquanto ela passa o andador pela soleira.

Heather balança a cabeça.

— Coitada de você.

— Nós ficaremos bem.

Depois de uma boa noite de sono, Nan voltará a ser otimista e animada.

Mas três dias se passam e Nan fica ainda mais irritada. Nunca a vi tão para baixo. Na manhã que o cruzeiro zarpa sem ela a bordo, seu silêncio é tão sombrio quanto as nuvens que escurecem o céu a oeste. Ela nem tocou suas palavras cruzadas. Quando a chuva bate na vidraça, eu a observo. Nan adora uma boa tempestade "revigorante", mas nem o mais tênue brilho de interesse ilumina seu rosto. Sou pega de surpresa pela idade que ela aparenta. Às vezes, percebo que seu cabelo é branco, não mais grisalho. E então me lembro das peônias.

Saio correndo de casa de pijama e segurando uma tesoura, mas as flores já estão murchas como se dezenas de cabeças rosadas e brancas beijassem a cobertura de matéria orgânica do solo, com gotas de água grudadas em suas pétalas desordenadas. Em circunstâncias normais, Nan estaria ali de roupão antes de as primeiras gotas caírem: ela prefere as flores em vasos a vê-las caídas assim. Corto-as depressa, mas quando volto para casa, com os braços cheios de flores perfumadas e o cabelo molhado escorrido em minhas bochechas, Nan olha para mim, inexpressiva, e diz:

— Não percebi que estava chovendo.

Preciso consertar isso.

Quando Nan se deita para tirar uma soneca depois do almoço, eu me sento no mesmo lugar em que costumava ficar quando criança: o topo da escada, contemplando a parede de fotos de família em frente ao corrimão. O primeiro passo da minha sobrinha. O jantar de formatura do ensino médio de Luca e Lavinia. Nan e meu avô no chalé de seus melhores amigos na Barry's Bay. Eles costumavam visitar John e Joyce lá todo ano. É o lugar favorito de Nan em todo o mundo. Passei apenas dois meses no lago, mas ele também deixou uma marca em mim.

Completei dezessete anos naquele verão. No meu aniversário, Nan me deu uma câmera: uma SLR muito boa. Eu tirava fotos quadro após quadro, aprendendo sozinha, tentando melhorar. Coloquei as melhores fotos em um álbum que dei a Nan no nosso último dia no chalé. Agora o encontro nas prateleiras do porão e me sento no tapete vermelho, as pernas cruzadas sob o corpo.

Antes mesmo de abrir a capa, eu me recordo dele. Minha primeira vez longe de casa. Meu primeiro gostinho de liberdade. Dois meses acordando com a luz do sol refletindo no lago e ondulando no teto. Mergulhando do píer, depois nadando sob a superfície o máximo possível. Churrascos no terraço. Cabelo permanentemente úmido. Projetos de arte na casa de barcos. Coletes salva--vidas vermelhos. Passeios de canoa. Piqueniques na ilha. Os romances de banca que eu roubava do estoque de Joyce. Protetor solar de coco, fatias de melancia e meu maiô de tecido atoalhado. As crianças do outro lado da baía. E a lancha amarela delas.

Folheio fotos de praias e copas de árvores, flores silvestres e pedras, os gêmeos, suas cabeças balançando na água, quase impossíveis de distinguir. Há uma foto que tirei de mim mesma no espelho do quarto, o cabelo encharcado. Achei inteligente: Alice através do espelho.

A maioria das fotos é de Nan. Minha musa original. Nan lendo em uma rede, os gêmeos aninhados um em cada lado dela. Nan consertando um rasgo no short de Lavinia, os óculos empoleirados na ponta do nariz. Nan remando uma canoa, acenando para mim na praia com um sorriso incandescente.

Na última página está a foto que deu início a tudo.

Eu a removo da capa e estudo o rosto de três adolescentes em uma lancha amarela. Desde o momento em que tirei a foto, tenho perseguido aquele tipo de perfeição em uma imagem. A emoção. O movimento. A sensação de atemporalidade. Um verão inteiro de prática e consegui aquela cena em um dos meus últimos dias no lago. Ainda não consigo acreditar como os capturei tão bem. Mesmo agora, posso sentir o cheiro da gasolina e ouvir seus gritos do outro lado da água.

O menino mais velho está ao volante e o mais novo olha para a menina, que sorri para o vento. A luz é linda, mas não porque eu quis. Existe uma ingenuidade na imagem, uma falta de artifício. Já faz anos desde que a vi, mas, por algum motivo, ainda me sinto profundamente conectada àqueles três adolescentes, preservados no verão sem fim.

A foto é o primeiro capítulo da minha história de origem, o começo do meu caso de amor com a fotografia. Ela me lançou ao caminho que me levou a ser a pessoa que sou agora.

Volto à foto de Nan na canoa com seu sorriso radiante de estrela, e o indício de uma ideia começa a tomar forma. Um modo de curar a tristeza de Nan e tirá-la de casa. Uma mudança de cenário. Ar fresco. Céus a perder de vista. Água cintilante.

Uma segunda viagem ao lago. Nosso retorno a Barry's Bay.

3

QUARTA-FEIRA, 18 DE JUNHO

Encontro o número de John Kalinski na agenda de Nan. Não vejo John desde o funeral de sua esposa, há mais de uma década, mas me lembro bem dele e de Joyce. Ambos estavam entrelaçados à vida dos meus avós.

John parece feliz ao ter notícias minhas.

— Fique o verão inteiro, se quiser — oferece ele quando pergunto sobre alugar o chalé por algumas semanas. Ele me diz que está pensando em vendê-lo há anos; o lugar está vazio.

A oferta me pega de surpresa, tanto pela generosidade inesperada de John quanto pela maneira como soa convidativa uma pausa de dois meses em minha vida.

Quando transmito a conversa para Nan durante o chá da tarde, ela não reage com a animação que espero. Não, ela fica em silêncio por um longo tempo.

— John me garantiu que estava tudo bem para ele — explico-lhe. — Ele não pode ir ao chalé. Preferiria que alguém estivesse hospedado lá.

E então ela sorri, sorri *de verdade*, pela primeira vez desde a cirurgia do quadril.

Faço as contas. Confiro minha conta bancária. Analiso as contas a receber e fico surpresa ao descobrir que já ganhei mais do que no ano anterior. O lado bom do término de relacionamento é que tenho sido incansavelmente produtiva.

Penso em minha última conversa com Elyse.

Você está ainda mais pálida do que o normal, Alice. Parece um fantasma. Estou preocupada com você.

Posso me dar ao luxo de fazer uma pausa. E o que é mais importante: talvez eu não possa me dar ao luxo de não fazer.

Tudo se encaixa depois que ligo para John e digo que sim, adoraríamos ficar no chalé até o fim de agosto.

Consigo adiar muitas das minhas tarefas e ajudo a encontrar outras fotógrafas para cobrir o restante. Procuro uma fisioterapeuta em Barry's Bay que possa atender Nan, e o check-up pós-cirúrgico corre bem. John me dá o nome e o número do sujeito que cuida do chalé durante o verão: ele tem um molho de chaves reserva.

— Se precisar de ajuda para deixar o chalé mais confortável para Nan, tenho certeza de que ele pode ajudar — diz John.

Enquanto digito o número, me pego absorvida novamente em lembranças de Barry's Bay. Pôr do sol cor de açafrão. Vaga-lumes piscando no crepúsculo. Sob os pés, o calor das tábuas de madeira do cais banhadas pelo sol. Um chalé com telhado vermelho sombreado pelos galhos de árvores perenes.

O devaneio termina com um arranhão de disco quando a voz de um homem ecoa pela linha.

— Que diabos você está fazendo?

— Hum...

Ouço mais gritos, agora abafados. Verifico a tela para ter certeza de que liguei para o número certo e confirmo que sim.

— Com licença? Alô?

Estou prestes a desligar quando uma voz fala:

— Aqui é Charlie Florek.

— Charlie, oi. Aqui é Alice Everly.

Ouço o *tling* metálico de metal contra metal. Um martelo, talvez.

— Um segundo — diz Charlie, irritado, e então: — Pela última vez, Sam, você pode, por gentileza, cair fora daqui? Você vai estragar tudo.

Ouço uma resposta contrariada, e então Charlie me diz:

— Desculpe, quem é?

— Alice Everly. Vou me hospedar no chalé de John Kalinski neste verão. — Tento falar mais alto do que o tumulto ao fundo. Parece que ele está em um canteiro de obras. — É um momento ruim?

Há uma longa pausa, vozes masculinas altas, e depois o barulho cessa.

— Não, tudo bem, me desculpe por isso. — Charlie limpa a garganta. — Oi. Alice, certo? — É uma voz agradável. Grave com um arranhado de lixa nos *r's*.

— Certo.

Uma coisa a meu respeito: certa vez quebrei o pulso na aula de educação física do nono ano e passei vinte e quatro horas rangendo os dentes de dor até que finalmente contei à minha mãe que eu *talvez* precisasse consultar um médico. Não gosto de pedir ajuda, de ser um incômodo ou de desperdiçar o tempo de alguém. Esse telefonema inclui todas as três coisas: Charlie está evidentemente ocupado com algo.

Então me apresso para acabar logo com isso.

— John disse que você pode me ajudar. Tenho uma lista de coisas que preciso fazer no chalé para minha avó. Ela acabou de fazer uma cirurgia de substituição do quadril, e eu...

Charlie me interrompe.

— Como vai?

— Perdão?

— "Como vai?" — repete Charlie, parecendo se divertir. — Normalmente é o que se pergunta a alguém depois de um "olá".

— Estou bem, obrigada — respondo, um pouco surpresa. — Enfim, minha avó...

Charlie me interrompe uma segunda vez.

— Estou bem, Alice. Obrigado por perguntar.

— Certo. — Meu rosto esquenta. Não consigo me lembrar da última vez em que fui repreendida. — Que ótimo. Que você está bem. Nós dois estamos bem.

Outra coisa a meu respeito: quando não estou segurando a câmera, posso achar difícil falar. Com a minha família barulhenta e caótica, com estranhos, com diretores de arte insistentes... É um dos motivos pelos quais amo tanto fotografar, é a única situação na qual me sinto uma fodástica certificada.

Pigarreio, tentando voltar ao assunto.

— Como eu estava dizendo, há algumas coisas que preciso fazer no chalé antes de chegarmos, e eu esperava que você ou alguém que você conhece pudesse ajudar. Tenho uma lista. — Pego meu caderno e começo a ler os tópicos. — Barras de apoio, mover móveis, tirar os tapetes...

— Alice — Charlie me interrompe mais uma vez.

Eu inspiro, a irritação crescendo.

— Sim?

— Respire fundo. Posso sentir sua ansiedade aqui em Barry's Bay.

— Estou tentando não tomar seu tempo — explico, incorporando meu eu mais profissional e controlado. A Alice que sou por trás das câmeras. — Só quero garantir que tudo esteja adequado para quando eu chegar com minha avó. Se não puder me auxiliar, tudo bem. Mas talvez você conheça alguém que possa.

Uma risada baixa enche meu ouvido.

— Não se preocupe. Fico *bem* feliz em *auxiliar*. John me avisou sobre a cirurgia da sua avó. Vou cuidar de tudo. Mande uma mensagem com sua lista e vou *garantir* que tudo esteja *adequado*. Pisco.

— Você está rindo de mim?

— Nem sonharia com isso — afirma ele, mas posso ouvi-lo sorrindo. Não, não sorrindo. *Rindo com arrogância.* — Apenas venha, Alice. Algo me diz que você precisa mais de uma temporada no lago do que eu.

O martelo recomeça ao fundo, e Charlie xinga.

— Vejo você em breve, Garota da Cidade.

E depois ele desliga.

Na noite anterior à partida, volto ao meu apartamento para fazer as malas. Quando o elevador abre no meu andar, encontro a caixa de papelão que deixei no corredor ainda lá. Trevor continua fazendo planos para pegar suas coisas e depois cancelando. Os restos de um relacionamento de quatro anos se resumem a uma cópia de *O empreendedor minimalista*, fones de ouvido sem fio e uma meia perdida. Empurro a caixa para dentro com o pé, embora prefira jogá-la no lixo.

Não que isso me ajude a esquecer. Cada canto deste lugar cheira a Trevor. Quando ele se mudou para cá, nós o decoramos em tons de branco e bege, mármore e vidro, tudo elegante e minimalista. Nunca pareceu tão vazio... Costumava parecer um lar. Agora, tudo é um lembrete de quanto cedi a ele. O sofá branco imaculado que compramos em um domingo depois do brunch: eu queria algo macio e fofo, mas Trevor amava linhas impecáveis. A mesa de jantar tulipa de mármore de Carrara com as cadeiras desconfortáveis que ele escolheu. Era onde eu estava sentada quando ele terminou comigo. Ele tinha feito o jantar naquela noite. Foi há seis meses, e ainda consigo sentir o aroma de coq au vin: nunca mais vou comer isso.

Não sei como fazer você feliz, Alice. Você sabe?

Eu acabara de fechar o zíper da minha mala quando a campainha toca. Heather chega em uma nuvem de perfume forte e carregando uma sacola de papel laranja suspeita que ela empurra para mim.

— Para você.

Heather chama fazer compras de seu prazer inocente e está sempre comprando roupas para mim. O fundo do meu armário está abarrotado de vestidos bandagem e blusas decotadas, cortesia da minha irmã mais velha.

Espio dentro da sacola, empurrando o papel da embalagem para revelar uma peça em seda verde-esmeralda.

— O que é isso?

— Não olhe com esse nojo. É um vestido.

Eu o retiro e levanto uma sobrancelha.

— É um vestido em *miniatura*.

— Minúsculo. — Heather sorri, e é como um flash de câmera. Minha irmã sempre foi linda, mas seu sorriso é tão radiante que é quase assustador. — Verde é sua cor, Tartaruga, e se você não o colocar na sua mala, eu o coloco.

Uma das maneiras de me revoltar contra meu cabelo ruivo é *nunca* usar verde. A maioria das minhas roupas é neutra, com alguns toques de azul. Um raro toque de amarelo. Coloco a sacola no balcão, sem prometer nada.

Heather e eu temos olhos castanhos idênticos, mas nossas semelhanças param por aí. Heather é uma exibicionista impenitente; prefiro passar despercebida. Ela tem a altura, a confiança e o cabelo castanho-café do nosso pai, que ela usa em um corte curto em ângulo agudo, parte de suas táticas de intimidação no tribunal. Herdei a voz suave de biblioteca e os cachos ruivos da nossa mãe. Heather é a rebelde; eu sou a boa menina. Ela é impulsiva; eu sou planejadora. E, diferente de mim, ela é completamente desinibida.

Ela e meu pai são exibicionistas. Luca e Lavinia também. Na última reunião de família, meu irmãozinho tirou a camisa à mesa para exibir a tatuagem de um leão, uma tartaruga, um flamingo e um macaco no peito, e Lavinia distribuiu convites para sua performance burlesca cujo tema era os Muppets.

Sempre pensei que puxei à nossa mãe sensata. Mas em dezembro, quando a tinta mal havia secado nos papéis do divórcio, ela se mudou para o outro lado do país, para a Colúmbia Britânica. Crescemos ouvindo histórias sobre a temporada que ela passava colhendo e embalando cerejas no vale Okanagan no final dos anos 1980. O velho furgão Volkswagen. Um amigo chamado Cinnamon. Acampando nos campos. Essa versão da minha mãe parecia tão absurda quanto os contos de fadas da hora de dormir. Quer dizer, até ela anunciar que havia retomado contato com Cinnamon e que trabalharia em um vinhedo biodinâmico em Kelowna. Nossa mãe recatada e do lar agora mora a três mil e duzentos quilômetros de distância servindo taças de pinot noir e viognier em uma sala de degustação com vista para o lago Okanagan.

— Como vai minha sobrinha? — pergunto à minha irmã.

Heather se casou muito jovem. Engravidou jovem. Também se divorciou jovem. Morei com ela por alguns anos depois da separação, quando minha sobrinha era apenas um bebê. Heather estava determinada a encarar a faculdade de Direito e uma recém-nascida. Bennett tem treze anos agora.

— Não use minha filha como técnica para desviar do assunto — repreende ela, marchando rumo ao meu quarto com a sacola de compras. Ouço quando Heather abre a mala. — Vou precisar de uma foto de você usando o vestido — grita.

Franzo a testa quando minha irmã volta.

— O quê? Você vai ficar gostosa nesse vestido.

— Nossa, Nan vai adorar.

Heather aperta minha cintura, que no momento está coberta por uma camisola listrada de branco e azul, e eu afasto suas mãos.

— O que está fazendo?

— Só conferindo, para ter certeza de que há um corpo sob todo esse algodão. Já tinha me esquecido.

— Ha. Ha.

Uma linha aparece entre suas sobrancelhas escuras.

— Estou falando sério. Não precisa desaparecer só porque Trevor se foi.

Estremeço ao ouvir o nome do meu ex, e em seguida me repreendo silenciosamente por ser frágil. Eu me pergunto se seria mais fácil se ele não tivesse seguido em frente com tanta rapidez.

A expressão no rosto de Heather se abranda.

— Dê a esse vestido um momento divertido, Ali. Vocês dois merecem.

— Vamos ver.

Ela me olha como se eu fosse um caso perdido e depois beija minha bochecha.

— Preciso ir. Bennett está na casa de uma amiga esta noite e vou encontrar uma pessoa.

— Quem?

Heather é ocupada demais para namorar, mas ela tem uma pequena lista de amizades coloridas.

— Ele é novo. Só está na cidade por uma noite.

— Ah.

Outra coisa em que Heather e eu somos diferentes: nunca dormi com alguém a quem não amo. Não consigo imaginar ter um caso de uma só noite. No entanto, como não pretendo me envolver tão cedo em outro relacionamento, se é que algum dia isso vai voltar a acontecer, talvez eu precise repensar minha estratégia.

— Esse *ah* soou como uma crítica — observa Heather.

— Nada de críticas. Apenas uma preocupação razoável de irmã. Tenha cuidado, ok?

— Sempre. — Heather me envolve em seus braços, garantindo que o perfume de vetiver fixe em mim pelo restante da noite. — Vejo você em breve, ok?

— Em algumas semanas.

Ela vai levar Bennett ao chalé para passar uma semana comigo e Nan. Mal posso esperar. Três gerações de mulheres Everly sob o mesmo teto é minha ideia de paraíso.

— E você vem à cidade para a exposição, né? — pergunta ela. Estremeço.

Elyse está prestes a abrir uma galeria em Davenport, e *Na câmera (dela)* é sua primeira exposição; é também a primeira grande mostra em que sou uma participante convidada. Foi um momento que senti como um beliscão: minha ex-instrutora de fotografia, uma mulher que adoro, disposta a me representar. Aí ela me disse qual foto queria exibir e me senti péssima. Mas como eu poderia recusar quando todos sabem que Elyse Cho tem um gosto impecável? Faz muitos anos que ela foi minha professora, mas ainda não vejo nossa amizade em pé de igualdade. Ainda a considero superior a mim em todos os sentidos.

— Vamos ver — respondo a Heather. — Não tenho certeza se vou conseguir.

Uma vantagem de ir ao norte durante o verão é que tenho um bom motivo para evitar a vernissagem.

— Tartaruga — diz Heather. — Você *tem* que vir.

— É claro — respondo, conduzindo-a até a porta. — Te amo, Leão.

— Mas eu te amo mais.

Quando minha irmã sai, abro os arquivos da sessão de fotos de trajes de banho no notebook. Devem ser entregues amanhã, e já as editei. Duas vezes. Em uma versão, as mulheres foram "alisadas" do jeito que Willa quer. Na outra, removi espinhas e arrumei os fios rebeldes, mas não toquei na celulite.

Amo fotografia. Fotografo profissionalmente há mais de dez anos e me sinto sortuda por ganhar a vida dessa forma. Mas eu pensava que, se mostrasse minha capacidade, chegaria a um ponto em que trabalharia para exprimir a minha visão do mundo, não a de outra pessoa. Por isso aceitei esse trabalho. Assim como a maioria das revistas, a *Swish* não tem os grandes orçamentos que vêm com campanhas publicitárias; Willa prometeu que compensa isso dando aos colaboradores mais espaço criativo. Penso no que Elyse faria. Ela entende as realidades de colaborar com editores de fotos, mas *respeita* a visão artística. Suspiro e fecho meu notebook. Ainda tenho mais um dia para decidir quais fotos enviar.

Meu telefone vibra com uma mensagem.

CHARLIE

Está tudo pronto para você, Garota da Cidade. As chaves estão no banheiro externo.

Garota da Cidade? Talvez eu não esteja preparada para me posicionar no meu trabalho, mas posso fazer algo quanto a *isso*.

EU

Obrigada.

Mas, para sua informação, meu nome é Alice Everly.

CHARLIE

Anotado. Ansioso para conhecer você, Alice Everly.

4

SEXTA-FEIRA, 27 DE JUNHO
PRIMEIRO DIA NO LAGO

É a última sexta-feira de junho e o sul de Ontário está fugindo para os lagos. O trânsito está pesado. Levaremos bem mais de quatro horas para ir de Toronto a Barry's Bay, uma cidadezinha "piscou, passou" na extremidade norte do lago Kamaniskeg.

Nan está quieta desde que saí da 401 e segui em direção ao norte. Como a cidade, os subúrbios e a periferia dos subúrbios ficaram para trás, sua atenção está fixada na vista lá fora. Primeiro campos e terras agrícolas. Agora florestas e água doce. Passamos pela ponte Burleigh Falls e ela suspira ao observar as corredeiras. Estamos em uma rodovia de pista única e o trânsito está quase parado, então tiro os olhos da estrada e observo a água branca em cascata.

— É engraçado como pouca coisa mudou — murmura Nan.

Ela está vestindo, como sempre, calças e camisa branca de colarinho engomado, um colar de pérolas adornando seu pescoço e batom Chanel cor-de-rosa. Tudo nela parece exato, quase rígido, uma oposição marcante à sua personalidade brincalhona. Mas minha Nan, apaixonada pela vida, ainda não é ela mesma. Tenho a sensação de que ela não está aqui comigo, e sim perdida nas viagens anteriores ao chalé. Já faz uma década desde sua última visita.

Meu temporizador dispara. Tomei notas na última consulta médica de Nan. Também li uma internet inteira de artigos sobre cuidados pós-cirúrgicos. Exercícios na cama. Caminhadas curtas. Gelo. Ela não deve ficar sentada por longos períodos, então estou parando a cada hora para que ela se movimente.

— Preciso encontrar um lugar onde possamos parar um pouco. Você pode fazer aquelas contrações de panturrilha que o fisioterapeuta mostrou até eu conseguir parar?

Sinto seus olhos azuis em mim.

— Você já me colocou nestas meias de compressão. Estou bem, Alice. Não vou morrer de um coágulo sanguíneo nos próximos dez minutos.

Não, sob minha supervisão ela não vai, mesmo.

— Por favor, Nan, só faça as contrações de panturrilha.

Ela abaixa os óculos.

— Você não está relaxando.

— Estou, sim. Estou super-relaxada. — Na verdade, estou acordada desde as cinco, conferindo sem parar a lista de bagagem.

Nan cantarola e vira a cabeça, olhando pela janela outra vez.

Estamos totalmente no interior agora. Outdoors anunciam iscas vivas e equipamentos, acampamentos e aluguel de chalés, marinas e rafting. Placas amarelas alertam os motoristas sobre travessias de veados e tartarugas.

Paramos no Kawartha Dairy em Bancroft para tomar sorvete de casquinha. Nan pede laranja com abacaxi e eu peço cereja Bordeaux, e os tomamos no carro, embarcando para a última etapa da viagem. A rodovia atravessa paredes de granito afiadas; rios e pântanos brilham sob o sol do início do verão. Quanto mais para o norte avançamos, mais densas são as florestas e mais leve o tráfego, mas estamos na retaguarda dos carros. Alguns puxam barcos. Outros têm caiaques ou canoas amarrados no teto. Essas horas presos em um carro são um rito dos moradores de chalés: a peregrinação da cidade para o lago, um ritual passado de geração em geração, junto ao amor pelo ar fresco e pelos amplos céus, além de certa tolerância aos saltos em águas geladas.

Minha família não participava desse costume. O verão em que Nan me levou com Luca e Lavinia para o lago, dezesseis anos antes, foi a primeira vez que senti o gostinho da vida fora de Toronto. Saboreei cada gota. John e Joyce estavam viajando naquele ano. Papai estava defendendo algum caso e minha avó quis dar uma folga para meus pais. Heather se recusou a deixar a cidade, então Nan levou os gêmeos e eu consigo para Barry's Bay. Eu me recordo que a cidade era pequena, a um mundo de distância do bairro superpovoado em que morávamos.

— Lá está — comenta ela enquanto contornamos a encosta de um penhasco. — A grande ponta do lago Kamaniskeg. Estamos quase chegando.

Suspiro diante da enorme extensão de azul e das ilhotas pontilhando sua superfície.

Conforme nos aproximamos de Barry's Bay, a água reflete de um lado do carro; o movimentado hotelzinho Pine Grove fica do outro. Dez minutos depois, estamos na Bare Rock Lane, um trecho esburacado de estrada cercado por uma floresta densa. Porções do lago piscam entre galhos e arbustos pela janela. Há uma placa, KALINSKI, pregada em uma árvore de bordo no final da entrada da garagem, um caminho de terra que leva a um chalé de madeira marrom-escura.

Nan suspira quando o chalé aparece. É uma construção clássica erguida nos anos 1920 e situada em uma colina arborizada sobre o lago Kamaniskeg. Tem uma chaminé de pedra e um telhado divertido de zinco vermelho com venezianas combinando. Nas floreiras das janelas estão plantadas marias-sem-vergonha cor de laranja e vermelhas. Parece o tipo de lugar em que só acontecem coisas boas. Estaciono ao lado de uma fileira de lenha meticulosamente empilhada.

— Quer ajuda? — ofereço a Nan, notando suas mãos dobradas, cruzadas e apertadas sobre o colo.

Minha avó balança a cabeça, sem desviar os olhos do chalé.

— Acho que vou ficar sentada aqui enquanto você encontra as chaves.

Saio do carro e respiro tudo. Sol no cedro. Musgo na pedra. O frescor não poluído do ar campestre. Os sons da vida no lago. Ondas batendo contra a margem. Uma motosserra ao longe. Um esquilo listrado correndo em um canteiro de morangos selvagens.

Galhos e agulhas secas de pinheiro estalam sob meus pés enquanto caminho até os fundos da casa à procura do banheiro externo, onde Charlie disse que eu encontraria a chave. Não vendo sinal dele, sigo pelo outro lado da casa. Sou recepcionada por uma vista do lago. É uma piscina esmagadoramente grande de água cristalina, tão espetacular que paro para me maravilhar por um instante. Mas não vejo nenhum tipo de galpão.

Volto para o carro.

— Alguma ideia de onde fica o banheiro externo?

Nan franze a testa.

— Não achei que tivesse um, pelo menos não que eu me lembre.

Contorno a edificação e ainda não consigo encontrar o banheiro externo.

— Merda — reclamo para o gaio-azul que me observa dos galhos de uma bétula. — Merda — repito para o abeto e o bordo.

Tiro meu telefone do bolso e ligo para Charlie. Ele atende no primeiro toque.

— Olá, Alice Everly — cumprimenta ele, pronunciando meu nome com lentidão e carregando no *r* de Everly, o que faz um arrepio agradável percorrer minha coluna.

— Charlie, oi. Acabamos de chegar no chalé, mas não consigo encontrar o banheiro externo.

— Estou bem, Alice. Como você está?

— Magnífica — respondo, sem rodeios. Qual o problema desse cara? — E você?

— Melhor agora que estou ouvindo você. — Reviro os olhos. — Onde está agora? — pergunta ele.

— Ao lado da pilha de lenha.

— E o que está vestindo?

Minhas bochechas ardem de raiva.

— Você está falando sério?

Ele ri.

— Normalmente, não. Embora, neste caso, eu esteja perguntando sobre seus calçados. A trilha para o banheiro externo está coberta de mato.

Olho para minhas sandálias.

— Vou ficar bem.

— Vá até a porta dos fundos, aquela que fica de frente para a mata.

Sigo as instruções de Charlie.

— Tudo bem.

— Olhe para o alto da colina.

A encosta está coberta de arbustos e mudas altas. Em meio ao matagal, avisto um galpãozinho de madeira com telhado de palha a poucos metros de distância. Não é de se espantar que eu não tenha conseguido encontrar nada, ele está praticamente camuflado. Provavelmente não é usado há meio século.

— Você poderia ter escolhido um lugar mais fácil para a chave — comento.

— Houve arrombamentos ao redor do lago, adolescentes procurando bebida, provavelmente. Não quis deixar a chave debaixo do capacho. Mas, se precisar de ajuda, posso chegar em cinco minutos.

— Não será necessário — respondo.

— Você decide. Vejo você em breve, Alice Everly.

— O que você quer dizer com *em breve*? — pergunto, mas ele já desligou.

Olho para o banheiro externo com as mãos na cintura. Apesar do que Charlie pensa, não sou o tipo de pessoa da cidade que não consegue viver sem um porteiro e uma Starbucks a um raio de um quarteirão. Tenho orgulho de ser autossuficiente. Sou a solucionadora de problemas, jamais o problema. A amiga para quem você ligaria se precisasse de ajuda para se mudar ou para fazer uma *piñata* de cavalo-marinho no sexto aniversário da sua sobrinha. Sou *essa* amiga. Competente. Confiável. E consigo lidar com qualquer coisa, inclusive com o abandono por parte do homem com quem pensei que me casaria. Inclusive com o noivado dele dois meses depois. E certamente consigo pegar uma chave em um galpão, mesmo que ele pareça uma instalação de filme de terror.

Portanto, subo a colina. A trilha não está coberta de mato; ela é inexistente. Afasto os galhos, ignorando a picada de algo arranhando minhas canelas. Há uma trava de madeira na porta do banheiro e, quando a giro, ela se abre, quase me jogando no chão. Está tão escuro lá dentro que tudo que consigo ver é um assento de vaso sanitário de plástico branco sobre uma plataforma elevada. Olho para o escuro e vejo um porta-revistas fixado na parede e uma pilha de edições antigas da *Cottage Life* na saliência abaixo. Tateio até meus dedos tocarem um pedacinho de metal. Mas então ouço algo atrás de mim. Olho para cima e quatro pares de olhos brilhantes me encaram. Guaxinins.

Se há uma coisa que qualquer pessoa nascida em Toronto sabe sobre a vida selvagem é: nunca incomode uma mamãe guaxinim e seus filhotes. O grandão começa a fazer um barulho baixo de rosnado e eu dou meia-volta, perdendo o equilíbrio e caindo porta afora. Com um *aiii* aterrisso em uma pedra.

Eu me sacudo, chiando, e manco de volta para a casa, xingando Charlie.

— Está tudo bem? — pergunta Nan de dentro do carro.

— Só um breve encontro com alguns vizinhos peludos. Estou bem.

— Você está sangrando.

Inspeciono minhas pernas e, com certeza, estou sangrando. Minhas canelas estão cobertas de vergões vermelhos e carrapichos estão presos ao meu lindo short de linho.

Charlie Florek, filho da puta.

Por dentro, o chalé está quase idêntico ao que me lembro. As paredes de madeira nodosa estão pintadas de um marrom-claro profundo e os móveis não combinam: um sofá de dois lugares, uma poltrona floral e uma poltrona reclinável de couro na qual me lembro de afundar quando era adolescente. Não há mesa de centro, o que é estranho; juro que costumava haver um baú com quebra-cabeças e jogos dentro. Há uma linda lareira de pedra, ferramentas de ferro em um suporte ao lado de uma caixa de gravetos e jornal, além da estante de livros de Joyce, ainda cheia de seus romances de banca de jornal. O chalé fica pouco acima do lago e toda a frente do espaço é envidraçada. Fico ali, balançando a cabeça diante daquela beleza.

E, assim, tenho dezessete anos outra vez e estou vestida com um traje de banho de tecido atoalhado com uma câmera presa ao pescoço. Estou livre de Trevor, de *indícios de celulite*, da sensação de que há meses não tiro uma foto que tenha a *minha* cara. Olho pela janela e vejo Luca e Lavinia, aos oito anos, saltando do cais e uma lancha amarela atravessando a água.

Mas então pisco e volto ao meu corpo de trinta e dois anos. Contemplo a baía vazia, ponderando se há um jeito de voltar ao passado.

Ajudo Nan a conduzir o andador até o chalé, ignorando seu pedido para deixá-la fazer isso sozinha. Ela percorre a sala de estar com o olhar, piscando. Aperto sua mão.

— Acha que conseguimos passar dois meses aqui juntas? — pergunto.

Ela assente, mas não diz nada. Seus olhos pousam na estante e observo que ela engole em seco.

— Acho que preciso de um chá — declara Nan, indo em direção à cozinha.

Todas as tardes ela bebe uma xícara de chá preto do tipo Orange Pekoe (com uma medida de leite e uma de açúcar), sempre por volta das três. Já são quase quatro.

— Deixa que eu faço para você — ofereço.

Minha avó me dá um tapa.

— Não estou incapacitada, Alice. Posso colocar a chaleira no fogo. E devo fazer o máximo que puder de maneira independente. Ordens médicas.

— Tudo bem. — Olho para o tapete gigante na sala de estar. Há risco de tropeço nele, e certamente trará problemas para o andador de Nan. De nada adiantou Charlie cuidar de tudo.

— Vou tirar o tapete. Me avise se precisar de alguma coisa.

O chalé fica de frente para o sul e o sol o transformou em uma sauna. Meu cabelo está grudado na nuca depois que empurro o sofá e a cadeira para fora do tapete. Eu me ajoelho de um lado para poder enrolá-lo, mas a coisa está fixa no lugar.

— Alice? — grita Nan.

— O que aconteceu? — Eu me levanto de um salto e corro para a cozinha. Ela segura uma folha de papel.

— Você viu isso? — Ela me passa a página. — Estava na geladeira — diz Nan.

A borda está rasgada, arrancada de um caderno espiral, e os dois lados da folha estão cobertos de uma escrita em tinta preta. Quando termino de ler, meus ouvidos estão zumbindo.

Tenho sonhado em passar um verão tranquilo perto da água. Imaginei longas caminhadas e nasceres do sol, mergulhos no meio da tarde e noites aconchegantes com um livro. Imaginei ter paz, descansar e colocar o trabalho em dia.

Só não contava com Charlie Florek.

5

Alice Everly (não Garota da Cidade),

Sei que você gosta de uma lista, então segue o que fiz para garantir que o chalé esteja adequado:

- *Todos os tapetes e passadeiras foram removidos, exceto o grande da sala de estar. Eu o prendi com fita adesiva e não deve dar problemas para sua avó. Também mudei os móveis de lugar, por isso ela tem passagens livres para a cozinha, a varanda, o banheiro e o quarto.*
- *Tirei o baú que John usa como mesa de centro para que haja mais espaço para o andador dela. Você pode encontrar os jogos, quebra-cabeças e um baralho na prateleira do armário do segundo quarto. Trarei algumas mesas de canto pequenas para você em breve.*
- *Instalei barras de apoio no banheiro e faixas antiderrapantes no box do chuveiro. Você trouxe um assento para ela usar no chuveiro? Caso contrário, estão à venda na farmácia da cidade. Também instalei um assento sanitário elevado. John insistiu em cobrir o custo de todas essas coisas, então não precisa me ressarcir.*
- *Preparei o quarto maior para sua avó. Tirei uma das mesas de cabeceira e movi a cama para um lado da parede a fim de dar mais espaço a ela.*
- *Coloquei luzes noturnas no quarto dela e em todo o chalé para que vocês duas possam se movimentar com segurança no escuro.*
- *Também organizei os objetos na cozinha para que os itens do dia a dia fiquem ao alcance dela.*
- *Este lugar é muito quente. Há um ventilador no quarto da sua avó, mas me avise se precisar de outro. Tenho um extra.*

– *O barco chegou. O tanque de gasolina está cheio.*
– *Tem um Tupperware com queijo e* pierogi *de batata no freezer, caso você precise de um jantar fácil hoje à noite.*

(E agora, quanto você está impressionada? Me mande uma foto do seu rosto.)

— *Charlie*

No verso, há uma lista de trabalhos estranhos que ele fará para John: substituir um degrau solto no caminho para o lago e adicionar um corrimão, cortar um pouco do mato, repintar o cais. Ele deixou informações sobre a lareira, o wi-fi e a água (potável, do poço). E depois uma observação final: *John me pediu para cuidar de você e da sua avó e prometi que cuidaria. Sorte sua: vamos nos ver muito neste verão.*

Encaro a carta. Até a caligrafia desleixada dele parece irreverente. Esse homem tem *muita* autoestima. Sinto uma pontinha de inveja.

— Isso é ridiculamente detalhado — murmuro.

— Eu diria que temos um anjo da guarda — diz Nan, soando mais alegre do que esteve o dia todo.

Examino a carta outra vez e bufo. Um anjo caído, isso sim. *E agora, quanto você está impressionada? Me mande uma foto do seu rosto.*

— Eu diria que nosso anjo se acha.

Comemos os pierogis no jantar. Eles são caseiros e incrivelmente deliciosos.

— Sabia que eu que fiz essas cortinas da janela sobre a pia? — pergunta Nan enquanto lavo a louça.

A cozinha fica escondida em um canto do chalé, um pouco isolada do restante do espaço, mas a janela tem uma ótima vista para a floresta. Abri-a totalmente, assim como todas as outras janelas do chalé. Charlie estava certo: é quente pra caramba ali.

— Parece trabalho seu — comento, examinando o tecido de ilhós amarelado pendurado no varão.

— A costura da Joyce era horrível. Não conseguia nem fazer um remendo. Fiz a bainha de todas as calças do John.

— Vou lavar as cortinas amanhã — aviso. — Talvez eu consiga deixá-las um pouco mais claras.

— Você deveria...

— Pendurá-las ao sol, eu sei. — Tudo o que sei sobre cuidar de tecidos e roupas é por causa da Nan. Ela consegue remover qualquer mancha e é uma costureira maravilhosa. — Devemos começar um quebra-cabeça? — pergunto depois que está tudo limpo. Passamos muitas noites ali quebrando a cabeça depois que os gêmeos iam dormir.

Nan está parada junto à estante, segurando um pote de vidro com caixas de fósforos.

— O que é isso?

Seu sorriso é triste.

— Lembranças.

Atravesso a sala e ela me entrega o pote. Pesco uma caixa de fósforos. É azul-marinho e prata, com o nome de um restaurante que não reconheço na aba da frente e um endereço de Toronto escrito atrás.

— Eles guardavam isso para acender o fogo? — arrisco.

— Não. Era uma brincadeira que seu avô e John costumavam fazer. Escondiam uma caixa de fósforos toda vez que se visitavam. Estes são os que seu avô escondeu aqui. Provavelmente ainda há alguns escondidos.

Parece muito seguro. Percorro a sala com os olhos apertados. As vigas seriam um bom esconderijo. Deve haver uma escada em algum lugar.

— Alice — chama Nan, e volto minha atenção para ela. — Você não precisa procurar os fósforos. Ficaremos bem.

Coloco o pote de volta na prateleira, decidindo não concordar com ela. Nan olha para ele por mais um instante, para as décadas de amizade contidas nele. Deve ser difícil para ela... Estar ali depois de todo esse tempo, sem meu avô e sem Joyce.

— Você vai passar um verão ótimo, Nan. Vou garantir isso.

Encontrei um coral do qual ela pode participar. Há uma noite de carteado regular em uma das igrejas.

— Sei que você vai garantir. — Ela dá um tapinha no meu ombro. — E quero que você também tenha um ótimo verão. Solte seu cabelo. Faça algo estúpido. Faça algo *egoísta*.

— Vou passar dois meses em um lago sem planos, exceto sair com minha avó querida. Como ser mais egoísta do que isso?

— Você convidou sua sobrinha por uma semana para dar uma folga para sua irmã.

Franzo as sobrancelhas.

— E daí?

— E você vai pagar o aluguel do carro de Luca e Lavinia quando eles vierem para o seu aniversário.

— Não passei muito tempo com os gêmeos este ano — justifico. — Não quero que vir até aqui seja um incômodo para eles.

Não tinha certeza de que eles viriam a menos que eu arcasse com os custos. A responsabilidade financeira os ilude. Tenho quase certeza de que nosso pai ainda paga o aluguel deles. Não que eu esteja reclamando, ele me ajudou com a entrada do meu apartamento.

— Você marcou meus horários para fazer o cabelo — continua Nan.

— Toda segunda-feira.

— E você encontrou uma fisioterapeuta na cidade.

— Ela foi muito bem recomendada. E transferi a entrega de jornais para cá, para que você possa fazer suas palavras cruzadas.

Nan afirma que é para manter o cérebro afiado, mas ela é viciada na satisfação de completá-las, algo que nunca deixa de fazer. Seu cérebro não precisa de afiação.

— Você tem sido muito atenciosa com minhas necessidades, e sou grata por isso. Mas não quero que brinque de ser minha enfermeira o dia todo. O que você vai fazer por si mesma?

— Tenho um trabalho de edição para fazer.

— Não é isso que eu quero dizer.

— Vou relaxar.

— E como vai fazer isso?

— Bom... — Paro de falar. — Vou ler, nadar, tirar algumas fotos — digo, mais na entonação de uma pergunta.

— E o que mais?

Passo o peso do meu corpo de um pé para o outro. Agora que estou aqui, a ideia de preencher um verão inteiro com dias vazios parece assustadora. Quando foi a última vez que não tive uma agenda a cumprir?

— Precisa de mais?

Ela sorri.

— Não sei, me diga você.

Nan adora se manter ocupada. Ela joga golfe, canta em vários corais, faz tortinhas amanteigadas e geleia de pêssego para arrecadar fundos para a igreja. Quando Heather e eu ficávamos com ela na infância, ela também mantinha nossas mãos e mentes ocupadas. Nan nos ensinou a capinar os canteiros de flores e a regar os vasos suspensos. Decorávamos bolos, bordávamos pássaros e borboletas em ponto-cruz nos retalhos. E aprendemos a costurar bolsas de pano simples e a tricotar gorros para os gêmeos. Eu amava tudo isso, mas Heather ficava facilmente frustrada. Ela afirma que não tem um único osso artístico em seu corpo, mas isso não é verdade. A maneira como ela estrutura um argumento é seu próprio tipo de poesia.

— Sabe — digo enquanto Nan se acomoda na poltrona —, não costuro nada há séculos.

Ela levanta dedos artríticos.

— Somos duas. Sinto falta disso. Lembra-se do seu vestido de formatura?

— É claro. — Era azul-escuro com uma fita na nuca que caía em cascata até minha cintura. — Talvez devêssemos fazer outro projeto colaborativo neste verão. Sua experiência e as minhas mãos. — Um projeto para nos manter ocupadas.

Nan sorri.

— Tem algo em mente?

— Deveríamos começar com algo fácil — reflito. — Poderíamos fazer novas cortinas para a cozinha?

Seus olhos brilham e sinto que me aqueço de dentro para fora.

— Cortinas, sim — concorda ela, examinando o espaço. — Este lugar ficou um pouco cansativo, não é?

— É... rústico. — A mobília já viu dias melhores, mas não me importo. O chalé de John é aconchegante, cheio de vida. A antítese do meu apartamento.

— Poderíamos dar uma repaginada — sugere Nan. — Não precisaríamos de muito. Cortinas. Fronhas. Uma toalha de mesa nova. — Ela observa as vigas. — O que você acha, Joyce?

Nan faz isso às vezes: fala com pessoas mortas, geralmente meu avô. Os olhos se voltam para mim, determinados.

— Vamos precisar de uma máquina de costura.

— Combinado — digo, embora não tenha ideia de onde consigo encontrar uma na cidade ou se as lojas de varejo on-line entregam ali. Estamos praticamente no meio do nada.

— E tecido — acrescenta Nan. — A Stedmans costumava ter uma boa seleção. Vamos começar por lá.

— Você acha que John se importaria? Talvez eu devesse perguntar primeiro?

Nan zomba.

— John nem perceberia se pintássemos as paredes de rosa-choque.

Eu rio. O vovô também era assim.

— Então, o que você acha? Devemos começar a montar um quebra-cabeça?

— Acho que não consigo esta noite. — Ela boceja. — Foi um dia longo. Acho que vou para a cama ler.

Coloco seu andador no lugar e a beijo na bochecha.

— Bons sonhos, Alice — deseja ela. — E lembre-se...

Sorrio. Porque até aquele momento eu tinha me esquecido de como todos os dias terminavam naquele verão em que eu tinha dezessete anos.

— Coisas boas acontecem no lago — concluo a frase.

Minha avó assente uma vez.

— Coisas boas acontecem no lago.

Mesmo com as janelas abertas, o chalé continua abafado, então levo as palavras de sabedoria de Nan ao pé da letra e visto meu maiô listrado e um cafetã de algodão branco. Ele tem um lindo bordado azul no pescoço que combina com o maiô. Comprei-o sem saber como passaria o verão, mas certa de que esse traje estaria envolvido.

Despejo água com gás em um copo com gelo e percorro a varanda telada até o terraço, onde um sino triangular de aparência antiga, usado para anunciar a hora das refeições, está pendurado ao lado da porta. Eu tinha me esquecido, mas à medida que passo os dedos pelo metal, surge uma recordação de Luca em pé em um banco tocando-o até que Nan pede para ele parar.

O terraço é uma plataforma de madeira que repousa sobre uma saliência rochosa acima da água: um poleiro privilegiado para admirar a vista. É ainda mais bonito do que eu me lembrava. Águas abertas se estendem por mais de dois quilômetros à frente, entre as colinas verdes das costas oeste e leste. O céu é uma tela infinita em tons de lavanda e rosa contra o azul-escuro, refletido na superfície plana do lago.

Escadas vão do terraço superior até o cais, que avança a partir da costa rochosa. Um barco de alumínio com três bancos e um motorzinho está atracado em um dos lados. Acho que consigo me lembrar de como conduzir aquilo. Nan me fez tirar uma licença de barco antes de virmos, quando eu era adolescente: não que eu a tenha usado desde então. Há uma curta faixa de areia na margem do lago e a casa de barcos fica além. Ela tem uma base de pedra, um apartamento no segundo andar e uma pequena plataforma acima da água. Coloco a toalha e o cafetã nas costas de uma cadeira vermelha Muskoka e me sento no final do cais, balançando os pés na água.

Sem saber qual é a profundidade, deslizo em vez de pular. É como deslizar para o pôr do sol. Aqui estou eu, a poucos dias do meu trigésimo terceiro aniversário, no mesmo lugar onde nadei quando adolescente, quando meus olhos começam a se abrir para a vastidão de um mundo além do meu.

— Vá explorar — me disse Nan quando me deu a câmera, dezesseis anos antes.

E foi o que fiz. Fotografei todos os ângulos daquela costa. Caminhei pelo mato e documentei pássaros e insetos, cogumelos e musgo. Fotografei líquens verde-claros agarrados a pedras e flores silvestres que cresciam ao longo dos contornos da entrada da garagem. Aquileias, lírios e ásteres, flores que eu colhia para fazer buquês para Nan, e ela os arrumava em uma jarra de leite de cerâmica listrada. Fotografei isso também.

Não parei de explorar. Minha câmera tem sido meu passaporte, minha permissão para ver lugares novos e conhecer gente nova, segura atrás da minha lente.

Flutuo de costas, com os braços abertos, e contemplo o céu escuro, o roxo e o vermelho mais profundos. Não sei quando comecei a chorar, só sei que estou abismada com o tamanho da galáxia e com minha insignificância.

Seis meses atrás, pensei que tinha tudo resolvido. Trabalho, namorado, apartamento: tudo. E então Trevor me largou e eu entrei em parafuso. Não entendi o que fiz de errado quando tentei fazer tudo certo. Assumi um trabalho depois do outro, precisando de algum senso de controle. Quando, dois meses após o término, ele me disse que tinha conhecido outra pessoa, que se casariam, assinei mais contratos de trabalhos ainda. Retratos. Casamentos. Trabalhos criativos para empresas de automóveis e bancos. Antes da queda de Nan, fazia nove semanas que eu não tinha um dia de folga.

Foi a temporada mais movimentada da minha carreira, mas estava longe de ser a mais gratificante. Construí reputação dando aos clientes exatamente o que eles querem: meus colaboradores contam comigo para fazer o trabalho sem dar dores de cabeça. Falei a mim mesma que, se trabalhasse duro o suficiente, chegaria ao fim do arco-íris e seria recompensada com uma bonança de liberdade artística. Mas o arco-íris nunca acaba. Estou presa.

Depois do meu mergulho, me enrolo em uma toalha e me acomodo na cadeira Muskoka, respirando o ar doce da noite e tentando esquecer meus problemas de Toronto. Examino os chalés ao redor da baía. Há uma casa branca e grande no alto de uma colina com um jet ski apoiado em um elevador e uma plataforma flutuante. Ao lado, um chalezinho em formato de A. Provavelmente estão a menos de duzentos metros de distância, e ambos são familiares. Era naquele lugar que os adolescentes da minha foto mergulhavam, nadavam e ficavam por horas. Posso imaginá-los pulando na água. Rindo. Flertando. Discutindo. Eu os invejava. Desocupados. Livres. *Felizes.*

Minutos se passam antes que duas crianças apareçam no cais do chalé em A. Enquanto se lançam na água, um após o outro, sinto como se tivesse voltado no tempo e estivesse assistindo a um filme do meu passado diante dos meus olhos.

A provocação inconfundível entre irmãos atravessa a água. São mais novos do que o trio que passei aquele outro verão observando.

Nadam em direção à plataforma flutuante da casa branca ao lado e sobem a escada. Rio quando a menina empurra o menino para a água. Eles sobem de volta no bote e iniciam uma competição de quem consegue pular mais longe.

Relaxo na cadeira, fechando os olhos enquanto ouço seus gritos felizes. Estou acostumada com o barulho da cidade. Cresci tendo o ruído branco do trânsito e das sirenes como canção de ninar. Mas me esqueci de quanto adoro a serenidade do lago. Respiro fundo, deixando-a encher meus pulmões.

Fico assim até as crianças se secarem e entrarem, e não se ouve nada além da agitação da água e das risadas dos adultos de algum lugar na baía.

Mas então escuto.

O motor é tão barulhento que interrompe a tranquilidade antes mesmo de estar à vista.

Eu me endireito enquanto um barco faz um ângulo em torno da baía. Pisco algumas vezes, cobrindo a boca. Talvez eu tenha atravessado o tempo. Porque o barco é amarelo.

E está vindo direto na minha direção.

6

O barco cruza a água, deixando uma faixa de espuma branca em seu rastro. Meu coração dispara quando se aproxima. Há apenas uma pessoa lá dentro, mas só consigo distinguir que é um homem de cabelos castanho-claros. Ao passar pelo cais, ele ergue a mão. Porque é a saudação universal no lago, não porque ele me conhece. Aceno de volta e dou um salto quando soa a buzina.

Aaaa-uuuu-gaaaaa!

É um som absurdo e o conheço. Ouvi dezenas de vezes quando tinha dezessete anos.

O barco corta a baía e desacelera em frente à casa branca com a plataforma flutuante. O motor para. O homem amarra o barco ao cais e sai, mas está muito escuro para dizer se ele é um dos garotos da minha foto. Sua forma fica menos nítida conforme ele sobe a colina. Se fosse de manhã, quando o sol bate na praia, sei que o veria com mais nitidez. Eu me lembro de como aquela casa era iluminada como um farol nas primeiras horas do dia.

Permaneço ali por um instante e então corro até o chalé dois degraus de cada vez. Jogo a toalha sobre o varal amarrado entre dois pinheiros brancos, visto meu cafetã e corro para dentro.

Não sei por que levei a foto na mala, só sei que a queria comigo. Encontro-a escondida nas páginas do meu caderno.

E lá está: o mesmo barco de dezesseis verões atrás, quando três adolescentes formavam sua tripulação. Não é apenas o tom de amarelo que o torna distinto. Ele é antigo, já era vintage quando tirei a foto, com assentos de vinil marrom e com a proa curvada como um bico de pato.

Analiso os três passageiros, o sol brilhando em suas bochechas e ombros. A garota encara o vento com uma mão no cabelo molhado, tentando mantê-lo longe do rosto. Tem uma toalha em volta do tronco, as alças douradas do maiô aparecem na parte de cima.

O mais novo dos garotos é um engraçadinho, desengonçado que nem os adolescentes que crescem rápido. Usa uma camiseta e olha para a garota como se ninguém mais existisse no mundo. Passei tempo suficiente observando-os para saber que o garoto mais velho é irmão dele. É lindo, bronzeado, e está olhando para o irmão com um sorriso feliz e satisfeito. Eu gostava de sonhar com um namorado como ele.

Foi um acaso eu ter tirado a foto. Uma combinação improvável de sorte e senso de oportunidade. Estava fotografando Luca e Lavinia enquanto brincavam na água. Ouvi o motor e olhei para cima através da lente assim que o trio passou.

De imediato, verifiquei a tela da câmera para ver o que eu tinha capturado. Assim que vi a foto, fui atingida por uma sensação de propósito que eu nunca tinha experimentado antes. Eu tinha nascido para ser fotógrafa.

Chamei a foto de *Um verão radiante*.

Foi o destaque do meu portfólio quando me inscrevi no curso de fotografia. Elyse foi uma das minhas instrutoras e, anos depois, ela me disse que foi o motivo de eu ter sido aceita, que a foto mostrava que eu tinha potencial, um olhar para a emoção, um talento para atrair o espectador para uma imagem. Talvez porque eu quisesse muito estar naquele barco com aqueles adolescentes.

As oito semanas que passei em Barry's Bay foram um ponto de virada. Muitas vezes me senti invisível quando adolescente, mas por trás da lente a invisibilidade se tornou meu superpoder. Com uma câmera, descobri um lugar no mundo onde prosperei. Sou uma fotógrafa melhor agora, mas a maneira como eu fotografava naquela época, parada na beira do cais, tinha uma pureza que jamais vou recuperar. Eu estava fazendo algo só para mim.

Talvez este verão também possa ser um ponto de virada.

Pego meu notebook e me deito de bruços na cama, rolando pelas duas versões das fotos dos trajes de banho. Alterno entre as que têm coxas e barrigas mais lisas e a versão mais honesta.

Dezesseis anos atrás, eu estava sentada naquela mesma cama, sonhando em ser amiga dos adolescentes do outro lado da baía, esperando que me notassem e me cumprimentassem. Esperei o verão inteiro por um convite que nunca veio. Mas não tenho mais dezessete anos; em poucos dias será meu trigésimo terceiro aniversário.

Penso em como passei minha carreira inteira dizendo sim.

Penso em todas as mulheres bonitas e inteligentes da minha vida que ouvi reclamar de tudo, das coxas aos cílios.

Penso em todas as vezes da minha vida em que fiquei quieta porque era mais confortável do que falar.

E faço algo novo. Envio as fotos das quais eu gosto.

Depois que o e-mail zarpa, pulo da cama e vou à cozinha levando comigo a foto do barco amarelo. Grudo-a na geladeira ao lado do bilhete de Charlie.

É um lembrete do ponto onde tudo começou. Sem edição. Sem iluminação artificial. Sem concessões. Um momento de alegria, capturado para sempre.

Meus olhos se voltam para a carta de Charlie. Eu a retiro do ímã LIVRE, LEVE, LAGO e a leio pela quarta vez hoje, frustrada com a auto-complacência, a extrema consideração e o último ponto da lista dele.

E agora, quanto você está impressionada? Me mande uma foto do seu rosto.

Eu me sinto como se tivesse sido colocada em um jogo cujas regras desconheço. Ele está *flertando* por meio de uma lista de tarefas? Parecia ter mais ou menos a minha idade no telefone e era arrogante. Charlie quer minha foto ou está brincando? Sei que há um meio-termo despreocupado e engraçadinho entre o *puramente platônico* e a *união de almas*, mas esse não é um terreno conhecido. Sou uma unificadora de almas sem tirar nem pôr. Nunca fui boa em flertar... e *nunca* me senti atraída por caras arrogantes.

Enquanto prendo o bilhete de volta na geladeira, vejo meu reflexo na janela. Deixei meu cabelo secar ao natural depois de nadar e agora ele é uma cacofonia, caindo sobre os ombros em um amon-toado vergonhoso de redemoinhos, curvas e cachos. Uso-o alisado com tanta frequência que mal reconheço a mulher que me encara no reflexo. Não é que todo esse ruivo rebelde seja feio, apenas não combina comigo. Sou caseira de coração, uma canceriana clássica. Mas meu cabelo é fogo, sugando atenção como oxigênio.

Talvez porque ainda estou animada por ter enviado as fotos para Willa, pego meu telefone e faço algo quase inédito. Levanto o queixo para a luz, coloco a língua para fora e tiro uma selfie. Envio-a para Charlie. Um minuto depois, juro que ouço uma risada profunda flutuando pelo lago em uma brisa quente.

Meu telefone acende com uma mensagem assim que me deito na cama.

CHARLIE
Imagino que você tenha encontrado as chaves.

EU
E uma família de guaxinins.

CHARLIE
Eu estava esperando um agradecimento por meu trabalho duro e minha gentileza.

EU
Obrigada.

CHARLIE
Diga com sinceridade.

EU
Você é sempre tão irritante?

CHARLIE
Não.
Geralmente sou pior.

Adormeço lutando contra o sorriso que se forma em meus lábios.

7

SÁBADO, 28 DE JUNHO
RESTAM 65 DIAS NO LAGO

Tenho o pesadelo de novo. Estou na escada do meu prédio, subindo um lance de escada, depois outro, e passos pesados me seguem. Quando finalmente alcanço o topo, não encontro porta, apenas um telefone preto de disco. Ergo o fone e disco com dedos trêmulos, mas nunca consigo fazer minha voz sair.

Abro os olhos quando meu telefone toca, pensando que estou em Toronto. Mas então vejo a água pela janela, a cômoda verde com a pintura descascada e o pôster do parque Algonquin na parede. Grogue, atendo o telefone.

— Não posso fazer isso, Alice — diz Willa a título de cumprimento. Eu me sento, acordando imediatamente. — Sinto muito por ligar para você no fim de semana. Mas queria lhe dar um tempo para consertar as coisas. Agradeço o que você está tentando fazer. É nobre.

— Não estou tentando ser nobre. As fotos são exatamente o que foi pedido no início.

— Elas são boas — continua Willa. — Mas muitos furinhos e saliências vão distrair as leitoras. Isso deveria ser sobre os trajes de banho.

— Acho que você não está dando o devido crédito às suas leitoras.

— Confie em mim — insiste Willa. — Só estou pedindo um pouco de esmero e alguns ajustes e retoques.

— Ajustes e retoques? — De repente me sinto mal. Ajustes e retoques *nunca* fizeram parte da conversa.

— Vou mostrar o que eu quero dizer. Marquei algumas áreas para afinar. Nada de mais. Vamos manter o bom gosto. Estou enviando os arquivos para você agora, ok?

O e-mail chega assim que desligo.

Willa anotou as fotos com círculos vermelhos ao redor de várias partes do corpo e instruções.

Suavizar, retocar, apagar.

Belisco meu nariz entre o polegar e o dedo médio. Não consigo lidar com isso agora.

— Está tudo bem? — pergunta Nan, erguendo os olhos do iPad conforme sigo até a sala de estar. Ela sempre tem um livro de memórias em andamento.

— É claro — digo, beijando-a. — Está tudo perfeito. — A última coisa com que Nan precisa se preocupar é minha angústia profissional. — Sobre quem você está lendo?

— Ina Garten. Chama-se *Prepare-se para quando a sorte vier.*

— Belo lema para uma fotógrafa — comento.

Entro na cozinha e vejo que Nan não preparou nada para si.

— Posso fazer o café da manhã para você?

— Você pode enganar outra pessoa, mas sei quando está escondendo alguma coisa.

— Só coisas de trabalho. Quer geleia de laranja?

— Sou perfeitamente capaz de fazer isso sozinha — avisa Nan enquanto coloco duas fatias de pão na torradeira.

— Mas não precisa fazer — respondo. — É por isso que estou aqui.

— Detesto ser um incômodo — fala Nan quando coloco um prato de torrada na frente dela.

— Eu sei. — Sou assim também. — Mas você não é um incômodo. Gosto de ajudar. Faz com que eu me sinta útil.

Volto à cozinha para fazer meu próprio café da manhã. Eu como a mesma coisa todas as manhãs: dois ovos mexidos, uma fatia de torrada multigrãos com manteiga e uma xícara de café com leite vaporizado.

— Por falar nisso, farei um planejamento para as refeições da semana. Vou até a cidade para comprar mantimentos e ver se consigo uma máquina de costura para nós. Quer alguma coisa?

— Uísque.

Tecnicamente, Nan pode beber álcool, mas não quero que ela caia de novo.

— Não vou comprar uísque.

— Você não é nem um pouco divertida — afirma ela, mas não há nada de mordaz em seu tom.

— Sou um pouco divertida. — Penso na selfie que enviei para Charlie Florek na noite anterior.

À luz do dia, não acredito que a enviei, e não posso negar a adrenalina que me deu. Mas prefiro ser insolente com Charlie atrás da segurança de uma tela a conhecê-lo pessoalmente. Há uma chance de que ele apareça esta manhã com as mesas de canto que prometeu trazer. *Vamos nos ver muito neste verão*, dizia sua carta. Por isso, assim que Nan se acomoda em uma cadeira no terraço com suas palavras cruzadas, prendo meu cabelo e escapo para a cidade.

Estaciono ao lado de um Porsche preto no supermercado e reviro os olhos para uma exibição tão flagrante de riqueza em uma vila de classe trabalhadora com mil e duzentas pessoas. Aposto minha Pentax que o dono é da cidade grande. Examino os outros compradores, imaginando se consigo distinguir quem é morador local e quem é de fora. Um lenhador barbudo vestindo xadrez chama o adolescente que repõe os feijões-verdes pelo primeiro nome: morador local. Loira com pulseira Tiffany interrompe para perguntar se a loja tem pasta de harissa: locatária de chalé. Ocorre-me que Charlie pode conhecer o lenhador. Pode *ser* o lenhador.

Estou escolhendo cestinhas de morangos locais quando vejo um homem alto de cabelo curto castanho-dourado. Mesmo de costas para mim, ele é magnífico. Meu olhar percorre uma montanha colossal de ombros esticando sua camiseta azul até a sunga vermelha. Suas panturrilhas são como lajes de concreto: grossas, bronzeadas e tonificadas. Corpos como aquele são feitos para serem representados em mármore branco e exibidos em uma praça florentina. Ele pega uma cesta de pepinos em conserva, examina-a e depois a troca por outra. Deslizo até o lado dele, pegando um pepino inglês com um discreto:

— Com licença.

O homem pula como se eu tivesse surgido de detrás de um arbusto usando uma máscara de palhaço. Eu grito, salto para trás, e meu cotovelo colide com os tomates do campo. Perco o controle do pepino enquanto os tomates caem no chão. *Plop, plop, plop.* Eu me ajoelho, arrumando a bagunça que fiz, e ele se agacha ao meu lado para ajudar. Vislumbro mãos grandes e antebraços bronzeados.

— Obrigada — digo, erguendo o olhar e me deparando com um par de olhos verde-claros e um dos rostos mais notáveis que já vi.

E isso quer dizer alguma coisa. Encontro muitos rostos excepcionais na minha área de trabalho, tantos que me tornei indiferente a eles. Não é que eu não aprecie a beleza. Eu aprecio. Mas a boa aparência clássica não me excita. Estou muito mais interessada nas características que normalmente não vemos na tela e em campanhas publicitárias.

Mas *esse* rosto.

Sinto esse rosto no meu corpo. No movimento das minhas mãos, que querem desesperadamente uma câmera. *Preciso* capturar esse rosto.

A cor estranha dos seus olhos. A maneira como suas sobrancelhas se estreitam na testa, um pouco mais escuras do que o cabelo. Os cílios são franjas de ouro emplumado. Ele tem uma boca feita para beijar; seus lábios são cheios, rosados e carnudos. Seu maxilar é quadrado, condizente com alguém que encabeça uma franquia de super-heróis e faz supino levantando carros pequenos por esporte.

Não é só que ele é bonito, é que nada nele é perfeito demais. O nariz é ligeiramente torto, como se tivesse sido quebrado. Ruguinhas finas se estendem nos cantos dos olhos. Ele ostenta a barba de um dia inteiro por fazer, como se talvez não tivesse dormido o suficiente na noite anterior. Penso em membros entrelaçados resplandecentes ao luar. Ele tem a aparência de sexo.

Ele está fazendo uma inspeção semelhante em mim, um canto de seu sorriso se erguendo com lentidão. Minha boca fica seca, minha pele, quente como boca de fogão, e não consigo tirar meus olhos dos dele. Mordo o lábio. Talvez eu pudesse pedir para fotografá-lo...

Mas então ele sorri, e os deuses do verão devem estar sorrindo também, porque um conjunto de covinhas simétricas aparece em suas bochechas, surpreendentemente juvenis e doces.

Antes que eu consiga impedir, a reação desliza por meus lábios:

— Uau.

As sobrancelhas dele se erguem.

Eu me levanto depressa, deixando os tomates machucados no meu carrinho enquanto mais palavras continuam a sair da minha boca. Elas podem ser *obrigada, tomates* e *tchau*. Antes que ele consiga responder qualquer coisa, empurro meu carrinho para o corredor seguinte com a velocidade de um piloto de Nascar, abandonando o pepino, tão desajeitada quanto aos dezessete anos.

8

Enquanto Nan me observa desempacotar a máquina de costura que comprei na loja de ferragens, conto-lhe sobre meu horrível encontrão com os pepinos. A Nan que conheço riria com lágrimas nos olhos. Mas ela apenas balança a cabeça, com um leve toque de diversão nos lábios.

— Precisamos ir à cidade mais tarde para procurar tecidos? — pergunto, esperando animá-la, mas ela se recusa.

— Amanhã. Ainda estou me sentindo um pouco lenta hoje. Acho que vou tirar um cochilo depois do almoço.

— Você terá que ser uma professora paciente. Não costuro desde o ensino médio.

Eu adorava usar a Singer da Nan. Teve um molde que fiz várias vezes, um vestido Laura Ashley dos anos 1980 que encontrei entre as coisas da Nan, com alças tipo macacão, bolsos quadrados espaçosos e de tamanho bem pequeno. Usei com blusas e camisas xadrez por baixo. Achei que parecia romântico. Mas quando entrei no último ano do ensino médio, percebi como os vestidos feitos em casa me destacavam. Ouvi uma colega de classe me chamando de aberração e troquei para jeans e camisetas no dia seguinte. Ainda me visto para passar despercebida.

— Você vai reaprender — diz Nan. — É como andar de bicicleta.

Olho para ela e ela franze o nariz. Nunca fui boa em andar de bicicleta.

— E então? — Eu me coloco em pé, avaliando o espaço de trabalho improvisado que montei em uma mesa de jogo perto das janelas.

— Vai servir — responde Nan. — Sabe, Joyce sempre achou que esse lugar se parecia muito com um acampamento de caça. — Ela gesticula, apontando para os recortes de papel com figuras de peixes pendurados nas janelas, o ano e a espécie da captura escritos a lápis. *Truta de lago, 1984. Robalo, 2003. Lúcio, 1991.*

— Até que eu acho maneiros. — A história do chalé contada por viagens de pesca.

— Também não me importo com eles. — Ela aponta para um. — Eu peguei aquele lúcio. Joyce queria pintar as paredes de branco, iluminar tudo, mas John não queria nem ouvir falar em cobrir a madeira.

E *tudo* é madeira. Pisos, paredes, tetos, armários de cozinha, móveis. Um arco-íris de marrom. Os únicos toques de feminilidade são os romances de banca e a poltrona floral. Nan me vê olhando para ela.

— Esse lugar aí era da Joyce.

— Talvez façamos algo floral — reflito, pensando alto. — Para deixar mais parecido com a Joyce.

Nan pisca.

— Parece um bom plano.

Quando Nan se deita no sofá da varanda com tela, visto a roupa de banho e o cafetã e pego um chapéu de palha de aba larga. Eu me queimo como casca de bétula, passando de pálida e sardenta para vermelha e sardenta, sem passar pelo estágio intermediário, que é o bronzeado. Levo uma bolsa de lona com protetor solar, um lanche, meu caderno e minha velha Pentax.

No meu último ano de universidade, um grupo de estudantes organizou uma exposição do nosso trabalho em uma loja vazia no West End. Pensávamos ter talento. Sabíamos, na verdade. Meu melhor amigo, Oz, roubou do nosso professor um abarrotado Rolodex — na época, um objeto antiquado para organizar cartões de contatos, posicionado na mesa dele em uma ostentação óbvia —, e enviou um e-mail para cada galerista, comprador, colecionador e jornalista que tinha o nome lá. Vendi minha primeira peça, uma impressão de *Um verão radiante*, para um comprador de arte de um grande banco cujo CEO vinha de gerações de locatários de chalés. Gastei cem dólares em uma Pentax K1000 vintage depois que Oz convenceu o vendedor a baixar o preço em vinte e cinco dólares.

Agora a imagem está pendurada em algum lugar em uma torre de escritórios no centro da cidade e Oz e eu não nos falamos.

Mas ainda tenho a câmera. Ainda a adoro. A coisa é construída como um tanque, quase indestrutível: até o fotômetro ainda funciona. Geralmente faço fotos digitais, mas adoro usar filme, amo a nostalgia que ele transmite, a intimidade. A sensação de ter essa câmera em mãos, as curvas de seu corpo, são mais familiares para mim do que qualquer homem. Ela me acompanhou durante o último ano de universidade, enquanto namorados, relacionamentos sérios e términos iam e vinham. Ela me viu crescer.

— Não tenha pressa em voltar para casa — pontua Nan, levantando a cabeça do travesseiro enquanto estou saindo. — Vou ficar bem sozinha.

— Ligue para mim se precisar de alguma coisa e eu volto o mais rápido possível.

Ela faz um movimento com a mão, mandando-me embora.

Pego um colete salva-vidas vermelho de um gancho dentro da casa de barcos. Há dois atracadouros vazios lá dentro e uma escada de madeira que leva ao quarto no topo. Faz muito tempo que não conduzo um barco como este, mas ligá-lo é mais fácil do que eu imaginava. Com dois puxões fortes na corda, ele gargalha e ganha vida. Giro a manivela e, com um solavanco, saio. Nervosa, faço círculos para praticar na frente do chalé. Minha condução é irregular no começo, o acelerador é um pouco sensível, mas logo deslizo sobre a água com um sorriso largo no rosto.

Passo voando pela grande casa branca do barco amarelo, mas não há movimentação do lado de fora. As crianças do chalé ao lado estão nadando. Vou para o sul, fazendo uma ou outra curva, passando por uma mulher e um cachorro pequeno em uma prancha de remo, por um chalé com um hidroavião pequeno, por trampolins aquáticos e toboáguas e um homem flutuando em um alce inflável com uma cerveja na mão, aproveitando a vida. Ele acena e eu aceno de volta. Está decidido: esta é minha forma ideal de socialização.

O networking é crucial na minha profissão, na qual a sobrevivência se resume a relacionamentos. Coquetéis e recepções de estreia. Mostrar meu rosto. Manter-me relevante. Gerenciar conversas informais mais sofisticadas do que um único *uau*. Aliso o cabelo, prendo-o em um rabo de cavalo baixo, visto algo preto e chique. Maquiagem mínima, exceto por lábios e unhas vermelhas. Geralmente uso lentes de contato, mas nessas ocasiões opto por meus óculos de tartaruga. É uma marca. Uma armadura elegante e de bom gosto. Fico nervosa antes dos eventos e tenho que fingir um sorriso em muitas conversas. Não suporto a postura, as maneiras sutis (e não tão sutis) com que as pessoas sinalizam seu sucesso ou tentam questionar o meu. A armadura ajuda.

Desacelero e navego ao redor de uma ilhota em frente a um penhasco em um braço estreito do lago. Se minha memória for confiável, aquele é o local onde Nan nos levou para pular na água. Luca e Lavinia correram com algumas crianças mais velhas e caíram da borda como dois soldadinhos de chumbo. Eu também queria fazer isso, mas fiquei com medo.

Fizemos um piquenique na ilha naquele dia, mas agora é difícil encontrar um lugar para amarrar o barco. Salto para as águas rasas e o guio em direção a um toco em que posso enrolar a corda. Há uma fogueira e latas de cerveja vazias que vou recolher antes de sair e uma pedra sob a sombra de choupos onde estendo minha toalha.

Mordo uma maçã enquanto um par de jet skis para em frente ao penhasco, duas pessoas em cada um. Eles lançam âncoras, tiram os coletes salva-vidas, pulam na água e nadam até a praia. Pelas vozes, posso dizer que estão naquele estágio intermediário, não são mais crianças, mas também não são adultos. Dezessete ou dezoito anos, talvez. Dois meninos, duas meninas. Eles sobem até o topo e se jogam da borda, rindo quando suas cabeças balançam para trás.

Eu os vejo fazer isso de novo e de novo, subindo e pulando, um após o outro, com uma pontada no peito. É uma sensação mais triste do que uma vontade, mais suave do que uma inveja.

Penso na garota que eu era aos dezessete anos. Cabelo indomável. Vestidos largos que me engoliam. Tímida de doer.

Não ajudava o fato de eu ter uma irmã mais velha que era uma gata. Heather e eu dividíamos quarto, e eu a estudava enquanto ela se fechava em roupas que mostravam suas curvas, aplicava glitter nas pálpebras e passava um gloss que fazia sua boca brilhar como vinil. Ela era muito mais *adulta* do que eu. Ela estava transando. A adolescente Alice nunca tinha sequer sido beijada. Eu não conseguia nem sorrir para o meu crush. Quando descobri o estoque de romances de banca de Joyce no chalé, li as partes de safadeza várias vezes. Mas foi a fantasia de ser irresistível que me fisgou.

Naquela época, eu sentia que podia desaparecer e ninguém notaria. Nem meu pai, que começava sua própria empresa e mal ficava em casa. Nem minha mãe, que tinha que lidar com o caos sozinha. Ela circulava pela casa discutindo com Heather sobre o comprimento de uma saia e impedindo os gêmeos de espancarem um ao outro. Certas noites, ela fazia até três jantares: um para os gêmeos, outro para Heather e eu, e algo especial para ela e meu pai. Ela me chamava de "boa menina" e sempre que passava por mim, dava um beijo rápido na minha cabeça. Mas eu sentia falta dela mesmo quando estávamos no mesmo cômodo. Sinto ainda mais falta dela agora. Foi só na universidade, quando conheci Oz e um grupo de estudantes de fotografia com tendências artísticas, estranhos e ambiciosos, que senti ter encontrado meu lugar.

Agora, uma das garotas no penhasco me nota e grita:

— Olá!

Eu aceno de volta.

— Quer vir aqui? — convida ela.

Eu rio, mas é tentador. Quando eu era adolescente, ficaria empolgada com aquele convite.

— Obrigada — grito em resposta. — Estou bem.

E então isso me atinge como um raio elétrico de iluminação.

Tenho quase trinta e dois anos e *ainda* não resolvi minha vida. Vivo sobre as cinzas de um relacionamento de quatro anos no qual coloquei meu coração, e meu amor pela fotografia escorrega sob uma torrente de prazos e compromissos. Mas não preciso pensar em nada disso aqui. Tudo isso estará lá, me esperando, em setembro. Penso no que Nan me perguntou no dia anterior: o que eu faria com meu verão? Penso que fiquei sem uma boa resposta. Mas sei exatamente como passaria aquele verão se tivesse dezessete anos outra vez.

Os adolescentes pulam mais três vezes antes de subir de volta nos jet skis e zarpar. As ondas batem contra a costa e logo tudo fica em silêncio.

Observo o penhasco. A ideia de pular lá de cima faz meu estômago embrulhar, mas não é *tão* alto. Eu conseguiria. Conseguiria fazer mais do que isso.

Pego meu caderno, pensando em todas as coisas, grandes e pequenas, bobas e *divertidas*, que eu faria se tivesse dezessete anos.

Penso na foto pendurada na geladeira do chalé, nos três adolescentes que eu observava, admirada. Os meninos, que davam mortais do bote e praticavam wakeboard e esqui aquático. A menina, que usava um biquíni dourado e nadava pelo lago. Penso em como Heather era corajosa, em como sempre foi ousada. Mordo o lábio, viro para uma página em branco e escrevo.

1. *Pular do rochedo*
2. *Usar um biquíni minúsculo*
3. *Ler um livro erótico*
4. *Organizar minha festa de aniversário*
5. *Beijar um cara bonito*
6. *Fazer uma boa foto*
7. *Mas também fazer um montão de arte ruim*
8. *Aprender a dar uma mortal no ar, para trás, no terraço?? Ou para a frente? Ou um mergulho mais elegante?*
9. *Me dedicar a um esporte aquático. Stand-up paddle? Wakeboarding? Esqui aquático?*
10. *Nadar nua*
11. *Fazer uma nova amizade*
12. *Fazer algo impulsivo*
13. *Andar de jet ski*
14. *Usar maquiagem com glitter como Heather usava*
15. *Usar o vestido verde*
16. *Drogas moderadas???*
17. *Dormir sob o céu estrelado*

Quando termino, estou rindo. É provavelmente a lista de desejos mais constrangedora já escrita e duvido que eu consiga cumprir metade dela antes do fim de agosto. Mas também parece radical: dois meses de liberdade adolescente. E sei por onde começar. Luca e Lavinia vêm para o meu aniversário, e os gêmeos adoram uma festa.

Passo mais uma hora na ilha, usando um rolo inteiro de filme e nadando antes de arrumar minhas coisas e desamarrar o barco. É uma viagem curta de volta ao chalé e meu maiô está molhado, então jogo o cafetã aos meus pés e visto o chapéu. Ligo o motor e me afasto da costa, prestando atenção aos troncos de árvores caídos e nas pedras sob a superfície.

E então vejo uma explosão de amarelo.

Fico tão assustada que giro o acelerador sem olhar para onde estou indo. Ouço um barulho ensurdecedor de metal e sou arremessada para a frente. Meus cotovelos batem no banco do meio, meus joelhos, no chão.

Gemendo, me levanto devagar e olho para o lado. Há uma pedra bem abaixo da superfície e estou presa nela. Estou naufragando.

Ouço o zumbido de outro barco ao lado do meu. O motor desliga.

— Isso foi interessante — anuncia uma voz irônica.

Tiro o chapéu do rosto e encontro uma lancha amarela familiar flutuando a metros de distância. Nela há um homem de olhos verde-claros.

— É você — diz ele, a boca arqueando. As covinhas piscando. — Uau.

9

— Você precisa de ajuda?

Ouço as palavras, mas devo estar em choque, porque tudo que consigo fazer é olhar fixamente para ele. O homem do mercado está ali, sem camisa, no barco amarelo da minha foto.

Seu corpo é um absurdo. É grande e largo, mas firme e tonificado, e preenche o espaço de um metro e oitenta como nenhum outro corpo.

— Você está bem? — pergunta ele.

Eu me esforço para voltar minha atenção a seu rosto, conjecturando se ele é um dos garotos da foto. O maxilar imponente, os lábios carnudos, sendo o superior bem desenhado e doce: tudo em desacordo com o sorriso malicioso que ergue os cantos da boca. Seus olhos verdes incomuns estão ainda mais brilhantes ao sol. Pisco antes de me perder neles.

— Estou bem. — Giro os braços. Hematomas começam a se formar nos dois cotovelos. Tirando isso e os arranhões nas pernas, estou um completo desastre. — Só um pouco machucada.

Ele se inclina sobre a lateral de seu barco, inspecionando os danos no meu.

— Acho que você vai ficar bem. Deve conseguir usar um remo para empurrar a pedra. — O olhar dele encontra o meu, seus olhos brilham como se toda a situação fosse muito engraçada.

Pego um dos remos de madeira com a confiança de alguém que sabe o que está fazendo. Mas é mais pesado do que parece: perco o controle e quase o deixo cair no lago.

— Posso ajudar, se quiser — ouço-o dizer, como se segurasse uma risada.

— Não precisa.

Agarrando o remo com força, empurro contra a pedra e acabo por cambalear um passo para trás. Ouço um assobio baixo. Coloco toda a força no próximo empurrão e movo o barco exatamente para lugar algum.

— Tem certeza de que não posso dar uma forcinha?

Olho por cima do ombro. A boca bonita do homem está curvada em um sorriso preguiçoso, braços cruzados sobre o peito soberbo. Meu olhar cai para as reentrâncias duras de sua barriga, para o cós de seu traje de banho vermelho.

Ele dá risada, e então fala:

— Aqui em cima.

Fico imediatamente vermelha como uma rosa do Dia dos Namorados.

Seus olhos vagam para a massa flamejante de cabelo caindo sob meu chapéu.

— Tudo bem, Red — diz ele. — Também estive dando uma olhada em você.

Odeio quando as pessoas me chamam de Red, referindo-se a meu cabelo vermelho, embora nunca diga nada. Mas há algo na maneira como ele me olha, algo tão presunçoso e divertido, que me faz reagir.

— Não. Me. Chame. Assim. — Empurro algumas vezes com todos os músculos do meu corpo. Nada.

— Eu ficaria feliz em dar uma mão — ronrona ele.

— Você pode guardar suas mãos para si mesmo — retruco, e então com um último empurrão, o barco desliza para fora da rocha.

Ele bate palmas devagar.

— Muito bem, Red.

— Está falando sério? — Eu o encaro por baixo da aba do meu chapéu.

— Normalmente, não.

Normalmente, não.

Já ouvi essas palavras antes. Pisco, encarando-o.

— Charlie?

As covinhas aparecem e ele toca a têmpora com dois dedos.

— Às suas ordens, Alice Everly.

Minhas bochechas esquentam com a maneira como ele pronuncia meu nome. O *Alice* soa tão suave quanto manteiga derretida, mas *Everly* parece ser arranhado em sua língua.

— Como sabe quem sou eu? — pergunto.

— Você me enviou sua foto, lembra? E esse barco que você acabou de bater é de John Kalinski.

Faço uma careta.

— Você está tendo um dia e tanto — comenta ele. — Destruindo bancas de produtos e batendo barcos. Você sempre causa tanto caos?

— Raramente.

— Não sei, não — continua Charlie, com seu sorriso provocador. — Você parece encrenca na certa. Acho que preciso ter cuidado quando estiver perto de você.

— Não se preocupe — respondo. — Não tem necessidade alguma de ficar perto de mim.

Sorrio para ele de lábios fechados, cujo significado nós dois sabemos: *Agora, por favor, vá embora.*

O homem levanta as sobrancelhas em resposta.

Com um revirar de olhos, eu me sento no banco e dou um puxão no cabo do motor, mas ele não pega. Dou outro puxão e nada ainda.

— Eu ficaria feliz em ajudar você. — Charlie não acrescenta *Garota da Cidade*, mas posso ouvir.

— Não, estou bem — respondo com os dentes cerrados. De todas as pessoas daquele lago que poderiam vir em meu auxílio, tinha que ser ele? Puxo o cabo de novo. E de novo. E de novo.

— Talvez você queira esperar — diz ele. — Ou vai...

Tento mais uma vez e o motor não faz nenhum ruído. O cheiro de gasolina encharca o ar.

Volto-me para Charlie.

— Ou vai afogar o motor.

— Você vai precisar esperar cerca de vinte minutos antes de poder tentar de novo — me informa Charlie com um sorriso de imensa satisfação.

— Não precisa demonstrar como está feliz com isso.

— Por que não? Agora posso dar uma carona para você. — Ele pisca. — Não é todo dia que consigo realizar um resgate.

Bufo.

— Vou esperar, obrigada. A tarde está linda.

Ele me estuda por um segundo, com um olhar tão direto que quase desvio os olhos. Quando ele fala, não há mais qualquer sinal de provocação em sua voz.

— Pode confiar em mim para levar você de volta para casa, Alice. Posso pegar a corda para rebocá-la. Ao que parece, já tomou sol o suficiente.

Sigo a linha de visão até minha pele avermelhada. Ele está certo. Vou precisar me lambuzar em aloe vera mais tarde.

— Tudo bem — concordo.

Com deselegância de sobra, consigo remar meu barco para junto ao de Charlie. Enquanto ele amarra as embarcações com um pedaço de corda de náilon, meus olhos percorrem seus bíceps e antebraços esculpidos até as mãos enormes. Ele sorri outra vez quando nota que estou olhando.

Então estende a mão para mim.

— O que está fazendo?

Seu sorriso se abre como um raio.

— Trazendo você a bordo.

De repente, Charlie coloca as mãos sob minhas axilas e, sem um som sequer, me faz voar. Seguro-lhe os ombros com um grito ao passo que ele me coloca no barco. A pele quente dele está sob minhas mãos. Estou tão perto que a aba do meu chapéu de palha toca seu peito. Ele cheira a sol, sabonete e algo caro e herbal que não consigo identificar. Inclino meu queixo e, por um segundo, ambos nos encaramos. Charlie olha para baixo, onde minhas mãos repousam em seu peito, e dou um passo repentino para trás, caindo em um assento.

Charlie ri.

— Você é sempre tão desajeitada?

— Na verdade, não.

— A culpa é minha, então.

Reviro os olhos e o sorriso dele se expande.

— Não se preocupe, Alice. Eu causo esse efeito nas pessoas.

Charlie se estica por cima de mim, pegando uma toalha listrada do chão aos meus pés. Os nós dos dedos dele roçam de modo inocente minha panturrilha e resisto a um arrepio. Ele me entrega a toalha.

— Jogue isso sobre os ombros. Você provavelmente se queima só de olhar para o sol.

— Eu me queimo só de considerar a possibilidade de me expor ao sol — comento, e as covinhas dele reaparecem.

Charlie liga o motor e, no caminho de volta ao chalé, ele aponta para uma porção estatal de terra arenosa que é boa para piqueniques. Ele conduz com uma mão no leme, como se o barco fosse uma extensão de seu corpo, joelhos virados para mim, prestando atenção tanto à água quanto a mim.

— Quer dizer que você veio para cá com sua avó para passar o verão. Vai receber algum hóspede?

Olho para ele de soslaio.

— Namorado? Namorada? Marido? Esposa? Parceiro?

— Que sutileza — respondo.

— Não é meu forte. — Como não falo nada, ele pergunta: — Talvez um primo distante por parte de mãe?

— O casamento é no próximo sábado — rebato, impassível.

Charlie olha para mim de um jeito estranho. Suas covinhas estão no lugar, mas algo muda em seus olhos.

— Você é engraçada.

— Na verdade, não sou, não. — Acho que ninguém nunca me acusou de ser engraçada antes.

— Discordo.

— Pode acreditar — respondo. — Sou o tipo de pessoa que, quando conta uma piada, alguém diz: "Nossa, que engraçado", mas ninguém ri.

— Você é engraçada — repete ele como se fosse uma revelação.

— Mesmo assim você não riu.

Então, ele ri. O som é mais profundo do que o ronco do motor. Sinto-o no fundo da minha barriga, uma sensação que imediatamente descarto.

— Determinamos que você é engraçada — continua ele. Ignoro. — E é solteira? — Charlie pisca.

— Solteira. Sem namorado, namorada, marido, esposa, parceiro ou relacionamento questionável com um primo distante por parte de mãe.

— É com o primo do seu pai que preciso me preocupar, então?

Antes que eu consiga impedir, solto um único "ha!".

Charlie sorri como se tivesse vencido uma rodada e a expressão me percorre. Já vi o mesmo sorriso, no mesmo rosto, só que ele era dezesseis anos mais novo.

A percepção me derruba como uma onda gigante. Charlie é o irmão mais velho da minha foto, aquele com quem eu tinha fantasias elaboradas. Minha boca se abre em câmera lenta e a fecho antes que ele perceba que estou de queixo caído. Fico vários graus mais quente, subitamente nervosa: de repente, estou com dezessete anos.

— Um verão inteiro, só você e sua avó — fala Charlie, puxando-me de volta para o presente. — Isso é raro.

Pisco para ele, achando difícil fazer as palavras saírem dos meus lábios, antes de indagar:

— É?

— Eu diria que sim.

Respiro fundo, recuperando o controle.

— Somos apegadas. O mínimo que eu poderia fazer era tirá-la de casa.

O olhar de Charlie percorre meu rosto; as sobrancelhas dele estão ligeiramente franzidas.

— Isso não parece ser o mínimo que você poderia fazer.

Digo um "hum", sem concordar totalmente.

— Ela é da família. Fiz o que qualquer pessoa faria.

— Duvido. — Os olhos dele encontram os meus, penetrantes como lasers, como se ele pudesse ver dentro de mim. É perturbador. — Aposto que você não é como qualquer pessoa, Alice Everly.

10

Percebo que estou estudando Charlie quando chegamos ao cais, na tentativa de entendê-lo. Arrogante, sim, sem dúvida. Imprevisível também. Uma bala perdida. O tipo de cara que normalmente evito. O clã Everly tem ego, atitude e drama de sobra. Não preciso disso fora da família também, em especial vindo dos homens. Segurança. Proteção. Conforto. O que *pensei* que tinha com Trevor.

— Como sua avó está se adaptando? — pergunta Charlie.

— Bem, eu acho. — Charlie espera que eu continue. — Ela está mais cansada do que o normal depois da cirurgia, mas está bem de saúde. Segundo o médico, está se recuperando bem. Espero que o fato de estar aqui a deixe mais animada.

— Pode me avisar se vocês precisarem de mais alguma coisa. Fico feliz em ajudar.

Franzo a testa.

— Por quê?

Os olhos verdes brilham em resposta.

— Por que não?

— Você nem nos conhece.

— Digamos apenas que devo ao universo algumas boas ações. — Charlie ergue uma sobrancelha. — E agora você me deve uma.

Não tenho certeza se ele quer se insinuar ou se é porque sua voz soa como preliminares, mas percebo que estou enrubescendo.

— É mesmo?

Charlie desliga o motor, prende a parte de trás do barco e salta para amarrar a frente. Quando termina, ele fica de pé acima de mim, estendendo a palma da mão.

— Com certeza.

Pego sua mão e saio do barco. Mas ele não solta. Arrepios sobem pelos meus braços.

— Em segurança e em terra firme — declara Charlie.

— Meu herói.

Meu olhar permanece no recorte de seu maxilar e na barba por fazer que o cobre antes de cair na base de sua garganta bronzeada. Estou aqui com o garoto da minha foto. Só que ele está crescido. E eu também.

A pulsação acelera em meu corpo.

Charlie se inclina em minha direção com um sorriso de lobo.

— Você está *corando*?

— É a queimadura de sol.

Solto a mão dele e recuo um passo.

Um berro de alegria irrompe de seu peito.

— Diga isso a si mesma, Red.

Pronto. *Red*. O choque de realidade é minuciosamente cronometrado.

Solto um rosnado, adquirindo um tom ainda mais profundo de vermelho.

— Eu disse para você não me chamar assim — disparo.

— Você fica linda quando está brava. — Charlie estende a mão, sacudindo a aba do meu chapéu.

Eu o encaro, atordoada.

— Qual é o seu problema?

— Coisas demais para colocar em uma lista. — Ele sorri, imune à minha irritação ou simplesmente gostando dela. — Vou deixar você descobrir por si mesma outro dia. Que tal eu levá-la para dar uma volta no lago? Mostro os pontos onde é preciso ter cuidado.

— Isso realmente não é necessário.

Charlie espia o barco de John.

— Acho que pode ser, sim. Além disso, somos vizinhos. Estou bem ali. — Ele aponta para o casarão branco do outro lado da baía, o lugar que uma vez me chamou a atenção no sol da manhã.

— Acho que vou recusar.

— Mas por quê? — Ele franze a testa. Duvido que já tenha sido rejeitado alguma vez em toda a vida.

— Não é nada pessoal. Você simplesmente não é meu tipo.

Ele coloca a mão no peito, como se estivesse ofendido.

— Eu sou o tipo de todo mundo.

Não consigo evitar. Rio. Alto. Esse cara é *uma figura*. Charlie pisca ao ouvir o riso. Admito que tenho uma risada de gelar o sangue. Heather diz que é minha gargalhada de bruxa.

— Sabe, algumas pessoas consideram a ostentação desagradável — afirmo.

— Não. — Os olhos dele brilham com malícia. — Não você, Alice Everly. Você gosta.

A voz dele é grave e rouca. De alguma forma, faz meu nome soar ilícito. Eu o imagino sussurrando contra minha pele.

Alice Everly. Alice Everly. Alice Everly.

Não. Não. Não vai acontecer. Endireito meus ombros.

— Você não tem ideia do que eu gosto.

Charlie sorri.

— Acho que faço uma boa ideia. Não vamos nos esquecer de como nos conhecemos — diz ele, com um suspiro melancólico. — Eu me lembro como fosse esta manhã. Você, eu, os pepinos... — Ele se inclina para perto e sussurra: — *Uau*.

Ele está provocando, mas é tão ridículo que não fico envergonhada. Charlie está certo: não me importo. Na verdade, talvez eu goste. Não tenho certeza se já tive um flerte tão desavergonhado antes. Mas temos um verão inteiro pela frente e tenho que acabar com isso.

— Você tem um rosto lindo — admito.

Ele inclina a cabeça.

— Obrigado, Alice.

— Mas existe um número quase infinito de rostos lindos neste mundo, e já vi *muitos* deles.

— Oi?

— Sou fotógrafa. Rostos meio que são meu forte. E para ser sincera, o seu é... — Aperto os olhos para o sol, escolhendo bem as palavras. — Impressionante — concluo, mirando Charlie outra vez. — Você é bonito, óbvio. E sabe disso. O tom dos seus olhos: é raro. Você também sabe disso.

Ele aperta os olhos para mim.

— Por que isso não parece um elogio?

— É um elogio — garanto-lhe. — A primeira coisa que pensei quando vi você esta manhã na loja foi que eu queria fotografá-lo.

Há certa característica de experiência de vida em suas feições que o torna interessante de se olhar. — Charlie está completamente imóvel. Exceto por sua garganta, que se move engolindo em seco, ele se transformou em pedra. — Você tem o rosto perfeito e imperfeito. Por isso o *uau*. — Ergo meu queixo, reunindo forças. — Mas é só um rostinho bonito. Literalmente a última coisa que tornaria alguém atraente para mim.

No começo, tudo o que Charlie faz é olhar fixamente, mas então ele sorri.

— Mensagem recebida. Alice Everly: não gosta de rostos.

Ele passa por mim e pisa na ponta de seu barco para poder puxar o esquife de John. Vejo os músculos de suas costas se moverem enquanto ele puxa a corda. Charlie espia por cima do ombro, me pegando no meio da contemplação. Fui flagrada.

— É mais uma mulher que gosta de bundas, então? — O sorriso dele é uma exibição brilhante de dentes bem alinhados e covinhas.

Sei que estou vermelha como um pimentão, mas algo nele, talvez a falta de modéstia, me encoraja.

— Eu estava olhando seus ombros. — Meus olhos caem para seu traseiro. — Mas sua bunda é aceitável.

Charlie resmunga.

— Ela é excepcional.

Luto contra o sorriso que quer dobrar meus lábios. Trevor não era *nada* parecido. Era sincero, sério a ponto de ser profissional, mas eu sempre soube onde estávamos. Trevor era terra firme; Charlie é uma camada fina de gelo. Por isso é tão absurdo que eu não me sinta esquisita com ele. Estamos *lutando,* e é *fácil.* Não tenho certeza do que ele vai dizer e, embora seja um terreno novo e escorregadio, parece que sei como patinar nele.

— Não sei bem o que fazer com você — admite Charlie enquanto se ajoelha para amarrar o barco de John.

— Você não precisa fazer nada comigo.

— Acho que preciso — responde ele. —É meio que *meu* forte.

Ele pega meu cafetã e minha bolsa de praia e os coloca no cais. Vejo meu caderno no chão do barco ao mesmo tempo que ele. Está exatamente como o deixei, dobrado e aberto na página com minha lista de desejos.

— Eu pego isso. — Saio correndo. Mas é tarde demais: Charlie está subindo para pegá-lo.

— Permita-me — diz ele. — Já que não consigo conquistá-la com meu rosto *impressionante*. — Ele me lança um olhar penetrante antes de pegar o caderno.

Por favor, não olhe. Por favor, não olhe. Por favor, não olhe.

Ele olha.

— O que é isso? — As sobrancelhas de Charlie se erguem em direção ao infinito. Seu olhar se volta para o meu. Seu lábio se contrai.

— Só me devolva.

Charlie o estende e me atiro tão rápido que quase caio na água. Ele me segura pelo braço, sorrindo.

— Nem uma palavra.

Ele levanta as mãos.

— Eu não disse nada.

Charlie pisa no píer no momento que ouço a voz de Nan.

— Alice, vai me apresentar ao seu amigo?

Observo o convés, onde ela está apoiada no andador.

— Ele não é meu amigo — grito de volta.

— Grossa — reclama Charlie.

— Traga-o para tomar chá.

Charlie se vira para mim, sorrindo.

— Leve-me para tomar chá, Alice.

11

— Você está colecionando homens bonitos hoje? — pergunta Nan quando Charlie e eu chegamos ao topo da escada.

— Só um — respondo. — Nan, este é Charlie Florek. Ele está cuidando da propriedade para o John.

— Ah, nosso animado escritor de cartas e faz-tudo?

— O próprio.

O sorriso de minha avó floresce enquanto ela junta as peças.

— E o cavalheiro do mercado hoje de manhã?

— Sim.

Charlie cruza os braços sobre o peito, presunçoso.

— Ela contou tudo a meu respeito, hein?

O sorriso de Nan é o mais largo que já vi desde que chegamos, ocupando cada centímetro de seu rosto: os lábios, a pele ao redor da boca, os sulcos ao redor dos olhos.

— Nanette Everly. — Ela estende a mão e Charlie a envolve com a sua. — Mas todos me chamam de Nan. Muito obrigada por tudo que fez no chalé. Tenho certeza de que Alice mencionou quanto somos gratas.

Os olhos dele deslizam para mim.

— Na verdade, ela deixou essa parte de fora.

— Você é tão elegante que ela deve ter se esquecido.

— Agora que você mencionou, ela parecia um pouco nervosa, mesmo.

Fuzilo o olhar cintilante dele.

— Sinta-se em casa, Charlie — convida ela. — E eu vou preparar nosso chá.

— Posso fazer isso, Nan.

— Bobagem.

— Por favor. — Sinto Charlie nos observando. Não quero brigar na frente dele, mas Nan não consegue fazer o caminho entre a cozinha e o terraço com muita facilidade. E não quero que precise equilibrar xícaras de chá em seu andador. — Deixe que eu faço.

— Sou mais do que capaz, *querida*.

Ela está sendo educada na frente da visita, mas sei o que significa quando ela fala *querida* desse jeito. Abro minha boca, mas Charlie fala primeiro.

— Minha avó fraturou o quadril alguns anos atrás — conta ele, dirigindo-se a Nan. — Escorregou na neve. Como a senhora fez isso?

— Usei os sapatos errados para a aula de dança. Meu pé saiu de baixo de mim dando chutes em uma música velha e boba.

— Era "Dancing Queen" — intervenho, compartilhando com Charlie um olhar que diz: *Não temos permissão para rir disso.*

— Aparentemente, não — diz Nan, bufando.

Os olhos de Charlie se arregalam. *Mas é tão engraçado,* eles dizem.

— Por que não entramos todos? — sugere ele, segurando um sorriso. — Alice precisa sair do sol e eu não me importaria com uma cadeira confortável.

Nan me olha por cima dos óculos.

— Ela parece bem queimada mesmo, não é?

Nós a levamos para dentro, Charlie aproxima uma luminária de chão à parede para abrir mais espaço para o andador dela. Vou até a cozinha para colocar a chaleira no fogo, quase perdendo o fôlego com a foto de Charlie adolescente na geladeira. Puxo-a para baixo e a escondo sob uma pilha de guardanapos de papel em um armário. Que dia.

— Cresci no lago, mas agora moro em Toronto — Charlie está dizendo a Nan quando volto para a sala de estar.

— Em qual bairro? Alice mora no Junction.

— Tenho um apartamento em Yorkville.

Nan está em sua poltrona, vestindo camisa passada e pérolas. Charlie está no sofá, sem camisa e descalço. O contraste é bom demais. Pego minha câmera na bolsa.

Clique.

Nan está acostumada com minhas fotos e não presta atenção, mas a cabeça de Charlie se vira com um olhar questionador no rosto.

Não dou explicação.

— Vou encontrar algo para você vestir.

Uma das gavetas da cômoda do meu quarto está cheia de meias confortáveis e camisetas desbotadas. Pego a maior para Charlie e visto um short de linho amarelo e uma blusa branca sem mangas, depois prendo os cachos em um coque na nuca.

— Muito impressionante — Nan está dizendo a Charlie quando volto. Ela não se impressiona com facilidade nem é de bajular desnecessariamente. De alguma forma, no intervalo de minutos, Charlie conseguiu conquistar minha avó.

Os elogios dela o deixam radiante. Ele está resplandecente como o sol, com as bochechas levemente coradas. Parece até mais jovem. Parece o garoto da minha foto.

— Obrigado — diz ele. — Eu me dediquei muito.

Entrego a camisa para ele, e ele a veste pela cabeça. É azul-celeste, com BARRY'S BAY escrito no peito abaixo de uma mobelha e é obscenamente justa nos ombros e braços. Será que combate incêndios para viver? Será que combate o crime? Olho para Nan, e compartilhamos um olhar conspiratório.

— O chá estará pronto em minutos — anuncio, sentando-me no sofá ao lado dele.

— Charlie estava me dizendo que trabalha no mercado financeiro em Bay Street.

Encaro Charlie, imaginando-o de terno e gravata. Coquetéis pós-trabalho. Mulheres gostosas.

— Faz sentido.

Charlie inclina a cabeça.

— E o que isso quer dizer?

— Combina com você. — Arrogante. Confiante. Aposto que ele é competitivo.

— Parece um insulto — pontua Charlie.

— Você vai sobreviver. — Eu me aproximo e dou um tapinha em sua perna, mas não estou preparada para o calor de sua pele ou a maneira como meus dedos querem explorar sua coxa, descobrir se ele está quente em todos os lugares. Acho que Charlie também não está preparado, porque assim que o toco, seu olhar dispara para minha mão. Eu a puxo de volta com a mesma rapidez.

— Duvido que alguém sobreviva a você — responde ele, erguendo os olhos para mim. São realmente magníficos, transformam-se com a luz. Um verde-escuro mais intenso do que eram no sol.

Nan nos avalia como se fôssemos uma sobremesa.

— Ah, isso é muito bom. Charlie, faz muito tempo que não vejo alguém irritar Alice do jeito que você fez com aquela carta. Foi uma revolta.

— O prazer foi todo meu.

Nan assobia. *Assobia*. Ela está feliz como pinto no lixo, não consigo acreditar. Não a vejo assim desde antes da queda.

— Ah, gosto muito mais de você do que do último.

— Nan — advirto, esperando evitar o assunto do meu ex. — Não é nada do que você está pensando.

Charlie sorri para mim como um gato selvagem.

— Ainda não.

Minha avó bate palmas.

— Não o incentive — digo a ela, mas adoro vê-la feliz. E suspeito que Charlie esteja se esforçando para isso, flertando para dar um show. É uma encenação muito crível.

Ele se inclina para a frente e sussurra para Nan:

— E então, o que houve de errado com o último?

— Ele era um verdadeiro desastre — conta ela. — Tão sério e exigente. Nunca vi Alice rir quando eles estavam juntos.

— Nan, por favor.

— É a verdade — continua ela, dirigindo-se a Charlie. — Chato como uma lousa de sala de aula. Alice o ajudou nos negócios e ele teve a coragem de terminar com ela.

Fecho os olhos por apenas um segundo, só tempo suficiente para me manter firme diante de Charlie.

Não sei como fazer você feliz, Alice. Você sabe?

— Lamento — Charlie diz baixinho.

— Não há nada para lamentar. — Eu me levanto, alisando as mãos sobre a frente do short. — Como você prefere o seu chá?

— Eu não prefiro — diz Charlie.

— Desculpe, o quê?

— Eu não bebo chá — esclarece ele.

Nan zomba.

— Todo mundo bebe chá.

Charlie se vira para ela.

— Como devo tomar, então?

Apesar de todas as brincadeiras, gosto que ele não fale com Nan como se ela fosse uma senhora idosa delicada ou uma criança.

— Gosta de açúcar? — pergunta Nan, dirigindo-se a ele.

— Não com este corpo.

— Só com um pouco de leite, então.

Charlie se vira para mim.

— Vou tomar com um pouco de leite, obrigado.

Eu me retiro para a cozinha, com uma dor de cabeça em forma de Trevor pressionando as têmporas.

— Mas eu não faço *você* feliz? — perguntei um pouco antes que Trevor saísse.

Trevor me deu um sorriso triste e beijou minha bochecha.

— Acho que você tentou, de verdade.

Achei que fosse o cara certo. Mas agora ele está noivo de uma enfermeira pediátrica chamada Astilbe e eu estou diante da possibilidade de que a única pessoa com quem passarei minha vida serei eu mesma.

Caio todas as vezes. Meu coração acaba sendo partido todas as vezes. O amor eterno pode ter existido para a geração da minha avó, mas estou começando a achar que é um mito moderno. Heather se divorciou. Meus pais também. Terminaram o casamento há três anos, logo depois que os gêmeos saíram de casa. Até o último instante, quando o divórcio foi concluído e minha mãe mudou o sobrenome, tive a esperança de que a separação fosse temporária. Ela voltou a ser Michelle Dale.

Pisco para afastar as lágrimas e levo o chá e o bolo.

— Imagino que períodos sabáticos não sejam comuns na sua profissão — Nan comenta com Charlie enquanto lhe entrego uma xícara que, na mão dele, parece saída de uma casinha de boneca.

Eu me sento, percebendo que ele se endireita um pouco, como se estivesse se fechando.

— Provavelmente, não. Mas não sou comum. Sou muito bom no que faço.

Minutos antes, eu teria revirado os olhos, mas me pego estudando Charlie em busca de determinar se há algo mais nele do que covinhas e tríceps.

— Imagino que sim — afirma Nan, e depois aponta para mim. — Alice é fotógrafa.

— Fiquei sabendo — comenta Charlie ao me fitar com uma sobrancelha franzida de alegria.

— Ela é muito talentosa. Uma das fotos dela foi selecionada para uma grande exposição no final deste ano. Como se chama a exposição, Alice?

— *Na câmera (dela)* — respondo. — Minha amiga é dona da galeria — complemento, dirigindo-me a Charlie.

— Não se subestime, Alice. É uma foto impressionante. *Assustadora.*

Assustadora. Sim.

É o retrato de uma mulher olhando diretamente para a câmera, com o queixo erguido. De longe, Aanya parece uma típica executiva. Blazer. Cabelo liso na altura do queixo. Mas quando você se aproxima, pode ver os vincos da maquiagem e os flocos de rímel em seus olhos, a exaustão em seu olhar. Ela parece derrotada. Era CEO de uma grande empresa de telecomunicações, e a fotografei para um perfil em uma revista. Três dias depois, Aanya foi demitida em um golpe corporativo. É sem dúvida uma imagem poderosa, mas havia outras fotos das quais ela e eu gostávamos muito mais, aquelas em que a iluminação não é tão forte, em que ela parece cansada, mas determinada, que pareciam mais fiéis a quem ela é. Tentei convencer o editor de fotos a escolher uma delas, mas ele selecionou uma imagem que se adequava à história que a revista queria contar.

Talvez seja por isso que me incomoda tanto. Outra pessoa decidiu como Aanya apareceu no mundo. Ou talvez seja porque não defendi minha visão com o editor de fotos tanto quanto poderia ter feito.

Elyse adora o retrato. Ela olha para Aanya e vê força e resiliência. Eu vejo minha própria fraqueza.

Incluir aquela foto na exposição é fazer uma declaração sobre quem sou como fotógrafa. O retrato é bom; ótimo até. Mas não o sinto como obra minha. Na verdade, não tenho mais certeza de como *me* sinto. Além das fotos que tirei na ilha hoje mais cedo, não me lembro de quando fotografei só para mim, sem me preocupar em executar uma tarefa perfeitamente.

— Quando é a exposição, Alice? Acho que você não mencionou — diz Nan agora.

— De agosto até o final do ano.

— Você terá que voltar para a abertura — comenta ela. — Eu não me importaria de passar alguns dias aqui sozinha.

— Não é grande coisa, Nan. Não quero deixar você sozinha. — Isso é apenas parte da verdade. Estou feliz por ter uma desculpa para não ver a foto na galeria.

Nan estreita os olhos.

— Não sou uma criança.

Sinto Charlie olhando entre nós.

— Eu sei — respondo baixinho. — Não é isso.

— Você não pode culpar a Alice por não querer sair do lago em agosto — afirma Charlie. Olho para ele, grata. Ele levanta a xícara de chá na minha direção antes de se virar para Nan. — Sabe, acho que me lembro da senhora de quando eu era criança. A senhora e seu marido vinham muito aqui, certo?

É uma distração de elite. Nan se ilumina como uma árvore de Natal.

— Vínhamos todo verão. John e Joyce eram nossos amigos mais próximos.

Charlie aperta os olhos.

— John disse que faz muito tempo que você não volta. Ele me pediu para contar como você está, mencionou que vocês não se falam há muito tempo.

Viro a cabeça na direção de Nan. Eu não sabia disso.

— As pessoas mudam. — Ela mantém os olhos fixos em Charlie enquanto ele toma o chá. Ele não tocou no bolo. — Agora me diga: o que vai fazer para se manter ocupado neste verão? Imagino que um homem como você logo fica entediado.

— Na verdade, não acredito em tédio — responde ele. — Conheço muitas pessoas em Barry's Bay. Tenho meu barco. O jet ski. Tenho projetos para fazer aqui para John. E estou construindo uma casa na árvore.

— Uma casa na árvore? Você tem filhos? — pergunta Nan.

Charlie balança a cabeça.

— Meu irmão e minha cunhada estão esperando o primeiro filho para outubro, dois dias antes do meu aniversário. — A voz dele fica mais baixa. — Vou dar uma grande festa para eles no mês que vem. Minha versão de um chá de bebê. A casa na árvore é meu presente. — A voz falha dele fica embargada e ele pisca, pego de surpresa por suas emoções.

Entro depressa na conversa, tentando aliviar o que acabou de acontecer com ele.

— Que bebê recém-nascido não ama subir escadas?

— Alice — repreende-me Nan. — É uma boa ideia.

Mas Charlie olha para mim, como de algum modo eu sabia que ele faria, os olhos brilhando como se estivesse prestes a fazer uma brincadeira.

— Pensei em colocar um berço lá dentro, para que o bebê não perturbe meu sono. Mas talvez eu precise de ajuda para colocá-lo lá em cima. Você topa?

— Estou dentro. Deveríamos colocar uma cadeira de balanço também. Assim seu irmão e sua cunhada ficarão confortáveis.

— Genial — elogia ele. — Eles não precisam de abrigo adequado, mesmo.

— Nem de água corrente.

Charlie ri, e o olhar dele encontra minha boca e se detém ali. É porque estou sorrindo, percebo. Um sorriso grande e cheio de dentes que move até minhas bochechas. De repente, ele se levanta.

— Acho que devo ir embora. Obrigado pelo chá. Amanhã trago aquelas mesas de canto para a senhora — ele diz a Nan. — Vou deixar meu número caso precise de alguma coisa quando Alice não estiver por perto.

— Por falar nisso — observa Nan com um sorrisinho malicioso. — Vamos comemorar o aniversário de Alice na semana que vem: 1º de julho. O irmão e a irmã dela estarão aqui. Por que não se junta a nós para o jantar?

— Você não precisa vir — falo para Charlie enquanto o acompanho até o cais. — É só uma festinha, mas meus irmãos são *muita coisa*.

— Gosto de *muita coisa*.

— Teremos colares de penas, tiaras e glitter — continuo. Tenho uma visão para a noite e Charlie não se encaixa nela.

— Ah, que boa notícia — responde ele, parando no cais. — Fico fantástico de tiara.

— Mas é o Dia do Canadá — argumento. — Você provavelmente tem planos.

Os olhos verdes dele penetram nos meus.

— Se não quer que eu venha, Alice, é só dizer.

Mastigo o interior da boca. Não sei o que vou fazer com Charlie. Ele é como o rolo de filme misterioso que uma vez descobri sob o forro da minha bolsa. Eu não tinha ideia do que encontraria ali.

Ele estende a mão.

— O que está fazendo?

— Tenho a sensação de que não causei uma boa primeira impressão, então vamos começar de novo. Eu sou Charlie Florek.

Franzo a testa e ele sorri de volta para mim.

— E você é... — pergunta ele.

— Eu sou Alice Everly? — respondo, colocando a palma de minha mão na dele.

Charlie a aperta com firmeza e dá uma sacudida. Seu sorriso destaca as covinhas.

— E você é Alice Everly.

Alice Everly. Alice Everly. Alice Everly.

Eu deveria afastar a mão, mas, por algum motivo, não o faço. Deixo que ele segure minha mão pequena em sua grande.

— Dizem que você vai dar uma grande festa no Dia do Canadá, Alice. O lago inteiro está falando sobre isso.

Penso no garoto da minha foto e na garota que queria sair com ele. Penso no jeito como Charlie fez Nan rir.

— Você deveria vir — afirmo. — Acho que consigo aguentar você por uma noite.

Charlie sorri, e é tão sincero que me esforço para não fazer o mesmo.

— Não fique muito feliz — provoco. — Você vai ter que usar sua própria camisa.

— Isso não garanto.

Ele solta minha mão, que parece muito mais fria. Charlie entra no barco com elegância, desveste a camiseta pela cabeça e a joga para mim.

— Use-a para dormir, Alice. Sonhe comigo.

Faço uma careta, mas isso só o faz rir.

— Você é... — Nem sei o que ele é.

— Impressionante? — Charlie me lança um sorriso, depois desamarra o barco. Dá a partida e se afasta, de costas para mim, com o sol acariciando sua pele.

— Ah, e Alice? — grita ele, olhando por cima do ombro. — Sobre aquela sua lista. Considere o item número três seu presente de aniversário.

Não lembro qual é o item número três, mas *sei* que deveria estar envergonhada por ele se lembrar. Olho para o barco amarelo de Charlie enquanto ele voa pela baía e eu seguro uma camiseta que tem cheiro de verão.

12

Ler um livro erótico. Número três.

De todas as pessoas que poderiam ver minha lista boba, tinha que ser Charlie. Jogo meu caderno na cama e pego a camiseta da Barry's Bay a fim de colocá-la na lavanderia. Levo-a até o nariz sem parar para pensar e Nan me flagra.

— Tem um cheiro estranho — digo, e ela me lança um olhar cúmplice. Tento tirar Charlie da cabeça, mas Nan passa a noite inteira falando dele.

Tão bonito. Charmoso, de um jeito diabólico. Me lembra Robert Redford em Nosso amor de ontem. *E aqueles braços!*

Desde que chegamos, ela nunca esteve tão falante. Quando ela vai para o quarto dormir, caio em um vórtice altamente desaconselhável de fotos antigas de Robert Redford. Minha mente continua voltando ao momento no cais, quando Charlie se virou para mim e disse: "Se não quer que eu venha, Alice, é só dizer". Foi o jeito como ele olhou para mim, o jeito de quem sabia o que eu estava pensando.

Balanço a cabeça como se eu pudesse tirá-lo de lá e envio uma mensagem para Luca e Lavinia.

EU
Vou dar uma festinha enquanto vocês estiverem aqui.

LUCA
Quem é?

LAVINIA
Por que você roubou o telefone da minha irmã?

LUCA
Você não vai nos enganar, golpista. Ali odeia festas.

Depois de dez minutos de provocação, os gêmeos se acalmam. Prometem fazer um bolo. Vamos comer as sobras no café da manhã, do jeito que mamãe sempre nos deixava fazer quando éramos crianças. Luca já começou a montar uma playlist. Lavinia fica com o figurino. Eu, na decoração.

Lantejoulas, envia Lavinia.

Plumas, Luca responde.

Glitter, escrevo. *Usar maquiagem com glitter como Heather usava.* Número catorze.

Com alguma relutância, conto aos gêmeos sobre Charlie.

EU

Seremos nós quatro mais o cara que está cuidando do chalé.

LUCA

Ele é gostoso?

LAVINIA

Ele é solteiro?

LUCA

Mande uma foto pra gente agora.

LAVINIA

Tem internet lá em cima?

LUCA

Qual é o nome dele?

LAVINIA

Qual é o signo dele?

EU

Muito. Acho que sim. Não tenho. Obviamente. Charlie. Não sei, mas tem muito da energia de leonino.

LAVINIA

Desmaiei.

LUCA

Quero.

EU

Calma. Ele é meio babaca.

Aperto enviar na última, e depois me sinto mal. Charlie é arrogante, mas não babaca.

LUCA

Então por que ele foi convidado?

LAVINIA

OMG! Você está tentando nos manter longe dele??!!

LUCA

Você GOSTA dele!

LAVINIA

Gosta dele COM CERTEZA.

Dois minutos depois, recebo uma ligação de Heather exigindo que eu lhe conte sobre o "gato do lago".

— Não consigo decifrar o cara — confesso a ela depois de recapitular o acidente com o barco.

— Aposto que isso está deixando você doida.

Está mesmo. Continuo inspecionando as poucas informações a respeito dele, iluminando cada faceta, tentando encaixar as peças discordantes.

— Ele é todo cheio de si — conto a Heather. — Mas é charmoso. E, além de me salvar hoje, ele deixou as próprias coisas de lado para preparar o chalé. — Penso na maneira como falou sobre a sobrinha ou sobrinho. — Tenho a sensação de que a bravata pode ser uma fachada.

— Parece que ele tem problemas.

— Com certeza — concordo, roendo uma unha.

Heather faz um som curto de *hum*, o que significa que está pensando.

— Nan gostou dele — acrescento.

— Gostou? Bom, ela é uma boa juíza. — Heather faz uma pausa. — Um gostoso sarado de chalé que trabalha no mercado financeiro... Não é seu tipo.

— Ah, não mesmo. *Não* vou entrar nessa.

— Mas, Ali, seu tipo não tem dado muito certo para você. Trevor...

Eu a interrompo.

— Não estou interessada em tipo *nenhum* no momento.

Heather me ignora.

— Você é uma pessoa que se entrega e Trevor era um cara que recebe. Você colocou todo aquele trabalho no negócio dele e ele não deu o mínimo valor.

Trevor tem uma empresa de impressão tipográfica pequena, mas bem-sucedida. Quando começamos a namorar, comecei a fotografar todas as suas amostras de produtos e conteúdo de redes sociais. Quando havia trabalho demais, eu o ajudava a enviar pedidos. Ajustava minha própria agenda de trabalho para poder ajudá-lo a cuidar do estande em feiras de negócios e indiquei minhas clientes noivas para ele. Tenho orgulho de ser uma amiga sólida, uma irmã prestativa, uma boa filha. Mas pelo homem que eu amava? Eu teria feito qualquer coisa.

— E, apesar do que você diz — continua Heather —, tem, *sim*, um tipo.

Eu me preparo, porque depois que ela começa sua defesa, não há como detê-la.

— Desde Oz, você está com esses caras de suéter, arrumadinhos e calados.

Oz é daquele tipo de pessoa que aparece no primeiro dia da faculdade totalmente consolidado, desde a maneira como fotografa até a maneira como se veste. Jeans rasgado. Flanelas xadrez. Um piercing na sobrancelha. Tocava baixo em uma banda e tirava fotos corajosas e inflexíveis da vida urbana. Ele era um ótimo fotógrafo. Ainda é.

— Mas eles não terem tatuagens não significa que sejam diferentes — continua Heather.

Mas Oz *era* diferente. Prestava atenção a mim e ao meu trabalho de uma forma que ninguém jamais fez. No segundo ano, éramos inseparáveis, usávamos juntos a câmara escura e assistíamos a documentários em seu apartamento no Kensington Market. Fui a todos os shows dele. A família de Oz vivia em Winnipeg, então ele passava o Dia de Ação de Graças e a Páscoa com os Everly. E eu estava secreta e loucamente apaixonada por ele. Foram tantos os momentos fugazes em que ele me olhava com carinho ou me dizia que ninguém o entendia como eu, que quase me declarei. Mas nunca consegui. Até aquela noite de agosto. No verão, depois da formatura. Oz me convenceu a ir ao show de um DJ em um local apertado e improvisado em cima de uma loja de móveis. Estávamos dançando e as mãos dele estavam nos meus quadris, e depois nas minhas costas, e então estávamos nos beijando. Quando ele estava em cima de mim mais tarde naquela noite, pensei que meu coração poderia se abrir. Foi minha primeira vez e foi com meu melhor amigo, o cara que amei durante anos em silêncio.

Talvez as coisas teriam sido diferentes se eu tivesse contado a Oz que nunca tinha feito sexo. Talvez ele não tivesse dormido comigo. Talvez ainda fôssemos próximos. Quando perguntei, na manhã seguinte, quando deveríamos contar aos nossos amigos sobre nós, ele pareceu confuso e depois arrependido. Disse-me que não nos via como um casal, que tinha sido só uma noite. Não consegui evitar: chorei um rio inteiro de lágrimas enquanto Oz me abraçava. Quando saí de seu apartamento, afirmei que ficaria bem, mas parei de responder às mensagens dele. Excluí Oz da minha vida.

— Ali, está me ouvindo? — Heather pergunta. Respondo com um *hum*.

— Eu estava dizendo que você precisa de alguém que a apoie da mesma forma que você os apoia. Você precisa de alguém que dê tanto quanto recebe.

— Não *preciso* de ninguém.

— Sabe o que mais eu acho?

— Que o melão verde é o melhor melão? — (Eca.)

— Óbvio. Você poderia se beneficiar de um pouco de bravata em sua vida.

Franzo a testa.

— E isso significa que...

— Dê uns amassos em Charlie na lancha dele. Passe um pouco de protetor solar naquele peitoral. Divirta-se com ele na casa de barcos.

— Passo.

— Ai. Você não tem jeito. Então vou aí para ficar com ele.

— Você não namora.

— Mas eu *transo*. Ao contrário de você.

— Enfim — resmungo. — Próximo assunto.

— Certo. Quais são os detalhes da abertura da sua exposição? Preciso liberar minha agenda e marcar horário no cabeleireiro. Deveríamos fazer a maquiagem também.

Eu não deveria ter contado à minha irmã sobre a exposição. Ela não vai sossegar.

— Eu não vou — afirmo. — Vou ficar aqui com a Nan. Ela precisa de mim aqui.

— Ah, por favor.

— Desista disso — peço, embora Heather não vá ficar satisfeita até que eu esteja na galeria Elyse Cho, suando em meu vestido de festa.

— Não vou desistir. Não é sua foto favorita. Quem se importa? O evento é importante, Ali. É a exposição inaugural da galeria... Haverá uma tonelada de jornalistas.

— Eu me importo e não sou como você. Não amo os holofotes.

Lavinia é a atriz, mas todos os Everly anseiam por atenção. Meu pai e Heather a encontraram no tribunal. Lavinia no palco. Lucas atrás do bar. Minha mãe é mais parecida comigo. Somos as reservadas, as introvertidas.

— Eu não *amo* os holofotes.

— Heather.

— A exposição pode abrir um mundo totalmente novo para você — argumenta ela. — Você está sempre falando sobre como deseja fotografar coisas mais artísticas. Esta é uma oportunidade de ficar diante de pessoas ricas que precisam de merda artística para suas paredes.

— Merda artística? — O que não digo é que acho que cometi um grande erro. Se as pessoas gostarem da foto, temo que Elyse queira mais fotos parecidas e que os compradores também. Tenho medo de não conseguir recusar, de me ver no caminho errado, de não conseguir encontrar o caminho de volta.

— Foi um elogio — afirma Heather, depois suspira. — Acho que você deveria colocar sua calcinha de adulta e um daqueles macacões pretos enfadonhos e simplesmente fazer o que deve ser feito. Inclusive com Charlie.

Antes de dormir, revejo as fotos que tirei com o celular para ver se há algo que valha a pena ser compartilhado.

A melhor foto que tirei foi de Nan olhando pela janela, as mãos segurando os lados do andador. Mas sei que ela não gostaria que eu compartilhasse isso, ela odeia precisar de ajuda. Há uma foto dos meus pés na água, que fiz na ilha hoje cedo. As ondulações na superfície têm uma geometria interessante. Os tons parecem quase preto e branco. Você consegue ver meu cabelo no reflexo do lago, mas não consegue ver meu rosto.

Aplico meus filtros favoritos e a publico com uma legenda curta. Lago, junho de 2025. Rotulo todas as minhas fotos dessa forma. O assunto, o mês, o ano. Faço uma rápida rolagem em minhas notificações antes de desligar o telefone durante a noite, mas há uma, de uma hora atrás, que faz meu coração perder o compasso.

charlesflorek começou a seguir você.

13

DOMINGO, 29 DE JUNHO
RESTAM 64 DIAS NO LAGO

Como se tivesse sido invocado pela simples vontade de Heather, chega um e-mail de Elyse na manhã seguinte. É um rascunho de convite para a abertura de *Na câmera (dela)*: Elyse quer minha opinião.

— Por que está com essa cara feia? — pergunta Nan do outro lado da mesa.

— Nada.

Ela pisca para mim por cima da armação dos óculos.

— Alice. Você é uma péssima mentirosa.

Sou mesmo.

— É só uma mensagem sobre a exposição.

— Eu estava pensando que preferiria ir com você a ficar aqui — pontua Nan.

— Viajar tudo isso de carro para o evento seria demais para você, Nan. Além disso, prefiro não sair do lago. Sabe que não gosto de ficar no meio de uma multidão ou de fazer discursos. — Elyse perguntou se eu me importaria de dizer algumas palavras na recepção.

Nan abre a boca para responder, mas é interrompida por uma batida à porta.

São oito da manhã e o ar está frio. A névoa envolve o lago e as pedras do caminho brilham cobertas de orvalho. Há também um homem bonito com uma camisa jeans na porta. Ele tem olhos escuros, pele bronzeada, barba aparada, um boné e um par de botas de bico de aço que parecem gastas.

— Uh... oi? — Não sou muito eloquente quando me deparo com estranhos lindos logo de manhã. Ainda estou de pijama.

— Presumo que Charlie não tenha avisado que eu passaria aqui. — Ele carrega uma sacola de compras em uma das mãos.

Balanço a cabeça e ele oferece a mão livre.

— Harrison Singh. Sou um dos amigos de Charlie.

— Alice Everly — digo, pegando sua palma calejada. Seu aperto é forte. Tudo nele parece forte. O que será que colocam na água deste lugar?

— Charlie ficou enrolado com alguma coisa hoje de manhã, então me pediu para entregar isso para você no meu caminho para o trabalho. — Ele gesticula para a caminhonete preta em que chegou. Há duas mesas laterais no fundo.

— Ah. Obrigada. Sinto muito que ele tenha acordado você tão cedo — digo, cruzando os braços sobre o peito. Minha pele está áspera no ar frio, e meus shorts e camisola são muito escassos para os olhos de um estranho. — Não era urgente.

— Não me importo nem um pouco. — Harrison dá um sorriso tímido, mas com certeza *interessado*. Não sei o que fazer com isso e me vejo corando em resposta.

Harrison me passa a sacola.

— Charlie também queria que eu trouxesse isto para você. Ele disse que você esqueceu na loja ontem.

Dou uma espiada lá dentro. A sacola está cheia de pepinos ingleses.

— Para que você precisa de todos esses pepinos?

— Posso dar uma pancada na cabeça de Charlie com um, para começar. — Harrison me lança um olhar confuso. — Estou brincando. Ele se acha muito engraçado, hein?

— Ele acha. — Harrison encolhe os ombros. — E ele é. Vou trazer aquilo lá para você.

Ofereço-me para ajudar, mas Harrison insiste em levar as mesas para a sala de estar. Eu o apresento a Nan, e ela tenta convencê-lo a ficar para o café.

— Eu adoraria — diz ele para Nan. — Mas meu avô vai me criticar se eu me atrasar.

— Você trabalha com seu avô? — pergunto.

— Com meu pai também. Nós construímos casas.

À medida que voltamos para sua caminhonete, Harrison faz uma pausa, virando-se para mim.

— Você vai ficar aqui o verão todo?

— Até o fim de agosto.

Ele balança a cabeça lentamente, seus olhos encontrando os meus.

— Você e Charlie... Ahn... Estão namorando?

Faço uma careta.

— Nem pensar.

— Talvez eu veja você por aí, então? Geralmente estou no Tavern nas noites de quinta-feira.

— Tavern?

— Você não sabe? Achei que você e Charlie fossem amigos ou algo assim.

Dou uma risada.

— Nós nos conhecemos ontem.

— Ah. É que do jeito que ele falou... — Harrison franze a testa, e é adorável. — Imaginei que vocês se conhecessem bem. De qualquer forma, o Tavern é o restaurante da família de Charlie. Ou era. Charlie e Sam o venderam faz alguns anos.

— Sam?

— O irmão mais novo de Charlie.

— Ah.

— Posso levar você lá um dia desses? A comida é boa.

— Tipo um encontro? — Quero ter certeza do que está acontecendo aqui. Estou usando um pijama amarrotado e óculos. Meu cabelo está um ninho de vespas.

Com uma risada nervosa, Harrison esfrega a nuca.

— Sim? Ou não. Poderíamos apenas tomar uma cerveja. Sem pressão, obviamente.

Nós nos olhamos e o silêncio é constrangedor por um instante. Não sei por que estou hesitando. Harrison pode ser o número cinco na minha lista de desejos. Ele é mais do que beijável.

— Talvez — respondo. — Estou um pouco ocupada cuidando da minha avó agora, mas vou pensar sobre isso.

A Stedmans é um ícone de Barry's Bay. É uma espécie de loja de artigos gerais: roupas, utensílios domésticos e materiais de escritório no andar principal, equipamentos para atividades ao ar livre e brinquedos infantis no porão. Compramos todos os nossos quebra-cabeças ali no verão em que eu tinha dezessete anos. É um dia chuvoso, e parece que metade da cidade está ali dentro comprando toalhas de praia, moletons e jogos de tabuleiro para estoque. Há uma coleção de tecidos nos fundos da loja, organizados por cor, com estampas florais a rodo — com plantas e frutas, chita e damascos.

— Como vamos escolher?

Nan estreita os olhos para avaliar o estoque.

— Joyce amava azul.

— O que ela achava de *toile*? — Puxo um rolo com um padrão pastoral azul real.

— Acho que ela não se oporia, mas não tenho certeza de que combinaria com o chalé.

— Muito melindroso?

Ela murmura um *sim*.

No final, decidimos por uma estampa estilo Liberty azul e creme, com toques de laranja, amarelo e verde, para as cortinas da cozinha e do banheiro.

Passamos o restante do dia medindo, cortando e rindo do meu uso desajeitado do pedal da máquina de costura conforme enrolo a linha em uma bobina. Enquanto Nan tira uma soneca, monto um ateliê de arte improvisado para mim no andar superior da casa de barcos. Quando minha avó acorda, me obriga a praticar costura em linha reta, inúmeras vezes, em um pedaço barato de retalho que compramos exatamente para esse fim.

— Já está reta o suficiente? — pergunto, levando o tecido para Nan inspecionar. Ela está descansando na poltrona com seu chá.

Ela olha para a costura através dos óculos como se fosse a própria Coco Chanel.

— Você conseguiu. — É o veredito dela. — Vamos começar as cortinas amanhã.

CHARLIE
Harry me pediu para falar bem dele, então este sou eu falando bem dele.

EU
Anotado.
Estranho ele achar que sua palavra teria influência sobre mim.

CHARLIE
Estranho foi ele não ter escutado quando eu disse a ele que você era uma ruiva bocuda.

EU
Bocuda e com um suprimento vitalício de pepinos.
Obrigada por isso.

CHARLIE
Isso é um agradecimento? De Alice Everly? Uau.
Não mereço nem uma resposta? São onze da noite.
Certamente você pode arranjar tempo para mim.

EU
Tempo para quê, exatamente?
Você não tem mais ninguém para incomodar?

CHARLIE
Essa é sua maneira indireta de perguntar se sou solteiro?
Você desapareceu de novo.

EU
Boa noite, Charlie.

CHARLIE
Bons sonhos, Alice.

14

SEGUNDA-FEIRA, 30 DE JUNHO
RESTAM 63 DIAS NO LAGO

Acordo ao som de marteladas na baía e a luz do sol inunda meu quartinho. Do meu travesseiro, tenho uma visão nítida do lago, incluindo o barco amarelo de Charlie. Eu me pego olhando para o barco e jogo o lençol para trás.

— Nan, me desculpe por ter dormido demais de novo — digo, dirigindo-me à sala de estar. Minha avó está em sua poltrona, folheando as páginas de um álbum de fotos. — Posso fazer seu café da manhã?

— Não, querida. Preparei uma torrada para mim horas atrás.

— O que você está olhando?

— Verões passados. — Ela sorri para si mesma. — Este é de um dos primeiros anos de John e Joyce no lago. Antes dos filhos.

Fico por cima do ombro dela. A foto é dos meus avós e Joyce sentados nos degraus da frente do chalé; John deve ter tirado. Os três são bem jovens.

— Isso deve ter sido no final dos anos 1960 — conta Nan. — Eles ainda não tinham construído o terraço. Nem os degraus para o lago. Havia só uma trilha estreita atravessando o mato até a água. Não havia máquina de lavar, então lavávamos tudo na pia. Durante anos, John e Joyce passaram quase todo o tempo livre trabalhando aqui. Seu avô e eu ajudávamos quando podíamos.

— Charlie mencionou algo ontem sobre você não falar com John há muito tempo.

Nan vira a página.

— Já faz um tempo.

— Quanto tempo?

Ela vira outra página, mas não responde por vários segundos. A história se agarra aos cantos da sala como teias de aranha.

— Já faz anos.

— Por quê? Vocês eram todos tão próximos.

Nan e David. John e Joyce. Eles se conheciam desde a infância. Todos cresceram em Leaside, a mesma área onde um dia criariam suas famílias. Minha avó e meu avô começaram a namorar primeiro, mas apenas algumas semanas antes. Cada casal teve um filho, nascido com meses de diferença. Joyce e Nan eram donas de casa. John e meu avô viajavam juntos para o centro da cidade; meu avô trabalhava no ramo de seguros, John na matriz de uma rede de lojas de departamentos. Eles formavam uma unidade. Uma estrutura de quatro lados. Até meu avô morrer.

— As coisas podem mudar quando você perde pessoas — pontua Nan. — Mas vamos deixar o passado no passado, Alice.

Entendo a indireta e vou preparar meu café da manhã.

— Acho que vou comer lá fora — digo a Nan. — Quer vir comigo?

Ela balança a cabeça, sem desviar os olhos da foto que está analisando.

— Vou ficar aqui mais um pouco.

— Ajudo você com seus exercícios quando terminar, e depois podemos começar a costurar as cortinas?

— Sem pressa. Não vou a lugar algum.

Eu a observo por um instante. Detesto vê-la tão deprimida.

— Eu te amo, Nan.

Minha avó olha para mim, piscando.

— Também te amo.

Nan está enfiada em outro álbum quando acabo de comer, então vou até o lago com minha xícara de café pela metade.

A luz do sol dança na superfície da água como lantejoulas piscando em um vestido fluido. A boia de unicórnio que comprei na cidade ontem balança alegremente ao lado do cais. É enorme, com crina e cauda de arco-íris, além de chifre e asas dourados. Também comprei um alce e uma mobelha: imagino Luca, Lavinia e eu relaxando no lago tomando piña coladas.

O martelar continua enquanto tomo meu café. Imagino Charlie trabalhando em sua casa na árvore. Tento tirá-lo da cabeça, mas cada pancada me faz imaginar seu sorriso e seu peitoral sem camisa. E então a furadeira começa. Volto ao chalé e pego o celular.

EU
É você fazendo um barulho tão impressionante?

— Já fez seus exercícios? — pergunto a Nan, já que Charlie não responde.

— Tinha esperança de que você se esquecesse.

Ela dobra as palavras cruzadas e começa, reclamando o tempo todo sobre como é chato ficar deitada de costas apertando a bunda. Mas posso dizer que Nan já está mais forte do que há uma semana. Depois que ela termina, começamos nosso primeiro projeto de costura.

Cortinas de varão são simples, na teoria. Mas há muita dobra e passagem. No começo, sou descoordenada com a máquina, mas Nan me ajuda a manter o tecido reto e dá instruções discretas.

Pise um pouco mais pesado no pedal. Agora o ponto atrás. Ótimo, Alice!

Nós duas sorrimos quando termino uma. Dolorida, movo meu pescoço de um lado para o outro.

— Por que você não vai nadar? — sugere Nan, levando as palavras cruzadas para a mesa de jantar. — Você mal entrou na água.

Ainda não testei o unicórnio.

Conforme visto o maiô, verifico o celular e encontro uma mensagem não lida.

CHARLIE
Interrompi sua manhã, princesa?

Sinto meu sorriso e imagino a palavra *princesa* saindo da boca de Charlie, então jogo o celular na cama.

Levo o binóculo de John para o lago e fico no fim do cais, examinando a costa. Bétulas inclinadas sobre a água. Toalhas secam nas grades do convés. Bandeiras balançam com a brisa. Passo por cima do barco em formato de A e depois pelo barco de Charlie, e quase deixo o binóculo cair quando ele aparece no meu campo de visão. Ele está no convés. Sem camisa. Calção de banho. Eu não deveria me aproximar dele assim, mas...

Uau.

Ele desce a colina até a água. Percebo quando me vê: um sorriso brilhante ilumina seu rosto. Xingo, abaixando o binóculo imediatamente, e mergulho no lago.

Fico submersa o máximo que posso, com os olhos fechados, deixando a água encher meus ouvidos. E então nado, me afastando do cais e voltando. Pernas trêmulas. Braços arqueados. Não paro até ficar sem fôlego.

Sem um mínimo relance na direção de Charlie, eu me seco e tento subir no unicórnio. A coisa é tão grande e desajeitada que não consigo centralizar meu peso. Caio duas vezes ao som de Nan rindo do convés antes de conseguir me espalhar entre suas asas douradas. É inacreditavelmente confortável. Fecho os olhos e cubro o rosto com os braços. Segundos depois, ouço o rugido desagradável de um jet ski girando pela baía.

Ouço-o passar por mim uma, duas, três vezes, cada vez mais perto.

Ele desacelera em algum lugar próximo e o motor para.

— Mas que pégaso sortudo.

15

Eu me viro na direção da voz e não fico surpresa ao encontrar Charlie montado em um jet ski amarelo.

— É um unicórnio.

— Unicórnios não têm asas — corrige ele, me encarando com um sorriso preguiçoso.

— Pégasos não têm chifres.

Charlie inclina a cabeça em concordância e acena para o convés.

— Boa tarde, Nan.

— É bom ver você de novo, Charlie. — É possível que ela esteja lambendo os beiços.

Ele aponta para o binóculo.

— Estava me espionando?

— Estava observando pássaros.

Charlie sorri.

— Viu alguma espécie digna de nota?

O unicórnio, pégaso ou o que quer que seja range à medida que tento me equilibrar nele. Só consigo me reclinar toda desajeitada na crina da coisa.

— Só um pavão gigante.

— Da próxima vez que estiver observando a natureza, me mande uma mensagem. Garanto que farei uma exibição melhor.

— Mudei de ideia. Você parece mais uma praga gigante do que um pavão.

Ele bufa e depois me estende um colete salva-vidas.

— Suba. A menos que prefira continuar andando nessa... coisa.

— Este *unicórnio* é muito confortável.

Ele começa a tirar seu colete salva-vidas.

— É?

— O que está fazendo?

— Vou me juntar a você. Parece que tem espaço para dois.

— Não tem, não, de jeito nenhum.

— Acho que vamos descobrir.

Charlie joga a âncora e, antes que eu possa calcular a infinidade de sulcos em seu peito e abdômen, mergulha na água. Não tenho ideia de sua localização até que emerge bem ao lado do unicórnio. Ele sorri para mim, e meu estômago embrulha.

— Saia da frente, Alice.

— Não ouse.

Charlie coloca uma mão grande em uma asa e outra ao lado da minha coxa.

— Você vai virar... — digo, tentando me afastar da borda.

— Talvez seja esse o ponto. — Ele envolve a mão em volta da minha panturrilha.

— Você não faria isso — respondo, arregalando os olhos. — Você é um homem en...

A palavra *enorme* se perde no meu grito enquanto ele me puxa para dentro do lago. Coloco a cabeça para fora da água o mais rápido possível para poder espirrar água no rosto dele.

— Ah, você não quer começar isso — avisa ele com um sorriso de Peter Pan. Estamos nadando. Charlie se move em um círculo ao meu redor, e eu sigo sua órbita.

— Você começou.

Espirro água nele, que passa um braço pela água, encharcando meu rosto. Tusso, e ele se aproxima.

— Você está bem? Desculpe, eu...

Espirro água nele outra vez, e ele fica tão chocado que dou uma risada alta e feia. Mas paro quando vejo sua expressão. Ele está piscando para mim, as sobrancelhas franzidas.

— O que há de errado? — pergunto, secando os olhos.

Charlie balança a cabeça.

— Nada. Você só... — Ele limpa a garganta. — Você tem uma risada ótima.

Nós nos encaramos por um instante, e então Charlie inclina a cabeça na direção do jet ski.

— Vamos. Vou mostrar o restante de Kamaniskeg para que você não destrua o barco de John em outra pedra.

— Eu... — Meu instinto é dizer não, para ficar em segurança na costa, mas me lembro da lista e de que a adolescente Alice teria surtado se um cara bonito lhe oferecesse um passeio de jet ski. Mudo de ideia. Aceito, em nome da jovem que já fui.

Nadamos até o jet ski e Charlie sobe nele. Ele se inclina até mim, estendendo a mão, e me puxa para cima sem demonstrações de esforço. Eu me acomodo no assento atrás dele e afivelo o colete salva-vidas. Quando o motor liga, prendo meus braços em volta da cintura dele. Seu cheiro é de sol, de jardim, e transmite frescor, e é um esforço não respirar mais profundamente, para descobrir que aroma é aquele.

— Por mais agradável que seja estar enlaçado a você, Alice, há alças para você se segurar.

Jogo meus braços para trás, me desculpando.

— Basta se abaixar e você vai senti-las.

Charlie me espia por cima do ombro. Gotas de água enfeitam seus cílios como gotas de orvalho. Seus olhos têm um tom impossível de verde, quase dourados ao sol da tarde. Ele está recém-barbeado. Seu perfil é deslumbrante.

Clique.

Queria estar com a minha câmera.

— Alice?

— Desculpe. Eu estava apenas...

— Contemplando meu rosto *impressionante*. — A boca de Charlie se curva naquele sorriso presunçoso com o qual já estou familiarizada. É uma sugestão de sorriso, conhecedor e provocador, mais alto de um lado do que do outro. As feições de Charlie falam por ele. *Nada pode nos enganar*, dizem elas.

— Seus cílios — falo, decidida a contar a verdade. Não parece que ele pode ficar mais convencido do que já é. — A maneira como a água gruda neles é realmente bonita com essa luz.

Charlie me encara mais completamente, a expressão confiante evapora. Ele franze a testa, procurando meus olhos. Uma emoção percorre meu corpo. Sinto-a nos ouvidos, nos dedos das mãos, nos dedos dos pés. É uma sensação carregada de medo, como se eu tivesse aceitado um desafio.

— Você é diferente — comenta Charlie.

Forço a voz para que permaneça firme.

— Não sei se isso é um elogio.

— Não é um insulto. Só um fato. Nunca conheci ninguém como você.

Não tenho tempo para descobrir como me sinto em relação a *isso* antes que ele ligue o motor.

— Pronta?

Aperto os punhos com força.

— Vá devagar.

A risada de Charlie ressoa entre minhas pernas e percorre meu corpo.

— Sem chance.

Ele levanta os olhos para minha avó, que nos observa do convés com um sorriso gigante nos lábios.

— Vou trazê-la de volta inteira em cerca de uma hora, Nan.

Esse é o único aviso que recebo antes de deslizarmos pela água. Prendo a respiração, apertando os joelhos com força nos quadris de Charlie.

— Tudo bem aí atrás? — pergunta ele por cima do ombro.

Viro a cabeça, observando os chalés ficarem para trás.

Acho que sim.

Não demora muito para eu me soltar. Gosto do vento no rosto, da água espirrando nas panturrilhas. A vista dos braços e do pescoço bronzeado de Charlie também não é terrível.

Não percebo que suspirei até Charlie dizer:

— Está se divertindo?

— Estou. É estranhamente relaxante.

Ele me mostra a melhor passagem pela baía, diminui o ritmo quando chegamos à ilha maior e me observa.

— Você nunca andou de jet ski?

— É a primeira vez.

Um canto da boca de Charlie se ergue.

— Foi por isso que colocou na sua lista?

Andar de jet ski. Número treze.

Faço questão de ficar fascinada pela fivela do meu colete salva--vidas. Mas ele se abaixa, então sou forçada a fitar seus olhos risonhos.

— Alguma outra novidade aí?

Há pequenas manchas amarelas ao redor de suas íris, e eu as contemplo.

— Isso não é da sua conta — digo em tom afetado. — O que você leu era privado.

— Só estou curioso.

— Bom, não fique.

Qualquer traço de humor desaparece.

— Sinto muito. Só estou brincando.

— Ok.

— Minha família gostava muito de provocações — justifica ele. — É a linguagem do amor básica dos Florek.

Eu me acalmo.

— Eu não falo Florek, então você precisa traduzir.

— A única coisa que você realmente precisa saber é que nós zombamos apenas das pessoas de quem gostamos.

— O que acontece quando você se apaixona, então? Encena uma comédia? Presenteia com uma piada?

Ele ri.

— Esse é o senso de humor da Alice Everly. Você se encaixaria perfeitamente.

Assim que as palavras saem de seus lábios, seu sorriso se achata.

— Espere aí — diz ele. — Vou mostrar a rota mais segura ao redor da ilha.

Enquanto ele aponta as áreas que são perigosas para as pás do motor, não há um único sorriso à vista. Ele olha para mim por cima do ombro para ter certeza de que estou acompanhando, mas seu olhar de concentração é apertado, e me pergunto se há uma pessoa mais séria por baixo da arrogância. Geralmente sou rápida em interpretar as pessoas, mas Charlie continua me surpreendendo.

Antes de continuarmos, aponto para o penhasco em frente à ilha.

— Vou pular dali.

— Eu sei.

— Como faço... — Paro de falar. A lista. Número um. — Deixa pra lá.

Charlie me estuda.

— Quer fazer isso agora? Vou com você.

Meu estômago dá um nó.

— Você tem medo de altura? — É uma pergunta séria.

— Não.

Olhamos para a superfície da rocha.

— Então você tem medo de...?

— Morrer.

— Não vou deixar você morrer. Nem se machucar.

Olho fixamente dentro dos olhos dele e, de algum modo, sei que ele fala sério.

— Quando estiver pronta, me avise. Vou garantir que você esteja segura.

— Ótimo — digo, com o coração batendo forte. — Vamos, agora.

Espio do alto do penhasco, na borda.

— É mais alto do que parece.

Charlie dá um passo e fica a meu lado.

— Tudo o que você precisa fazer é pular. Eu vou primeiro. Estarei lá se algo acontecer.

Minha cabeça vira na direção dele.

— Achei que você disse que era seguro.

— É seguro. Mas mesmo assim estarei lá.

Fitando a água, respiro fundo, inspiro e expiro.

— Vou fazer trinta e três anos amanhã. Era de se imaginar que eu fosse um pouco mais corajosa.

— Acho que quanto mais velhos ficamos, mais assustadora a coisa se torna.

É meio profundo. Aperto os olhos.

— Quantos anos você tem?

— Trinta e cinco. — A voz de Charlie soa tão sombria que dou risada, mas ela morre na minha garganta diante da expressão em seu rosto.

— É tão ruim assim?

— Não. — Ele parece leve, mas há um traço de algo semelhante a tristeza em seus olhos. — Cada ano que ganhamos é precioso.

Tem mais coisa nessa história, sinto internamente.

Não conheço Charlie bem o suficiente para bisbilhotar, mas cada osso do meu corpo amolece com a necessidade de colocar um sorriso de volta em seus lábios. Dou alguns passos largos para trás da borda.

— O que você está fazendo?

— Não é óbvio?

A boca de Charlie se abre, mas ele não tenta me impedir. Olho para a saliência de granito, encho os pulmões e corro, lançando-me do penhasco com o máximo de força possível. Eu me arremesso pelo ar, com os braços girando.

Acaba rápido. Meu sorriso rompe a superfície e mergulho nas profundezas frias do lago. Quando o puxão para baixo diminui, agito as pernas, retornando à luz do dia e ao oxigênio. Giro na água bem a tempo de ver Charlie pular. Estou rindo, tirando meu cabelo dos olhos, quando ele aparece ao meu lado. Seu sorriso é radiante como o sol da manhã sobre a baía. As covinhas. Os vincos abraçando os cantos de seus olhos. A água escorrendo pelo nariz.

Clique.

Charlie manda um leve jato de água no meu rosto.

— Tanto medo para nada.

Espirro água nele de volta, extasiada.

— Vamos apostar corrida até a praia.

Pulamos mais duas vezes; a última, juntos. Depois subimos no jet ski e, enquanto meu cabelo chicoteia atrás de mim, tento não examinar por que me sinto mais livre do que nunca em meses, o motivo pelo qual minhas bochechas doem de tanto sorrir ou por que minha pele esquenta sempre que meu joelho bate na coxa de Charlie.

Quando chegamos ao final de Kamaniskeg, Charlie aponta para onde, em dias de água calma, é possível avistar destroços do *Mayflower*, um barco a vapor que afundou em uma tempestade de inverno há mais de um século. Ele me conta como três passageiros sobreviveram se pendurando em um caixão.

— Quando venta, as ondas brancas nesta parte do lago podem ser perigosas — avisa ele. Mesmo naquele momento, quando não há muito mais do que uma brisa, as ondas agitam a superfície. Charlie se vira para ter certeza de que estou ouvindo.

— Entendi.

— Pode ser perigoso naquele barquinho do John. — Ele me encara, sem piscar.

— Certo.

Ele assente, satisfeito, e então estamos voando por quilômetros e quilômetros de azul aberto. É uma área acidentada, e Charlie vai rápido. Quando chegamos à foz de um rio, ele diminui a velocidade, e respiro um pouco mais aliviada.

— Desculpe por isso. Mas você teria sentido as ondas ainda mais se eu fosse devagar.

— Estou bem — garanto-lhe. E estou. Se tem uma coisa que aprendi nesse dia, destroços históricos de barcos a vapor à parte, é que Charlie sabe o que faz na água.

Descemos o rio, passamos por um balanço de corda, até uma ponte onde uma fila de crianças espera para pular na água. Do outro lado, há um restaurante. Uma fileira de cadeiras Muskoka está alinhada ao longo da praia, onde as crianças brincam, e atrás delas há mesas de jardim com guarda-sóis vermelhos. Uma banda está se preparando do lado de fora.

— Parece um lugar divertido.

— É o Bent Anchor — diz Charlie. Ele olha para mim, e seus olhos se fixam no meu cabelo.

Estendo a mão; os cachos são um ninho emaranhado.

— Está tão ruim assim?

Ele se vira para me encarar, e ignoro o roçar de sua perna na minha.

— Parece que você deveria estar em pé, saindo de uma concha enorme.

— Está me comparando a Vênus?

— Seu cabelo está ótimo.

Franzo o nariz.

— Não sei, não.

— Você não sabe receber elogios.

— Na verdade, não.

— O cabelo parece um pouco difícil de controlar — diz Charlie. — Combina com você.

Faço uma careta.

— Costumo usá-lo liso e puxado para trás — explico. — Prefiro controlado.

— Controlado não combina com você — argumenta ele. — Você é imprevisível.

— Eu sou muito previsível.

— Eu não acho — diz Charlie. — Acho que você é um coringa.

Nesse momento, uma brisa forte sopra sobre o rio, jogando o cabelo no meu rosto e nos olhos de Charlie. Nós dois estendemos a mão a fim de segurá-lo para longe do meu rosto ao mesmo tempo, e os dedos dele tocam os meus. Por um instante que parece durar horas, ele me encara daquele jeito desconcertante, como se pudesse ver não apenas minha alma, mas um lugar mais profundo. Um canto cheio de segredos que ainda não descobri. Isso me faz sentir despojada de minhas partes essenciais.

— Não disse? — fala ele. — Coringa.

— Você não me conhece muito bem.

— Ainda não. — Ele pisca os olhos, que se detêm em minha boca, e, então, se recompondo, volta o olhar para o meu. Ele se vira e gesticula em direção ao restaurante, com a voz um pouco rouca. — É bom. Posso dizer para Harry trazer você aqui.

Levo um segundo para me lembrar a quem ele se refere.

O amigo dele. Harrison.

— Oh — respondo. — É claro.

— Tudo bem se eu der seu número para ele? Ele está pedindo.

— Sim. — Eu deveria parecer entusiasmada. Harrison é bonito. — Beleza.

Nan está nos esperando no convés, onde a deixamos. Entrego o colete salva-vidas a Charlie e agradeço pelo passeio.

— Vejo você amanhã à noite? — pergunto.

— A grande festa. — Ele fixa um sorriso deslumbrante no rosto. — Eu não perderia por nada.

16

Vinte minutos depois de entrar no salão Cut Above, Nan e eu estamos por dentro de todas as fofocas que circulam pela cidade de Barry's Bay. Quem vai se aposentar, quais empresas estão à venda, a saúde e o estado civil de vários membros da comunidade. Uma cabeleireira arruma o penteado de Nan com bobes enquanto outra mistura tinta para uma mulher de vestido de verão e chinelos. Nan está de bom humor. Ela trocou o andador por uma bengala, e demos uma curta caminhada pela cidade antes do seu compromisso.

Um Porsche preto passa pela janela e todas as cabeças dentro do salão se viram.

— Lá vai ele — anuncia a cabeleireira mais jovem.

— Lá vai quem? — pergunta Nan.

— Charlie Florek. — A moça suspira o nome dele e eu a encaro por um instante, talvez longo demais.

— Estudei com ele — conta ela. — Ele é uma espécie de grande banqueiro em Toronto agora.

— Mas ainda vem para cá — acrescenta a mais velha. — Mesmo depois que a mãe dele faleceu.

Penso em como Charlie estava pensativo quando estávamos no penhasco e na maneira como falou sobre a vida ser preciosa. Tenho sentido pena de mim mesma desde que minha mãe se mudou para a Colúmbia Britânica, mas ela está a apenas um telefonema de distância.

— Tenho certeza de que você o conhecerá em breve se ficar no lago Kamaniskeg neste verão — me diz a cabeleireira mais jovem.

— Como assim?

A dupla troca um olhar, mas é a mulher que está pintando o cabelo que fala.

— Nosso Charlie sempre foi um pouco mulherengo. Ensinei matemática para ele durante todo o ensino médio e entreguei lenços de papel para mais de uma garota cujo coração ele partiu. Mas ele é inteligente como uma raposa. Isso reconheço nele.

Meus olhos viajam até Nan. Sua boca está apertada.

— E, pelo que ouvi — acrescenta a outra mulher —, ele não mudou nada. É uma espécie de Casanova.

— Bem, quando se tem essa aparência...

Sinto-me tonta, como se tivesse tomado muito sol.

Nan pigarreia alto.

— Vamos dar um pouco de privacidade ao homem, certo?

As mulheres se entreolham, mas ninguém diz mais nada sobre Charlie.

Enquanto trabalhamos no segundo painel de cortina para a cozinha, mais tarde no mesmo dia, Nan dá um tapinha em minha mão.

— Não fique preocupada com o que aquelas moças disseram na cidade hoje.

— Não estou preocupada. Mas também não estou surpresa. — Ele é um playboy. É exatamente o que eu esperava.

Eu me deito por cima dos lençóis à noite, observando através da janela aberta. É preto no preto, exceto pela faixa prateada da lua na água e as luzes do outro lado da baía. A casa de Charlie brilha mais que as outras. Olho para aquele orbe branco conforme o horário muda de 23h59 para meia-noite. Segundos depois, meu telefone brilha com uma mensagem.

CHARLIE
Feliz aniversário.

Eu rolo e encaro a parede.

Tenho o sonho. Estou subindo as escadas correndo. Alguém está atrás de mim, posso ouvir seus passos ecoando na escada. Chego ao topo, mas é um beco sem saída com apenas um telefone preto de disco sobre uma mesa. Tiro o fone do gancho e disco, mas não consigo verbalizar uma única palavra.

17
TERÇA-FEIRA, 1º DE JULHO
RESTAM 62 DIAS NO LAGO

Um estrondo de trovões e uma série de mensagens dos gêmeos me cumprimentam pela manhã. Eles enviaram todas depois das duas da manhã.

LUCA
Sinto muito, Ali. Tenho que pegar um turno amanhã à noite.
Ou acho que hoje à noite? Um dos bartenders saiu, e meio
que estou precisando de dinheiro.

LAVINIA
Eu queria poder ir. Mas não me sinto confortável dirigindo
todos esses quilômetros sozinha. Além disso, estamos muito
apertados agora.

LUCA
Nós vamos compensar você!

LAVINIA
SIM! Logo que você voltar para a cidade!

LUCA
FELIZ ANIVERSÁRIO!!!

LAVINIA
Nós te amamos!

LUCA
Você está tãããão velha!

LAVINIA
Mas nunca tão velha quanto a Heather!

Encaro o telefone no quarto escuro devido à tempestade. Eu deveria ter adivinhado. Luca é reconhecidamente pouco confiável, e Lavinia aceita isso. Todas nós aceitamos. Você até tenta olhar para o rosto dele e ficar irritada, mas é como tentar ficar brava com um cachorrinho. E, mesmo desapontada, transfiro 500 dólares para eles. Não quero que comam Cup Noodles o mês inteiro de novo.

Relâmpagos lampejam e fecho a janela. O lago, o céu, a costa, tudo está cinza. Até o amarelo da capa de chuva do barco de Charlie está ofuscado na escuridão.

Nan está dormindo, então preparo café e ovos para mim e os levo à varanda telada para observar a tempestade, aninhada sob um cobertor. A chuva salpica a superfície do lago, mas não é pesada. Já está tudo encharcado: as flores na floreira da janela parecem ter sido pisoteadas por gnomos de jardim. O unicórnio-pégaso foi atirado no cais.

Os suprimentos de festa que comprei na cidade ontem estão guardados no canto mais distante, para não atrapalhar Nan. Balões cor-de-rosa. Serpentinas multicoloridas. Tiaras de plástico. Gel facial com glitter, esmaltes. A Comemoração dos Meus Trinta e Três Anos seria o oposto dos jantares para amigos que Trevor e eu fazíamos, quando passávamos o sábado inteiro fazendo compras e cozinhando. Usávamos toalhas de mesa, pratos e travessas lindos, todos em tons de creme e cinza-claro, e havia um arranjo deslumbrante de uma floricultura em Leslieville. A iluminação era imaculadamente reduzida. A música era clássica. As velas tremeluziam a noite toda. Tudo era perfeito. Este aniversário deveria ser feminino, cafona e despretensioso. Eu queria ver meus irmãos mais novos. Queria que tivessem vontade de passar alguns dias aqui comigo. Queria bolo.

Uma lembrança do meu aniversário de dezessete anos vem à tona. Eu estava sentada no cais com meu diário, observando aquele barco amarelo rugir pela baía. E me sentia sem rumo. Não tinha ideia de como seria meu futuro. Lembro-me de escrever: *Hoje faço dezessete anos, mas às vezes me pergunto se existo.* Naquela noite, enquanto comíamos fatias de bolo de chocolate, Nan me deu uma câmera.

Foi minha linha de partida, o começo do meu encontro comigo mesma, com meu propósito, com meu lugar no mundo, separado da minha irmã mais velha e dos meus pais. Com uma câmera pendurada no ombro, os sonhos começaram a encher minha cabeça.

O celular toca e a voz da minha mãe preenche meu ouvido. Ela não diz olá; apenas começa a cantar. Uma gota de líquido desliza pela minha bochecha. Mamãe liga para cantar "Parabéns a você" todos os anos desde que saí de casa.

— Estou com saudade — digo à minha mãe quando ela termina. Não a vejo desde que a visitei na Colúmbia Britânica, há três meses, e detesto ligações. A diferença de três horas faz com que, quando termino o trabalho, ela esteja no meio do dia. Então, evito incomodá-la. Depois que os gêmeos nasceram, ela estava em perpétuo movimento, mas ainda levava Heather e eu a aulas de piano e jogos de futebol, fazia todas as nossas fantasias de Halloween, verificava os deveres de casa. Todas as noites, depois que os gêmeos dormiam, ela tinha a "hora das garotas grandes" com Heather e eu. Às vezes líamos, às vezes assistíamos à TV; não importava o que fizéssemos, era sempre a melhor parte do dia. Não tenho ideia de como ela encontrava tempo para si mesma. Acho que ela merece isso agora.

— Sinto saudade também, querida.

— Você acordou cedo demais.

— Yoga — responde ela.

Yoga é uma das muitas mudanças que acompanhei quando a visitei em março. Ela cortou o cabelo e deixou-o grisalho. Não havia cardigãs em seu armário. Nenhuma roupa branca de jogar tênis. Só usava camisas de cambraia para trabalhar e roupas esportivas verde-pântano nas horas vagas. Seus amigos na vinícola a chamavam de Mish. Ela parecia mais contente, mais à vontade. Mas a mãe com quem cresci se fora. Agora ela é Mish Dale, não Michelle Everly.

— Sinto muito que os gêmeos não estejam aí para comemorar com você — lamenta ela.

— Eu também.

Mamãe tornava todos os aniversários especiais quando éramos crianças, assando bolos do zero e nos deixando comer as sobras no café da manhã do dia seguinte. Eu fungo, limpo meu rosto e afasto a mágoa.

— Você está aguentando bem?

— Sim. Estou bem. Estou com a Nan.

— E o bolo?

— Era para Luca e Lavinia trazerem o bolo.

Minha mãe ri e sei exatamente o que vai dizer em seguida.

— Nunca confie um bolo aos gêmeos.

Um sorriso se forma em meus lábios.

— Como pude me esquecer?

Nunca vamos deixar Luca e Lavinia esquecerem sua festa de aniversário de quatro anos, quando foram descobertos enfiados até os cotovelos no bolo caseiro que minha mãe fez, com o tema de *Dora, a Aventureira*, antes da chegada dos convidados. Lavei os gêmeos com mangueira no quintal enquanto mamãe tentava resgatar o que restava de Dora e Diego.

Mamãe suspira.

— Trinta e três. Como isso é possível?

— Não faço ideia, de verdade — respondo. Já se passaram dezesseis anos desde a última vez que estive no lago, mas é quase como se nenhum tempo tivesse passado. — No momento, não me sinto com trinta e três anos.

A chuva se transforma em uma garoa transparente depois que desligamos, mas, à medida que observo o lago prateado em silêncio, decido que preciso fazer algo para me livrar da melancolia persistente.

Quando estou na cidade e preciso clarear a mente, eu corro. Corro até as coxas doerem, os pulmões queimarem e tudo em que consigo me concentrar é colocar um pé na frente do outro. Mas eu meio que detesto isso. Quero ser envolvida pelas árvores e pela neblina, mas não tenho energia nem para uma corrida lenta, então visto minhas roupas mais aconchegantes e desço até a Bare Rock Lane, me embrenhando na mata e me concentrando no ar úmido beijando meu rosto.

Passo por uma entrada de cascalho com placa de madeira pregada em uma árvore. FLOREK. Continuo andando até ouvir o barulho de um riacho. Sigo-o até a mata, onde há uma trilha estreita de folhas molhadas à margem da água. Aqui, as rochas estão cobertas de musgo em um tom profundo de verde. Cogumelos de chapéu amarelo crescem em suas bases. Caminho pela floresta, seguindo as curvas da água cada vez mais fundas, até ouvir o estalar de galhos em algum lugar à esquerda e, temendo que seja um urso, ponho- -me a cantar a primeira música que me vem à mente. Eu entoo "Dancing Queen" o mais alto que posso ao caminhar de volta para a estrada, em parte em pânico e em parte rindo de mim mesma.

No retorno para casa, tenho um momento de nitidez: vou fazer um bolo para mim. Nan e eu comeremos hoje à noite e amanhã no café da manhã, assim como eu fazia quando era criança.

Felizmente, o supermercado está aberto no Dia do Canadá. A chuva deve ter atraído as pessoas para longe dos lagos, porque o mercado está lotado. Examino a seção de panificação, segurando uma caixa de mistura para bolo com confetes em uma mão e de bolo de cho- colate escuro na outra, quando vejo alguém se aproximando de mim. Dou um passo para o lado para ceder espaço.

— Não é meio triste fazer o próprio bolo de aniversário?

Pulo ao som de uma voz grave bem perto do meu ombro. Char- lie parece ter acabado de acordar. O cabelo está semipenteado para um lado e a barba que cresceu durante a noite está por fazer.

— Você me assustou. — Empurro o ombro dele, mas acabo me empurrando para trás. Ele é sólido demais.

Charlie usa um moletom branco de gola redonda com faixas verde-floresta no pescoço e nas mangas, e (meus olhos percorrem toda a extensão do corpo dele) calças largas de jersey.

— Este é o seu pijama?

— Não. — Os olhos dele brilham com intenções perversas. — Eu durmo pelado.

— É claro.

— Achei que seu irmão e sua irmã estavam responsáveis pelo bolo. — Ele percorre o corredor com os olhos. — Ou eles também estão aqui?

— Não. Eles tiveram que cancelar. Não vou fazer a festa toda.

— Está me desconvidando?

— Não há nada para convidar você. — Charlie olha as caixas de mistura para bolo. — Seríamos apenas nós três — explico.

111

— Três é suficiente. Você deveria ver o que sou capaz de fazer com apenas duas pessoas. — Ele levanta as sobrancelhas e me esforço para manter uma cara séria.

— Vou deixar você e Nan resolverem isso, então.

— Que sorte a minha.

Charlie tira as caixas das minhas mãos e as coloca de volta na prateleira.

— Ei — protesto.

— Você não vai fazer seu próprio bolo. É muito sombrio.

— Quem vai fazer, então?

Ele olha para mim.

— Você, não.

— Eu, sim.

— Você não está falando sério. — Olho para ele. — Você não consegue assar um bolo.

— Ah, consigo, sim. — Charlie dá um passo para perto. Ele se abaixa ao nível dos meus olhos e diminui a voz. — Consigo assar *a noite toda.*

Uma risada borbulha na minha garganta e passa pelos meus lábios antes que eu consiga controlar minhas feições. Eu me inclino na direção de Charlie, com o nariz separado do dele por centímetros. Seu olhar se concentra em mim.

— Não acredito em você — digo lentamente. — Acho que, no fim das contas, você só fala e não assa nada.

Os olhos dele brilham.

— Vou assar um bolo tão bom que você nunca mais vai querer nenhum outro bolo.

— Prove. — Cutuco o peito dele com um dedo e, caramba, é como cutucar uma porta de aço. — Prove.

— Combinado. Vejo você hoje à noite. — Ele se vira e começa a caminhar pelo corredor.

— Charlie, espere. — Ele faz uma pausa e olha por cima do ombro. — Por quê? — Pergunto.

— Porque adoro desafiar expectativas, e você, Alice Everly, parece ter muitas.

18

Pinto as unhas dos pés com esmalte roxo brilhante e embelezo as pálpebras e as maçãs do rosto com glitter prateado. Não me dou ao trabalho de alisar o cabelo; ele ficaria cacheado com a umidade de qualquer maneira. Minha aparência é um caos, mas me *sinto* um pouco caótica mesmo. Até vesti o pedaço de vestido verde que Heather colocou na minha mala. É curto e sedoso, com alças finas e decote baixo nas costas. Não tenho sutiã que combine com ele, então não uso um.

Tiro uma foto minha no espelho do banheiro e envio para Heather.

O que está acontecendo aí em cima???, ela responde. E: Você está GOSTOSA.

Digo a mim mesma que ficar gostosa não era o objetivo. Decidi desafiar as expectativas também, incluindo as minhas.

Sinto-me mais ensolarada do que estava de manhã. Meu celular se acende o dia todo com *parabéns* de amigos. Os gêmeos me enviaram um vídeo com uma coreografia elaborada envolvendo saltos altos, chapéus de caubói e um número desconcertante de polichinelos. A mensagem de Bennett incluía todos os emojis tangencialmente comemorativos na biblioteca Unicode. Meu pai recontou a história do dia em que nasci, história essa que sou capaz de recitar palavra por palavra. Também recebi uma mensagem de Harrison me convidando para jantar. Não respondi.

Acabo de colocar a lasanha no forno e Nan grita:

— Ele está aqui.

E, com certeza, pela janela, um Porsche preto desliza pela mata. A chuva parou, mas a neblina paira nas árvores. Parece uma cena de comercial de carro.

— Como estou? — pergunta Nan, ajustando a tiara.

— Majestosa.

E ela está. Nan está usando suas pérolas e um conjunto de saia e jaqueta de tweed que ela tem há muito tempo e que nunca sairá de moda. Está sentada, reta como um alfinete, com ombros orgulhosos. Até ajusto minhas costas assim que noto a postura dela.

Abro a porta antes que Charlie bata, apoiando-a entreaberta com meu quadril. Ele fica nos degraus de pedra e, por incontáveis segundos, tudo o que consigo fazer é encará-lo. Charlie está usando um terno. Da cor do céu, cinza quase metálico. Os dois primeiros botões de sua camisa branca estão abertos. E ele está segurando um bolo de chocolate. Por um instante, ele olha para mim, tão atordoado quanto eu.

— Eu assei — anuncia ele.

— Então você conseguiu.

— Você está parecendo... — Charlie engole em seco. — Uma sereia.

Olho para mim mesma.

— Este vestido foi um salto para mim.

— Um salto muito bom. — A voz dele está mais rouca do que o normal.

Aponto para o carro.

— A caminhada de cinco minutos era demais para você?

— Eu não queria arranhar meus sapatos — diz ele. — E tenho mais algumas coisas no carro que não conseguia carregar. Você se importa em levar o bolo para mim?

Faço o que ele pede e depois o encontro do lado de fora, no caminho, descalça, para ver se ele precisa de ajuda. A água pinga dos galhos, no chão da floresta e no telhado de zinco. Uma gota cai em meus ombros. Fico ali em silêncio, ouvindo a música da terra.

Charlie olha para os galhos de uma bétula.

— Também gosto do clima depois da chuva.

— Tem um cheiro surreal. — O ar é denso e fresco, mais perfumado, quase medicinal. Isso me faz lembrar de Charlie. Nós o respiramos juntos, mas então sinto seu foco se desviar para mim. — O que foi?

— Nada. Só imaginei que você fosse mais como uma garota da cidade. Gente da cidade — emenda ele, quando ergo uma sobrancelha.

— Falou o cara que dirige um Porsche.

Charlie dá de ombros.

— Gosto de coisas boas.

Respondo com um *hum*, fitando a névoa acima da água do lago como um cobertor de vapor.

— Não dá para ficar mais agradável do que isso, mesmo para garotas da cidade.

Charlie não responde, porém, quando olho para ele, encontro em seu rosto uma expressão que me faz parar, como se ele estivesse me vendo pela primeira vez.

— Você não precisava se dar a todo esse trabalho — comento, gesticulando para as sacolas em suas mãos. Ele trouxe vinho e um presente.

— Minha mãe teria me estripado se eu tivesse aparecido na casa de alguém de mãos vazias.

Assim que entramos, ele dá um beijo na bochecha da minha avó.

— É bom ver você, Nan. — Ele entrega um saco de papel para ela. — Este é seu.

— O que é isso?

Charlie e Nan olham para mim.

— Pedi para Charlie trazer uma garrafa de uísque para mim, já que você não quis comprar. — Nan dá um tapinha na mão dele. — Você é um bom homem. Quanto lhe devo?

— Não se preocupe com isso.

— Que bobagem.

Charlie lança um olhar que claramente quer dizer *Vai fazer o que a respeito?*, depois pergunta:

— Quer um copo agora? Posso servir uma dose.

— Charlie — eu o chamo, mas os dois me ignoram.

— Ah, seria perfeito.

Elevo a voz.

— Charlie.

Ambos olham na minha direção. Charlie parece ter sido pego com a mão na massa.

— Posso falar com você na cozinha?

— É claro.

Nan devolve a garrafa para ele e diz:

— Tomo com um pouco de água. Sem gelo.

Balanço a cabeça enquanto ele atravessa a sala e me segue até a cozinha. Coloco o vinho no balcão. Não é um espaço grande, e parece ainda menor com ele lá dentro.

— Não é uma boa ideia servir bebida a Nan — sussurro, irritada.

— O aroma aqui está incrível. O que você está preparando? — Charlie se agacha para olhar dentro do forno. — Isto é lasanha?

Charlie olha para mim por sob os cílios, e por um momento esqueço que estou com raiva. Ele está lá embaixo e estou aqui em cima, e... os lábios dele se curvam, e juro que ele sabe exatamente em que estou pensando.

— Sim, é lasanha — murmuro, e meus ouvidos começam a ficar quentes.

Ele se levanta e inspeciona os ingredientes no balcão.

— Salada Caesar? Brusqueta? — Ele levanta uma sobrancelha. — É muito alho. Se isso fosse um encontro, eu ficaria decepcionado.

— Você pode falar sério por um segundo? Que ideia foi essa do uísque?

— Sua avó ligou e perguntou se eu poderia trazer uma garrafa para ela. Nan me disse que o médico garantiu que não tem problema ela beber. Ela também mencionou que você é um pouco superprotetora.

— Estou apenas tentando cuidar dela.

— Eu entendo, mas ela tem oitenta anos, Alice. Ela ganhou o direito de fazer as próprias escolhas sobre sua saúde.

Como posso argumentar diante disso? Detesto quando as pessoas infantilizam adultos mais velhos.

— Acho que um pouco de uísque não vai fazer mal — resmungo.

Ele se inclina para fitar meus olhos.

— Se ela ficar bêbada, eu a carrego para a cama. Ninguém vai cair de bebedeira esta noite.

Solto uma risadinha.

— Eu sou peso-pena. Não prometo nada.

— Então carrego você para a cama também.

Ele me dá seu sorriso característico e faço uma careta, embora esteja imaginando aqueles braços fortes me segurando junto ao peito.

— Vejo que estou malvestido — pontua Charlie.

— Hein?

Ele bate na tiara no topo da minha cabeça. Eu tinha esquecido que isso estava lá.

— Não se preocupe — falo, me recompondo. — Tenho uma para você também.

— Ganho brilhos também?

— Você quer brilhos?

— Eu quero brilhos. — As covinhas dele aparecem junto a um sorriso que é sinônimo de problema. — Você pode aplicá-los onde quiser, Alice Everly.

Ele pronuncia meu nome como ninguém. Como se tivesse um gosto melhor do que outros nomes.

Alice Everly. Alice Everly. Alice Everly.

— Que sorte a minha.

Charlie me passa uma sacola de presente.

— Seu presente de aniversário.

Não há cartão. Apenas um livro. É um romance de bolso, do melhor tipo, com uma heroína peituda na capa. Ela está nos braços de um homem sem camisa de aparência voraz e usa um vestido verde-esmeralda que cai dos ombros.

— Você ficou bem vermelha — comenta Charlie. — É bonitinho.

— Cale a boca.

— Não se preocupe — acrescenta ele. — É bom.

— Você leu?

— Folheei no mercadinho. Pense em mim quando chegar à página cento e setenta e nove.

Vou imediatamente para a página, vejo as palavras *língua* e *circulando*, então fecho o livro.

— Você é incorrigível, sabia?

— Eu sei.

Examino a capa. O título é *Como dominar um trapaceiro*.

— Sabe — observo, segurando o livro ao lado do rosto de Charlie —, existe certa semelhança entre vocês dois.

— Ah, eu sei.

Solto uma risada.

Charlie me lança um olhar estranho.

— O que foi?

— O jeito que você ri — diz ele.

— Eu sei, é horrível. Minha irmã chama de gargalhada de bruxa.

— Não. — Ele balança a cabeça. — Eu gosto.

Charlie se vira antes que eu perceba se ele está brincando. Ele serve o uísque de Nan, parando quando vê nossas cortinas floridas.

— São novas?

— São. Nan aparentemente pensa que John não se importará. Foi ela quem costurou as cortinas antigas. Pareceu apropriado fazermos novas.

Charlie inclina a cabeça, confuso.

— Vocês estão costurando cortinas novas?

— Sim. Estamos dando uma repaginada por aqui.

Charlie aperta os olhos.

— John contou para você que planeja vender? Ele não vai fazer uso da reforma.

— Eu sei, mas é algo para Nan e eu fazermos juntas. — Abaixo a voz. — Ela parece deprimida ultimamente. — Charlie me encara, com um olhar estranho e confuso no rosto. — De qualquer forma, o corretor imobiliário de John vai nos agradecer.

Ele me avalia por mais um momento antes de pegar um par de taças de vinho descombinadas. Uma é delicada e gravada com cardos e a outra parece ter sido comprada em uma loja de um dólar.

— Branco ou tinto? — pergunta ele. — A menos que você beba uísque.

— Normalmente, não. Quero tinto, por favor. — Ele o serve na taça mais bonita e levamos as bebidas para a sala de estar.

— Alice, você está da cor de um gerânio — diz Nan. Coloco a mão na bochecha. — Espero que vocês dois não tenham feito nada errado na cozinha. — Ela pisca para Charlie.

— Classificação totalmente livre — promete Charlie para Nan.

Nós nos sentamos no sofá, e Nan empalidece quando vê a taça na minha mão. Ela respira fundo, vacilante. Charlie e eu trocamos um olhar.

— Está tudo bem? — pergunto.

— Essa era a taça especial da Joyce. — A voz dela falha. — Alice cuidará bem dela — conclui Nan, mirando o teto.

Espero que Charlie se mova, olhe para as mãos ou mostre algum outro sinal de estar desconfortável com Nan falando com sua melhor amiga falecida, mas em vez disso ele ergue o copo.

— À Joyce. — E me encara, seus olhos verdes fixos nos meus. — E à Alice. Feliz aniversário.

Cada um toma um gole, e então Charlie diz:

— John e Joyce nos ajudaram quando meu pai morreu.

Ele perdeu o pai e a mãe? Olho para o perfil de Charlie, são todas linhas duras, nenhuma suavidade a ser descoberta.

— Sinto muito — digo baixinho.

— Foi há muito tempo. Eu tinha catorze anos. — Ele diz isso como se não devesse doer mais, como se o Charlie de catorze anos que perdeu o pai fosse uma pessoa diferente.

— Eu me lembro — declara Nan e desvio meu olhar dele para prestar atenção a ela. — Foi repentino, não foi? Ele era jovem.

Um músculo flexiona na mandíbula de Charlie.

— O coração dele parou enquanto cozinhava no restaurante da nossa família.

— John e Joyce ficaram muito chateados — conta Nan. — Estavam preocupados com vocês, garotos, e com sua mãe.

Charlie se inclina para a frente, apoiando os cotovelos nos joelhos.

— Nossa mãe mal conseguiu se segurar, mas ela tinha o restaurante para administrar, então Sam e eu ficávamos muito tempo sozinhos. Joyce aparecia quase todo dia quando estava no chalé. Levava muffins, biscoitos e guisados para nós. — Charlie parece tão diferente da pessoa com quem eu estava falando na cozinha. Está tão imóvel, tão contido.

— Joyce era assim — afirma Nan. — Ela era uma pessoa maravilhosa.

— Ela era — concorda Charlie. — E John também. Ele levava Sam e eu para pescar e conversava conosco sobre assuntos aleatórios, mas ajudava sair de casa, ter alguém nos tratando de maneira normal. Eu provavelmente teria feito muitas outras festas do que fiz se ele não aparecesse toda vez que a música ficava alta demais. Ele cuidava de nós.

Nan não se manifesta, e então Charlie se endireita.

— John ainda é uma pessoa maravilhosa.

Os dois se entreolham.

— Tenho certeza de que é verdade — diz Nan, desviando o olhar.

— Ele me pediu para dizer para você ligar para ele, me pediu para dizer que sente sua falta.

Os olhos de Nan estão ficando vidrados e não sei se pergunto sobre o que diabos Charlie está falando ou se dou um tapa em seu ombro por ter chateado minha avó.

— Vamos ver — responde ela.

Limpo a garganta para dar um fim àquilo.

— Charlie, agora é uma boa hora para o glitter?

Aperto um pouco de gel prateado na palma da mão e examino o rosto de Charlie, evitando cuidadosamente o contato visual. Estou no sofá de frente para ele, pernas dobradas sob meu corpo, e mesmo com Nan na nossa frente, parece íntimo estar tão perto.

— Algum problema?

Então, encontro seu olhar.

— Não tenho certeza de que vai combinar com você.

Manchas douradas em poças de verde cintilam para mim.

— Tudo combina comigo. Pare de enrolar, Alice.

Bato o dedo indicador no gel e levanto a mão até o rosto de Charlie, na tentativa de descobrir qual parte dele é mais segura para tocar. Não são as linhas duras de seu maxilar ou o foco de laser de seu olhar que me deixam abalada de repente; é o fato de que ele está aqui, no meu aniversário, com um bolo caseiro e um presente que agora é uma piada interna.

As sobrancelhas de Charlie se erguem e percebo que estou analisando-o há muito tempo. Ouço Nan se mexer e me viro, ela está pegando sua bengala.

Imediatamente me coloco de pé.

— Precisa de ajuda?

— Estou bem. Só preciso ir ao banheiro.

Encaro Charlie, sozinha. O silêncio é demais.

— Música?

Eu me agacho ao lado da coleção de CDs bastante desatualizada de John. Caramba. Vou com *The Definitive Rod Stewart*, e "Maggie May" começa a tocar.

— Rod Stewart? — pergunta ele.

— Sim. Sou uma grande fã.

Eu me sento ao lado de Charlie novamente e passo um dedo sobre sua bochecha.

— Você não tem medo de mim, tem?

— Tenho medo de sujar seu paletó com glitter.

Charlie ri como se soubesse que estou falando besteira e tira o paletó. Ele desabotoa os punhos e enrola as mangas da camisa, passando pelos antebraços.

— Melhor assim? — Seu olhar é um jogo de verdade ou consequência.

— Aham.

Pressiono o dedo levemente na borda superior de sua bochecha direita e o deslizo em direção à sua têmpora. Sinto seus olhos em mim, mas repito a listra do lado esquerdo sem fitá-los. Se ele vê minha mão tremendo, não verbaliza.

— Como estou?

Eu me inclino para trás a fim de inspecionar meu trabalho. Claro que ele fica bem com glitter.

— Bem ridículo.

Ele sorri.

— Duvido.

Deixo Nan e Charlie fazendo a salada e, quando volto à sala de estar, ele está sentado em uma cadeira de jantar na frente dela, pintando as unhas de minha avó com o esmalte roxo. O trabalho está tenebroso, a tampinha do vidro minúsculo mal se ajusta às mãos dele. Passo furtivamente para pegar minha câmera. Tiro uma foto de Charlie se concentrando nas unhas de Nan, com os dedos dela nos dele, e outra quando ambos olham para mim.

— Alice contou que esta não é a primeira viagem dela ao lago? — pergunta Nan quando estamos todos sentados ao redor da mesa com os pratos de lasanha. O olhar de Charlie dispara para mim.

— Vim com ela e os irmãos mais novos dela para um verão inteiro quando John e Joyce estavam viajando.

— Ela não mencionou isso — responde ele, fixando os olhos nos meus.

— Quando eu tinha dezessete anos. — Dou a Nan um olhar significativo. Ela não disse nada, mas deve ter relacionado Charlie com o barco amarelo na minha foto.

— Sério? Eu tinha dezenove anos. Estava aqui naquele verão.

— Então somos três — respondo.

— Hum. — Charlie leva o vinho aos lábios. Ainda está na primeira taça, enquanto eu já tomei... Hum? Várias?

Estamos quase terminando de comer quando vejo que Charlie pintou um polegar de roxo. Algo no meu peito dói.

— Achei melhor parar por aqui antes que eu fizesse um estrago de verdade — explica Charlie quando me pega olhando para sua mão.

Sorrio, mas meu coração está batendo mais rápido do que o normal. Provavelmente é o vinho. Provavelmente não tem nada a ver com o fato de que, apesar de sermos um trio estranho, a conversa não morreu a noite toda. Ou com o fato de Charlie ser imprevisível de um jeito bom. Ou com o fato de que não dou tantas risadas há séculos. Ou com o modo efusivo como Charlie elogia minha lasanha, chamando-a de "a mais gloriosa combinação de molho de tomate, macarrão e vários queijos". Ou com o fato de que ele limpa a mesa, três pratos por vez, depois lava os pratos, recusando ajuda.

Ele retorna segurando o bolo, com uma única vela no centro. Levanto a câmera para filmar, comprometendo Charlie com a tiara e o glitter, cantando "Parabéns a você".

É um bolo de sour cream com chocolate amargo e cobertura de *buttercream* de chocolate, e, mãe do céu, como é bom. Faço um som obsceno quando dou a primeira mordida.

— Você *sabe* assar um bolo — comento, com a boca cheia.

Charlie sorri. É um sorriso de menino, com covinhas e encantado. É o sorriso verdadeiro dele.

— Você fez isso? — pergunta Nan.

— A receita era da minha mãe.

— É incrível — continuo. — É molhadinho e intenso, mas não intenso demais. Ou doce demais. É tipo muito, *muito* bom.

— Excelente — concorda Nan. — Eu gostaria de ter a receita.

Charlie sorri para minha avó.

— Minha mãe ficaria emocionada em ouvir isso.

A pontada em meu peito retorna, só que mais forte agora.

— Acho que ela ficaria emocionada por *você* ter feito o bolo — diz Nan.

Ainda estou falando sobre o bolo quando uma buzina me interrompe.

Aaaah-uuuuh-gaaaaah!

— Ai, merda. — Charlie me encara com os olhos arregalados. — Eles estão aqui.

19

— Eles, quem? — pergunto. Eu me levanto da mesa a fim de espiar pela janela.

As nuvens se abriram, deixando listras vermelhas em um céu azul-ardósia. Está começando a escurecer, mas há inúmeros barcos no lago, todos indo na mesma direção. O barco de Charlie está saindo do nosso cais e há duas pessoas lá dentro. Olho para ele por cima do ombro.

— Meu irmão e a esposa.

— Que adorável — comenta Nan.

A julgar pela expressão no rosto de Charlie, ele não concorda.

— O que eles estão fazendo aqui?

— Causando estragos. Vou me livrar deles.

— Por quê? — indaga Nan, mas ele já está saindo.

Trocamos um olhar.

— Vá lá — incentiva ela. — Depois me conte.

Faço o que ela manda e sigo Charlie até o cais. Ao descer os degraus, ouço-o dizer:

— Vocês dois são uns intrometidos.

— Não tenho nada a ver com isso — responde uma voz grave quase idêntica à de Charlie. — É tudo ideia da Percy. Embora eu não odeie a oportunidade de fazer você suar.

— Não estou suando.

— Não, você está *brilhando* — responde uma mulher.

Chego ao cais e os três olham para mim. Levanto a mão.

— Oi.

— Você deve ser a Alice — declara a mulher. Está muito escuro para enxergá-la bem, mas dá para notar que ela é morena e tem olhos grandes. E está grávida.

— Sou eu.

Fico ao lado de Charlie na beira do cais.

— Desculpe — digo a ele. — Nan me enviou em uma missão de reconhecimento.

— Estou cercado por espiões, então — comenta ele, mas não há nada de mordaz nisso.

— Não estamos espionando — responde a mulher, se dirigindo a mim. — É que Charlie tem se recusado a dar detalhes sobre a garota misteriosa do outro lado da baía, então pensei em nós mesmos virmos dizer oi e arrastá-la para fora um pouco. Feliz aniversário, a propósito. Como estava o bolo? Charlie se recusou a dar um pedaço para mim, a cunhada grávida dele.

Olho para Charlie.

— Eu sei. Ela fala demais — pontua ele. — Você se esqueceu da parte em que você se apresenta, Pers.

A mulher acena.

— Desculpe. Eu sou Persephone, mas pode me chamar de Percy, e este é Sam.

— Prazer em conhecê-la, Alice — fala Sam. O cabelo dele é mais escuro do que o de Charlie e um pouco bagunçado, mas não consigo enxergar muito mais do que isso. — Feliz aniversário. Desculpe por interromper sua noite. Não daria para dissuadir Percy.

— Não precisa se desculpar. É bom conhecer vocês dois. — Dou a Charlie um olhar penetrante. — É uma surpresa muito agradável.

— Eles chegaram hoje de Toronto — afirma Charlie.

— Ele vem tentando manter você só para si — denuncia Percy. — Mas ele sabe que eu queria uma amiga de chalé, então vim reivindicar você.

Deixo escapar uma risada.

— O que seria "uma amiga de chalé"?

— Achei que você gostaria de vir conosco para ver os fogos de artifício do Dia do Canadá.

— É para lá que todos os barcos estão indo?

Sam assente.

— É muito legal ver o show da água.

Olho para Charlie.

— Se você quiser eu vou — anuncia ele.

— Eu quero — respondo. — Parece divertido.

Nós nos juntamos ao desfile de barcos e, embora eu tenha trocado de roupa, está frio com o vento. Charlie e eu estamos sentados na frente; Sam e Percy estão nos bancos do motorista e do passageiro. Nan quase me empurrou porta afora quando eu lhe contei sobre para onde estava indo.

Desviamos em uma esquina e há dezenas de embarcações balançando na água. Há uma praia e um playground em parte da baía e uma passagem do continente para uma grande ilha. Veículos estão estacionados ao redor da costa, prontos para assistir.

— Isto é... — Olho para Charlie e depois de volta para a baía, com um sorriso enorme no rosto. — Muito legal.

— Faz séculos que não venho. Costumávamos vir todo ano quando éramos crianças.

Apesar de Percy dizer que queria me reivindicar, ela e Sam vão para a parte de trás do barco enquanto esperamos o céu ficar preto. Dou-lhes uma olhada furtiva. Sam é bonito como Charlie, mas há algo mais suave nele. Mais infantil. Percy está sentada no colo dele, que a observa com admiração. Sam a puxa para seus lábios, beijando-a com suavidade.

— Os dois são sempre assim — avisa Charlie.

Olho para ele com descrença.

— Nem me fale — diz ele, mas está sorrindo. — Como é que você não mencionou que passou um verão aqui?

— Não me ocorreu. — É uma meia-verdade. — Mas foi incrível. Uma dessas experiências formativas da adolescência, sabe?

— É claro. — Ele fixa os olhos em mim por um instante. — Mas me surpreende.

— Por quê?

— Porque não me lembro de você.

Fito o céu, onde as estrelas estão piscando para a vida.

— Acho que não sou muito memorável.

— Que grande bobagem — afirma Charlie, e eu me viro para ele. — Você sabe que é gostosa.

— Eu não estava jogando verde para receber um elogio — rebato, um pouco na defensiva. — Mas é a mais pura verdade. — E era especialmente verdade quando eu tinha dezessete anos.

— Não acredito. Éramos vizinhos. Tenho certeza de que teria notado você. — O primeiro fogo de artifício assobia em direção ao céu, mas nenhum de nós se vira para vê-lo. Ele explode no alto, e o glitter no rosto de Charlie brilha em resposta.

— Bem, acho que não — garanto, antes que uma série de estrondos ecoe pelo lago. Eu me acomodo mais no assento e me deito com a cabeça para trás, observando as flores douradas florescerem na noite.

— Você deve ter nos visto — continua Charlie. É como um cachorro que não larga o osso. — Ficávamos na água do amanhecer ao anoitecer, e não éramos silenciosos. Por que você não disse oi?

Posso sentir o olhar dele em mim, mas não o encaro. Sinto cada fogo de artifício no peito.

— Eu era tímida — explico a ele. — Poderia ter dito oi, mas não saberia o que dizer em seguida.

— Não consigo imaginar você tímida.

Eu bufo.

— Por que isso é engraçado?

Viro a cabeça para o lado e minha respiração fica presa. Charlie está com os braços atrás da cabeça, um tornozelo cruzado sobre o outro, a imagem do conforto, mas ele me analisa com intensidade afiada.

— É engraçado porque eu sou a Tartaruga. — Charlie parece confuso, com razão.

— Tenho três irmãos — continuo. — Heather é dois anos mais velha. Luca e Lavinia têm vinte e quatro anos. — Não consigo lembrar quando ou por que inventamos essa coisa de animal, mas é fundamental para ser uma criança Everly. — Heather é o leão, Lavinia é o flamingo e Luca é o macaco.

— E você é a tartaruga.

— Exato. Minha família é cheia de grandes personalidades. Com exceção da minha mãe, todos são barulhentos, cheios de opiniões e... não sei... mais brilhantes do que eu? Eu sou a quieta, a equilibrada — explico. — E ainda sou tímida.

Charlie franze a testa e ambos ficamos em silêncio. Olho de volta para a explosão de vermelho e branco crepitando acima de nós.

— Você não é quieta perto de mim — conclui ele, devagar, um minuto depois, como se pensasse a respeito.

— Não. — Eu me viro para ele. Há algo em Charlie que acalma a parte do meu cérebro constantemente preocupado em não dizer a coisa errada. — Mas eu teria sido tímida... naquela época, quer dizer.

Mas fico ponderando se é mesmo verdade, ou se eu teria achado fácil estar perto dele quando tinha dezessete anos.

— Acho que nunca saberemos.

— Você tinha um apelido quando era mais novo?

— Sim — replica ele, calmamente. — Meu nome verdadeiro é Charles. Mas meu pai sempre me chamou de Charlie.

— Como você era? — pergunto.

Charlie se mexe, apoiando-se em um cotovelo de frente para mim.

— Terrível.

Dou uma risada.

— Então você basicamente continua o mesmo?

— Viu? É por isso que gosto de você.

— Porque tiro sarro de você?

— Porque você é sincera. E, para que fique registrado, acho você brilhante.

— É o glitter — brinco com ele.

O olhar de Charlie percorre meu rosto lentamente.

— Com certeza é o glitter.

20

QUARTA-FEIRA, 2 DE JULHO
RESTAM 61 DIAS NO LAGO

Chego à casa dos Florek na manhã seguinte levando sobras de bolo de chocolate. É uma casa adorável, branca com detalhes pretos e janelas de empena no segundo andar. Há uma grande varanda e uma garagem separada com uma rede de basquete pendurada na porta. Não é rústica como a casa de John e Joyce: o mato do terreno ao redor foi cortado, cedendo espaço a gramados e jardins.

Bato à porta, supondo que todos estejam acordados. A martelada começou há uma hora. Percy atende usando apenas um biquíni laranja.

— Alice, oi.

— Eu trouxe bolo.

— Você é um sonho. — Ela gesticula para seu corpo. — Desculpe por isso. Eu não estava esperando você, e está muito quente para usar roupas de verdade.

Começo a gaguejar um pedido de desculpas, mas Percy pega o prato com uma mão e meu braço com a outra, arrastando-me para dentro da casa. Ela caminha descalça em direção à cozinha, o cabelo castanho-escuro cai pelas costas em ondas soltas. O meu está preso em um coque na nuca. Estou vestida de preto (short vincado, cinto fino, blusa sem mangas e sandálias de couro) e me sinto engomada em comparação a ela.

— Quer café? — pergunta ela por cima do ombro. — Os meninos estão batendo em tábuas de dois por quatro como se soubessem o que estão fazendo.

— É claro.

Eu me inclino contra o balcão enquanto Percy mói grãos frescos.

— Você trouxe uma câmera — observa ela antes que eu tenha a chance de explicar por que estou com minha Sony pendurada no ombro.

— Sou fotógrafa.

Ela me dá um grande sorriso.

— Eu sei. É uma das poucas coisas que consegui arrancar de Charlie. Você já fotografou para minha revista antes.

Levanto as sobrancelhas, surpresa.

— Onde você trabalha?

— Sou a editora da *Shelter*. Você fez uma sessão de fotos incrível para nós no ano passado.

— Em Muskoka. — Eu me lembro. Era para uma reportagem sobre a mulher que modernizou o resort de sua família, preservando sua história. — Ela odiava ser fotografada.

— A diretora de arte mencionou isso, mas não consegui perceber pelas fotos — comenta Percy. — Você deve ter conseguido relaxá-la.

O noivo dela tinha passado por ali quando estávamos nos preparando para as fotos, e o rosto dela se iluminou. Depois que o homem saiu, perguntei como os dois tinham se conhecido, e ela se transformou na pessoa que provavelmente é quando não tem uma câmera enfiada na frente do rosto.

Foi uma boa sessão de fotos. A diretora de arte foi adorável. Ela e eu dirigimos até Muskoka juntas e passamos a noite lá. Pegamos uma canoa pela manhã, para eu tirar umas fotos da água, e acabamos conversando por uma hora inteira. Eu pretendia entrar em contato com ela e ver se poderíamos trabalhar juntas com mais frequência, mas fiquei muito ocupada com outras tarefas.

— Você sempre carrega uma câmera por aí? — pergunta Percy.

— Mais ou menos. Achei que você poderia gostar de algumas fotos deste verão, antes de o bebê nascer.

Ela inclina a cabeça.

— Tipo um ensaio fotográfico de gestante?

— Não, nada com tantas poses assim. Apenas algumas imagens espontâneas para você se lembrar deste momento. — Egoisticamente, fico muito mais confortável com estranhos ao fotografá-los.

Percy sorri.

— É muito gentil da sua parte. Mas não tenho certeza de que alguém precise de imagens minhas em trajes de banho aos seis meses de gravidez.

— Você está linda — digo, e é verdade. Percy tem olhos de corça, um leve toque de sardas que beijam seu nariz e bochechas, e um nariz harmonioso. Separadamente, cada característica é fofa, mas elas se juntam para formar um conjunto mais intrigante.

— Tudo bem — concorda Percy. — Seria legal ter algumas fotos deste verão. — Ela solta um suspiro. — Antes que as coisas fiquem reais.

Tiro a tampa da lente da câmera, entrando no modo "Alice fotógrafa".

— É uma coisa incrível o que seu corpo está fazendo — digo a Percy, que coloca as mãos na própria barriga, sorrindo para ela.

— Ou algo saído de um filme de terror.

Clique.

Ela olha para mim, surpresa.

— Você realmente é linda — repito, e ela sorri outra vez.

Clique.

— Ahá — exclama Percy. — Você fala de um jeito doce para conseguir fotos boas.

Dou risada.

— Você me pegou, mas também estou dizendo a verdade.

Tiro mais umas fotos ao mesmo tempo que ela pega quatro canecas do armário e as enche com café, depois coloco a alça da câmera no ombro conforme Percy me entrega duas canecas.

— Vamos levar cafeína para os meninos.

Percy me leva ao terraço e nós duas congelamos ao som das vozes alteradas de Charlie e Sam. Olho para Percy e ela rapidamente tira a expressão de surpresa do rosto.

— Irmãos — diz ela. — Eles se amam, mas são péssimos em se comunicar.

— Por que estão brigando? — pergunto ao segui-la, descendo os degraus até o terraço e contornando a casa.

Percy parece ponderar sua resposta.

— Pela falta de habilidades de construção, provavelmente.

Eu os ouço antes de vê-los.

— Não me importo se você não quer falar sobre isso. Você precisa estar preparado. — Eles soam tão parecidos que não consigo identificar se é Charlie ou Sam falando.

— Vá se foder, Sam.

Então isso esclarece tudo. Olho para Percy.

— Vamos acabar com isso — anuncia ela.

Charlie nos vê por cima do ombro de Sam e murmura algo baixinho.

— Não vou desistir disso — responde Sam.

Os dois homens estão de calção de banho, Sam com uma camiseta e Charlie sem camisa. Sam é um pouco mais alto, seu cabelo ondulado é mais longo na parte superior e seus olhos são azuis, mas não há como negar que são irmãos. Charlie lança um olhar duro para Sam, mas a expressão se dissolve quando olha para mim. Penso no jeito como ele olhou para mim na noite anterior, brilhando sob os fogos de artifício, e meu coração bate mais rápido.

Depois que cheguei em casa, risquei os números quatro (*organizar minha festa de aniversário*), catorze (*maquiagem com glitter*) e quinze (*usar o vestido verde*) da minha lista de desejos, e olhei para o número cinco (*beijar um cara bonito*). Eu me sentia revigorada, brilhante, como Charlie disse.

Hoje de manhã, enviei uma mensagem a Harrison, avisando que não estava disponível para jantar agora. E depois enviei um e-mail para Willa. Comuniquei a ela que não editaria as fotos conforme solicitado. Citei o briefing original ("uma sessão de fotos em trajes de banho animadoramente realista") e expliquei que não teria aceitado a tarefa se soubesse que ela queria que eu retocasse as imagens de forma tão drástica. Há uma chance de eu ter danificado permanentemente nosso relacionamento, mas, pela primeira vez, a ideia de alguém estar infeliz comigo não parece cataclísmica.

— Você deve ser muito corajosa para se jogar aos leões desse jeito — me diz Charlie agora, acenando para Sam e Percy.

— Há um lugar especial no inferno para qualquer um que negue bolo de chocolate para uma mulher grávida — digo a ele. — Trouxe uma fatia para Percy.

Olho para os galhos dos abetos e das árvores de bordo vizinhas, onde fica a estrutura de uma grande casa na árvore.

— Então é isso?

— Formidável, não é? — comenta Charlie.

— Seu ego? — pergunto, ainda olhando para cima. — Muito. É *imenso*.

Charlie ri e lhe entrego o café. Pego Percy e Sam nos encarando. Ela está boquiaberta e ele está com um sorriso torto.

— Como você o aguenta? — me pergunta Sam.

— Não aguento. Só não consegui me livrar dele ainda.

Sam olha para Charlie, que dá de ombros.

— Falei que ela era feroz.

— E isso é perfeito para você — afirma Percy.

— Somos apenas amigos, Pers — avisa ele.

Por segundos, parece que fui arrancada de um sonho bom. O flerte de Charlie não significa nada.

Charlie me observa.

— Certo, Alice?

— Certo. — *Melhor assim*, lembro a mim mesma. Porque neste verão estou me concentrando em mim e em Nan. Não estou preparada para nutrir sentimentos pelo destruidor de corações do outro lado da baía. — Só amigos.

— Duvido — murmura Sam, e Percy dá uma cotovelada nas costelas do marido.

— Vá se foder — retruca Charlie.

O estômago de Percy ronca alto e ela ri.

— Esse garotinho deve ter ouvido falar do bolo.

— Essa *garotinha* — corrige Sam.

Percy balança a cabeça, mas os dois se olham como se não houvesse mais ninguém que importasse no mundo. Em nossos quatro anos juntos, Trevor nunca olhou para mim daquele jeito.

Eu me volto para Charlie. Ele os observa com uma expressão quase triste. Ele me vê olhando e sorri, mas não é seu sorriso de menino, e não há nada de presunçoso ali. É um sorriso que nunca vi antes.

— Você tem que dormir aqui quando terminar — declaro, fitando a casa da árvore novamente.

— *Se* ele terminar — provoca Sam.

Charlie dá um tapa na parte de trás da cabeça do irmão.

— Eu disse que terminaria a tempo para a festa.

Percy parece cética.

— A festa é em três semanas. — Ela se vira para mim. — Você deveria se juntar a nós, Alice. Vários amigos nossos virão passar o fim de semana aqui.

Uma casa cheia de pessoas que não conheço. Meus olhos se voltam para Charlie.

— Venha — incentiva ele. — Seu respaldo pode me ser útil.

— Duvido, mas virei. — Olho para Percy. — Com minha câmera.

— É melhor voltarmos ao trabalho — diz Sam, dando um beijo na bochecha dela.

Vejo Charlie subir a escada até a casa da árvore, os músculos flexionando nas costas.

— Vou passar lá esta tarde para fazer algumas coisas no chalé — grita para mim.

Quando me viro, ouço Percy dizer a Sam:

— Acha mesmo que eles são apenas amigos?

— Você sabe como ele é — ele responde. Um instante se passa, e Sam acrescenta: — Mas acho que há uma primeira vez para tudo.

21

QUARTA-FEIRA, 9 DE JULHO
RESTAM 54 DIAS NO LAGO

Nan e eu fazemos cortinas para o banheiro e capas para as almofadas na sala de estar. Saqueamos a Stedmans em busca de mais tecido. Mas, a menos que Charlie esteja por perto, Nan em geral fica melancólica ou mordaz. Ela reclama durante os exercícios de fisioterapia, embora seja evidente que estão ajudando. Nan se move com mais confiança com a bengala e fazemos caminhadas cuidadosas pela Bare Rock Lane. A cada dia vamos um pouco mais longe. Tento conversar com minha avó sobre o motivo de ela e John não estarem se falando, mas Nan considera a questão um "assunto particular".

Felizmente, Charlie aparece todas as tardes depois que ele e Sam encerram o trabalho na casa da árvore. Não me importo mais com as marteladas. Há algo saudável no som de dois irmãos trabalhando juntos, mesmo quando os ouço discutindo do outro lado da baía. Charlie faz uns bicos pelo chalé, varrendo as agulhas de pinheiro caídas e consertando degraus soltos. Ele passa tanto tempo ali que conjecturo se está evitando Percy e Sam. Não consigo tirar da cabeça o jeito como ele os fitou.

Na quarta-feira, Charlie acompanha Nan ao seu primeiro ensaio do coral Stationkeeper Singers, e ela retorna com planos de se juntar a ele na noite de carteado da comunidade. Na quinta-feira, ele chega na picape vermelha de Sam, com a caçamba cheia de madeira. Ele vai construir um corrimão adequado para as escadas que levam ao lago para que Nan possa descer para nadar. Charlie instala uma serra de mesa no convés. Sua camiseta está largada ao lado. Está usando um calção de banho preto e um par de botas com biqueira de aço. Está *realmente* ótimo para mim.

Vamos nadar quando ele terminar, assim como fizemos na terça-feira e na segunda-feira. Inflei o alce para Charlie, mas ele reivindicou a propriedade do unicórnio-pégaso. Nado ao longo da costa à medida que ele flutua, e então me junto a ele, deitando-me no alce. No dia anterior, acabamos conversando por mais de uma hora sobre nossos empregos, apartamentos e lugares favoritos na cidade. Discutimos sobre nossas famílias e os anos de universidade, a música que ouvimos, para onde viajamos, os livros de que mais gostamos. Descobri que Sam é cardiologista e que Percy está trabalhando em um romance nas horas vagas. Descobri que o último relacionamento de Charlie terminou depois do Natal: ele e Genevieve ficaram juntos por alguns meses, e foi ele quem terminou. Mudei de assunto quando ele perguntou sobre meu ex: não quero levar Trevor para o lago. E Charlie me deu uma resposta vaga quando perguntei sobre o que ele e Sam estavam discutindo no outro dia. É nítido que ele também não quer levar isso para o lago.

Eu o observo agora da mesa de costura, meu olhar se desviando para seus ombros enquanto ele usa a serra, sua pele bronzeada brilhando ao sol. Nan me diz que estou babando.

— Não estou. — Salivando, talvez. Não posso evitar se Charlie insiste em perambular sem camisa. E daí se dou umas olhadinhas? Sou uma mera humana.

De seu lugar na poltrona, minha avó me observa por cima dos óculos, uma rainha em seu trono.

— Não julgo você. Se eu fosse uma mulher mais jovem, deixaria que ele colocasse os sapatos aos pés da minha cama.

— Não vai haver sapatos. Ele não me vê desse jeito.

— Ah, por favor.

— Ele não vê.

— Ele vê — afirma Nan. — Quando você não está olhando para ele, ele está olhando para você. É como assistir a uma partida de tênis.

— Somos amigos — respondo a ela. *Apenas amigos*, lembro a mim mesma.

— É difícil trabalhar com você me olhando desse jeito — anuncia Charlie quando levo um copo de água para ele.

— É difícil não olhar quando você está suando desse jeito. — A transpiração corre em riachos pelo seu peito. Eu a sigo pela extensão plana de pele até o umbigo e a linha de pelos que desce abaixo. Ele está respirando pesadamente.

Charlie faz uma expressão de surpresa quando para de trabalhar para aceitar o copo da minha mão.

— Esse é novo.

Estou usando um biquíni amarelo que comprei na Stedmans no começo da semana, depois que Willa me respondeu sobre as fotos de trajes de banho. O e-mail tinha duas letras.

Ok.

Nenhum cumprimento. Nenhuma saudação. Mirei a tela, cobrindo a boca com uma mão. E depois comecei a rir. Talvez não trabalhe mais para a *Swish*, mas me mantive firme. Ninguém vai me dar permissão para ser o tipo de fotógrafa que quero ser, exceto eu mesma. Precisava fazer algo para comemorar, então dirigi até a cidade e comprei um biquíni fio dental de trinta e quatro dólares (tamanho trinta e seis). Mostra muito mais de *tudo*, o que não estou acostumada, mas está um calor sufocante, então me sinto encorajada a usá-lo.

— É novo — conto a Charlie.

— Certifique-se de ficar na sombra — diz ele. Seu rosto está vermelho.

Ele apoia as mãos nos joelhos e se curva, ofegante.

— Você está bem?

— Só fora de forma.

— O estado do seu abdômen diz o contrário. — Coloco a mão em seu ombro. — Acho que é hora de parar. Você ficou no sol o dia todo.

Eu o levo para dentro, passando por Nan, que cochila no sofá da varanda telada, apesar da bagunça de Charlie. Ele para na entrada da sala de estar, apoiando a mão na parede.

— Charlie?

Ele fixa em mim os olhos arregalados.

— É só o calor — afirmo para ele, que me lança um olhar indicando que não acredita em mim. Charlie parece realmente assustado.

— Sente-se aqui. — Pego seu braço e o guio até o sofá, depois vou pegar uma toalha de rosto fria. Ele está com a cabeça entre as mãos quando volto. Eu me sento ao lado dele e passo o pano na parte de trás do seu pescoço.

— Isso é bom.

Charlie fecha os olhos e movo o pano para sua testa, depois para sua têmpora, e sua respiração começa a desacelerar.

— Isso é constrangedor — confessa ele após um instante, ainda com a cabeça baixa.

— Não é nada. Você leu minha lista de desejos. Precisa fazer muito pior do que ter uma leve insolação para alcançar aquele nível de humilhação.

Ele vira o rosto para mim. Seus olhos encontram os meus, inquisitivos e sérios.

— Mas me diga: por que você escreveu aquilo?

Sussurro:

— Nostalgia?

Charlie endireita o corpo com lentidão e se inclina para trás no sofá, a cabeça apoiada na almofada, inclinada para mim. À espera.

Mordo a bochecha, pensativa.

— Foi um ano difícil. Estar aqui me fez pensar sobre o verão em que eu tinha dezessete anos... e em como eu voltaria no tempo e o que eu faria de outro jeito se tivesse a chance. Sei que, quando setembro chegar, terei que enfrentar tudo o que me espera na cidade. Mas quero deixar isso de lado durante a estadia aqui e fazer todas as coisas bobas que eu faria se tivesse dezessete anos outra vez.

— E porque você ama listas — observa Charlie, em uma voz doce.

— Exatamente.

Por um instante, mergulho nas poças verdes dos olhos dele. Enrugo o nariz.

— É bobo, não é?

Ele balança a cabeça, negando.

— Acho que entendi. Se eu pudesse voltar no tempo, sabendo o que sei agora, eu provavelmente voltaria.

— Sério?

— É claro. Há coisas que eu gostaria de fazer de um jeito diferente. Essa sensação de ser invencível. Toda a vida se estendendo diante de você. Sem mencionar que não havia semanas de trabalho de sessenta horas.

— Nada de contas a pagar. Nem responsabilidades reais. Nada de ex com noivas chamadas Astilbe.

Charlie sorri.

— Bem específico.

— Nada de comprometer minha integridade.

— Nada de consequências sérias — acrescenta Charlie.

— Exatamente.

— Posso ver essa lista de novo?

Meu sorriso vacila.

— Você já não deu uma boa olhada nela?

Charlie faz um movimento indeciso com a mão.

— Vamos, Alice. Não vou rir de você — insiste ele, e o brilho retorna aos seus olhos.

— Talvez ria.

— Ok, talvez eu ria. Mas não vou pensar menos de você.

E eu acredito nele. Solto um suspiro e pego meu caderno. Charlie lê enquanto estou de pé atrás de seus ombros, com meus braços cruzados na frente do corpo.

Ele olha para cima.

— "Drogas moderadas, três pontos de interrogação"?

— Eu era o tipo de garota que as pessoas imaginavam que jamais tocaria em um baseado. Fui literalmente ignorada mais de uma vez.

— O que você teria feito se tivessem oferecido um pega?

— Teria recusado — respondo.

Charlie sorri para mim.

— Você era uma boa garota.

— A melhor. E você?

— O oposto. Era imprudente. Arrogante. Ciumento. Competitivo. Eu era um merdinha. — Não há humor em seu sorriso. — Acho que não mudou muita coisa.

Ouvir Charlie falar assim de si mesmo mexe com algo em mim. Sento-me ao lado dele.

— Charlie, acho que há espaço suficiente em um hangar de avião para seu ego. Mas você não é um merdinha. Duvido que fosse um naquela época também.

— Eu era. Provavelmente foi uma coisa boa não termos nos conhecido na adolescência. Fiz um monte de coisas estúpidas para me distrair daquilo que eu realmente sentia. Você não teria gostado de mim.

— Você perdeu o pai aos catorze anos. Nem consigo imaginar como foi difícil.

Charlie me prende com toda a força do seu olhar.

— Não seja meiga comigo agora, Alice.

Eu o encaro de volta.

— Se quiser falar sobre isso, estou aqui. Sou uma excelente ouvinte e um cofre quando se trata de segredos.

— Tenho certeza disso.

O peito dele sobe e desce. Percebo que está tomando uma decisão a meu respeito, pesando o quanto pode confiar em mim. Tenho a impressão de que Charlie não confia em muitas pessoas, que também não lida com seus sentimentos com muita frequência, tal qual um adulto faz.

— Tive ótimos pais — conta ele, hesitante. — Meu pai era um cara firme e sério, mas também gentil e atencioso. Ele tinha um senso de humor seco. Sam é muito parecido com ele. Minha mãe era cheia de energia, estava sempre rindo. Todo mundo a amava. As pessoas se sentiam bem quando estavam com ela, sabe?

— Sim — respondo, fitando-o. — Eu sei.

— Desde pequeno, eu percebia que eles eram muito apaixonados. Estar perto deles era seguro. — Ele esfrega o maxilar com uma das mãos. — Eles cresceram juntos. Foram amigos primeiro. E, mesmo que trabalhassem duro no restaurante, faziam nosso tempo juntos valer a pena. Minha mãe preparava cafés da manhã épicos... — Sua voz falha e ele limpa a garganta. — Éramos como uma daquelas famílias da TV. Quase perfeitas. — Meu coração está apertado antes mesmo que ele diga as palavras: — E aí meu pai morreu.

Charlie olha para as mãos.

— Eu tinha catorze anos, mas Sam tinha apenas doze. Nossa mãe ficou destruída. Meu avô me deu um sermão sobre ser o homem da casa, e isso me assustou pra caramba. Eu não sabia o que isso significava, o que eu deveria fazer ou como resolver as coisas.

— Claro que não. Você era uma criança.

Charlie emite um som como se não concordasse muito.

— Fiz tudo em que consegui pensar. Ajudei no restaurante, tentei fazer nossa mãe sorrir e me certifiquei de não desmoronar na frente de Sam. Se você era a tartaruga da sua família, eu era o palhaço. O cara que não levava nada muito a sério, que não se deixava incomodar por nada. Eu tinha a sensação de que, se eu fosse normal, eles também seriam normais.

— E funcionou?

— Mais ou menos. Sam se fechou em si mesmo depois que meu pai morreu, e minha mãe se preocupou com ele. Eu não dava motivos para ela se preocupar comigo. — O sorriso dele é profundamente triste. — E isso não quer dizer que eu não a irritava.

— Que adolescente não irrita os pais?

— Aposto que Alice Everly não irritava.

— Certo, me pegou. Heather era a rebelde; eu era a tranquila. Mas... — Eu me inclino mais perto e sussurro: — Na segunda série, roubei um livro da biblioteca.

As covinhas de Charlie aparecem, e sou tomada pela necessidade de mantê-las ali, adornando suas bochechas, a necessidade de ser a pessoa que faz o palhaço sorrir.

— Era uma enciclopédia infantil de pássaros — revelo. Charlie ri, e me sinto animada, como se pulasse de um penhasco no lago. — Tinha todos aqueles tucanos e periquitos coloridos na capa, e eu queria ficar com ele para sempre. Rasguei o envelope do cartão da biblioteca, pensando que era um plano brilhante. Quando minha mãe o encontrou no meu quarto, ela me fez devolvê-lo à bibliotecária, contar a ela exatamente o que eu tinha feito e me desculpar. Foi tão humilhante, nunca mais quis ter problemas desse tipo.

— E você não teve, imagino.

— Não. Eu já era determinada naquela época.

— Meu irmão era assim. Vivia sempre de acordo com as regras. No ano seguinte à morte do nosso pai, os pais de Percy compraram o chalé ao lado do nosso. Sam e Percy se tornaram melhores amigos instantaneamente. Ela falava sem parar e, de alguma forma, o tirou da concha e o ajudou a voltar a se divertir. Eles cuidaram um do outro.

Eu o analiso.

— Quem cuidou de você?

Charlie olha para mim pelo canto do olho.

— Nossa mãe fez o melhor que pôde, o que foi muito bom. E o chef do Tavern, Julien, estava sempre de olho. Mas ainda consegui fazer um monte de coisas estúpidas.

— Como o quê?

— Festas. — Ele faz uma pausa e acrescenta: — Garotas.

Penso no que as mulheres do salão disseram na semana anterior. Penso no que ouvi Sam dizer e no que isso implicava.

Você sabe como ele é.

— Só dei meu primeiro beijo aos dezenove anos — conto a Charlie.

— Espero que tenha valido a pena esperar. — O olhar em seu rosto é cômico.

Eu rio.

— Foi meio decepcionante. Era só um cara aleatório durante a semana de calouros. Mas, para ser justa, minhas expectativas eram extremamente altas naquele momento.

Sua coxa bate na minha.

— Eu teria beijado você. — Isso me tira o ar.

— O quê?

— Naquela época — continua Charlie, com os olhos grudados em mim. — Quando você estava aqui naquele verão. Eu certamente teria beijado você.

— E o que faz você pensar que eu teria desejado beijar *você*?

Pressiono minha coxa contra a perna dele.

Seu sorriso é traiçoeiro.

— Todo mundo queria me beijar.

Dou um tapa em seu ombro de bloco de concreto, e ele ri. Amo vê-lo assim. Aliviado de todo o peso.

— Nós deveríamos fazer isso juntos — me pego dizendo.

Ele parece surpreso.

— Beijar?

— A lista. — Eu rio. — Você deveria ter um verão aos dezessete anos comigo.

Os olhos de Charlie brilham.

— É?

Ele relê minha lista, os lábios se movendo em silêncio. Então pega o celular no bolso e tira uma foto.

— Sem problema — anuncia.

— Sem problema?

— Nenhum — diz. — Você já fez um monte dessas coisas. Pulou da pedra, deu uma festa de aniversário. — Ele arqueia uma sobrancelha. — E *este* é um biquíni indecente. Nós podemos terminar essa lista.

— Nós? — digo, sorrindo.

Os olhos dele brilham. Estão em um tom de verde que nem o da aurora boreal.

— Você e eu, Alice Everly.

22

— Isso significa que temos que nadar pelados juntos?

Convenci Charlie a parar de trabalhar e ir nadar. Agora estamos flutuando, Charlie em seu unicórnio-pégaso, eu no alce. Estou ficando tão boa em subir naquela coisa que posso usar meu chapéu de palha e cafetã sem me preocupar em cair ou ser arruinada pelo sol.

Charlie não responde. Suas mãos estão unidas atrás da cabeça, as pernas abertas em ambos os lados da cauda dourada e os pés balançando na água.

— Não — diz ele, depois de um instante. Parece uma divindade da luz do sol e da água. É um esforço não o contemplar. — Você pode encontrar outra pessoa para beijar e ficar nua. — Charlie inclina a cabeça para mim, e sinto uma faísca de decepção que imediatamente sufoco. — Harry, por exemplo.

— Não vai rolar.

— Por que não? Ele é bonito e gentil demais para você?

— Não estou interessada em namorar ninguém no momento. — Charlie sorri ao ouvir isso.

— Só em transar, então?

— O quê? Não!

— Você está super vermelha, Alice.

— Cale a boca. — Aperto os olhos para Charlie. — E você?

— Eu o quê?

— Você mencionou seu último relacionamento outro dia. Foi um término ruim?

— Na verdade, não. Nunca imaginei que daria em alguma coisa. Foi divertido por um tempo. — Os olhos de Charlie estão fixos nos meus. — O seu foi difícil?

Eu consigo fazer isso. Consigo falar sobre Trevor sem chorar.

— Foi brutal. Você ouviu o que Nan disse. Ficamos juntos por quatro anos. Moramos juntos. Eu não esperava um término.

— É por isso que você é imune ao charme de Harrison... Você não superou seu ex?

— Não, não é isso. — E, ao afirmá-lo, percebo que é verdade. Se Trevor quisesse uma segunda chance, eu não daria a mínima. — Não tenho certeza se consigo investir em outro relacionamento.

Charlie se vira, apoiando-se em um cotovelo.

— O que aconteceu? — A voz dele é muito atenciosa. E porque não consegui confiar em ninguém sem cair no choro, e também porque ele é bom de conversa, eu desabafo.

Conto a Charlie todas as maneiras pelas quais éramos compatíveis. Éramos caseiros. Sérios sobre nosso trabalho. Sempre confiáveis. Cada um de nós tinha o próprio negócio. Nós nos unimos por sermos criativos *e* organizados. Duas ervilhas em uma vagem perfeita.

— Cresci em uma casa caótica — explico a Charlie. — Havia muito amor, mas era barulhenta e bagunçada... Assim como viver em um vento de monção. Com Trevor, as coisas eram calmas. Pacíficas.

— Parece chato — sentencia Charlie, encarando-me ao arrastar a mão para a frente e para trás na água, em movimentos preguiçosos.

— Não.

Ele levanta as sobrancelhas como quem diz: *Sério?*

— Talvez um pouco previsível — admito. — Nossos amigos nos chamavam de casal perfeito. E eu amava isso.

O que não conto a Charlie é a dimensão das exigências que envolviam ser uma namorada impecável. Eu experimentava várias peças de roupa antes dos nossos encontros, alisava o cabelo para que ficasse perfeito e me deixasse elegante, mas com aparência descomplicada. Comecei a ouvir música clássica porque Trevor amava isso. Fazia refeições gourmet em nosso apartamento gourmet, e comíamos em nossas cadeiras de grife, bebendo vinho tinto e discutindo arte, trabalho e Steve Reich. Eu amava todas as coisas que ele amava. Pelo menos, foi o que pensei até o fim.

Não sei como fazer você feliz, Alice. Você sabe?

— Por quê? — pergunta Charlie.

— Por que o quê?

Inclino a cabeça e o flagro me perscrutando com uma carranca de concentração.

— Você disse que amava serem chamados de casal perfeito. Por quê?

— Porque é exatamente quem eu queria ser.

— Perfeição não existe.

— Em teoria.

— E, se existisse, seria chata. — Charlie sacode a mão na água, enviando um arco suave de água sobre meus dedos. — E você, Alice Everly, é tudo, menos chata.

O elogio me envolve como uma brisa morna.

— Trevor ficou noivo apenas dois meses depois de me abandonar — retomo depois de um instante. — Pareceu uma segunda traição; eu me esforcei tanto pelo negócio dele, tanto por nós.

— Acho que você se livrou de uma bomba — declara Charlie. — Ele parece um idiota que não valorizava o que tinha de bom.

Meus lábios se abrem, demonstrando surpresa.

— Obrigada — sussurro.

— Faz sentido — diz ele.

— O quê?

— Você é atos de serviço. — Meu olhar está vazio. — É sua linguagem do amor.

— Desculpe, você está citando um livro de autoajuda romântica para mim?

— Não com essa atitude.

Abafo meu sorriso.

— Desculpe. Por favor, continue.

— Minha mãe tinha um exemplar de *As 5 linguagens do amor* em casa quando éramos crianças.

— Que você leu por causa de...

— Garotas — completa ele.

— Naturalmente.

— Enfim, as pessoas costumam demonstrar amor da maneira como querem recebê-lo. No seu caso, é por meio de atos de serviço. Você demonstra amor realizando atos atenciosos, como ajudar seu ex com os negócios dele e levar Nan ao lago. Mas esses gestos podem passar despercebidos ou não ser apreciados.

Parece que uma engrenagem travou no lugar no meu cérebro. Isso é a *minha cara*.

Charlie se vira de costas, entrelaçando as mãos atrás da cabeça, e meu olhar brevemente capta a flexão do bíceps enquanto seus cotovelos se abrem o lado das têmporas.

— Mas a questão sobre as linguagens do amor — continua Charlie — é que elas se referem não apenas à maneira como expressamos amor, mas também como *recebemos* amor. Você precisa de alguém para fazer algo por você, algo que a faça se sentir amada. Alguém que ajude você.

Sacudo a cabeça.

— Detesto pedir ajuda.

— Isso porque, lá no fundo, você quer que alguém veja o que você precisa antes de ter que pedir.

— Você é cheio de surpresas, Charlie Florek.

Uma rajada de vento nos faz girar para longe um do outro, mas Charlie puxa a corda que nos amarra juntos de modo que ele fique de frente para mim, sua cabeça perto dos meus pés. Ele envolve uma mão em volta do meu tornozelo para que não nos afastemos, e eu seguro o dele. É uma tática, mas meu corpo não sabe disso. Minha pele arrepia sob a palma da mão dele, enviando uma descarga quente pela minha panturrilha.

— Qual é sua linguagem do amor? — pergunto. — Suponho que provocação não esteja incluída no livro.

O canto da boca de Charlie se ergue em um sorriso sedutor, e tenho certeza de que seu aperto em mim aumenta.

— Toque físico.

O calor ondula por mim mais uma vez, instalando-se entre minhas pernas.

— Ah.

— E isso nos traz de volta a você.

— Eu? — A palavra sai sem fôlego.

O sorriso cresce.

— Você deixou os relacionamentos em segundo plano, mas e o sexo?

Minhas bochechas coram de novo, mas desta vez respondo sinceramente.

— Ainda não resolvi essa parte. Sei que parece pudico dizer isso, mas não consigo conceber a ideia de dormir com alguém com quem não me importo.

Charlie olha para mim, sem mais nenhum indício do palhaço. Gosto disso nele: o instinto que ele tem para quando é ok brincar e quando é melhor ouvir. Ele vê o que as pessoas precisam do mesmo jeito que eu vejo.

— De qualquer forma... — Sorrio. — Digamos que apreciei a página cento e setenta e nove de *Como dominar um trapaceiro* mais de uma vez.

A risada de Charlie ecoa pela baía.

— Bom para você.

Olhamos um para o outro, sorrindo.

— Eu costumava pensar que sossegaria com alguém — admite ele. — Com casa. Quintal. Crianças. Um cachorro grande e babão. — Charlie olha para a praia, e o sorriso em seu rosto dói em mim. Posso ver sua fantasia tão nítida quanto uma fotografia. — Eu costumava pensar que teria tudo.

— Pretérito?

— Sim. — Ele parece escolher as palavras com cuidado. — Percebi que não fui feito para algo de longo prazo.

— Solteiro resignado?

— Algo do tipo. O relacionamento que meus pais tinham, que meu irmão tem, aquela coisa cósmica de alma gêmea, não está nos meus planos.

— Porque você não quer?

Há uma tristeza profunda no olhar dele.

— Não *posso* querer.

Mordo o lábio antes de falar. Não quero passar dos limites. Mas Charlie não quer saber disso.

— Diga o que está pensando, Alice.

— O jeito que você olhou para Sam e Percy outro dia. Você parecia... infeliz.

— Todos os seus amigos passam por um escrutínio tão minucioso? — pergunta Charlie, fixando os olhos nos meus. — Ou eu sou especial?

— Desculpe. Eu só... Deixa para lá.

Solto a perna dele e pego a corda para me puxar em direção ao cais, mas então Charlie fala:

— Eles me lembram meus pais.

Eu me viro para ele.

— O jeito como olham um para o outro — continua ele. — O jeito como se tocam constantemente. Como sussurram um para o outro. Até o jeito como zombam um do outro. É muito parecido com minha mãe e meu pai.

— Isso deve doer.

— Às vezes — admite ele. Vincos se formam nos cantos dos olhos quando sorri. — E, às vezes, é muito legal.

Nós nos observamos em silêncio. Os únicos sons vêm do lago. Água batendo contra a costa, o zumbido distante de um barco circulando pela baía, o ocasional *splash* suave de uma pinha caindo na água.

A expressão de Charlie fica séria, a mais séria que já vi nele.

— O quê?

— Você deveria dar uma chance a Harrison — sugere ele. — Acho que vocês se dariam bem.

Eu me dou bem com você.

— Vocês têm mais em comum do que pensam — afirma Charlie. — Ele também está saindo de um relacionamento.

Tenho a impressão de que Charlie é uma espécie de playboy, alguém que não me recusaria um beijo inocente se eu pedisse. Dói que ele esteja tentando me arrumar um encontro com o amigo dele. E não é pouca dor. Dói o suficiente para me dizer que estou indo em uma direção perigosa, direto para uma paixão. É a marca registrada de Alice Everly. Gamar rápido. Gamar com intensidade. Ter meu coração arrancado do peito. Preciso me afastar antes que seja tarde demais.

— Tem razão — digo a Charlie com um sorriso que aperta demais minhas bochechas. — Eu deveria sair com Harrison. Uma noite na cidade seria legal.

Ele pisca como se eu o tivesse surpreendido.

— Ótimo.

— Ótimo — acrescento. — Mal posso esperar.

Um músculo se contrai na mandíbula de Charlie e ele contempla a água.

Número cinco, aí vou eu.

23

SEXTA-FEIRA, 11 DE JULHO
RESTAM 52 DIAS NO LAGO

— Puta merda. — Harrison me olha boquiaberto quando abro a porta.

— É exagerado? — pergunto, olhando para mim mesma. Coloquei o vestido verde, mas ele está usando jeans e uma camiseta, muito mais casual do que eu. Ele fez a barba e penteou o cabelo, que cai sobre as orelhas, um cabelo preto grosso e brilhante. — Posso trocar.

Mandei uma mensagem para Harrison depois que Charlie saiu ontem, perguntando se ele estava livre hoje à noite. Ele respondeu na mesma hora, e decidimos ir ao Bent Anchor, o lugar que Charlie me mostrou no rio.

— De jeito nenhum — diz Harrison. — Você está incrível. Desculpe, um palavrão provavelmente não foi a melhor maneira de dizer olá.

— Olá — respondo, sorrindo. Esqueci como ele é adorável.

— Oi. — Ele me oferece o braço. — Vamos?

Nós nos sentamos em uma mesa de piquenique sob um guarda-sol vermelho na areia, com vista para o rio Madawaska. Uma banda de bluegrass está tocando no pátio. De vez em quando, um barco ou jet ski passa e os passageiros acenam para as crianças brincando na praia. O lugar é a mistura ideal para o primeiro encontro: é descontraído e o atendimento é rápido, e se você ficar sem assunto, há atrações o suficiente para assistir e sobre as quais comentar, a ponto de você conseguir sobreviver à noite sem que as circunstâncias fiquem estranhas.

Harrison e eu pedimos churrasco de frango e costelas, e ele me conta sobre trabalhar com a família e que, embora goste de construir casas, sua verdadeira paixão é a cerâmica. Discutimos técnicas de esmaltação, arte e fotografia. Observo seus dedos longos, pensando que Harrison deve ser bom com eles. Meu vinho

149

branco vem servido em uma taça de plástico sem haste, cheia até a borda, e, quando estou na segunda, já não me importo de estar bem-vestida demais. A brisa da água mantém os mosquitos afastados, mas estou tremendo quando nossa comida chega, então Harrison pega um moletom para mim em sua caminhonete.

Sob todos os aspectos, é um bom encontro. Mas continuo pensando em Charlie e em como seria se eu estivesse sentada na frente dele. Ou como o moletom de Harrison tem um cheiro bom, como se tivesse acabado de ser lavado, mas o cheiro de Charlie é mais complexo. Afasto os pensamentos, mas logo descubro que minha mente está vagando para ele outra vez.

Ao fim da noite, quando Harrison e eu caminhamos até o estacionamento, observo seu perfil. Ele é lindo. É interessante. Tem uma boca bonita. Mas não consigo sentir nenhuma vontade de beijá-lo.

Ele encosta um ombro em sua caminhonete.

— Foi divertido.

— Muito divertido — concordo.

— Mas não estamos nos dando bem, certo? Não sou só eu?

Estremeço.

— Não, não é só você.

Talvez seja minha culpa que não haja faísca entre nós. Passei o encontro inteiro pensando em Charlie.

Harrison é aberto, engraçado e criativo. Por que a noite não deveria terminar com seus lábios nos meus? Eu queria beijar um cara bonito, por pura diversão, e ele mais do que se encaixa no perfil.

— Mas talvez se nós... — Coloco a palma em seu peito, mas ele esfrega a nuca e olha para o lado. Abaixo minha mão imediatamente.

— Sinto muito. Você é incrível, Alice. É linda e boa de conversa, e provavelmente vou me arrepender mais tarde de dizer isso, mas esta noite me fez perceber que não superei minha ex. E não posso... — Ele gesticula entre nós. — Não parece certo.

— Entendo — respondo. — Se alguém entende de términos mal resolvidos, sou eu.

Harrison me leva de volta ao chalé e, quando viramos na entrada da garagem, meu coração acelera. O carro de Charlie está ali.

— Não sabia que você teria companhia esta noite — pontua Harrison, vendo a expressão no meu rosto.

Nego com um gesto de cabeça. Eu me viro para Harrison.

— Quer entrar?

— Não devo. Tenho que começar cedo amanhã.

Alcanço a maçaneta da porta, mas paro.

— O que você acha dele?

— Charlie? — Harrison franze a testa, como se fosse uma questão que ele nunca considerou.

— Sim.

— Somos amigos desde o jardim de infância. Ele é basicamente o mesmo cara desde que éramos crianças, embora eu tenha notado que está um pouco diferente ultimamente.

— Como assim?

Harrison reflete por um momento.

— Ele se tornou muito mais sério. Costumava ser o cara que sempre fazia festa. Acho que estamos todos ficando mais velhos.

Dou boa-noite para Harrison e abro a porta do chalé, então suspiro. Olho para Charlie.

— Que diabos é isto?

24

Parece que o corredor de ultraprocessados do supermercado foi derrubado no chão. Há sacos abertos de salgadinhos e pipoca. Balas de goma em formato de ursinho. Pretzels cobertos de chocolate. Um pote de amendoim. Uma barra de chocolate meio comida na mesa de canto ao lado de Nan. Ela e Charlie estão com copos do que suponho ser uísque. Rod Stewart está gritando. Nan parece lutar contra o riso e as covinhas de Charlie são tão profundas que engolem a luz do abajur. A mão dele está enterrada no saco de balas de goma em formato de ursinho. Seu sorriso desaparece quando me vê na porta.

Olho em volta, pasma.

— Quanto uísque vocês dois tomaram?

Nan ri de um jeito que nunca ouvi.

— Não foi o uísque.

E então vejo a folha verde na embalagem da barra de chocolate de Nan.

— Meu Deus.

— Não é grande coisa, Alice — diz Charlie, se levantando. Ele está usando jeans e uma camisa de flanela cinza. O cabelo tem algum tipo de produto. Ele se arrumou.

— Você deixou minha avó *chapada*?

— Não surte.

— *Não* me diga para não surtar.

Nan dá outra risada.

— Você está com problemas, Charlie.

— Você também — disparo.

— Alice. — É o Charlie de novo. — Caia fora.

Eu o encaro, chocada.

— Como é que é? Como você pôde vir aqui escondido quando não estou por perto e trazer drogas para minha avó?

— Eu não entrei escondido. Ela me pediu para fazer isso. É uma dose baixa. Muito segura. E é legalizada.

Eu olho para minha avó.

— Estava curiosa para saber se isso melhoraria meu sono.

— Por que não me contou? Eu poderia ter feito algo para ajudar.

— Não queria preocupar você. Você já está me tratando com luvas de pelica. — Seus olhos estão um pouco vidrados e seu tom de voz é suave, mas me irrito. Eu só queria ajudar.

Charlie coloca uma mão no meu ombro. Eu o afasto. Nan olha entre nós.

— Bom, eu vou para a cama.

— Vou ajudar — declaro, pegando a bengala para entregar a ela.

— Não. — Ela me lança um olhar duro. — Estou bem, Alice.

Eu me afasto diante do seu tom. E a observo até que ela esteja no banheiro, ignorando a pressão do olhar de Charlie nas minhas costas. Fico ali, sem encará-lo, enquanto Nan se arruma.

— Alice. Pode olhar para mim? — pede Charlie calmamente.

Quero ficar brava com ele. Por sair com minha avó sem mim. Pelas migalhas de batata frita no tapete. Por me encorajar a ir a um encontro com seu amigo e, em seguida, se infiltrar em minha mente a noite toda. Mas não preciso cavar muito fundo para saber o que está me incomodando de verdade. É a possibilidade de Nan e Charlie não acharem que eu estaria disposta a participar de uma noite regada a guloseimas feitas à base de maconha e Lay's sabor ketchup. O fato de que eles não me acham divertida.

— Só me escute, ok?

Respiro fundo e me viro. Ele está muito mais perto do que eu esperava.

— Nan me pediu para levá-la à loja de cannabis da cidade depois do ensaio do coral. Eu não estava tentando enganar você. Ela está com problemas para dormir.

Eu não sabia disso. Isso explica por que ela está tão irritada.

— Os ultraprocessados eram principalmente para mim — diz ele. — Tomo cuidado com o que como, com o açúcar em especial, e exagerei um pouco.

Eu o observo. A camisa de colarinho. O cabelo arrumado. O pedido de desculpas em seu rosto. Não sei o que pensar sobre hoje à noite.

— Por que está vestido assim? — pergunto.

Ele olha para si mesmo.

— Tipo o quê?

— Todo arrumadinho.

Sua risada é seca.

— O que você achou que eu usaria para passar um tempo com a sua avó? Um calção de banho? Calça de moletom? — Ele abre a boca para dizer mais alguma coisa, mas seu olhar passa por mim. Minhas bochechas rosadas pelo vinho. Meu cabelo desgrenhado pela brisa do rio. Ainda estou usando o moletom de Harrison.

Algo escuro passa pelos olhos de Charlie. Ele está com ciúmes? Uma onda de satisfação me percorre.

— Você voltou tarde.

Dou de ombros.

— Como foi o encontro?

— Foi legal. — Levanto o queixo, agindo com uma confiança que não sinto. — Você estava certo, temos muito em comum.

Charlie fica imóvel, mas seus olhos estão tempestuosos.

— Ah, é?

Mal consigo ouvi-lo por causa do sangue pulsando em meus tímpanos.

— Eu me diverti.

Seus olhos descem para minha boca.

— Vai dar para riscar o número cinco? — Sua voz é baixa, mas consigo ouvir a contenção em cada sílaba.

Os dois copos de vinho começam a fazer efeito em mim. A semana que passei conversando, nadando e admirando o peitoral de Charlie começa a me afetar. Não penso. Apenas levanto o moletom pela cabeça e o jogo no chão. Charlie respira fundo, observando o vestido, meu pescoço e os ombros. Balanço a cabeça, negando.

— Não, ainda não. Não com ele.

— Alice. — Ele pronuncia meu nome com cautela, como se o protegesse. Percebo que estou me aproximando. Ficamos frente a frente, perto o suficiente para eu ver que as pupilas de Charlie engoliram as partículas de ouro. Sinto um dedo deslizar pela minha coxa, e então ele desaparece.

— Charlie.

Coloco as mãos em seu abdômen. Sinto seu corpo se retesar sob as palmas das minhas mãos ao me encarar.

— Você é uma má influência — digo. — Mas eu também posso ser uma má influência.

Ele não se move enquanto fico na ponta dos pés, colocando nossos peitos em contato, macio contra duro. As pálpebras de Charlie se fecham e ele inala pelo nariz.

— Alice — ele sussurra meu nome.

— Quer que eu pare?

Meus lábios estão tão perto dos dele que, quando ele balança a cabeça, nossas bocas se roçam. Toco meu nariz no dele e mordo seu lábio inferior. Não é meu movimento habitual para iniciar um beijo, mas sinto como se pudesse devorá-lo inteiro. Ele tem gosto de bala de goma. Um gemido ressoa no peito de Charlie e, de repente, suas mãos estão em volta das minhas coxas e ele me levanta do chão. Seu olhar é um desafio, uma promessa e outras coisas mais perigosas. Envolvo a cintura dele com as pernas e me agarro aos seus ombros, e quando ele me aperta, ajustando nossos corpos, eu suspiro com a pressão forte dele contra mim. Eu movo os quadris, porque...

Uau.

— Alice — diz ele entre os dentes. — Porra.

— Ainda estou brava com você — declaro, fitando-o nos olhos conforme trago os lábios para mais perto dos dele. — Mas vou deixar você compensar a situação, porque gosto de você.

Charlie pisca.

— Também gosto de você. — Ele afrouxa as mãos e lentamente me coloca de volta no chão.

— Então qual é o problema?

Ele engole em seco.

— Nós não deveríamos.

— Não estou entendendo. — Ele estava claramente se divertindo.

— Sinto muito. É que... — Ele observa ao redor da sala.

Eu tinha me esquecido de Nan.

— Vamos para a casa de barcos — sugiro.

— Não é isso. — Ele me encara com olhos verdes torturados. — Eu me empolguei. Não deveria ter deixado isso acontecer. O problema não é você — acrescenta ele, depressa.

— Então o que é? — Meu rosto está queimando. Estou envergonhada, um pouco brava e muito excitada.

Charlie se esforça para encontrar uma resposta, mas finalmente se contenta com:

— Provavelmente é melhor continuarmos amigos.

Eu o encaro, boquiaberta.

— Amigos?

Ele assente e não consigo evitar, meus olhos abaixam para onde há algo bem pouco platônico pressionando a braguilha de sua calça jeans.

Charlie passa a palma da mão nos cabelos e me lança um olhar indecifrável.

— Vejo você amanhã, Encrenca.

25

SÁBADO, 12 DE JULHO
RESTAM 51 DIAS NO LAGO

Eu me escondo na casa de barcos na tarde seguinte. Há duas camas de solteiro e uma grande porta de correr que leva a um terracinho com espaço suficiente para apenas duas cadeiras Muskoka. O teto pontiagudo de madeira é tão íngreme que é preciso se agachar quando se está nas laterais. Eu o organizei como Nan fazia quando eu era criança, com um monte de materiais de arte baratos e uma toalha plástica na mesa. Não consigo me lembrar da última vez que mexi com tinta e lápis. Agora mesmo, estou esboçando a baía enquanto Charlie pinta o cais. Ou pelo menos estou tentando esboçar. Meus olhos continuam indo da costa para ele. Ele tirou a camiseta há cinco minutos.

Acordei hoje de manhã com dor de cabeça por causa do Chardonnay e a voz dele no meu ouvido.

Alice. Porra.

Não acredito que me atirei em cima dele. Nunca fiz nada assim antes. Minha necessidade de tocar nele, de sentir seu corpo, de prová-lo era avassaladora. Parecia ter surgido do nada, uma aparição que precisava ser exorcizada. Não tenho certeza se posso culpar o vinho. Nós mal nos beijamos, mas eu não ficava tão excitada desde... Bem, acho que nunca fiquei tão excitada. Mastigando a ponta do lápis, eu o observo trabalhando de quatro. Charlie enxuga a testa, parando para olhar por cima do ombro para a casa de barcos. Acho que ele não consegue ver mais do que o brilho do sol na janela, mas olha direto para mim. Meu estômago revira.

Continuo relembrando o momento em que puxei seu lábio entre os dentes, quando ele fez *aquele som*, então me levantou do chão como se não conseguisse se segurar por mais um segundo. E então o feitiço se quebrou.

Provavelmente é melhor continuarmos amigos.

Essas palavras me assombraram quando deitei a cabeça no travesseiro, olhando para o reflexo da luz de sua casa na água. Não dormi.

Pelo contrário, passei a noite me lembrando dos motivos pelos quais Charlie estava certo em recuar. Já tive uma queda por um amigo uma vez e isso nos destruiu. E, apesar de me sentir muito confusa em relação a Charlie, acho que é isso que ele se tornou. Um amigo.

Estou tão imersa em pensamentos sobre Charlie que não ouço seus passos subindo as escadas da casa de barcos antes de ele bater.

— Alice. Posso entrar? — pergunta, do outro lado da porta.

Analiso ao redor em busca de uma rota de fuga, mas, a menos que eu me jogue do convés da casa de barcos na água, estou presa aqui.

— Sei o que você está pensando — diz ele. — E é raso demais para pular.

Olho para mim mesma: estou com meu cafetã sobre um maiô. Meu uniforme padrão deste verão. Levo um segundo para amarrar o cabelo em um coque mais arrumado na cabeça e atravesso o quarto. Meu coração está na garganta.

— Você já vestiu uma camisa algum dia? — digo, segurando a porta aberta.

— Também senti sua falta. — Charlie se inclina contra a moldura da porta, a imagem do conforto, mas há uma hesitação em seus olhos que me faz refletir. Seu peitoral está escorregadio de suor e a respiração dele é pesada. Ele parece... *ahh*... bom demais.

— O cais está pronto. Deve secar rápido com esse sol, porém, se você quiser nadar, terá que entrar na água caminhando pela costa até ele secar.

— Tudo bem. — Eu me sinto como pipoca no micro-ondas, os nervos explodindo no peito. Sei que ele não veio aqui para me falar do cais.

— Nunca vi isto aqui. — Charlie espia por cima do meu ombro para o espaço atrás de mim. — Posso?

Eu me afasto. Por causa do ângulo do teto, Charlie só consegue ficar bem no centro do quarto sem precisar se abaixar.

— É aconchegante — comenta, depois de uma breve inspeção.

— A-ham.

— Um esconderijo ideal — diz, fitando meus olhos. — Já que você está me evitando.

— Eu, não.

Suas sobrancelhas se erguem na velocidade da minha negação.

— Está fazendo um dos dias mais bonitos do verão, e você está se escondendo aqui. É assim que você trata todas as suas conquistas? Eu me sinto um pouco usado, Alice.

— Por algum motivo, duvido disso.

Ele dá de ombros.

— Não vem ao caso.

O olhar de Charlie se volta para minha mesa cheia de blocos de desenho e paletas de tinta, materiais em tons pastel e conjuntos de pincéis.

— Estou só brincando — digo quando ele pega o desenho em que estou trabalhando. — Não é para ser bom.

— Parece muito bom para mim. — O olhar dele retorna ao meu. — Podemos conversar?

— De verdade, não é necessário. — Não quero me explicar ou ouvir as razões de Charlie para querer *continuar como meu amigo*. — Sério. Não se preocupe com isso nem por um segundo. Podemos seguir em frente. Finja que nunca aconteceu.

Ele aperta os olhos, mas responde:

— É claro. — Um instante se passa. — Mas tem outra coisa que eu queria falar com você. Podemos nos sentar?

— Tudo bem — concordo, nervosa mais uma vez.

Nós nos sentamos em camas opostas, de frente um para o outro. Dobro meus joelhos e os abraço junto ao corpo, enquanto Charlie abre os dele, as mãos largas entrelaçadas entre eles, inclinando-se para a frente. Somos tão completamente opostos que parecemos quase imagens negativas. A luz entra pelas janelas, nos atribuindo uma silhueta melancólica. Eu capturaria a imagem em uma foto, se pudesse.

Clique.

— Minha mãe ficou doente por dois anos antes de morrer — conta Charlie.

Eu pisco. É exatamente a última coisa que eu esperava.

— O tratamento dela foi duro, e mesmo depois de toda aquela quimioterapia, simplesmente... Bem, não foi o suficiente. — Ele engole em seco, e o movimento em sua garganta é o único traço do quanto aquelas palavras doeram. — No final, ela só queria ficar confortável. Comprei algumas balas de goma com maconha para ela experimentar, e isso aliviou um pouco o desconforto dela.

"Eu não estava por perto tanto quanto deveria. Sam voltou para casa, mas eu estava ocupado com o trabalho. Ela morreu há três anos, e não tenho certeza se algum dia vou me perdoar por não ter estado mais presente aqui." Ele passa a mão no rosto e me encara. "Quando sua avó me pediu para comprar algo para ela, eu só quis ajudar."

Antes que eu consiga responder, Charlie abaixa a cabeça entre as palmas das mãos. Fico observando, atordoada por um instante, sem saber o que fazer. Mas vê-lo chorar é demais para mim. Saio da cama, agachando-me entre seus joelhos.

— Ei. — Tento tirar as mãos dele do rosto, mas ele balança a cabeça, então passo os dedos para cima e para baixo em suas panturrilhas, tentando acalmá-lo.

Charlie se permite lamentar por apenas alguns segundos antes de limpar o rosto com as costas da mão.

— Sinto muito. Isto é realmente muito constrangedor.

— Ah, não é, não — digo. — Uma vez andei por uma galeria com o vestido enfiado na parte de trás da calcinha. Eu não conseguia entender por que todo mundo estava olhando para mim até que uma senhora idosa puxou a saia da minha bunda.

Charlie sorri.

— Que mulher de sorte.

Reviro os olhos, mas estou satisfeita. Gosto de fazê-lo sorrir. Quero as covinhas dele firmes no lugar.

Charlie dá um tapinha na cama, então me sento ao seu lado com as pernas dobradas.

— Acho que você é muito duro consigo mesmo — digo.

O olhar dele percorre meu rosto e, por um segundo, penso que ele vai discutir comigo, mas ele respira fundo e me puxa para si, me envolvendo em seus braços. Coloco os braços ao redor da cintura dele e inclino a cabeça contra seu peito. Ele cheira a suor, a protetor solar e a algum sabonete chique que ele usa.

— Qual era o nome da sua mãe?

— Sue — responde Charlie, em sua voz rouca. — O nome dela era Sue.

Eu o abraço mais forte.

— Sinto muito que você a tenha perdido. Sinto muito que ela não esteja aqui para abraçar você.

— Obrigado — sussurra ele um instante depois.

Afasto a cabeça o suficiente para fitá-lo.

— Pelo quê?

— Por me ouvir. Por ser minha amiga.

— De nada. — Eu o aperto outra vez.

Depois saio do colchão e estendo a mão.

— Vamos. Vamos nadar. Você está com um cheiro horrível. — Ele solta uma risada profunda e coloca a palma da mão na minha.

— Sabe — digo enquanto caminhamos para a água —, você dá muito mais trabalho do que eu imaginava.

26

SÁBADO, 19 DE JULHO
RESTAM 44 DIAS NO LAGO

Uma semana se passa. "Meados de julho" ameaça se transformar em "final de julho". Charlie e Nan vão para a noite de carteado juntos e retornam com histórias sobre como arrasaram contra os adversários. Eu me lanço em minha lista de edições e me preparo para a visita de Bennett. Em três dias, Heather a deixará aqui durante a semana. Faço grandes planos para tornar as férias de verão inesquecíveis para ela. Artes e ofícios. Jantar no Tavern. Noites aconchegantes assistindo a filmes com Nan. Passeios de barco.

Charlie quer nos levar para a água. Disse que se Nan não estiver pronta para caminhar até o lago, ele mesmo a carregará. O que ele não sabe é que Nan tem praticado. Ela já percorreu todo o caminho de ida e volta mais de uma vez, embora o esforço a deixe sem fôlego.

— Nem todo mundo tem a chance de passar um tempo com a bisneta no lago — diz Charlie a ela durante o chá da tarde. Percy e Sam voltaram para a cidade, mas ele ainda nos visita todos os dias.

— Tudo bem, Charlie — responde Nan. — Se você precisa me carregar, então você precisa me carregar. — Ela pisca para mim quando ele não está olhando.

Charlie fica a noite toda. O tempo está úmido e frio, então ele acende a lareira enquanto coloco um frango no forno para o jantar. Comemos o frango com pão quente e salada de tomate, e, depois que Charlie e eu lavamos a louça, bebemos uísque perto da lareira com Rod Stewart no CD player.

Eu fotografo tudo.

Não é o verão que eu imaginava quando chegamos, em junho, mas é muito melhor. Sinto como se eu estivesse usando um casaco pesado que finalmente consigo tirar. Eu me sinto *mais leve*.

Não posso negar que Charlie é grande parte do motivo para isso. Gosto de quem sou com ele. Rio até as lágrimas mancharem as bochechas. Digo o que penso, e quando ele sente que estou escondendo algo, diz para eu colocar para fora. Não preciso ser uma versão perfeitamente editada de mim mesma, não há problema em ter alguns solavancos. E não preciso nem *tentar*. Nunca me senti tão confortável com um homem. Não tenho certeza se já me senti tão à vontade com alguém.

Também não posso negar a forma como meu estômago se revira quando nossas pernas deslizam uma contra a outra enquanto nadamos, ou quando pego Charlie olhando para mim de um jeito que me faz lembrar de como ele me levantou do chão na noite em que quase nos beijamos. Mas *apenas amigos* está dando certo. *Apenas amigos* é o máximo que cada um de nós está pronto para dar.

Hoje à noite ele veste jeans e camiseta branca. Seus pés estão descalços e os meus também. Mas já troquei de roupa e coloquei um pijama, uma linda camisola listrada que me cobre até pouco acima do joelho. Depois que Nan come um pedaço de chocolate e pede licença para ir para a cama, Charlie pega a barra e se senta no sofá ao meu lado.

— Vamos usar algumas drogas moderadas.

— Você quer ficar chapado?

— Só se você quiser. — Charlie examina o pacote. — Acho que um pedaço disso não terá grande impacto em mim. É uma dose leve. Vai demorar um pouco para fazer efeito.

— É claro — concordo. — Não posso deixar Nan ficar com toda a diversão. Mas você vai ficar comigo? Não quero fazer nenhuma espécie de viagem sozinha.

Charlie ri.

— Você não vai entrar em nenhuma viagem, mas, sim, eu estava planejando ficar por aqui, se você me quiser.

Se você me quiser.

Cada um de nós quebra um pedaço, sorrindo e vibrando juntos.

— Não sei se já estou chapada — admito a Charlie quarenta e cinco minutos depois. Decidimos começar um quebra-cabeça: um unicórnio bebendo água em um rio, que encontrei na Stedmans; estamos trabalhando nele no chão perto do fogo.

— Não? — Charlie está deitado de lado, com a cabeça apoiada na mão. — Você está olhando para essa peça na sua mão há séculos.

— Meu Deus, eu não tinha percebido. — Começo a rir. — Charlie, talvez eu esteja um pouco chapada.

— Pode ser — diz ele, as covinhas piscando.

— Mas eu não me sinto *chapada* chapada.

— Como você se sente?

Contemplo as chamas.

— Alice?

— Oi? — Eu me viro para Charlie.

— Você está bem?

— Estou só pensando. Acho que me sinto... meio leve e flutuante? E quente, provavelmente porque estou sentada em frente a uma lareira de verdade. Mas também, tipo, menos alerta, sabe?

Ele olha para mim com um olhar suave e derretido.

— É, eu sei.

A iluminação do fogo pisca no rosto de Charlie, deixando seu cabelo mais dourado. Seu sorriso é largo. Estendo a mão e pressiono o dedo em uma de suas covinhas, e ele arqueia uma sobrancelha.

— Desculpe — digo. — Ela estava acenando para mim.

Charlie ri.

— Você *está* chapada.

Movo o dedo para a outra covinha.

Ele levanta as sobrancelhas novamente, se divertindo. Parece tão jovem.

— Você me faz lembrar de quando você era um garoto.

— Você não me conhecia quando eu era um garoto.

— Mas posso imaginar quando você está assim.

— Assim como?

Às vezes pego Charlie olhando para mim ou para a água, ou estudando as próprias mãos, e ele parece tão triste que meu corpo inteiro dói. Ele passou por uma perda tão profunda. Mas ignora isso sempre que pergunto o que está o incomodando.

— Feliz — respondo. — Você parece feliz. — O sorriso dele se desfaz. As covinhas desaparecem.

— Não faça isso. — Movo os dedos para cada lado de sua boca, tentando puxar as bordas de volta para cima. — Seja feliz.

Meus esforços são recompensados com um leve sorriso.

— Gosto de como sua pele é lisa, mas sua barba por fazer é espinhosa e seu maxilar é tão forte. E gosto de como você gosta da minha avó. — Sei como estou parecendo, mas me sinto como um brilho humano, uma efervescência cintilante. Como se nada estivesse errado, como se nada *pudesse* dar errado sob aquele teto na companhia de Charlie. Passo o dedo sobre o arco de seu lábio superior. — Gosto da sua boca também. Essas duas montanhas.

— Alice — diz Charlie, se sentando, de modo que ficamos de frente um para o outro, de pernas cruzadas. Ele me encara intensamente, mas não me incomoda que ele possa espiar minha alma. Até me dá coragem.

— Posso mostrar uma coisa? — Estava esperando o momento certo para fazer isso.

Charlie franze a testa, mas responde:

— É claro.

Eu me levanto, com as pernas trêmulas, e tiro a foto da gaveta da cozinha.

— Promete não surtar? — pergunto, segurando-a contra o peito enquanto volto para o chão. Charlie coloca a mão no meu joelho balançando.

— Não há muita coisa que me faça surtar.

Ele tira a mão quando fico imóvel.

Passo-lhe a foto e um furacão de emoções atravessa seu rosto. Confusão. Descrença. Choque.

Finalmente, ele levanta os olhos cheios de admiração para os meus.

— Não acredito que foi você.

Eu pisco para ele.

— O quê?

Charlie se inclina para mais perto da foto.

— É claro que foi você — diz ele para si mesmo. — Faz sentido. Não acredito que não descobri.

— Charlie?

— Você tirou essa foto. — Ele fixa o olhar em mim, penetrante e brilhante. Fresco como folhas novas de primavera.

— No verão em que estive aqui — confirmo.

Ele balança a cabeça e, de repente, pega o celular, passando por suas fotos. Quando encontra o que está procurando, ele o passa

165

para mim. É uma foto da *minha* foto, *desta* foto, exposta em uma parede em uma moldura preta.

— Ela está pendurada na sala de reuniões de um banco onde meu amigo trabalha — explica Charlie. — Ele achou que parecia comigo. Eu não conseguia acreditar no que estava vendo. Sou eu, somos nós.

É a cópia que vendi quando era estudante. Ampliei mais do que deveria, deixando-a um pouco granulada. Mas gostei desse efeito. Achei que acrescentava uma sensação de nostalgia.

Afasto os olhos do celular, atordoada.

— Você, Sam e Percy? — Supus que eram eles na noite em que assistimos aos fogos de artifício, mas quero ter certeza.

— Sim. — Charlie esfrega a testa. — Foi tão insano. Meu amigo me enviou essa foto faz alguns anos. Foi logo depois que Percy e Sam ficaram juntos de novo. Parecia uma mensagem do universo, do destino ou alguma merda do tipo. Como se as coisas fossem como deveriam ser. — Charlie examina meu rosto. — Você realmente tirou esta foto?

Encaro fixamente os olhos de Charlie e, por um instante, fico encantada. Uvas verdes. Kiwi. Suco de limão. Faixas de luz incrivelmente brilhantes ondulando em um céu negro.

— Sim, eu realmente tirei esta foto. Esta foto significa muito para mim — digo baixinho enquanto a estudamos juntos. — Ela me fez pensar que eu poderia ser boa um dia. Ela me ajudou a entrar na faculdade de fotografia. Foi a primeira foto que vendi. — Faço uma pausa. — Ela mudou minha vida.

Charlie se vira para mim.

— Fui vê-la — diz ele. — E tentei encontrar você, mas não havia assinatura. Eu queria comprar uma cópia. Queria me lembrar de nós assim, quando as coisas eram simples.

— Acho que essa é uma das razões pelas quais me sinto tão conectada a ela agora — respondo. — Quando olho para ela, me sinto como se tivesse dezessete anos de novo.

— Então você se lembra de nós? — Charlie coloca a mão na minha perna quando ela começa a tremer de novo, mas desta vez a mão permanece ali.

— Eu lembro de você — sussurro.

Os olhos dele percorrem meu rosto muito lentamente. Não reconheço a sensação em meu peito: cheio, mas sem peso. Como se houvesse um balão de ar quente prestes a zarpar abaixo do meu esterno.

— Você deveria ter dito oi — comenta Charlie, em voz baixa.

O tempo passa devagar. Minha percepção se reduz ao espaço entre nós.

— Deveria — murmuro. — Gostaria de ter *conseguido*, mas eu era tão tímida. Eu sempre quis ser alguém diferente, alguém que pudesse falar com garotos bonitos e flutuar por aí em um barco amarelo.

— Eu gosto da pessoa que você é. Não mudaria nada.

— Nenhuma edição?

— Nenhuma.

Eu me dou conta de três coisas ao mesmo tempo: minha camisola é feita do mais fino algodão, a bainha subiu pelas minhas coxas e a mão de Charlie permanece na minha perna.

— Não acredito que foi você esse tempo todo — diz Charlie. — E agora você está aqui.

Nós dois observamos à medida que arrepios salpicam minha pele. Seu polegar alisa meu joelho e o toque me atravessa como um raio. Uma lufada de ar sai dos meus pulmões. Seu olhar dispara para o meu.

Me beija, eu penso.

Prendo a respiração enquanto Charlie levanta a mão para o meu rosto. Ele delineia meu queixo.

— Eu quero... — confessa ele. Seus olhos se movem para meus lábios e seus dedos os seguem, roçando o canto da minha boca. — Mas eu não deveria.

— Você não deveria o quê? — sussurro.

— Querer — diz ele, com o olhar ainda fixo em meus lábios.

— Discordo veementemente. — Inspiro fundo. — Acho que você deveria.

Um gemido ressoa em seu peito, e ele leva os olhos aos meus.

Ele segura minha nuca, os dedos se enredando em meu cabelo. Ele me puxa para perto, até que nossas testas se encontram.

O calor de sua pele, seu cheiro, a maneira como meu sangue corre para o ápice das minhas pernas, é demais olhar para ele. Minhas pálpebras se fecham. Nós respiramos um ao outro. O nariz de Charlie toca o meu, e até mesmo aquele toque inocente reverbera pelo meu corpo.

Quero beijá-lo como nunca quis coisa alguma antes. Quero saber qual a sensação dos seus lábios contra os meus, e quero saber qual é o gosto dele. Beijar alguém pela primeira vez é como aprender uma nova dança, e eu quero dominar a coreografia de Charlie.

— Me beija — sussurro. Os lábios de Charlie deslizam sobre os meus.

— Porque você quer riscar o número cinco?

Por um segundo, não tenho ideia do que ele está falando. Sacudo a cabeça quando lembro.

— Me beija porque é o que quero que você faça.

Inclino-me para a frente a fim de bloquear o fio de oxigênio que nos separa. Mas, em vez de me beijar, ele se afasta e eu caio em seu peito.

Eu me levanto, mortificada, e vou direto para o meu quarto.

— Alice, espere.

Charlie coloca o pé na soleira no momento em que estou fechando a porta. Eu o encaro, mas ele desliza para dentro e a fecha gentilmente atrás de si.

— Vamos conversar sobre isso.

Não gosto de confronto, mas estou cansada de sufocar meus sentimentos o tempo todo.

— Por quê? — pergunto. — Para você poder me dizer que devemos *continuar como amigos*? Acredite, acabei de entender a mensagem. Isso não vai se repetir.

Ele nega com a cabeça.

— Porque eu me importo com você. Você acredita em mim, certo?

Há tanta súplica em seus olhos.

— Acredito em você — digo baixinho, e então nos sentamos juntos na beirada da cama.

— Não interpretei mal as coisas, interpretei? — pergunto, olhando para nossas pernas. — Você estava me tocando e depois falando como se quisesse que algo acontecesse. Estávamos muito perto de nos beijarmos, certo?

— Estávamos muito perto de nos beijarmos — admite Charlie.

— E da outra vez, nós quase... — Paro antes de dizer *nos beijamos*, porque não explica para onde as coisas estavam indo. Eu estava a segundos de arrancar as roupas dele com minha avó no quarto ao lado.

— Nós quase — admite ele.

Eu o observo de soslaio.

— Então o que aconteceu?

— Parece que desenvolvi autocontrole na casa dos trinta — responde Charlie.

Espero até ele se voltar para mim, seu olhar percorrendo meu rosto como se memorizasse cada característica, demorando-se em meus lábios. Ele está parado, exceto por seu peito, que arfa.

— Eu quero você — diz ele em um tom áspero. O olhar dele faz com que eu sinta que ele se esforça para não me tocar, e sei que está dizendo a verdade. — E acho que nós dois sabemos que, se começarmos algo agora, não vai terminar com um beijo.

— Quanta presunção — comento, mas minha voz está rouca.

Estou muito ciente de que estamos em uma cama, que tudo o que nos separa são alguns centímetros e camadas de tecido.

— Estou errado?

Ele está certo. Se eu colocar a boca na dele, não vai parar por aí. Não quero que pare. Nosso quase beijo foi alucinante. Não consigo imaginar como a coisa real seria boa. Mas antes que eu admita, Charlie coloca uma mecha de cabelo atrás da minha orelha.

— Não quero colocar nossa amizade em risco, Alice — diz ele. — Nem mesmo por sexo.

— E por um sexo incrível?

Ele balança a cabeça com um sorriso puxando seus lábios.

— Nem por isso, também.

— O que você está fazendo no sofá?

Minhas pálpebras se abrem e encontro Nan de pé ao meu lado. Fico desorientada até que me lembro do chocolate e do quebra-cabeça do unicórnio e de cair de bruços no sofá depois que acompanhei Charlie até a porta.

— Devo ter desmaiado.

— A noite foi boa?

Penso no polegar de Charlie roçando meu joelho e de pedir para ele me beijar.

— Nós atacamos seu chocolate.

— Delicioso, não é? Realmente faz você se soltar.

— Ele soltou minha língua, com certeza.

Preparo a torrada e os ovos para Nan, e comemos juntas à mesa. Ela está quieta quando começamos a costurar uma toalha de mesa, não mal-humorada, mas contemplativa. Não estou mais falante do que ela. Estive pensando sobre o que Charlie disse na noite anterior, sobre arriscar nossa amizade, e acho que não concordo com ele. Nunca consegui separar sexo de romance, mas Charlie não é um estranho. Eu me sinto atraída por ele e nenhum de nós quer um relacionamento. Pode ser o primeiro passo para uma Alice totalmente nova, para que eu comece a transar, mas com rodinhas de aprendizagem. Nada complicado. Sem expectativas. Apenas uma aventura com o garoto do outro lado da baía até o fim do verão.

Estou terminando a bainha quando Nan diz:

— Seu avô era meu amigo mais próximo, além de Joyce.

— Eu sei — digo a ela. — Eu me lembro de como vocês eram quando estavam juntos. Você sempre ria quando o vovô estava por perto.

Os olhos de Nan brilham.

— Eu sabia que nunca mais me apaixonaria, mas sinto falta da conexão que tínhamos. Sinto falta de tê-lo aqui para rirmos juntos.

— Você pode rir comigo.

Minha avó coloca a mão sobre a minha.

— E sou grata por isso. Ter netos é mesmo algo especial, mas não é a mesma coisa, é claro.

Concordo, e ela me estuda.

— Quando vejo você e Charlie juntos, me lembro de mim e do seu avô.

— Porque nós rimos? — pergunto baixinho.

— *Você* ri, Alice. Você ri aquela sua risada grande e linda. E é mais parecida consigo mesma quando os dois estão juntos. Você está sempre tão ocupada cuidando de todos e fazendo as pessoas felizes, mas é diferente perto de Charlie. Há uma leveza em você que eu não via há muito tempo, como se encontrasse a liberdade de simplesmente *ser* quando está com ele.

— Isso é só porque estou de férias.

Nan inclina a cabeça.

— Não, é porque quando você fala, ele escuta. Quando você sorri, ele sorri. Quando precisa de algo, ele oferece ajuda. Quando dá algo a ele, ele agradece. Vocês combinam muito bem, acho que você encontrou um amigo para a vida toda.

Minha boca fica seca. A conexão que Charlie e eu temos parece especial, mas ouvir Nan falar sobre ela solidifica tudo o que tenho sentido. Não tenho certeza do que vai acontecer entre nós, mas é real.

— E se eu quiser mais do que amizade? Algo mais... — Já confidenciei a Nan tantas coisas... Esperanças, medos, segredos, sonhos. Mas nunca falei com ela sobre sexo. — Algo mais casual do que um relacionamento?

Os olhos azuis dela encontram os meus por cima dos óculos.

— Posso ver suas rodas girando, mas tente não se preocupar muito com isso, Alice. Nunca se sabe... Pode se transformar em um ótimo romance.

— Você só está dizendo isso porque gosta muito dele.

— Gosto muito de Charlie, mesmo, mas estou dizendo isso porque vejo vocês juntos e isso me lembra de como é se apaixonar.

Engulo em seco e Nan dá um tapinha na minha mão.

— Apenas observe para onde o sol a leva. E não se esqueça: coisas boas acontecem no lago.

27

DOMINGO, 20 DE JULHO
RESTAM 43 DIAS NO LAGO

Quando estaciono ao lado de um Porsche preto no mercado, naquela manhã, o que acontece no meu corpo é mais do que nervosismo e mais impetuoso do que empolgação. Estou cheia de uma energia volátil. Estive operando no piloto automático há meses e agora estou ligada. É pura antecipação. Algo que não sinto há anos.

E, embora eu estivesse preparada para dar de cara com a estátua de mármore extremamente bela de um homem, não esperava encontrá-lo olhando para as cestas de pepinos em conserva outra vez.

— Qual é o seu problema com esse vegetal?

— Tecnicamente, pepinos são uma fruta. — Charlie me observa com olhos afetuosos. Seu cabelo está desgrenhado, eriçado na frente. Quase estendo a mão para alisar os fios pontudos. Ele não se barbeia há alguns dias, abaixo de seus olhos há sombras escuras e tenho certeza de que ele estava usando a mesma camiseta ontem. Ele está um lixo, o mais sexy dos lixos.

— Você está horrível.

— Não dormi. — Ele me lança um olhar significativo que sinto em meu ventre.

— Sério? Tive a melhor noite de sono em anos. Nan me encontrou desmaiada no sofá hoje de manhã.

O canto da boca dele se levanta.

— Então — digo, inspecionando os produtos. Há um balde de talos de endro no chão com uma placa escrita à mão presa a eles: PRODUÇÃO LOCAL. — Vai fornecer um bom lar a algum desses pepinos ou o quê?

— Ainda não decidi. — Charlie esfrega a nuca. — Minha mãe fazia os melhores picles de endro. Estou pensando em experimentá-los, mas nunca fiz picles na vida.

Ele está mergulhando na caixa de receitas de Sue. Depois do bolo de chocolate, ele levou para Nan e para mim os gloriosos muffins dela e depois charutos de repolho. Os dois estavam excelentes.

Charlie está com os braços cruzados sobre o peito e encara os pepinos como se enfrentasse um oponente em um anfiteatro romano.

Pego duas cestas e as coloco no meu carrinho.

— De quantas precisamos?

As sobrancelhas de Charlie sobem por sua testa.

— Sério?

— Sim. Não pode ser tão difícil, pode? — Escolho um talo de endro. — Tenho certeza de que Nan gostaria de ajudar. Ela é boa nisso. — Faço uma pausa, observando a expressão confusa no rosto de Charlie. — A menos que você queira fazer sozinho? — Talvez a coisa da culinária seja entre ele e a mãe.

— Não — diz ele com uma voz enferrujada. — Eu adoraria a ajuda.

Quando Nan e eu chegamos à casa de Charlie, no período da tarde, ele está muito mais animado. Tirou uma soneca, tomou banho e fez a barba. Até cortou o cabelo. Ele ajuda Nan a subir as escadas da varanda e essa visão penetra tão profundamente em meu coração que desvio o olhar.

— Você gostaria de uma xícara de chá primeiro? — pergunta ele a Nan. A cozinha está repleta de utensílios para conservas.

— Depois — diz Nan, arregaçando as mangas. — Vamos esterilizar esses potes.

Corto os pepinos e descasco o alho, mas, fora isso, Nan dá as instruções e Charlie as segue. Trouxe minha Pentax e gasto um rolo preto e branco inteiro.

Não percebo o quanto estou sorrindo até Charlie olhar para mim. *Clique.*

— Está se divertindo? — pergunta ele.

Estou. Fotografar me trouxe controle e uma sensação de maestria, mas já fazia muito tempo que não era divertido.

Há uma cena, quando Nan está observando Charlie encher potes com salmoura e Charlie olha para ela em busca de aprovação, que me deixou de coração partido assim que a fotografei, porque é final de julho e o verão está acabando. Quero dar uma pausa no hoje, neste mês, nessas duas pessoas. Capturar tudo não apenas em filme.

Charlie coloca a chaleira no fogo quando eles terminam e tomamos nosso chá no terraço com vista para o lago. As crianças do chalé ao lado nadam para subir na plataforma flutuante de Charlie e pular. Elas foram abertamente convidadas a usá-la.

— Que lugar adorável para crescer — comenta Nan. Charlie olha para a água.

— Realmente foi.

— Embora eu imagine que a casa e a propriedade eram demais para sua mãe quando ela estava sozinha — continua minha avó, e Charlie concorda. — Ela deve ter sido uma trabalhadora tremendamente esforçada.

— Era. — Ele contempla a vista por mais um momento. — Eu sempre soube disso, por causa do restaurante. Mas não apreciei totalmente todas as coisas que ela fez por nós até que me mudei para a universidade. Cozinhar era uma grande parte disso. Grandes cafés da manhã. Bolos de aniversário. Festas de feriado. Ela amava alimentar as pessoas.

— É por isso que você está tentando fazer as receitas dela? — pergunta Nan.

— Talvez. — Ele sorri. — E porque adoro comer. Senti falta daqueles picles.

— Não é muito minha praia — digo, dando-lhe um sorriso de desculpas. Seus olhos se arregalam.

— O quê?

— Não gosto de picles.

— Eu também não — observa Nan. — Todas as conservas que fiz a vida inteira foram para o avô de Alice e para o bazar da igreja.

— Nós acabamos de encher uma dúzia de potes — comenta Charlie, olhando de uma para a outra, chocado.

— Eu sei — respondo, rindo. — Eles vão durar, não se preocupe.

— Não, não é isso. É que... — Charlie olha para Nan e depois para mim. Ele se detém em meu olhar de uma forma que me revela o quanto sou importante. — Obrigado.

— De nada.

Sinto que Nan nos observa e, quando me volto para ela, recebo um olhar penetrante que significa *bem que eu disse*.

Nan e Charlie discutem os detalhes de conservar e pré-servir várias frutas e vegetais, com as xícaras de chá entre os dois. É tão escandalosamente saudável que estou rindo quando meu celular acende com uma mensagem.

Um nó se forma na minha garganta quando leio.

HEATHER
Sinto muito, Ali. Não posso levar Bennett para o norte.
Um caso importante acabou de chegar...

— O que aconteceu? — pergunta Charlie.

Dou a ele um sorriso sem graça.

— Heather e Bennett não podem vir. Minha irmã tem que trabalhar. — Olho para Nan. Seus lábios estão franzidos, o único sinal de sua desaprovação. — Ela diz que encontrará tempo no mês que vem.

Diante disso, Nan resmunga:

— Sempre de acordo com o tempo dela. E o seu?

— Não me importo — falo, embora me importe. Comprei mantimentos extras. Fiz um calendário de atividades. O clima deveria estar deslumbrante. Eu ia levar Bennett para a festa que Charlie dará para Sam e Percy.

— Ah, que droga — comenta Charlie. Nan e eu olhamos para ele.

— Terminei a casa na árvore. Queria que Bennett desse uma olhada antes da grande revelação no sábado.

Eu não sabia que Charlie tinha terminado ou que ele estava planejando mostrar para minha sobrinha. Eu o encaro, uma pressão desconfortável crescendo no meu peito.

— Com licença — digo, me levantando.

Fujo para o lavabo do andar principal e jogo água fria nas mãos, então pressiono as palmas contra as bochechas e testa. Sinto falta da minha família.

— Você está bem — asseguro ao meu reflexo. — Você está bem.

Charlie está me esperando no corredor quando termino.

— Você está bem?

Ajo da mesma maneira de sempre e finjo que não estou machucada.

— Sim. Estou bem.

Ele me estuda por um instante e depois me envolve em um abraço.

— Você é uma mentirosa de merda.

Pressiono a bochecha contra seu peito e o inspiro.

— E se eu dirigir até Toronto para buscar Bennett? — oferece ele, ainda me abraçando. — Posso levá-la de volta para a cidade ao fim da semana.

— Você faria isso? — A parte de trás do meu nariz formiga. Não estou acostumada a ter alguém cuidando de mim. — São oito horas, ida e volta.

— É claro. — Charlie me solta. Seus olhos se movem entre os meus. — Estou acostumado a dirigir, para mim não é nada.

— Imagina, é muito legal da sua parte. — A oferta significa o mundo para mim. — Mas minha irmã não deixa Bennett entrar em um carro com alguém que ela não conhece.

— Justo. Mas se você conseguir convencê-la, eu topo.

— Obrigada — digo. Mas conheço Heather, não vai funcionar. — Inclino-me na parede, analisando-o. — Você terminou a casa da árvore?

— Tive que trazer alguns ajudantes, mas sim. Eu ia fazer uma surpresa para você. Achei que você e Bennett poderiam querer acampar por uma noite. Dormir sob o céu estrelado. — O décimo sétimo item da minha lista.

— Teria sido o máximo — reconheço, com a voz trêmula. — Nunca dormi em uma casa na árvore.

Charlie me lança um sorriso travesso de olhos verdes.

— Você é bem-vinda para dormir na minha a qualquer hora, Alice Everly.

Alice Everly. Alice Everly. Alice Everly.

Flerte: é a distração de que preciso.

— Com ou sem sua companhia?

O sorriso de Charlie se torna perigoso quando ele se inclina para mim. Estremeço ao sentir seus lábios roçando minha orelha. Meu coração bate mais forte, mais rápido, mais alto.

— Eu avisei para você que durmo pelado.

Posso afirmar, pelo arco irônico de sua sobrancelha e pela maneira como seus olhos dançam, que se trata de um desafio.

— Venho quando anoitecer — respondo. — Você poderá ver com o que eu durmo. — O olhar dele viaja pelo meu rosto.

— Não sei dizer se você está brincando.

— Acho que você vai ter que descobrir.

28

— Talvez eu saia com o Charlie mais tarde — conto para Nan durante o jantar. Ela baixa o garfo. Tentando soar casual, pergunto: — Quer vir junto? Acho que só vamos assistir a um filme.

Não planejamos nada disso.

Achando graça, minha avó me fita.

— Acho que vou ficar por aqui.

Pouco depois das oito, calço as sandálias com os dedos trêmulos.

— Alice? — chama minha avó, antes de eu sair.

Eu me detenho, com uma das mãos na maçaneta.

Ela está sentada em sua cadeira, segurando um livro. De olhos fixos na página, Nan diz:

— Fica bem escuro à noite. — Há um indício de sorriso em seus lábios. — Vou entender se quiser ficar por lá em vez de voltar a pé.

Nan não ergue o olhar para me ver corando.

Desejo-lhe boa-noite e saio. A luz está fraca no bosque que cresce em torno da entrada da garagem. Está um pouquinho mais iluminado quando chego à estrada. O ar está doce e quente, e o céu, pintado de tons de lavanda e azul. Caminhar pela mata em uma noite deslumbrante de verão deveria ser algo relaxante, mas durante os dez minutos até lá não tenho certeza se estou respirando. Estou indo porque meu coração não relaxou desde que Charlie sussurrou ao pé do meu ouvido mais cedo. Estou indo porque não consigo me manter afastada.

As luzes estão acesas lá dentro, e o brilho cálido me convida a entrar. Charlie passa por trás da janela da sala de estar vestindo uma calça de moletom cinza e uma camiseta. Estou de short e uma blusa de manga longa. Não me vesti para seduzir, e sim para escalar uma árvore.

A cada passo, meus batimentos ficam mais frenéticos. Subo até a varanda e coloco a mão sobre o peito, tentando acalmá-los. Vislumbro Charlie mais uma vez. Ele está sentado à mesa da sala de jantar, com o antebraço apoiado sobre o tampo. Há uma braçadeira em torno de seu bíceps ligada a um pequeno monitor. Dou um passo para trás, mas não antes de Charlie erguer a cabeça. Sinto como se estivesse presenciando algo que ele não gostaria que eu visse. Nós nos encaramos.

— Desculpe — digo, alto o suficiente para que ele me ouça através do vidro. — Eu só...

Eu me viro para ir embora. Acabei de pisar no cascalho da entrada da garagem quando ouço a porta se abrir às minhas costas.

— Alice. Espere aí.

Eu me viro e me encolho.

— Desculpe. Não quis interromper você.

Charlie cruza a varanda e só para quando está bem na minha frente.

— Não precisa se desculpar, não é nada de mais. É só que preciso monitorar minha pressão — explica ele. — Anda um pouco mais alta do que deveria.

O tom de Charlie é casual, mas sua expressão é tudo menos isso.

— Está tudo bem? — pergunto.

De lábios comprimidos, ele me encara durante tanto tempo que chega a ser desconfortável.

— Por que você está aqui?

Sem a empolgação do vinho ou a brisa aconchegante de estar chapada, é difícil pedir o que eu quero. Mas já cheguei até aqui.

— Quero ver a sua casa na árvore.

Charlie fita a floresta. Quando seus olhos reencontram os meus, a aflição se agita em seus olhos, em tons de verde e dourado. Ele vai se afastar de mim. Ergo a cabeça e, com as mãos na cintura, puxo os ombros para trás, me preparando para a rejeição.

— Você parece prestes a partir pra cima de mim — comenta Charlie. Estreito os olhos, e ele solta um suspiro exagerado antes de inclinar a cabeça em direção às águas. — Vamos lá, Rocky.

Sigo Charlie colina abaixo até a extremidade da mata, onde ficamos lado a lado, admirando a casa na árvore mais deslumbrante que já vi. Há dois andares. A primeira escada leva a uma plataforma redonda ao redor do tronco, e uma segunda a conecta a um terraço superior e à casa na árvore em si. Ela tem uma porta e janelas teladas e um teto de telhas de cedro. Charlie cruza os braços sobre o peito e abre um enorme sorriso ao ver meu queixo caído.

— Então — diz ele, me dando um empurrãozinho com o quadril —, o que acha?

Ergo o olhar.

— Caramba.

O sorriso dele evoca as covinhas.

— Não posso levar todo o crédito. Harrison me ajudou a projetá-la, e foi ele quem montou as partes mais difíceis. — Charlie aponta para um entremeio na mata aos pés da árvore. — Há uma trilha que leva ao chalé aqui ao lado, que costumava ser de Percy. Ela e Sam ficavam indo e voltando entre a nossa casa e a dela durante todo o verão. Adoro imaginar que o filho deles vai brincar por aqui, no mesmo lugar onde os pais se tornaram amigos.

Sorrio para a vegetação, mas quando olho de relance para Charlie, ele parece melancólico.

— Você é um ótimo irmão.

Ele nega com a cabeça.

— Não mesmo.

— E bem romântico — acrescento, ignorando seu comentário.

Cético, Charlie ergue as sobrancelhas.

— Ninguém que me conhece diria isso.

— Talvez eles não te conheçam de verdade.

— Não sou uma pessoa lá muito boa, Alice. Cometi mais erros do que os outros. — Ele respira fundo, depois continua, em voz baixa: — Às vezes me pergunto se já fiz algo de bom, pelo menos uma vez na vida.

— *Isto* aqui é bom — respondo. — O jeito como você ajudou a Nan e a mim é algo bom.

Quero dizer que *ele* é bom, mas não tenho certeza se essas palavras seriam o suficiente para fazê-lo acreditar em mim. Então enrosco o meu braço no dele.

— Vem cá, Chorão. Me leva lá pra sua casa na árvore.

— A vista é espetacular — comento. — É quase como se estivéssemos na água.

Há um rastro vermelho-vivo cruzando o céu em diagonal, desaparecendo por trás da colina da margem mais ao longe, mas, tirando isso, a noite está azul-marinho e se torna mais escura a cada segundo.

— Quase tão boa quanto a vista da sua casa de barcos — responde Charlie às minhas costas. Ele está recostado contra a porta da casa na árvore. A entrada é baixa e arredondada em cima, como se levasse a um esconderijo secreto.

Tudo neste momento é encantador. O ar tocado pelos pinheiros. O canto distante de uma mobelha. O ato de flutuar tão alto em cima das árvores com Charlie. Torno a olhar para o lago. Há uma fogueira na praia, perto do chalé de John. Risadas ecoam pela baía. Um peixe pula bem perto da orla.

— Não, isto aqui é melhor. Parece que estamos em um lugar mágico — digo.

— Parece mesmo.

Eu me viro diante da ternura na voz de Charlie. Dou um passo mais para perto, e cada músculo no corpo dele parece se tensionar. Encontro sua mão fechada em punho ao lado do corpo e a ergo entre as minhas. Charlie não respira enquanto eu o encaro e desdobro seus dedos, entrelaçando-os aos meus. Quando levo os nós de seus dedos até meus lábios, seu peito vibra com um zumbido grave. Estou desesperada para conhecer todos os sons que ele faz.

— Me leva lá pra dentro?

Os olhos dele varrem meu rosto.

— Tem certeza?

— Sobre ver a sua casa na árvore?

— Sobre *isto*.

Charlie dá um passo e fica colado no meu corpo, e sou forçada a inclinar a cabeça para trás a fim de encará-lo. Os dedos dele deslizam pelo meu braço descoberto, do ombro ao pulso, deixando calafrios por onde passa.

— *Você* tem certeza?

— Não. — O olhar dele fica cada vez mais sério enquanto seus dedos continuam a percorrer meu braço. — Mesmo que não consiga parar de pensar em todas as maneiras que eu poderia fazer você gritar meu nome.

A confissão me atinge em cheio entre as pernas.

— E o que está impedindo você?

Charlie segura meu queixo em uma das mãos e me encara, seu olhar arrebatado.

— Estava torcendo para que você impedisse.

Nego lentamente com a cabeça.

— Tenho outra ideia.

O dedão de Charlie traceja meu maxilar.

— Parece arriscado.

— Talvez seja.

Charlie abaixa a cabeça até a minha. Meu coração se descontrola quando seus lábios roçam o canto de minha boca. Mas ele não me beija. Em vez disso, sussurra contra o meu ouvido:

— Eu sabia que você seria encrenca.

Fecho os olhos antes de me afastar.

— Me leva lá pra dentro — repito.

Desta vez, Charlie abre a porta.

Eu me abaixo para atravessá-la, mas lá dentro o teto é alto o bastante até para Charlie ficar de pé. Dou uma volta completa com o corpo. É um pequeno cômodo quadrado com duas janelas de uma única vidraça com vista para o lago, e uma terceira com vista para a mata. Sinto aquele cheiro maravilhoso de madeira recém-cortada. Não há muitos móveis, apenas um sofá com armação de bambu e uma mesa baixa ao lado dele. Ouço o estalo de um isqueiro e, quando me viro, vejo Charlie acendendo uma lamparina a óleo antiga. Ela faz o quarto inteiro se iluminar. Há dois sacos de dormir enrolados em um canto.

— Você estava me esperando? — pergunto, gesticulando para os sacos de dormir.

Charlie nega devagar com a cabeça.

— Você é a última coisa que eu estava esperando.

Encaro o reflexo da lamparina ardendo nos olhos dele. Será que meu coração já bateu forte assim antes?

— Comprei os sacos de dormir para que você e Bennett pudessem acampar aqui — continua Charlie. — Tem um colchão inflável em algum lugar do porão da casa, e, se você o colocar debaixo da janela, vai conseguir enxergar as estrelas.

É como se centenas de pequenos fogos de artifício explodissem em meu peito. Eu me aproximo de Charlie até que estejamos separados apenas pela respiração.

— Nunca pensei que ficaria feliz por minha irmã ter cancelado comigo, mas eu prefiro dormir sob o céu estrelado com você. Eu gosto de você. Gosto de estar com você. — Cada centímetro do meu corpo parece estar em chamas. Cada célula está agitada. Consigo sentir a pulsação em meus lábios, pescoço, pulsos. — E você gosta de mim.

Charlie está imóvel.

— Somos amigos.

— Você costuma pensar em fazer seus outros amigos gritarem o seu nome?

Charlie se detém, mas não cede.

— Comecei a dormir com todo mundo quando tinha catorze anos. Já fiz muita gente gritar meu nome.

Ele está tentando me amedrontar, mas não sinto medo com tanta facilidade.

— Não foi isso que perguntei.

O olhar de Charlie recai sobre minha boca e, quando os olhos dele se voltam para mim, não há dúvidas de que há desejo ali. O olhar de Charlie é resoluto. Por um instante, ficamos desse jeito, focados um no outro, o peito se movendo em respirações curtas e superficiais.

— Não — concorda Charlie. — Não foi.

Uma luz dourada e bruxuleante acaricia o contorno de seu rosto. Ele se aproxima, de cabeça inclinada na minha direção. O espaço entre nós parece diminuir. Sinto um frio na barriga, e acho que é exatamente isso que ele quer. Está tentando me deixar nervosa, me desmascarar.

— Quando fecho os olhos à noite, o que eu vejo é você — conta ele, seus olhos ardentes. — Você toma conta dos meus sonhos. Penso em você quando estou no chuveiro. Imagino como seria ter você em cima de mim, qual seria a sensação do seu cabelo caindo sobre o meu peito. Já pensei em quantas vezes eu poderia fazer você gozar com a minha boca. Com os dedos. Com ambos.

Meus lábios se abrem. Meus joelhos fraquejam.

— Não pare.

A curva da boca dele fica maliciosa.

— Já me perguntei quanto tempo eu conseguiria aguentar quando eu finalmente tivesse você. E se eu conseguiria fazer você implorar. Já tive fantasias em que eu te provava. De qual seria a sensação de ter você em torno de mim. Desde que a conheci, você é a única pessoa que imaginei gritando meu nome.

Preciso fazer esforço para não me jogar nos braços dele e pedir por tudo que acabou de descrever.

— E você consegue usar o restante do seu corpo tão bem quanto usa a sua boca?

Os olhos de Charlie cintilam.

— Melhor ainda.

— E você gosta de mim. — Ergo a mão, passando os dedos entre seus cabelos. Os fios recém-raspados fazem cócegas na minha pele.

Charlie toma meu rosto entre as mãos.

— Acho que gosto mais de você do que de qualquer outra pessoa. — Viro o rosto para a palma da mão dele e deixo um beijo ali. Charlie fecha os olhos por um breve instante e inspira pelo nariz. — Mas você merece alguém que possa oferecer mais — continua ele, me encarando com uma nova determinação. — Você é inteligente, gentil e engraçada. É uma boa pessoa e, meu Deus, você é tão bonita, Alice. — Ele coloca um cacho de cabelo atrás da minha orelha, e seus olhos adquirem um aspecto triste. — Amo passar meu tempo com você, mas não estou no momento certo de me envolver com ninguém. Não fui feito para um relacionamento sério.

Charlie é diferente de todo mundo que já conheci. *Eu* sou diferente da Alice que conheço quando estou com ele. Eu *quero* mais. E o jeito como ele está se segurando é mais emocionante do que tudo que já experimentei. Seus olhos confusos seguem a curva da minha boca quando sorrio.

— Não estou atrás de um namorado — respondo. — E, em nome da transparência, também já pensei em você pelado mais de uma vez.

O olhar dele faísca.

— É mesmo?

— A culpa é daquele livro que você me deu. — Envolvo o pescoço dele com os braços, e Charlie coloca as mãos na base da minha coluna. É quase como se estivéssemos dançando.

— Alice Everly. — Ele pronuncia meu nome como se fosse uma frase completa. — O que você quer?

— Isto aqui — respondo. — Quero te beijar, quero te tocar e quero que você me toque. Gosto de você e confio em você. E nenhum de nós dois quer ser mais do que amigos. — O que eu quero é ser a pessoa que faz Charlie perder o controle. Fico na ponta dos pés e encosto os lábios em seu pescoço. — Eu quero você — digo contra sua pele. E sussurro em seu ouvido: — Não precisa ser complicado. Pode ser só durante o verão, só mais uma atividade na nossa lista. Zero expectativa assim que agosto terminar.

Charlie vira a bochecha para encontrar meu olhar.

— Não quero te enganar. *Isto* — diz ele, puxando meus quadris contra os dele — é tudo que posso te dar. — Charlie inclina a cabeça para mais perto. — Não quero ser um arrependimento para você.

— Se você acha que isso é possível, então não estou me fazendo entender. — Roço o nariz contra o dele. Um fiapinho de espaço separa nossas bocas. Nunca quis tanto fazer da boca de outra pessoa algo meu. — Não é só o seu rosto impressionante ou seu corpo absurdo. Você é extraordinário, Charlie. Jamais seria um arrependimento para mim.

Os olhos dele se incendeiam.

— Talvez você seja a maior surpresa de minha vida, Alice — diz ele.

E então empurra os lábios contra os meus.

29

Não é um beijo. Ou, pelo menos, não é um beijo que eu já tenha experimentado. Porque Charlie me beija com cada centímetro de seu corpo. Com o controle dos lábios, com os dentes que separam meu lábio inferior do superior, com a língua que encontra a minha em movimentos confiantes. Charlie me beija com as pontas de seus dedos firmes, que se fecham atrás de minhas orelhas, virando meu rosto exatamente para a posição que ele deseja. Com a curva das costas, arqueando-se sobre mim, tomando meus sentidos, e com a pressão de seu joelho separando minhas pernas. A cada som que emito, ele se adapta. Ele me beija mais fundo, coloca as mãos na minha cintura para me trazer mais para perto.

Quando seus lábios passam para baixo de meu maxilar, inclino a cabeça para trás. Seus gemidos vibram contra meu peito. Sinto seus dedos em meu cabelo enquanto ele o solta. Sem querer, ergo a mão para arrumá-lo. Charlie me segura pelo pulso, e me detenho à medida que encontro seu olhar.

— Deixe assim — pede ele, fitando-me com um desejo com o qual não sei lidar. — Acho que você não percebe o quanto é bonita.

— Enquanto isso, você sabe exatamente quão bonito é.

Os lábios de Charlie se erguem nos cantos, mas sua voz está séria.

— Estou falando sério. — Seus olhos estão grudados aos meus, como se jamais fosse se desprender deles. — No dia em que nos conhecemos, pensei que você era a mulher mais esplêndida que já vi.

Solto uma risada.

— Esplêndida?

— Esplêndida. Deslumbrante. Incrivelmente magnífica. Gostosa pra caralho. Sexy pra caralho. Pode escolher.

O tom dele não deixa espaço para ser contrariado.

— Até eu ter te ridicularizado.

Não fui lá muito agradável naquele dia no cais.

É só um rostinho bonito. Literalmente a última coisa que tornaria alguém atraente para mim.

Charlie aperta meus quadris, e consigo sentir o calor de suas mãos através do tecido fino do meu short.

— Quando você me ridicularizou, me senti prontinho pra cair de joelhos e colocar meu rosto impressionante entre as suas coxas. — Ele me encosta contra sua ereção, e minha boca seca. — Essa foi a primeira vez que pensei em fazer você gritar meu nome.

Os dedões de Charlie deslizam sob a bainha de meu short.

— Acho que ganhei de você, então — declaro. Passo as mãos sobre os ombros e braços dele, de cima a baixo, admirando todos aqueles músculos à minha disposição.

— Como assim?

— Porque... — respondo, deslizando as mãos sob sua camisa, explorando as reentrâncias na parte de baixo das costas. Charlie sibila quando lhe arranho a pele e prende com força o lábio inferior entre os dentes, me apertando com mais firmeza contra si. — Eu quis você desde a vez em que o vi mexendo num pepino no mercado.

Uma risada irrompe do peito dele, tão encantadora quanto o pôr do sol.

— Alice. — Charlie beija meu nariz, depois minha boca. — Eu falei para você. — Depois a dobra de meu maxilar. — Encrenca.

— Em minha defesa, fazia um tempo desde a última vez que... — Não quero dizer o nome de Trevor. — Fazia um tempo desde a última vez.

Charlie me contempla, passando meu cabelo sobre meu ombro e envolvendo-o no punho enquanto me beija com cuidado. Sem dentes ou língua, apenas a carícia delicada de sua boca na minha. É a maneira mais doce de ser consumida, saboreada como o último pedaço de um bolo caseiro de chocolate. Charlie se afasta apenas o suficiente para me fitar nos olhos enquanto promete:

— Vou te fazer gozar tantas vezes que você não vai lembrar da última vez em que não gozou.

Solto uma risada, mas ela se esvai na garganta quando as mãos de Charlie me agarram pelas costas e ele me levanta do chão, envolvendo minhas pernas ao redor de seu corpo.

— Exibido.

— Acho que você vai gostar de todas as maneiras que posso me exibir para você. — Ele me abaixa um pouquinho, para que esteja colado contra mim exatamente no lugar certo. Eu me esfrego nele, e me pergunto se Charlie consegue perceber que estou mais do que pronta. Há tecido nos separando, mas não muito.

— Quero você assim — digo a ele, colocando a mão entre nós dois a fim de tocar o cós de sua calça. — Agora.

Charlie balança a cabeça e nos leva até o sofá.

— Agora não.

Eu me afasto, de cara fechada.

— Não consigo entender. Pensei que tivéssemos nos entendido. — Existe um nome para isto, mas tenho quase certeza de que o meu cérebro se realocou em algum lugar entre as minhas coxas, então preciso de um instante para me lembrar. — Amizade colorida — exclamo, cheia de orgulho, quando enfim me recordo.

Charlie me deita no sofá e depois se posiciona sobre mim.

— Quero fazer diferente de como eu teria feito no passado. Quero tomar cuidado.

— E o que isso significa?

— As pessoas com quem tenho amizades coloridas geralmente não são minhas amigas. — Charlie passa um dedo sobre a pele franzida entre meus olhos para desfazer minha careta. — Isto aqui também é novidade para mim. Quero ir devagar. Talvez devêssemos eliminar só o número cinco da lista esta noite.

Beijar um cara bonito.

— Não tenho certeza se eu te chamaria só de *bonito* — digo a ele. — E quero aqueles cinco mil orgasmos que você prometeu.

Charlie sorri para mim, e eu toco a covinha em sua bochecha esquerda.

— Por acaso isto é um negócio, Alice?

— É assim que você fecha negócios?

— Assim e com uma gravata bacana.

Eu me apoio nos cotovelos para poder mordiscar seu lábio inferior.

— Talvez devêssemos adotar a gravata da próxima vez.

— Encrenca — diz Charlie antes de me beijar de novo.

Eu me perco em sua boca, no peso de seu corpo me prensando contra as almofadas, em seu aroma de perfume caro se misturando ao da madeira, fixando-se na minha memória. Com a mão grande posicionada na parte de cima de minha coxa, Charlie abre minhas pernas o suficiente para se acomodar entre elas. Levo a mão até suas costas, desesperada para mantê-lo perto de mim. Ergo os quadris e inclino o pescoço para trás, porque apenas isso já traz uma sensação incrível.

— Pode ser que seja divertido — comenta ele. — Dar uns amassos como se tivéssemos dezessete anos.

Charlie abaixa a cabeça, leva os lábios até meu pescoço e chupa. Com força.

Ele pressiona o corpo contra mim, e me contorço debaixo dele enquanto Charlie continua a me beijar e morder e chupar meu pescoço, e então me dou conta do que ele está fazendo. Eu o afasto com um empurrão, rindo.

— *Não* deixa um chupão em mim, Charlie Florek.

Os olhos dele cintilam feito vaga-lumes.

— Acho que é tarde demais. — Ele examina sua obra-prima. — Você está com três.

— É isso o que você fazia aos dezessete? Ia com tudo no pescoço de alguém, feito um vampiro?

— Não. Quando eu tinha dezessete, a esta altura provavelmente já estaríamos sem roupa. — Ele solta uma risadinha seca. — Na verdade, talvez estivéssemos botando a roupa de novo.

— Parece muito divertido.

— Não sei, não — diz Charlie. — Estou gostando bastante de ficar só na primeira base.

Eu rio.

— Ai, meu Deus. Eu me esqueci das bases.

O sorriso de Charlie cobre o meu.

— Essa risada — diz ele, e o som se dissolve em sua língua.

Enrosco as pernas ao redor de sua cintura, estabelecemos um ritmo com bocas e quadris, e consigo me ouvir arfando. Os sons que liberto não têm filtro, são novos, sem fôlego e guturais. Não estou pensando no que Charlie deve gostar. Não estou desempenhando um papel, como fiz no passado, na tentativa de agradá-lo.

Estou apenas sendo eu mesma, o que deixa tudo melhor. É libertador. Estou tão envolvida que meus beijos ficam desajeitados e meus dentes batem contra os dele.

— Desculpe — falo quando eles batem uma segunda vez.

Charlie inclina minha cabeça para trás.

— Não precisa pedir desculpas. — Ele passa um dedo pela minha garganta, e eu estremeço. — Gosto de desvendar você.

Charlie mantém as mãos no meu rosto, pescoço e membros, mas não vou aguentar por muito mais tempo. O desejo se contrai com mais força dentro de mim. É uma experiência multissensorial, quase insuportável, com a fricção e o cheiro dele, com o jeito como interrompe o beijo e me olha como se eu fosse alguém importante, com o sabor dele na minha língua. Quando minhas pernas começam a tremer e minha respiração fica curta, Charlie sussurra em meu ouvido:

— Assim mesmo, Alice Everly.

Minha pele se arrepia, e toda a tensão crescente dentro de mim se estilhaça.

Fecho os olhos enquanto Charlie afasta os cabelos molhados da minha testa. Ele me beija uma vez, cheio de ternura, e, quando abro os olhos, eu o vejo me encarando de preocupação.

— Não acho que isso conta como primeira base — comento, ofegante. Não que eu tenha chegado nem na metade quando tinha dezessete.

Charlie dá uma risadinha.

— Sinceramente, não faço ideia de *onde* isso se encaixaria.

Ergo a mão entre nossos corpos e passo a palma sobre o volume grosso tensionando o tecido macio de suas calças. Ele puxa o lábio inferior entre os dentes, e suas pálpebras trêmulas se fecham por um segundo antes de Charlie pegar minha mão e beijá-la.

— Hoje, não — declara ele, a voz rouca.

— Não é justo — respondo. — Eu consegui o que queria.

Charlie se inclina sobre mim e pousa a testa contra a minha.

— Eu também. E estas são as minhas calças confortáveis favoritas. Não quero sujá-las.

Solto um ruído, considerando suas palavras.

— Olha, acredito que existam maneiras de mantê-las limpas. — Ergo as sobrancelhas cheia de intenções, e ele torna a rir.

Charlie cutuca meu nariz.

— Encrenca.

Rapidamente mordisco a ponta de seu dedo, e os olhos dele se arregalam.

— Você acabou de me morder.

— Mexa no meu nariz de novo e eu vou morder com mais força.

— É mesmo?

Charlie se ajoelha entre minhas pernas.

— É mesmo.

Eu me sento, e ele dá um peteleco na ponta do meu nariz.

— Quanta ousadia!

Entretanto, antes que eu consiga reagir, ele prende meus braços em uma das mãos e faz cócegas nas minhas costelas com a outra.

Chamo seu nome em um grito esganiçado e rio tanto que chego a chorar. Não demora muito até eu estar em cima dele, tentando fazê-lo rir. Charlie não é muito suscetível a cócegas, mas está sorrindo. Eu me detenho por um instante e toco uma das minhas bochechas doloridas.

— O que foi? — pergunta Charlie.

Eu o observo embaixo de mim.

— Ando sorrindo demais — conto.

Os olhos de Charlie cintilam de alegria.

— Sorrir nunca é demais.

30

SEGUNDA-FEIRA, 21 DE JULHO
RESTAM 42 DIAS NO LAGO

— Ora, ora, veja só isso — diz Nan, erguendo a seção de artes de seu jornal quando me arrasto para fora do quarto no dia seguinte. — É um anúncio da sua exposição.

É um anúncio de *página inteira*. Deve ter custado uma fortuna para Elyse. Nan repousa o jornal bem esticado na mesa e tira uma foto com seu iPad.

Não dormi sob o céu estrelado com Charlie na noite passada. Ele perguntou se eu queria ficar ou se preferia que ele me levasse de volta ao chalé. Escolhi a segunda opção. Parecia o final apropriado para o que entrará para a história como a melhor pegação da minha vida. As estrelas podem esperar.

Neste momento, as horas que passei aos beijos com ele na casa na árvore parecem ter acontecido em outra vida, como se tivessem de fato ocorrido na adolescência. Dormi com um sorriso no rosto, mas acordei e me deparei com a vida real.

Espio o jornal por cima do ombro de Nan, sentindo tontura ao ver meu nome listado junto aos dos outros.

Meu pavor aumenta. Como é que eu vou sair dessa agora? O fato de me posicionar diante de Willa foi uma coisa, mas decepcionar Elyse é outra completamente diferente. Eu me importo com a opinião dela sobre mim. Nossa amizade importa. Deveria ter lhe contado semanas atrás que estava pensando em sair da exposição.

Ainda nem terminei o café quando chega uma enxurrada de mensagens da Heather.

A Nan me mandou o anúncio! OLHA SÓ PRA VOCÊ!

Tô tão animada!

Pode vir um dia antes pra gente fazer compras / ir ao shopping?

Você vai fazer um discurso, né? Pode praticar comigo!

Vejo as mensagens surgindo, depois viro o celular com a tela para baixo na mesa.

Mais tarde, depois que terminamos as cortinas para o quarto de Nan e ela sai para uma caminhada, levo a câmera e o binóculo até a água. O ar está úmido, quase grudento. O sol se esconde atrás de uma fortaleza de nuvens. Quero deixar meus problemas de cidade grande para trás por um instante, então mando mensagem para Charlie.

> **EU**
> Pensei em observar uns pássaros. Mas ainda não encontrei nenhuma espécie interessante.

> **CHARLIE**
> Nenhum pavão?

> **EU**
> Infelizmente, não.

Um minuto depois, espio Charlie pelo binóculo enquanto ele desce a colina e vai até a extremidade do cais. Ele coloca o celular sobre uma mesa pequena e redonda, e consigo distinguir o sorrisinho de canto bem nítido em seu rosto quando Charlie ergue os braços e tira a camiseta; e aí, numa velocidade tão grande que quase não consigo ver, ele dá um mortal para trás perfeito da ponta do cais. Eu rio sozinha enquanto ele sai da água e balança a cabeça.

> **EU**
> Encontrei um. Definitivamente é macho. Adora se exibir.

Observo Charlie ler a mensagem e sorrir.

> **EU**
> Venha aqui. Quero contar uma coisa para você.

Fico eufórica com a empolgação de assistir a Charlie pulando para dentro de seu barco e navegando pela baía a fim de me encontrar. Tiro algumas fotos. Quero me lembrar dessa sensação.

Mas, quando Charlie para na ponta do cais, vejo apreensão estampada em cada linha tensa de sua expressão. Ele me perguntou duas vezes no caminho de casa ontem se eu estava bem.

— Me dá uma ajudinha para entrar? — peço.

Charlie estica a mão e eu a uso de apoio para me acomodar no banco de trás. Ele me encara, os olhos verdes fixos em mim.

— Noite passada foi a ocasião mais divertida do meu ano — declaro. — Não me arrependo.

Ele assente uma única vez, depois me levanta até o assoalho do barco.

— Vamos dar uma voltinha.

Vamos de vento em popa. Mais rápido do que já fui na vida. Solto os cabelos e sorrio ao vento enquanto disparamos em direção à vastidão sem fim de Kamaniskeg. Tiro fotos da mão de Charlie segurando casualmente o leme. Tiro fotos de seus pés descalços. Capturo sua expressão quando me pergunta:

— É sério? Pés?

Há um grupo de crianças no topo de uma rocha, esperando para pular, e conforme passamos por elas, eu me inclino sobre Charlie e aperto a buzina.

Aaaah-uuuuh-gaaaaah!

Os dedos dele se emaranham em meu cabelo, tirando-o de nossos rostos. Sinto uma vontade impulsiva de beijá-lo, mas não tenho certeza se podemos nos beijar em plena luz do dia. A noite passada despertou um desejo em mim que não chegamos nem perto de saciar, mas Charlie não está sendo galanteador nem engraçadinho como de costume.

— Está usando roupas de banho por baixo, né? — pergunta ele, espiando meu cafetã à medida que voltamos para o cais.

— Claro que sim. Você tem planos para a minha roupa de banho?

Charlie não ergue o olhar da corda em suas mãos. Ele parece sério.

— Vou ensinar você a dar um mortal para trás. Número oito.

Ele conhece aquela lista melhor do que eu.

— Não um mortal para a frente?

— Para trás é *ligeiramente* mais fácil.

Nadamos até a plataforma flutuante, onde a água é mais profunda. Charlie está parado com as mãos na cintura, explicando como saltos-mortais são perigosos e detalhando tudo o que não se deve fazer. Eu me sinto de volta à escola. Ele está distante. Não há brincadeirinhas nem flertes. Charlie mostra como fazer uma saída de costas, e praticamos até que eu consiga me lançar da plataforma com impulso o bastante para que, quando eu atinja a água, meu arco continue sob a superfície. Quando Charlie finalmente me mostra como dar um mortal para trás, levando seus joelhos até seu peito durante a manobra, eu me encolho, preocupada que ele vá bater a cabeça.

— Não vou fazer isso — declaro quando ele emerge.

— Tá bom.

Charlie nada de volta até as escadas e sobe os degraus, parando a metros de mim, de braços cruzados e cenho franzido. Penso no rapaz da minha foto. No quanto ele parecia alegre. No quanto eu achava que a vida dele devia ser perfeita. Fácil. Radiante.

— Desculpe por te fazer perder tempo — digo.

A água escorre por seu nariz e pescoço, e por todo o seu tronco.

— Você não é perda de tempo, Alice.

Mordo o interior da bochecha.

— O que foi? — pergunta Charlie.

Quero perguntar sobre a noite passada, mas acabo ficando com medo.

— Às vezes não entendo por que você quer passar tempo comigo. Somos tão diferentes.

— Será que somos mesmo?

— Você é um cara do mercado financeiro com um carro superfaturado e que dirige rápido demais. Você mora em *Yorkville*. Não faz sentido você querer fazer todas as coisas da minha lista boba.

— Esse aí não sou eu. Esse é o meu trabalho, meu carro, minha casa. Não sou *eu*. Sou só um cara numa plataforma, tentando dar conta das próprias cagadas, que nem todo mundo.

Eu o fito por um momento, a tensão em seus ombros, e sussurro:

— *Você* se arrepende da noite passada?

— Claro que não.

— Então tá. — Eu solto o fôlego que estava segurando. — Ótimo. Você tá agindo meio estranho.

— Desculpa. Este verão... — Charlie esfrega a nuca e aperta os olhos em direção ao sol. — Tem sido difícil para mim.

— E não é por causa da sua vizinha encrenqueira?

Ele me mostra um sorriso fraco.

— Não, não é por causa disso. Meu pai morreu quando tinha a minha idade. Na primavera. Ele não conseguiu aguentar até o verão.

Eu me lembro do quão resignado Charlie pareceu quando me contou que tinha trinta e cinco anos. *Cada ano que ganhamos é precioso*, disse ele naquele dia.

Pouso a mão no braço de Charlie.

— Me desculpe. Não sei se tem algo que eu possa dizer, mas estou aqui. E você também. Com saúde. E vivos.

O olhar dele fica mais sério, e parece que Charlie está prestes a dizer alguma coisa.

— Charlie?

Não acho que ele me ouviu, então fico parada ao seu lado e, juntos, nós observamos o lago.

— Ando pensando bastante nele — confessa Charlie por fim. — Por estar aqui, de volta nesta casa. Dirigindo o barco dele, de pé na plataforma que ele construiu. Às vezes o vento agita as águas ao longo do lago de uma determinada maneira e, por um segundo, consigo ouvir meu pai chamando Sam e eu, nos mandando colocar os coletes salva-vidas. — Charlie olha para mim. — É difícil acreditar que ele se foi, que ambos se foram... e que agora tenho trinta e cinco anos. Na minha idade, meu pai tinha uma esposa, dois filhos e um negócio do qual se orgulhava. O que é que eu deixaria para trás?

— Ei, não fale assim. Você não vai a lugar algum.

— Pode ser que sim. — Charlie engole em seco de novo. — Qualquer um de nós pode ir.

— É essa a intenção da casa na árvore?

— Que seja o meu legado? — Charlie coça a sobrancelha. — Não tinha parado para pensar nisso, mas é, deve ser isso. Quanta arrogância.

— Pare. É claro que este é um ano difícil para você. Mas a casa na árvore é algo maravilhoso. Não distorça os fatos.

— Desculpe. — Charlie entrelaça os dedos atrás da nuca e olha para o céu.

Não gosto de vê-lo desse jeito.

— Está tudo bem. — Envolvo um dos braços ao redor de sua cintura e dou uma apertadinha. — Estamos aqui. Neste lindo lago. Juntos.

Eu o sinto respirar fundo.

— Posso te ajudar a relaxar um pouco? — pergunto.

— Acho que sim.

Ergo o queixo e vislumbro um sorriso fugaz antes de Charlie me erguer e me atirar na água. Ele pula também e fica ao meu lado antes mesmo de eu subir para respirar. A coisa começa com uma lutinha, espirrando água um no outro, empurrões e risadas, e termina comigo beijando Charlie debaixo da água. Quando ambos emergimos para respirar, ele gesticula para a escada.

— Suba.

E é assim que eu me vejo dando uns amassos na plataforma do lago Kamaniskeg com o rapaz do outro lado da baía. Apenas duas pessoas tentando dar conta das próprias cagadas, beijando um ao outro como se não houvesse nada melhor no mundo do que se beijar. Minha língua está enfiada bem no fundo da boca dele quando ouço um tinido alto. Eu me detenho, sorrindo ao ver os lábios inchados de Charlie.

— O que foi isso?

— Acho que...

O mesmo *ding* de metal contra metal o interrompe.

— Acho que é o sinal do jantar.

Viramos nossa cabeça em direção ao chalé e Nan acena do outro lado da baía.

31

Subimos os degraus até chegar onde Nan nos espera no cais. Temos sorrisos cheios de culpa estampados no rosto. Charlie insistiu em vir para "lidar com as consequências", embora desse risada quando disse isso.

— Vocês dois... — comenta Nan, olhando de um para o outro. — Dando uns amassos feito adolescentes, para todo mundo ver.

— Desculpe, Nan — pede Charlie. Mordo o lábio para não acabar rindo dos olhinhos de cachorro abandonado que ele mostra para minha avó. — A culpa é minha. Eu...

Ele é silenciado.

— Charlie Florek, não vou aceitar desculpa nenhuma por algo do qual você claramente não se arrepende.

Charlie baixa a cabeça, e Nan dá uma piscadinha para mim.

— Venham, vocês dois.

Charlie segura a porta para minha avó, que segue rumo à varanda telada, e nós a seguimos casa adentro. Ela pega o celular e digita um número, depois coloca o aparelho no viva-voz enquanto a chamada toca.

— O que foi? — pergunto, olhando de relance para Charlie, que parece tão confuso quanto eu.

— Estou organizando uma intervenção — responde Nan.

O toque para quando Heather atende.

— Oi, Nan. Está com ela aí?

— Estou.

— O que está acontecendo? — repito, com o coração começando a acelerar. Estou com a péssima sensação de que, seja lá o que estiver acontecendo, não quero que Charlie esteja aqui para testemunhar.

Que é isso?, pergunta ele apenas movendo os lábios.

Sacudo a cabeça em um sinal de negação. Não faço ideia.

— Oi, Ali — cumprimenta Heather. — Volto rapidinho, vou buscar o papai.

— Acho que você deveria ir embora — digo para Charlie, baixinho.

— Tem certeza?

Assinto, e ele dá um apertãozinho no meu ombro.

— Me mande mensagem, ok?

— Aonde você pensa que está indo? — questiona minha avó.

Charlie olha para mim atrás de uma dica do que fazer.

— Ele vai voltar para casa, Nan.

— Na verdade — intervém ela, direcionando sua atenção para Charlie —, eu queria que você ficasse um pouquinho. Pode ser que você consiga nos ajudar.

— Ele está aí? — Heather está de volta.

— Quem? — pergunta nosso pai.

— O amigo de chalé da Ali.

— Charlie Florek — ele se apresenta, soando como se estivesse de terno e gravata, e não usando roupa de banho molhada. Por um segundo, eu o imagino em outra vida, sua vida real, completamente no controle de tudo; não um palhaço, mas um titã.

— Ai, meu Deus — exclama Heather. — Tenho tantas perguntas para fazer a você, mas temos um compromisso inadiável em uns dez minutos, então vou direto ao assunto. Alice, você precisa ir à abertura.

— Isso é sobre a exposição? — Meu corpo inteiro fica gelado.

— Parabéns, Alice — diz nosso pai. — Essa é uma grande honra, uma prova de seu talento, sucesso e trabalho duro. Estou orgulhoso pra caramba.

Fico ciente do olhar de Charlie sobre mim. Odeio o fato de ele estar presente.

— Ele chorou quando eu contei — acrescenta Heather.

Fecho os olhos. Não era para ela ter contado nada.

— Obrigada, pai.

— Charlie — prossegue minha irmã —, não tenho certeza do quanto a Ali te contou sobre a exposição.

Ele me encara, sem julgamento nem surpresa. Ele me encara para que eu possa decidir como quero lidar com a minha irmã.

— Ele sabe do básico — respondo. Minha raiva é uma coisa gélida, esfriando os dedos das mãos e dos pés.

— Uma das fotos de Alice vai aparecer em uma exposição coletiva de uma galeria de arte recém-inaugurada — informa Heather.

199

— É uma baita conquista. A abertura é daqui a algumas semanas, mas Alice não quer sair do lago para comparecer.

— Ela acha que estou fraca demais para ficar sozinha — acrescenta Nan.

— Não é isso que acho — retruco.

— E que a viagem é longa demais para eu acompanhá-la.

— Não quero que você se desgaste.

— Alice, me ajude a entender o seu ponto de vista — diz meu pai. — Isto é um momento de destaque na sua carreira. Se o seu medo de falar em público está a detendo, eu ficaria mais do que feliz de contratar um instrutor para ter certeza de que você está preparada e confortável. Você vai se sair muito bem.

— Não é isso, pai.

Apesar disso, odeio mesmo me dirigir a uma plateia; sempre fico paralisada. O coração dispara, a língua parece feita de concreto e um suor gelado e pegajoso me faz sentir frio até os ossos.

Um a um, Heather e meu pai apresentam seus argumentos como se estivessem em um tribunal. Alguém diferente, mais resiliente, não toleraria esse nível de intromissão. Heather com certeza não deixa ninguém lhe falar como deve conduzir a própria vida. Mas eu só consigo procurar a saída mais próxima.

— Só queremos o que é melhor para você, Tartaruguinha — diz minha irmã.

Estou brava demais para me explicar.

— Já terminaram? — Minha voz mal passa de um sussurro.

— O que acha, Charlie? — pergunta Nan.

Charlie fixa o olhar em mim.

— Acho que está na hora de encerrar essa ligação.

Então ele se aproxima do telefone e desliga na cara da minha irmã e do meu pai.

Eu o encaro, chocada. Essa foi a cena mais sexy que já vi.

— Tudo bem com você? — pergunta Charlie.

Balanço a cabeça. Eu me viro para Nan, tentando impedir que minha voz falhe.

— Por que você faria uma coisa dessas comigo? Sou uma mulher adulta. *Eu* tomo minhas decisões.

— Pensei que isso fosse ajudar.

— Você me fez passar vergonha. Estou tentando respeitar sua autonomia e privacidade quando você me pede. Estou tentando lhe dar o que você precisa. — Minha voz se ergue de uma maneira que não reconheço. — Estou aqui *do seu lado*. Por que também não pode ficar do meu?

Minha avó se encolhe, e me sinto horrível.

— Preciso ficar sozinha.

Sem aviso, saio do chalé e vou direto para a casa de barcos.

Charlie me deixa sozinha por doze minutos. Quando me encontra, estou sentada em uma das camas, de joelhos encolhidos contra meu peito e chorando. Charlie não se pronuncia, apenas se senta ao meu lado e me puxa para um abraço. De algum modo, isso só me faz chorar mais.

— Estou aqui — sussurra ele contra meu cabelo. — Vai ficar tudo bem.

No fim, as lágrimas diminuem, mas Charlie continua a me abraçar. Está tudo quieto, exceto por uma garoa batendo de leve contra o teto e as janelas. Eu poderia ficar aqui para sempre.

— Alice?

Balbucio algo em resposta contra o peito dele.

— Tenho uma ideia do que pode te dar uma animada.

Eu olho para Charlie. Ele está vestindo uma camiseta verde com duas cadeiras Muskoka em um cais, que está na cara que Nan encontrou para ele.

— Quer fazer arte péssima juntos?

Fazer um montão de arte péssima. Número sete.

Estamos sentados um de frente para o outro em uma pequena mesa na casa de barcos, com folhas de papel em branco e lápis diante de nós.

— Vamos desenhar retratos às cegas.

Eu me inscrevi numa aula de desenho para iniciantes durante a época da escola, e esse foi o primeiro exercício que nos passaram.

— A dinâmica é a seguinte: temos cinco minutos para desenhar o rosto um do outro, mas você não pode tirar o lápis do papel e não pode olhar para o que está fazendo. Precisa usar uma única linha contínua para fazer um esboço do meu rosto.

Charlie cutuca o lábio inferior com um dedo.

— Acabei de lembrar que não gosto de fazer coisas em que não sou bom.

— É para ser divertido. Tente não ficar pensando muito a respeito.

Ele assente de um modo tão sério que eu sorrio.

— Gosto quando você faz isso — comenta Charlie, com os olhos fixos na minha boca quando começamos a desenhar.

— Faço o quê? — Estou começando pelo olho esquerdo dele, e aos poucos vou formando a curva de sua pálpebra.

— Sorri — responde ele.

O rosto de Charlie está franzido em uma careta de concentração, e não consigo evitar uma risadinha.

— Estou tentando fazer o seu cabelo — explica ele. — Vou ficar assustado se isso aqui lembrar alguma coisa além de espaguete passado do ponto.

Quando o cronômetro do meu celular toca, nós dois ficamos histéricos. Eu já ri mais ao lado de Charlie nas últimas semanas do que ri nos últimos seis meses somados.

— Essa gargalhada — diz ele. — É brutal. Eu amo.

— Olha só...

Ergo o retrato de Charlie. Fiz o olho esquerdo dele se sobrepor a uma boca enorme. O olho direito está em algum lugar no meio da testa. Não está claro o que é o cabelo, as bochechas ou o nariz.

— Nossa — exclama Charlie. — Acho que chamam isso aí de fixação oral.

— Vamos ver o que você tem aí, então.

Charlie me empurra seu desenho pela mesa. Consigo identificar dois grandes olhos. Meus lábios parecem mais um coração do que uma boca, e estão posicionados perto de onde deveria ficar meu pescoço. Meu cabelo fica dando voltas, e meu queixo parece um V afiado.

— Que maravilhoso — comento, ainda rindo.

— Está horrível.

— Vou emoldurar.

A chuva cai com mais força, criando ondinhas na superfície do lago. Nós dois nos viramos para a janela por um instante.

— Quer conversar sobre o que aconteceu agora há pouco? — pergunta Charlie, interrompendo o silêncio.

— Odeio que você tenha ouvido aquilo tudo... e ainda mais a parte em que gritei com a Nan.

— Você ergueu a voz, Alice. Você não berrou. Mas eu não daria a mínima se você gritasse a plenos pulmões. Tem todo o direito de estar chateada.

— Heather sabe que não gosto da foto que escolheram, mas ela acha que é frescura minha.

— A arte é sua. Ter uma opinião não é frescura, é o seu trabalho.

— A verdade é que não quero aquela foto na exposição. Mas não posso desistir agora, então prefiro fingir que nada está acontecendo.

— Por que não pode desistir?

— Porque sou covarde.

— Tente de novo.

Conto para Charlie sobre Elyse, sobre o quanto respeito o gosto dela, o quanto não quero decepcioná-la.

— Ainda não consigo acreditar que ela quer me incluir em sua primeira exposição — declaro. — Meu pai tem razão: é uma grande honra.

— Mas...?

Fico girando o lápis entre os dedos.

— Sou eu — lembra Charlie, com gentileza. — Pode se abrir comigo.

Levo alguns segundos para encontrar seu olhar cálido. É como se eu estivesse deitada em um campo banhado pelo sol no meio de agosto.

— Não acho que tenho uma obra que queira exibir no momento, nada que me pareça autêntico. E sei que, tecnicamente, melhorei como fotógrafa, mas não me sinto mais conectada ao meu trabalho como antes.

— Como você costumava se sentir?

— Viva. Empolgada. Como se eu estivesse convidando alguém para entrar na minha cabeça e mostrasse como enxergo o mundo. — Observo gotas de água escorrerem pela vidraça. — Desde que voltei para cá, tenho lembrado da sensação de quando peguei uma câmera pela primeira vez. Tirei um monte de fotos horríveis, mas também capturei imagens que pareciam mais pessoais, mais vivas do que aquilo que faço agora. Acho que fiquei tão envolvida em construir uma carreira, em deixar meus clientes felizes e em trabalhar para conquistar o meu espaço que perdi de vista o que *me* faz feliz. Perdi o equilíbrio das coisas.

Charlie sorri.

— Parece que está na hora de corrigir isso, então.

— Simples assim?

O olhar dele é determinado.

— Se não agora, quando?

Cada ano que ganhamos é precioso.

Estou em uma encruzilhada.

— Você acha que eu deveria abandonar a exibição?

Charlie se recosta na cadeira.

— Olha, se alguém quisesse exibir meu trabalho e contar ao mundo que sou incrível, eu seria um baita convencido. Esfregaria na cara de todos os meus colegas. — Imaginar a cena faz um sorriso suave surgir em meus lábios. — Mas isso sou *eu*. Você não é uma babaca egocêntrica como eu.

— Não acho você um babaca egocêntrico.

— E esse é um dos seus defeitos — comenta Charlie. — Mas não o fato de você ser íntegra.

— Já fiz trabalhos dos quais não me orgulho só porque pagavam no final.

— Você não faz ideia do quanto eu me identifico com isso.

— Você gosta do seu emprego?

— Na maior parte do tempo, não muito.

— Por que continua lá se não gosta? — pergunto. — Negociar no mercado financeiro deve ser incrivelmente estressante.

O olhar de Charlie é tão direto quanto sua resposta.

— Gosto de dinheiro, Alice. Gosto bastante.

— E isso é o suficiente?

— Às vezes. Nunca tivemos muito na minha infância. Eu me lembro dos meus pais na mesa da cozinha, organizando as contas, superestressados. Parecia injusto, já que eles davam tão duro. Sempre davam conta das coisas, mas eu não queria isso para mim.

Não queria ficar arrasado por causa de um conserto na oficina. — Ele se debruça sobre a mesa. — Sou muito bom no que faço, e eu amo ser bom.

Fico digerindo isso.

— Você nunca explicou de fato por que está tirando um período sabático.

Há um momento de reflexão antes de Charlie responder:

— Eu precisava de um tempo.

— Como assim?

Charlie me encara do outro lado da mesa, e consigo ver um debate acalorado acontecendo em seus olhos.

— Sou eu — repito as palavras dele. — Pode se abrir comigo.

Seu olhar recai sobre o retrato que desenhou, e Charlie passa um dedo sobre os rabiscos que formam meu cabelo. Não tenho certeza se ele percebe o que está fazendo.

Quando Charlie encontra meu olhar, seus olhos estão perceptivelmente mais aguçados, como se estivesse concentrado em algo.

— Aposto que você faria qualquer coisa pelos seus amigos.

— Eu faria qualquer coisa pelas pessoas que são importantes para mim.

Acho que ele também faria.

A voz de Charlie está lenta e séria.

— *Eu* sou importante para você?

— Claro que é. — Não preciso pensar na resposta. Charlie é importante para mim de um jeito que teria parecido impossível semanas atrás. Mas a expressão em seu rosto me faz questionar se é isso que ele queria ouvir. — Por acaso isso é um problema?

— Não — responde ele, baixinho. — Sou um cara sortudo. — Ele parece genuinamente comovido. — Hoje, mais cedo, você disse que não entendia por que eu queria completar sua lista de desejos com você.

— Eu me lembro — respondo de modo suave.

— Quando eu era mais novo, trabalhava alguns turnos no restaurante, quase todas as noites durante o verão. Não me incomodava muito, porque eu gostava do pagamento, e o lugar era como uma segunda casa para mim. Trabalhar em uma cozinha é penoso, mas existe um ritmo e uma correria que é difícil de encontrar em qualquer outro lugar. Mas eu sentia inveja dos proprietários de chalé fazendo churrasco nos terraços ou praticando esqui aquático pouco antes de o sol se pôr, quando o lago parece feito de vidro. A família de Percy costumava montar quebra-cabeças e assistir a filmes juntos à noite. — Charlie sorri, mas é um sorriso melancólico. Ele desvia o olhar por um momento antes de se voltar para mim. — Esses dias com você e Nan têm sido exatamente como imaginei que seria ter uma família normal. Vocês me deram o verão que eu sempre quis.

Sinto a garganta apertar.

— Eu também. Você também me deu tudo o que eu queria.

— Andar de barco e livros eróticos?

— Diversão — respondo. — Era isso que faltava na minha vida. Até eu conhecer você.

— Nisso eu sou bom — admite Charlie com um sorrisinho de canto.

Ele pode ser capaz de me ler feito um livro aberto, mas eu também o vejo. Consigo identificar a diferença entre quando ele está flertando porque quer se divertir e quando tenta manter o coração escondido em um lugar seguro. O olhar de Charlie me segue quando fico de pé e contorno a mesa até ele. Charlie empurra a cadeira para trás para que eu possa me colocar entre suas pernas.

— Você *é* divertido — declaro, pousando as mãos nos ombros dele e lhe dando uma leve chacoalhada. Charlie é o tipo de pessoa que parece uma chama para a qual somos todos atraídos feito mariposas, absorvendo seu calor. — Não me sinto confortável assim com ninguém há bastante tempo. Não lembro a última vez em que ri tanto. Posso dizer o que penso sem medo de você me julgar. É muito libertador. Então, sim, você é divertido. Isso é um dom, Charlie.

Ele olha para mim com algo que parece afeto.

— Vou comparecer à sua exposição.

— Como assim?

— Se você decidir ir em frente, eu vou estar lá.

Ele sustenta meu olhar.

Imagino um par de olhos verdes límpidos em um mar de rostos desfocados.

— *Se* eu decidir ir em frente, vou olhar para você enquanto faço meu discurso. Vou imaginar você pelado.

Charlie sorri.

— Você nunca me viu pelado.

Suas mãos encontram minhas costelas e ele passa as palmas de cima a baixo pelas laterais de meu corpo.

— Não quer dizer que eu não consiga imaginar como é.

Charlie dá um beliscão na minha bunda. Dou um tapa em seu braço, mas ele tem os reflexos de um gato e captura minha mão e a leva até a boca. Ele chupa o ponto sensível de minha pulsação no lado interno de meu pulso enquanto sua outra mão se esgueira por baixo de meu cafetã e sobe por minha coxa. Mais para cima. Seus dedos se detêm quando chegam à costura da parte superior do biquíni. Charlie me fita, com os lábios ainda encostados no meu pulso.

— Pronta para a segunda base?

Puxo o cafetã por cima da cabeça.

— Estou pronta para um home run, com todas as bases preparadas.

Charlie solta uma risadinha, mas seu olhar fica sério.

— Encrenca, e não.

Eu lhe lanço um olhar exasperado.

— Você sabe que não vou me apaixonar se transarmos, né? — digo.

— Não tem como você garantir isso. — Ele me mostra um sorrisinho atrevido. — Eu sou *muito* bom.

Solto uma risada.

— Você é surpreendente.

— Não se preocupe. Vou fazer valer a pena. Além disso, preciso manter você interessada de algum jeito.

Eu me pergunto se há um grãozinho de verdade nessas palavras, mas então os dedões dele roçam o tecido ainda úmido da parte de cima do biquíni e eu estremeço. Com o lábio entre os dentes, Charlie belisca meus mamilos.

— Por mais que isso seja gostoso — digo, com a cabeça caindo para trás em um arquejo enquanto ele mexe o bico duro entre os dedos —, não sei se você consegue fazer as coisas valerem a pena só com a segunda base.

Em resposta a isso, ele pega minha mão e a desliza ao longo de minha barriga, até a barra da parte inferior do meu biquíni.

Fico tensa.

— Nunca fiz isso na frente de outra pessoa.

Por um momento, Charlie parece chocado, mas então sorri.

— Não me obrigue a fazer o trabalho todo sozinho, Alice Everly.

Fico parada entre as coxas dele, hesitando por um instante, antes de descer a mão para além do biquíni. Charlie me observa, e o desejo faz seu olhar ficar mais sério. Fecho os olhos, jogo a cabeça para trás e me concentro na sensação de sua respiração contra minha barriga e no toque de meus próprios dedos. Um ruído baixo escapa de minha garganta, e só isso basta para que Charlie fique de pé e me leve até uma das camas de solteiro.

— Pensei que você não quisesse fazer o trabalho todo sozinho — comento, ofegante, ao passo que ele me coloca na cama.

— Não quero receber acusações de ser preguiçoso — responde Charlie, antes de substituir meus dedos pelos seus.

Depois de um vulcão entrar em erupção por trás das minhas pálpebras fechadas, Charlie me aninha em seus braços. Eu me aconchego contra seu peito, fecho os olhos e inspiro seu cheiro. De pele quente e aquele outro aroma, o perfume caro e herbal que considero muito relaxante.

As palavras se misturam entre meu cérebro e minha língua.

— Você tem cheiro de quê?

Ele acaricia meu braço de cima a baixo.

— Eu tenho cheiro de quê? — Consigo ouvi-lo sorrindo.

— É. Não consigo descobrir. É caro e parece de planta.

Sinto a risadinha dele contra minha bochecha.

— É o meu gel de banho. Eucalipto e lavanda. Comprei no spa de um hotel.

Levanto a cabeça.

— É isso. Você tem cheiro de spa.

Charlie torna a rir.

— Isso é bom?

— Muito. Talvez eu precise pegar emprestado.

Os dedos dele passam do meu braço para o meu quadril.

— Quero que você saiba que não acho que você é uma tartaruga.

— Não?

— Não. Você é uma unicórnio-pégaso, Alice Everly. Você é única.

32

Ainda está chuviscando quando caminho com Charlie até o cais. Nossa despedida é desengonçada. Eu me aproximo para um beijo e ele tenta me abraçar, e acabamos em um contorcionismo esquisito, com meus lábios pressionados contra a clavícula dele e Charlie rindo de mim.

Observo o barco amarelo atravessar a baía e vou até o chalé, preparando um pedido de desculpas para Nan. O cheiro de cebola e alho refogados preenche meu nariz quando passo pela porta. Eu a encontro na cozinha.

— Precisa de ajuda?

— Estou dando conta — responde minha avó. — Eu te aviso se ficar cansada. Vá colocar uma roupa mais quentinha.

Quero discutir, porque ela vai estar exausta quando terminar, mas lhe dou o que eu mesma pedi: liberdade para fazer as próprias escolhas.

— Queria pedir desculpas pelo que aconteceu mais cedo — digo quando nos sentamos para comer.

Nan faz o molho do macarrão com carne moída, cogumelos em conserva e cenoura, e o serve por cima da massa. Tudo em relação a esse prato deixaria um italiano de cabelos em pé, mas eu amo o jeito que Nan o prepara. Ele me faz lembrar de quando eu e Heather dormíamos na casa de Nan depois que os gêmeos nasceram.

Minha avó repousa o garfo e ergue o queixo.

— Não — diz ela. — Eu lhe devo desculpas, Alice. Foi errado da minha parte pedir que sua irmã conversasse com você. Ela estava decidida a incluir o seu pai na conversa, e pensei que poderíamos ajudá-la a se dar conta da oportunidade que está perdendo. — Minha avó faz uma pausa. — Mas você é adulta e precisamos respeitar suas decisões.

— Agradeço por isso. — Respiro fundo. — Porque não vou participar da exposição.

— Alice! Mas por que não?

Conto tudo a Nan. Como, embora seja uma das minhas melhores, aquela não é uma foto que eu ame de verdade. Como sinto medo de decepcionar Elyse. Como meu trabalho não me dá mais o mesmo propósito e a mesma satisfação de antes.

— Preciso me recalibrar — digo a Nan. — Preciso encontrar minha voz como fotógrafa de novo.

Minha avó leva um minuto para digerir o que acabei de falar.

— Estou orgulhosa de você — comenta ela. — Conhecer a si mesma é um dos segredos de uma vida boa.

— Ah, é? Tem mais alguma dica que você queira compartilhar?

Nan pondera por um instante.

— A capacidade de perdoar e ter amigos que valham a pena o perdão. A propósito, sinto muito por ter envergonhado você na frente de Charlie. Mas arrisco dizer que é a opinião que ele tem sobre mim, e não sobre você, que foi afetada. Ele não ficou nem um pouco contente comigo depois que você saiu. Falou que eu já era grandinha o bastante para saber como me portar.

Chacoalho a cabeça, contendo um sorriso. Nan começa a rir.

— Ele é um atrevido, desligando assim na cara da sua irmã e do seu pai. Combina muito com você.

Eu a encaro por um instante, porque ela tem razão. Charlie e eu respeitamos um ao outro: nossas similaridades e diferenças. Acho que não há nada que eu poderia dizer para fazê-lo me dar as costas.

— Como amigo — completo para Nan.

— Não esqueça que vi vocês dois na plataforma. Amigos não se beijam daquele jeito.

— Às vezes, sim — retruco. — As coisas são diferentes hoje em dia, Nan.

Minha avó me lança um olhar incrédulo, mas não insiste no assunto.

Após o jantar, eu lhe entrego um pedacinho de chocolate e nos sentamos na sala de estar. Minha avó está lendo em seu iPad, e estou no chão com um quebra-cabeça.

— Não falo com John Kalinski há mais de uma década — comenta ela.

Mantenho a boca firmemente calada.

Nan suspira.

— Eu *amava* o seu avô.

— Sei que amava.

— Eu tinha cinquenta e nove anos quando ele morreu. Não passamos tempo suficiente juntos. Sei que seu avô não tem culpa por ter partido, mas às vezes fico tão zangada por ele ter me deixado. — Minha avó sorri com tristeza. — Sei que não ando bem ultimamente. É difícil estar aqui sem eles.

— Vovô e Joyce?

— E John também. Este lugar está repleto de lembranças. Nem todas são boas; foi para cá que vim depois que seu avô morreu. Fiquei sozinha alguns dias antes de Joyce se juntar a mim. — Os olhos dela estão marejados. — Quando ela morreu, eu me senti tão perdida. Ela partiu há treze anos, mas eu a sinto por todo lugar. É como perdê-la de novo, mas também me traz conforto. Converso com Joyce o tempo todo, principalmente quando você não está aqui.

Minha avó tira um lencinho do bolso e seca os olhos.

— Eu e John nos aproximamos depois que ela faleceu. Eu enchia o freezer dele com comida congelada. Ficava de olho nele. John queria que eu viesse até o lago. O filho tinha perdido o interesse pelo lugar, e John não queria vir sozinho. Mas não achei que poderia estar aqui sem Joyce. Três anos depois da morte dela, mudei de ideia. Parecia que tempo suficiente havia se passado, e eu sentia falta destas paredes, do cheiro, da vista.

Nan observa o lago através da janela antes de continuar.

— Eu e John viemos juntos por duas semanas. E foi divertido compartilhar refeições com um dos meus melhores amigos, assistir ao pôr do sol juntos, *dar risadas.*

— Tenho certeza de que foi — respondo. — Deve ter sido um alívio enorme para os dois.

— E foi. Acho que acabamos nos perdendo nisso.

Nan pigarreia. Ela remexe as mãos sobre o colo. Está nervosa.

— Houve apenas um beijo — confessa. Ela olha para as vigas do teto enquanto respira fundo. — Não fui eu que dei o primeiro passo, mas também não parei. Nós dois sabíamos que era errado, e John quis conversar sobre o assunto, mas senti uma culpa terrível beijando o marido de Joyce debaixo do teto dela.

Minha avó balança a cabeça.

Vou até o sofá para ficar mais perto dela.

— Nan — digo. — Vocês dois perderam os cônjuges. Vovô já tinha partido há...

Estou fazendo as contas na cabeça quando Nan completa:

— Onze anos.

— De algum modo, não acho que o vovô, Joyce nem qualquer outra pessoa culparia vocês por procurarem consolo com um bom amigo.

— Talvez. Mas as acusações que fiz contra John, o jeito que gritei com ele, as coisas que ele falou... foram muito feias, Alice. Insisti que ele me levasse de volta para Toronto no dia seguinte. Não quis falar com ele durante toda a viagem. Foi a última vez que o vi.

Penso no que ela acabou de me contar, sobre a capacidade de perdoar e amigos que valem o perdão. Penso em como ela titubeou quando sugeri que viéssemos até o lago até que lhe contei que John não estaria aqui.

— Charlie disse que John queria ligar para você. Por que não liga para ele?

Ela estala a língua.

— Já faz muito tempo.

— Você sabe o que Charlie diria se estivesse aqui?

Minha avó sorri para mim.

— O que é que esse seu *amigo* diria se estivesse aqui?

Ignoro a insinuação.

— Ele diria que você tem sorte de estar viva aos oitenta, e mais sorte ainda de ter vivo um de seus amigos mais antigos. Charlie diria para você ligar para ele.

— Que engraçado — diz Nan —, foi praticamente isso que ele falou.

33

TERÇA-FEIRA, 22 DE JULHO
RESTAM 41 DIAS NO LAGO

Algo muito estranho acontece quando reúno a coragem de ligar para Elyse a fim de lhe contar que vou retirar minha fotografia de sua exposição.

Ela fica *entusiasmada*.

— Que bom pra você. Estou arrasada que não terei uma de suas obras, é claro, mas você precisa seguir sua intuição.

— Não está brava?

— É claro que não. — Elyse ri. — Estava mesmo na hora de você discordar de mim. Embora eu preferisse que tivesse acontecido antes. E eu ainda adoraria se você viesse à abertura.

— Vou visitar a exposição assim que voltar. — Não quero ir embora do lago nem um segundo mais cedo do que o necessário. — E sinto muito. Sei o quanto você ama aquela foto, mas quero seguir uma direção diferente. Ando experimentando umas coisas novas e posso estar chegando a algum lugar. — Proferir essas palavras é como o clique do obturador. *Estou* chegando a algum lugar e quero continuar correndo atrás disso.

— É claro que estou intrigada. Vai me mostrar quando estiver pronta?

Prometo que sim.

— Aparentemente este verão tem sido bom para você — comenta Elyse antes de desligarmos. — Você parece diferente.

— Eu me sinto diferente — conto. — Sinto que acordei.

Charlie e eu passamos os dias juntos, flutuando no lago, correndo por aí de barco, pulando da rocha. Descobrimos um rochedo do outro lado da casa de barcos, liso o bastante para que nos deitemos lado a lado, o que nos dá bastante privacidade. Um lugar secreto. Ele deixa Nan e eu com nossas costuras, mas volta à noite para montar quebra-cabeças, jogar cartas e uma partida entusiasmada de *Banco Imobiliário*. Ele é brutal jogando como magnata do setor imobiliário. Ficamos acordados por bastante tempo depois que Nan se deita, conversando até que a lua esteja lá no alto sobre a água feito uma bola de discoteca.

Na noite de sexta, estou sentada entre as pernas de Charlie sobre o rochedo, observando as águas, recostada contra o peito dele. Viro a cabeça para beijá-lo e me deparo com hesitação em seu olhar. Costuma ser assim. Charlie se detém por um segundo, tempo suficiente para que eu saiba que está cogitando se controlar. Mas ele nunca se controla. Ele encosta a boca na minha com uma urgência quase surpreendente. Hoje à noite, seus lábios passam da minha boca ao meu ombro enquanto Charlie traça círculos vagarosos sobre o top do meu biquíni, depois mais embaixo, em um ritmo tão relaxado que chega a enlouquecer, indo ainda mais devagar quando estou chegando lá, até que eu esteja trêmula, quase às lágrimas, sussurrando o nome dele repetidamente.

Ainda não transamos. Charlie quer *ir devagar,* e sei que é porque está com medo de destruir essa coisa delicada que temos. Não vou admitir, mas tem sido meio divertido arrastar as coisas assim. É furtivo e bobo, exatamente como quando eu tinha dezessete anos. Não que com essa idade eu estivesse beijando alguém.

Mas tudo muda no sábado. É o dia da festa de Percy e Sam, e de súbito as coisas parecem ficar sérias. Eu tinha deixado o mundo dos adultos e a cidade de lado, mas agora a cidade vem ao nosso encontro.

Coloco a armadura. Aliso o cabelo e o prendo em um rabo de cavalo elegante na altura da nuca, e ele cai pelo meio de minhas costas em uma cascata castanho-avermelhada reluzente. Coloco os óculos de aros de tartaruga e visto um macacão preto de seda com mangas curtas. Passo batom e esmalte vermelho.

Quando examino meu reflexo no espelho, vejo uma mulher confiante e estilosa. A Alice que sou quando estou tirando fotos. Mas parece uma máscara.

— Você deveria relaxar a cabeça — sugere Nan enquanto afivelo a sandália, aquelas com o salto grosso e as correias que contornam meus tornozelos de um modo ao mesmo tempo complicado e decididamente sexy. São confortáveis, e eu tenho dois pares. Sou exigente, mas, quando encontro algo que amo, compro vários. Mergulho de cabeça, inclusive quando são sapatos.

— Está falando isso literalmente? — pergunto.

— Não. Mas, agora que você falou, por que prendeu o cabelo tão apertado? Você não o tem deixado assim o verão inteiro.

— Está ruim?

— Você está linda, Alice. Sempre está.

— Obrigada. — Aprumo os ombros em busca de imitar minha avó. — Hoje é uma ótima noite para você usar esse celular. — Escrevi o número de John em um pedaço de papel e o deixei na bancada. — Você terá privacidade.

— Vou pensar no assunto.

Eu lhe sirvo um copo de uísque.

— Aqui. — Coloco o copo na mesa ao lado da cadeira dela. — Ligue para o seu amigo.

Dou um beijo na bochecha de Nan e ajusto a bolsa no ombro. Fico feliz por ter me oferecido para tirar fotos. Preciso de uma câmera nas mãos hoje. Saio a passos largos com uma confiança que não sinto.

No caminho até lá, eu me concentro na respiração, no estalar de seixos sob meus pés, no cheiro de pinheiros que permeia o ar noturno. Mas há um frio na minha barriga, uma sensação da qual não consigo me livrar. Uma casa repleta de estranhos. De pessoas que significam alguma coisa para Charlie. E o próprio Charlie. Não conversamos sobre como vamos agir perto um do outro. Será que eu deveria fingir que não passei horas dando uns amassos com ele na casa na árvore?

Está tudo bem. É só um trabalho.

Repito isso para mim mesma, mas não parece verdade.

Conforme me aproximo da casa, estou tão nervosa que mal consigo sentir as pernas. Eu me sinto uma adolescente da pior forma possível: insegura e com medo de ser irrelevante. Passo ao lado de carros estacionados ao longo da rua estreita, e quando chego à entrada da garagem dos Florek há tantos veículos que parece um estacionamento.

As janelas da casa estão escancaradas, e música e risadas se deslocam de lá de dentro para me cumprimentar. Lanternas de

215

papel estão penduradas por todo o lugar. Entrecruzam-se sobre o caminho até a porta da frente e decoram as bordas da varanda.

Percy atende antes mesmo de eu bater à porta.

— Ai, meu Deus, Alice! — Ela me puxa para dentro. — Oi! Quase não te reconheci. Você está tão diferente. De um jeito bom, quero dizer. Você está *gostosa*. — Os olhos dela se arregalam. — Desculpe, isso foi esquisito. Estou um pouco afobada por causa de tudo isso. — Percy acena para o entorno com os braços. Há música tocando, mas o volume da multidão é que é ensurdecedor. Estão todos muito próximos uns dos outros, até mesmo na entrada da casa.

— A festa?

— Sim. Mas também acabou caindo a ficha durante a viagem até aqui hoje. — Percy se inclina para mais perto, como se estivesse contando um segredo. — Eu estou grávida. Vou ser *mãe*.

Solto uma risada, sentindo a ansiedade se esvair como costuma acontecer quando estou botando a mão na massa em vez de pensando.

— Esses são os boatos — digo. — E obrigada. Você também está diferente. E gostosa.

O cabelo de Percy cai em cachos bagunçados até os ombros, partidos ao meio, com uma franja estilo cortininha emoldurando seus belos olhos castanhos. A maquiagem é rosada e parece natural, mas aposto que demorou horas para que ela acertasse.

— Você nem ia acreditar no tanto que estou suando — comenta Percy.

— Uma das vantagens de se estar grávida é que você fica *reluzente*.

E ela está. O vestido é de um tom lindo de azul-claro e tem gola quadrada, com um corpete justo e uma saia que se derrama de sua cintura, caindo de forma elegante até a metade das panturrilhas. Percy está usando sandálias parecidas com as minhas, com um salto sólido que não vai afundar na grama, exceto que eles são prateados e mais altos que os meus.

— Agradeço muito tudo que você puder fazer para se certificar de que eu não esteja *reluzindo* nas fotos — declara Percy conforme tiro as câmeras da minha bolsa. A maioria das fotos será digital, mas também trouxe minha Pentax e rolos de filme preto e branco, que são os que prefiro em festas. Dá para se livrar do ruído e do excesso de coisas dos lugares e se concentrar na ação e na emoção. Com sorte, haverá luz o bastante com que trabalhar.

— Não se preocupe com isso — respondo. — Apenas se divirta. Finja que nem estou aqui.

Percy ergue as sobrancelhas.

— Ah, não vou, não. Eu e você não temos passado tempo suficiente juntas. — Ela se dirige à cozinha e gesticula para que eu a siga. — Venha. Acho que ele está te esperando. Fica olhando o tempo todo para a porta.

Nós nos espremos pela cozinha até chegarmos ao terraço. Meus olhos encontram Charlie de imediato. Ele está debruçado sobre o corrimão, com uma garrafa de cerveja em uma das mãos à medida que gesticula com a outra, sendo o centro das atenções ao lado de Sam em um grupo grande. Está de cara recém-barbeada, vestindo camisa branca engomada e calça social preta. As covinhas estão à mostra. Remexo minha Pentax porque ele está incrível, e preciso ficar calma.

Estamos a poucos metros de distância quando Charlie me vê de relance antes de olhar mais uma vez, espantado. Ergo a câmera por instinto, antes que eu possa destrinchar o olhar que ele me lançou.

Clique.

Através de minhas lentes, observo a boca dele formar um sorriso deslumbrante, tão brilhante quanto o sol de fim de julho.

Clique.

— Eu te falei — diz Percy.

Sam envolve os braços ao redor dela quando nos aproximamos do grupo. Ele sussurra algo no ouvido da esposa, algo que a faz gargalhar. Charlie me cumprimenta dando uma puxadinha no meu rabo de cavalo.

— Que diferente. Os óculos. O batom.

— É meu uniforme de trabalho.

— Sempre gostei de mulher de uniforme — comenta Charlie, me dando uma piscadinha. Balanço a cabeça. Esse cara não consegue se controlar.

Ele se inclina perto o suficiente de meu ouvido para que seus lábios rocem a pele.

— Você está incrível. Como sempre.

217

Se qualquer outra pessoa vir o jeito como ele me olha, vai descobrir o quanto estamos colorindo nossa amizade. Charlie nitidamente não se importa, e é quase viciante a sensação de receber sua atenção ante um grupo tão grande de pessoas. E tudo que não posso fazer é virar a bochecha e beijá-lo. Mas recuo e o olho de cima a baixo.

— Você está bonito, eu acho.

— Estou bonito *pra caramba*.

Reviro os olhos, mas estou sorrindo. O nervosismo evaporou. Eu me cobri com todas as camadas protetoras, mas não é isso que me deixa segura. É Charlie. Não preciso ser Alice, a fotógrafa sempre no comando, ou Alice, a filha prestativa, ou Alice, a namorada perfeita. Posso apenas ser eu mesma. Uma mulher em uma festa, tentando dar conta das próprias cagadas, assim como todo mundo.

Sou apresentada a Julien, amigo de longa data da família e o chef e proprietário do Tavern. Conheço amigos tanto de Charlie como de Sam, e também os cônjuges deles. Conheço os pais de Percy. Quando Harrison se junta ao grupo, percebo que Charlie dá um passo para mais perto de mim.

A certa altura, Percy solta outra gargalhada estrondosa, e Charlie e eu nos viramos para ver Percy e Sam morrendo de rir de alguma coisa. Olho de relance para Charlie e sou tomada por uma sensação de déjà-vu. Levo um instante para descobrir o motivo e para identificar as expressões familiares: o enorme sorriso de Percy, a maneira como Sam está concentrado nela, e Charlie observando seu irmão com um sorriso satisfeito. É assim que eles estavam na minha foto.

Tiro uma foto atrás da outra, e então Percy me puxa para perto de si a fim de perguntar qual batom estou usando. Logo começamos a falar sobre maquiagem, revistas e diretores de arte que nós duas conhecemos. Espio Charlie de soslaio quando ouço sua risada e o vejo ao lado de Sam, compartilhando algum tipo de piada interna.

E então me ocorre.

Isto aqui é *exatamente* onde eu queria estar quando tinha dezessete anos, mas também é exatamente onde quero estar neste exato momento.

Percy, Sam e eu estamos concentrados em uma conversa sobre manuscritos em que ela está trabalhando quando sinto a mão de alguém nas minhas costas.

— Posso pegar uma bebida para você?

Paro, olho para cima e me deparo com Charlie.

— E por que você está sorrindo desse jeito? — pergunta ele.

Porque, ao menos uma vez na vida, não sinto que estou observando tudo de um canto. Pelo menos uma vez na vida, eu estou na foto.

— Estou me divertindo — respondo. — Água com gás seria ótimo, obrigada.

— É sério? Eu contratei uma bartender. Ela vai preparar o que você quiser.

— Não bebo quando estou trabalhando.

— Então tá — diz Charlie. — Uma água com gás, é pra já.

— O que vocês acham da casa na árvore? — pergunto a Percy e Sam assim que ele sai.

— Ainda não vimos o lugar pronto — responde Percy.

— Charlie está sendo dramático — acrescenta Sam. — A revelação não oficial é hoje à noite.

— Está bem incrível — conto a eles, e ambos trocam um olhar. Tenho a sensaçao de que Percy e Sam conseguem se comunicar sem falar. — Melhorou desde a última vez que vocês estiveram lá.

O sorriso de Percy aumenta.

— Então ele deixou você entrar lá?

A pergunta dela é carregada de significado, e eu observo ao redor, na esperança de que Charlie volte e me salve do que, com quase toda a certeza, se tornará um interrogatório. Mas ele não está em lugar algum.

— Sim — respondo devagar, ciente de que estou ficando bem vermelha.

Sam arqueia uma única sobrancelha e toma um gole do que quer que seja a bebida marrom em seu copo.

— Vou entrar um pouquinho — aviso aos dois. — Quero tirar umas fotos dos convidados.

Saio de fininho, mas não antes de ouvir Percy dizendo a Sam:

— Você me deve vinte pratas.

Meia hora depois, sinto a mão de alguém no ombro.

— Olha só você aí. Andei te procurando. — Charlie me entrega um copo de vidro. — Está conseguindo o que precisava?

— Na maior parte do tempo, sim. — Eu gostaria de tirar mais algumas de Percy e Sam, mas, fora isso, acho que fotografei o bastante da multidão e dos detalhes.

— Quer deixar a câmera de lado por um tempinho? Aproveitar a festa?

Balanço a cabeça, recusando.

— Fico melhor com elas.

— Parecem pesadas. Você não fica dolorida?

— Meu pescoço e ombros, sim, mas estou acostumada. Não se preocupe comigo.

— Não estou preocupado. Só pensei em perguntar. Quero que você se divirta.

— Estou me divertindo. A festa está ótima, Charlie.

Tiro um instante para olhar em volta, para a sala de estar. Há uma lareira de pedra no centro, mais imponente do que a do nosso chalé. A cornija exibe fotos de Charlie e Sam crianças. Já examinei todas elas. Há uma dos pais deles no dia de seu casamento. Sue me lembra muito Charlie, com sua exuberância e covinhas. Sam se parece mais com o pai. Há outra foto, em uma moldura prateada, em que Sam e Percy estão sentados na ponta do cais, envoltos em toalhas — eram jovens, mal tendo chegado à adolescência. E outra do dia de seu casamento. O vestido de Percy é rendado e elegante. Ela olha para a câmera enquanto Sam a observa, da mesma forma que observava em minha foto.

Há um DJ num canto do cômodo e uma bartender no outro. Ela usa uma gravata-borboleta e um terno e faz drinques sem álcool, personalizados à moda de Percy e Sam. A música é um misto curioso de canções country antigas, Motown e pop, mas, de alguma maneira, funciona. O cômodo ainda está lotado de gente. É uma multidão atraente. Aceno para Harrison, que está conversando com uma belíssima ruiva e com a melhor amiga de Percy, Chantal, uma mulher deslumbrante com box braids até a cintura. Ambos estão olhando para Charlie de olhos apertados.

— São suas ex? — pergunto.

Ele solta uma risadinha sarcástica.

Acho que isso foi um não.

— Conheci a Chantal mais cedo, mas quem é a outra?

— É a Delilah.

Olho de relance para ela, que percebe meu olhar. Ela se aproxima.

Delilah está usando um vestido vermelho que exibe sua cintura fina e curvas generosas. O cabelo é de um tom mais profundo de castanho-avermelhado que o meu, mais reluzente, mais vivo, mais ousado. Ela parece a personificação do fogo, meu completo oposto. Eu fito Charlie. *Eles* ficariam ótimos juntos.

— Oi, Charlie — cumprimenta a mulher.

— Que bom te ver, Delilah.

Ela me oferece a mão.

— Delilah Mason.

— Alice Everly — me apresento. — Como conheceu Sam e Percy?

— Conheço Percy desde os primeiros anos do ensino fundamental, mas conheci os garotos Florek quando tinha catorze ou quinze anos. Tive meio que um crush em um deles — diz ela, inclinando a cabeça para Charlie. A boca dele forma um sorriso amargo. — Não se preocupe, ele nunca demonstrou nem um pingo de interesse.

— Por que isso me preocuparia?

Delilah olha de um para o outro.

— Ah, me desculpa. Presumi que vocês estavam saindo. Ele fica te olhando como se você fosse um pedaço de carne.

Charlie ergue a sobrancelha com o comentário, e obrigo meu rosto a não esquentar.

— Somos bons amigos — informo a Delilah.

— Tá bom. — Ela ri, e acho que deve ter bebido coquetéis demais. — Sei o que significa ser *amiga* de Charlie.

Charlie endireita a coluna assim que Chantal vem atrás de Delilah.

— Sinto muito pelo comportamento dela — diz Chantal para mim. — Ela acha que sabe beber.

Enquanto Chantal puxa Delilah, que está aos risos, para longe, eu me viro para Charlie.

— O que foi isso?

Ele dá um gole em sua cerveja.

— Temos uma história.

34

SÁBADO, 26 DE JULHO
RESTAM 37 DIAS NO LAGO

Sam tinha razão quanto a Charlie ser dramático. A casa na árvore inteira está coberta por um pano enorme — nem consigo imaginar onde ele o encontrou ou como o colocou lá em cima. O sol se pôs, mas há lanternas que Charlie colocou ali. Mais ou menos vinte de nós se afastaram da festa para o grande momento. Percy está recostada contra o peito de Sam, as mãos de ambos sobre a barriga dela. As mangas da camisa de Charlie estão arregaçadas — ele parece estar estrelando um comercial de perfume. Harrison está a alguns metros de distância, segurando uma corda.

— Vou ser breve porque sei que vocês todos preferem voltar a se divertir do que me ouvir falar — diz Charlie. — Além do mais, acho que já contei no casamento todas as histórias vergonhosas que tenho sobre o Sam.

— Tenho mais algumas — acrescenta Percy, e Sam balança a cabeça, sorrindo.

— Nunca me senti tão feliz quanto no dia em que descobri que seria tio — começa Charlie. Ele faz uma pausa enquanto olha para a cunhada. — Pers, sei que você está preocupada com... bem, absolutamente tudo que envolve ser pais, mas todo mundo que a conhece sabe que você será uma excelente mãe.

Um murmúrio de concordância percorre a multidão.

Charlie repousa os olhos no irmão.

— Eu te amo, Sam. — Por um segundo, penso que Charlie vai chorar. Ele respira para se recompor e encara as árvores. — Você vai ser um ótimo pai. Queria que mamãe e papai estivessem aqui para ver isso.

— Eu também — concorda Sam, de olhos marejados. Percy sussurra algo em seu ouvido, e o pai dela coloca a mão no ombro de Sam.

Passo no meio da multidão para ficar ao lado de Charlie, porque quero que ele saiba que há alguém ao seu lado. Ele olha para mim e respira fundo mais uma vez.

— Está certo, vamos lá. — Charlie se vira para Harrison e assente, então une duas extensões elétricas conforme o pano cai no chão. A multidão arqueja e em seguida bate palmas.

A casa na árvore reluz com milhares de pisca-piscas brancos. Eles brilham nos gradis dos dois terraços, serpenteiam pelo tronco das duas árvores em que o forte reside. Contornam o telhado inclinado, o esquadro das janelas e o batente da porta.

— Meu Deus — ouço Sam exclamar.

Percy começa a chorar.

— Você realmente gosta de se exibir — murmuro para Charlie.

— Gosto de vê-los felizes — responde ele para mim. Depois diz, mais alto: — Qual foi, Pers? Você ainda não viu nada.

— Isso foi extravagante, até para você — diz Sam para o irmão, puxando-o para um abraço. — Obrigado.

Eu me retiro para lhes dar privacidade.

Bebo com Harrison e converso com os pais de Percy na varanda. Perco a noção do tempo e, quando enfim volto lá para dentro, a multidão diminuiu. Percy está sentada no sofá junto com Delilah e Chantal. As três mulheres já tiraram os sapatos.

— Já vou indo — digo a Percy. — Mas queria me despedir de Charlie. Você o viu por aí?

— Ele estava na cozinha agorinha — responde Chantal.

— Eu o vi se esgueirar para a casa na árvore — acrescenta Delilah.

— Eu te levo lá — oferece Percy. — Preciso esticar as pernas. Nesses dias, não me sinto confortável quando fico em uma única posição durante muito tempo.

Ela não se dá ao trabalho de calçar os sapatos de novo antes de me guiar lá para fora. Um véu de estrelas cobre o céu, e nós dedicamos um tempinho a contemplá-las.

— Não dá para vê-las assim na cidade — comenta Percy.

— Acho que nunca vi tantas delas — digo.

Ela concorda com um murmúrio.

— Eu amo este lugar.

Seguimos a trilha colina abaixo, mas então Percy se detém para me encarar.

— Sei que você e Charlie dizem que são só amigos — começa ela. — E pode ficar à vontade para me dizer para cuidar da minha própria vida, mas acho que você combinaria com ele. Acho que vocês combinariam um com o outro. Ele tem mesmo um coração de ouro. Você já deve saber disso, mas às vezes pode ser difícil enxergar além das piadinhas dele.

— Eu sei, sim. — Fico feliz que haja outras pessoas na vida de Charlie que também reconhecem isso. — Mas nós realmente somos *só* amigos. Não vamos virar nada além disso.

Percy morde o lábio.

— Tudo bem, entendi. E se Sam estivesse aqui, ele estaria gesticulando para que eu parasse de falar, mas ele não está, então... — Percy dá de ombros. — Você é diferente das mulheres com quem Charlie costuma sair. Ele também olha de um jeito diferente para você. Acho que poderia ser mais que amizade. Acho que talvez já seja. — Começo a querer argumentar, mas Percy ri. — Fala sério, Alice. Foi outra pessoa que te deu esse chupão?

Toco meu pescoço, corando na mesma hora. Pensei que meu colarinho estava cobrindo. Droga de Charlie.

— Foi o que pensei — conclui Percy, tão convencida quanto ele próprio. — Só tente ficar ao lado dele, está bem? Ele é um pé no saco, mas há muita bondade ali dentro.

Eu a encaro, sem saber o que falar. Mas não preciso dizer nada, porque Percy enlaça o braço no meu e me conduz pela trilha. Assim que chegamos às escadas, ela pede meu celular.

— Vou mandar mensagem para mim mesma — explica Percy. — Para termos o contato uma da outra. Fale comigo quando quiser. Vai ser legal ter uma amiga que consegue aguentar os Irmãos Florek por uma noite.

Ela me devolve o celular e volta para a casa, descalça em seu lindo vestido.

35

A casa na árvore está em silêncio quando bato à porta.

— Sou eu — anuncio, abrindo a porta devagar. Estava esperando encontrar Charlie fumando maconha com os amigos, mas ele está sentado no sofá com a cabeça jogada para trás, de olhos fechados. — Oi.

Segundos se passam, e Charlie não responde.

— Está tudo bem com você? — pergunto.

Ele responde sem se mexer:

— Eu dormi com ela.

Meu corpo fica paralisado.

— Com a Delilah?

Charlie se senta direito aos poucos e me encara.

— Com a Percy — diz por fim. — Eu dormi com a Percy.

Sinto que vou vomitar. Levo um momento para me forçar a questionar:

— Quando?

— Muito tempo atrás. — A voz dele está tão fria e quieta quanto um lago congelado. — No verão antes de ela e Sam começarem a faculdade. Eu tinha vinte anos.

Eu me sento no sofá ao lado dele, apenas porque não tenho certeza se minhas pernas irão sustentar meu peso.

— Eles estavam tendo problemas — explica Charlie. — Sam estava ausente, frequentando uma oficina de ciências. Meu irmão estava afastando Percy, dizendo a ela que precisava de espaço, mas ficava dando rolê com outras garotas. O status da relação deles estava em aberto... Percy não tinha certeza se ainda estavam juntos.

— Por quê? — É a única coisa que consigo pensar em dizer.

— Pensei que Sam estava sendo um cuzão. Pensei que estava sendo ingrato pelo que tinha. — Charlie engole em seco. — Pensei que eu estivesse apaixonado por ela.

O sangue dispara para meus ouvidos.

— E estava?

Ele esfrega o rosto com as mãos.

— Não sei. É, eu sentia alguma coisa por ela, mas pensei que estava mais com ciúmes, me sentindo sozinho e querendo ter o que eles tinham.

Charlie se inclina para a frente, com as mãos unidas entre os joelhos, e me olha de soslaio.

— Os dois não se falaram durante mais de dez anos. Isso fodeu com a cabeça de ambos. Percy passou mais de uma década se punindo pelo que aconteceu. Sam me odiava. Ele se fechou de novo, assim como quando nosso pai morreu. A luz que Percy trazia à sua vida sumiu. E nossa mãe ficou muito decepcionada. Foi pior do que vê-la com raiva. — Charlie balança a cabeça. — Além de quando perdi meus pais, foi a pior época da minha vida. Porra, isso soa tão egoísta. Foi pior ainda para Percy e Sam.

— Por que está me contando isso? — pergunto baixinho.

Charlie ajeita a coluna e me prende no lugar com seu olhar verde e venenoso.

— Quero que saiba o que significa ser minha amiga. — Ele repete as palavras que Delilah usou mais cedo.

Eu o encaro, tentando reunir os pensamentos, separar o que sei sobre Charlie do meu choque e da minha decepção, e engolir o impulso amargo da inveja.

— Você tinha vinte anos — digo devagar. Teria sido no verão depois de eu estar aqui.

— Idade suficiente para saber das coisas.

— Talvez. — Penso em mim mesma aos vinte, caindo de amores por Oz e completamente incapaz de lhe dizer como eu me sentia. — Mas jovem o suficiente para se desentender com sentimentos complicados.

Ele inclina a cabeça a fim de olhar melhor para mim.

— Por que está pegando leve comigo?

— Quer que eu diga que o que você fez foi escroto, errado e insensível?

Charlie engole em seco.

— Quero. Fique brava comigo, Alice... Eu mereço.

Eu poderia. Sinto um ciúme irracional e uma sensação de traição que me deixa confusa. Estou furiosa com Charlie por me contar isso depois de ter me feito gostar tanto dele. Ele quer que eu desconte a raiva nele, depois vire as costas e saia andando.

— Não vou fazer isso — declaro.

O maxilar de Charlie se retesa, mas ele não fala nada.

— Você tomou uma péssima decisão quanto a uma pessoa com quem dormiu aos vinte anos. Você já sabe disso. Agora eu sei também. Mas você não foi o único culpado.

Ele não responde.

— Sam claramente já perdoou Percy. Eles estão tão apaixonados que dá até nojo. Já seguiram em frente. Estão casados. Vão ter um filho.

Ainda assim, Charlie não diz nada.

— E eu sei que esse não é você, Charlie.

— Esse sou eu, *sim* — retruca ele, de olhos arregalados. — Por que é que você não consegue entender isso? Eu sou o cara que dormiu com o amor da vida do irmão.

Eu nego com a cabeça. Charlie merece que alguém fique ao seu lado.

— Dane-se isso aí.

Ele me encara, sem reação.

— Talvez não tivéssemos nos dado bem quanto éramos mais novos — digo a ele. — Talvez eu teria sido muito tímida, e você teria sido muito cheio de si. Mas não sou amiga da pessoa que você foi naquela época. Sou amiga de quem você é *agora*.

Eu lhe dou um momento para processar isso tudo, mas há apenas uma leve mudança em sua postura quando Charlie olha ao redor do cômodo.

— *Você* construiu esta casa encantada na árvore para sua sobrinha ou seu sobrinho — digo. — Você assou o melhor bolo de aniversário que já comi. Você leva minha avó para os ensaios do coral e me faz rir mais do que já ri na minha vida inteira. Você se importa com as pessoas, e é bem mais gentil e atencioso do que pensa.

Charlie para de se mexer, mas não tira os olhos de mim. Está ouvindo. Ele sempre está me ouvindo. Mas espero que também esteja me escutando.

— Não sou amiga da pessoa que você pensa que foi no passado. Sou amiga de quem você é no presente. E eu gosto desse cara. — Repouso a mão em seu joelho. — Mesmo que ele dê trabalho.

Charlie solta uma risada curta e incrédula, mas logo torna a ficar sério.

— Continuo sendo egoísta, Alice — declara ele, com a voz rouca. — Ainda quero coisas que não deveria querer.

Aos poucos, o olhar dele recai sobre minha boca.

Risadas e música permanecem no ar do lado de fora destas paredes, mas tudo que consigo ouvir são as batidas de meu coração.

— E por que não deveria? — sussurro.

Os olhos dele encontram os meus, e não existe mais nada além de mim e Charlie, juntos neste oásis na copa das árvores. A luz nos cobre de dourado, e o cheiro de Charlie se mistura à madeira, como se fosse a mais suntuosa das florestas.

— Charlie — chamo baixinho quando ele não responde.

Ele me lança um longo olhar e diz:

— Foda-se.

Eu sorriria, mas a boca dele já está sobre a minha. Sua língua abre meus lábios com avidez. A forma como ele me devora é descontrolada, rosnando safadezas contra a minha pele. Onde ele vai botar a língua. As partes de seu corpo que ele quer ver cobertas com o meu batom vermelho. O que ele pensou no chuveiro hoje de manhã. Como ele quer que eu fique de óculos. Eu me atrapalho para desabotoar a camisa de Charlie. Vamos fazer isso. *Finalmente.*

Charlie xinga meu nome enquanto fecha a mão em torno de meu cabelo, preso em um rabo de cavalo, e puxa meu pescoço para o lado, de modo que ele consiga beijar a extensão da minha garganta até a clavícula.

— Gosto de como você parece desesperado — murmuro.

— Você não faz a menor ideia.

Ele me deita de costas e fica sobre mim, afastando minhas pernas com um joelho enquanto cuida dos botões no topo do meu macacão. A camisa de Charlie está aberta, e eu passo as mãos sobre seu peitoral.

— Acho que tenho alguma ideia, sim — respondo, empinando os quadris para encostar nos dele. Ele já está tão duro.

Charlie ri, depois se detém para me olhar nos olhos.

— Você é incrível.

Ele baixa os lábios até os meus, mas o beijo é delicado e doce. Algo valioso.

— Você me faz sentir incrível — respondo. — Você faz com que eu me sinta tão bem.

As mãos de Charlie encontram as minhas, e ele entrelaça nossos dedos de cada lado de minha cabeça.

Fico tão perdida no deslizar vagaroso de nossas línguas, na carícia de seu dedão no dorso de minha mão, que não percebo que a porta da casa na árvore se abriu até que ouço:

— Meu pai do céu!

Fico sentada num salto, batendo minha cabeça contra a de Charlie enquanto tento fechar o topo do macacão. Sam está parado na soleira, com os olhos grudados no teto.

Ele solta um suspiro sofrido.

— Eu *realmente* deveria ter imaginado.

36

DOMINGO, 27 DE JULHO
RESTAM 36 DIAS NO LAGO

CHARLIE
Como você está hoje?

EU
Ainda morrendo de vergonha.

CHARLIE
Não precisa. O Sam não viu nada.

EU
Você estava EM CIMA DE MIM.

CHARLIE
Mais trinta segundos e teria sido pior.

EU
Aff.

CHARLIE
E Percy está animada.
Ela acordou cantarolando:
"Eu sabia, eu sabia, eu sabia".

EU
AFF!

CHARLIE
Desculpe, Alice. A culpa é minha.

EU

Sim, eu coloco a culpa toda em você.
Sou completamente inocente.

CHARLIE

Então isso quer dizer que...?

EU

Não me arrependo nem um pouco.

37

TERÇA-FEIRA, 5 DE AGOSTO
RESTAM 27 DIAS NO LAGO

Quando chegamos à primeira semana de agosto, já estabelecemos uma rotina. Eu e Nan ouvimos fofocas da cidade às segundas, no salão de beleza. Agora ela está dirigindo por distâncias curtas, então às terças minha avó vai de carro até a fisioterapia, e eu me deleito com o fato de outra pessoa ter de ouvir as queixas dela sobre se exercitar. Saímos para dar caminhadas pela mata e transformamos o chalé em um jardim florido com nossa máquina de costura. Durante os cochilos de minha avó, Charlie e eu nadamos ou damos um passeio no barco amarelo, mas desde a noite na festa não temos nem nos beijado. Parece que algo mudou entre nós, mas sinto medo demais de perguntar.

Ele insiste em levar Nan para o ensaio do coral e, quando pergunto o motivo, Charlie responde algo vago sobre gostar da música. Mas tudo fica nítido quando os Stationkeeper Singers se apresentam na estação ferroviária de Barry's Bay durante o feriado. Quase caio da cadeira quando Charlie se junta a Nan na frente do salão. Ele tem mais entusiasmo do que talento, e eu mordo a bochecha para me impedir de cair na risada.

Charlie aparece para tomar chá da tarde e com frequência fica para jantar. Certa noite, ele nos leva até o Tavern para comermos pierogi, salsichas e repolho-roxo cozido. Depois que jantamos, ele sai voando para a cozinha, a fim de ajudar a limpar as coisas, e volta com Julien. Ficamos lá até tarde da noite, muito além do horário que o restaurante fecha, ouvindo as histórias do chef sobre Charlie, Sam e os pais deles. Julien faz piadinhas sobre Charlie sem parar, mas é nítido que há amor entre os dois, que eles se consideram família.

Ouvimos falar do primeiro turno de Charlie na fritadeira e da vez em que Julien o flagrou dando uns amassos com uma garçonete na câmara fria. Quando Julien fica sério e conta a Nan e a mim sobre quanto orgulho Sue sentia dos filhos, estico a mão debaixo da mesa e aperto a coxa de Charlie.

Estou do seu lado, é o que estou dizendo.

A mão de Charlie encontra a minha.

Eu sei.

Ficamos desse jeito, com os dedos entrelaçados, durante o resto da noite.

No dia seguinte, nós dois voltamos ao chalé depois de levar o jet ski para o rochedo e encontramos Nan ao telefone, falando em voz baixa. Ela ligou para John na noite da festa. Não comentou quase nada sobre a conversa, apenas que ficou feliz de terem se reconectado. Tenho quase certeza de que é com ele que ela está conversando agora.

Charlie e eu saímos de fininho e voltamos até a orla, onde nos sentamos na areia em trajes de banho, as pernas esticadas até a água. Estou usando meu grande chapéu de praia, mas Charlie passa uma quantidade generosa de protetor solar nas minhas costas e ombros. Ainda estou tão pálida quanto um pierogi cozido, enquanto o bronzeado dele está mais profundo do que quando nos conhecemos, o cabelo entremeado de fios loiros.

Fecho os olhos e me inclino para trás sobre os cotovelos, com um sorriso no rosto. Hoje foi um ótimo dia. As fotos com roupas de banho saíram na *Swish* ao longo do fim de semana, e hoje de manhã Willa me enviou um e-mail dizendo que a recepção tem sido incrivelmente positiva.

Odeio admitir quando estou errada, mas cá estamos nós.
Espero que você cogite trabalhar conosco no futuro.

— Tô vendo que você ainda está se gabando — comenta Charlie.

Solto uma risada.

— Não estou me gabando. Estou aproveitando.

— Do jeitinho que deveria. — Ele pigarreia. — Escuta, preciso ir até a cidade na quinta. Mas volto no domingo.

Esse é o dia em que Heather finalmente vai trazer Bennett para o lago.

Abro um dos olhos.

— O que vai acontecer na cidade?

— Tenho um compromisso.

— Como você é misterioso.

Charlie cutuca meu pé com o dele, e eu endireito a coluna, fitando seus olhos, que são como pedras preciosas reluzindo sob o sol da tarde.

— É uma consulta médica, e vou jantar com algumas pessoas do trabalho.

Observo o lago, o sol cintilando na superfície da água, um esquiador aquático fazendo um zigue-zague logo atrás de uma lancha, o intervalo na mata ao redor da baía, onde a casa dos Florek está empoleirada no topo de uma colina. Olho para os pés de Charlie ao lado dos meus na água.

Restam apenas três semanas de agosto; nosso tempo no lago está acabando. Vou sentir falta dele. Vou sentir falta *disto*.

— Passe para cá — pede Charlie.

Aperto os olhos em sua direção.

— O quê?

— O que quer que esteja passando na sua cabeça.

— Vou sentir sua falta quando você não estiver aqui. Só isso. Estou ficando acostumada a ter você por perto.

Ele me mostra seu sorriso de garoto tristonho.

— Também vou sentir sua falta.

Charlie aparece na noite seguinte para levar Nan para jogar cartas. Eu os observo se afastarem em meu carro, sentindo que algo afunda no meu peito de novo. Ele vai partir para Toronto amanhã de manhã, e se por um lado Charlie só ficará ausente por dois dias, por outro estou morrendo de medo desse tempo sem ele. Consigo sentir o verão escapando pelas minhas mãos, e jamais haverá outro como este. John decidiu colocar o chalé à venda na próxima primavera.

Mesmo se Charlie e eu mantivermos contato na cidade, não será a mesma coisa. Não tem como ser. Nossa relação é definida pelo calor e pela água. Estaremos ocupados com trabalho, morando em bairros diferentes. Enchi um rolo de filme atrás do outro, como se pudesse impedir que o tempo siga seu curso natural. Mas os dias logo ficarão mais curtos, e a neve virá.

Estou sentada no terraço com meu caderno. Não sou muito de escrever, mas quero capturar mais do que imagens neste verão. Quero me lembrar da sensação de estar aqui com Nan e Charlie. Quero me lembrar dos guaxinins no anexo, e da carta de Charlie, e da maneira como ele e Nan logo se tornaram amigos. Quero me lembrar da sensação de deixar a vida me levar.

Já escrevi alguns parágrafos quando ouço o carro na entrada da garagem. Saio em disparada pelo chalé, preocupada que algo tenha acontecido com Nan. Mas o assento do passageiro está vazio.

— O que foi? — pergunto enquanto Charlie sai do carro e vem até mim a passos largos.

Ele está vestindo calça jeans e uma camiseta, e exibe um olhar que me faz perder o fôlego. Com uma das mãos ele pega minha nuca e com a outra, minha cintura, e leva os lábios até os meus. O beijo é exigente, possessivo, marcante. A língua dele está quente contra a minha, as mãos firmes em minha cintura, me colando contra seu corpo.

— Desculpe — diz ele contra minha boca. — Eu queria muito você.

Não sei se ele me ergue do chão ou se eu subo nele feito uma árvore.

— Querer nunca é demais — respondo, mordendo o lábio inferior de Charlie. — Mas espero que não tenha deixado minha avó à beira da estrada. Eu até que gosto dela.

— Ela está jogando cartas. Vou buscá-la daqui a algumas horas.

— E você tem alguma ideia de como vamos passar o tempo até lá?

— Eu só queria passar um tempo com você. Antes de partir.

Colocar um filme na tevê e dar uns amassos no sofá feito adolescentes seria bem divertido, mas hoje à noite quero me comportar como a mulher de trinta e três anos que sou. Eu me desvencilho de Charlie, ainda sentindo a pele se arrepiar de excitação.

— Tenho uma ideia melhor — falo, tomando a mão de Charlie. Vou ver se consigo descobrir os limites do autocontrole dele.

Tiro a camiseta enquanto desço os degraus até o lago. A água está calma. O sol já baixou por trás da colina. Não há ninguém por perto para ver o que estou prestes a fazer, mas meu coração martela no peito.

Levo a mão até as costas para abrir o sutiã.

— O que você está fazendo? — pergunta Charlie, atrás de mim.

Olho por cima do ombro em vez de responder e largo o sutiã no cais.

— Número dez? — pergunta Charlie, com a voz rouca.

— Número dez — confirmo, me dirigindo para a água. — E doze.

Se isso não for impulsivo, não sei o que seria. Desço a calça de moletom nas pernas. Consigo ouvir Charlie puxando o ar. Ainda não vimos um ao outro sem roupas.

Ando até a ponta do cais, tiro a calcinha e fico parada e nua ali. Em algum lugar às minhas costas, Charlie solta um palavrão.

Levo um instante para me virar e olhar para ele. Seu peito está descendo e subindo enquanto seu olhar viaja por meus ombros, deslizando pela curva dos meus quadris, e mais embaixo, sorvendo cada centímetro.

— Olhe aqui para cima — digo a ele.

— Você está dando um golpe baixo. — Charlie encara o céu e sussurra algumas palavras que não consigo ouvir.

Eu me volto para a água e inspiro o ar frio da noite, deixando-o acariciar minha pele, e então mergulho. Nunca nadei nua antes, e não consigo acreditar como a sensação é boa. Nado debaixo da água até o mais longe que consigo antes de precisar subir para respirar, e então me viro e me deparo com Charlie no cais, me encarando abismado.

— Você vem? — pergunto.

Vejo um lampejo de hesitação.

— Achei que era para você ser tímida — diz ele.

— Achei que era para você ser mau — retruco.

Ele fecha os olhos, inclina a cabeça aos céus e solta uma risada. *Clique.*

— Você é ainda mais encrenca do que eu pensava — comenta Charlie, e então, olhando bem no fundo dos meus olhos, ele tira a camisa e desabotoa a calça.

A partir daqui, e para todo o sempre, a imagem de Charlie Florek, de pé e nu no crepúsculo do meio do verão, será um dos meus maiores tesouros.

Nado um pouco mais para perto, apreciando a vista de seu corpo. Ele assiste enquanto eu o observo, parecendo tão convencido quanto alguém que fica tão bem pelado quanto ele.

— Você vai entrar ou vai só ficar parado aí se exibindo?

— Só estou tentando me lembrar do momento — responde ele.

— Que momento, exatamente?

Charlie mergulha, e eu o vejo deslizar debaixo da água até me alcançar.

— Você — diz ele, parando à minha frente. Sua cabeça está acima da superfície, enquanto tenho que patinhar. — E eu. — Ele olha ao redor de si. — E isto.

Nunca estive tão ciente de minha pele — a água tocando cada centímetro, o ar límpido contra meu rosto, a rigidez de meus mamilos. Observo as gotas de água deslizando pelo peito de Charlie. Minhas pernas roçam o quadril dele, e seu olhar se volta para mim.

— Vamos nadar — convida ele.

E é o que fazemos, rastejando lentamente mais e mais para o fundo do lago. Tento memorizar as sensações: os sons de nossos corpos se movendo pela água, o toque escorregadio das pernas deslizando umas contra as outras, o sorriso que Charlie me mostra quando viro de costas e fico boiando de braços abertos. A felicidade que se espalha por mim quando ele faz a mesma coisa e nossos dedos se encontram. Não sei quanto tempo passamos flutuando antes de nadarmos de volta para o cais. Eu me jogo em cima de Charlie assim que a água está rasa o suficiente para que ele fique de pé, e envolvo seu pescoço com os braços e sua cintura com as pernas.

Eu o beijo com um desejo crescente a cada segundo. Queria fazer Charlie perder a linha, mas não imaginei quão gostoso isso seria: nossas peles escorregadias e a água fria. Charlie retribui cada movimento ávido de minha língua, mas consigo sentir a tensão em seu corpo. Ele me segura com tanta força que estou prensada contra sua cintura.

Levo a boca até seu torso, capturando uma gota de água com a língua, e sigo sua trilha até a clavícula de Charlie. Ele inclina a cabeça para trás, para que eu saboreie a pele na base de seu pescoço, e sibila quando puxo o lóbulo de sua orelha entre meus dentes. Meus mamilos roçam seu peito, e eu solto um gemido. As mãos dele vacilam em torno de mim, e eu deslizo até seus quadris. Nós dois gememos por causa da sensação rígida e quente de Charlie entre minhas pernas. Ele solta um palavrão, depois nos leva até onde não é tão fundo no lago, para que a metade de cima de meu corpo esteja fora da água. A boca dele recai sobre meu seio, girando a língua sobre a ponta de um mamilo duro e dolorido, e depois o outro, levando-o para dentro de sua boca.

— É isso que você queria, Alice? — pergunta Charlie, passando para o outro mamilo. Nego com a cabeça, e a mão dele encontra a carne inchada entre minhas coxas. Encaramos um ao outro enquanto ele me acaricia devagar. — Isso?

Balanço a cabeça de novo, depois solto um arquejo quando os dedos dele entram em mim. Eu me agarro aos seus ombros para me manter em pé.

— Melhor agora?

— Muito melhor.

Mas não é o bastante para Charlie. Depois que estremeço ao redor de sua mão, mordendo o lábio para me impedir de chamar seu nome, ele me puxa para fora da água e nós saímos em disparada até a casa de barcos. Estamos nos beijando antes mesmo de abrir a porta.

— Tem uma coisa que eu quero antes de partir — anuncia ele, colocando-me sentada na ponta de uma das camas. Charlie se ajoelha aos meus pés e, com ambas as mãos sobre minhas pernas, ele as separa.

Charlie beija a parte de dentro de uma coxa, depois a da outra. Ele me olha por baixo de seus fartos cílios, e as palmas de sua mão alisam a parte de trás de minhas panturrilhas. Suas pupilas se apoderaram quase por completo do verde. Tento fechar as coxas, mas elas se deparam com os ombros de Charlie. Os olhos dele ardem.

— Está ficando impaciente?

— Não — respondo, embora *impaciente* não dê conta de descrever o quanto eu quero a boca dele em mim.

A língua de Charlie percorre até o topo da parte interna da minha coxa, depois ele passa para a perna seguinte. Eu me contorço, e ele se senta sobre os calcanhares, me observando. Charlie se segura, tentando conter o próprio desejo.

— É isso que eu faço quando penso em te chupar.

— Charlie. — Estou a segundos de me jogar sobre ele e derrubá-lo no chão.

Ele murmura, e depois abaixa a cabeça entre minhas pernas. Sem precisar procurar, ele leva a boca exatamente até onde a quero.

Dessa vez, eu me permito gritar seu nome.

Estamos aconchegados um ao outro no sofá da varanda telada, com meus pés no colo de Charlie, ouvindo o canto das mobelhas. Temos cerca de trinta minutos antes de ele precisar sair para buscar Nan, e estamos praticamente apenas sentados em um silêncio aconchegante. Meu cabelo ainda está molhando, pingando na blusa de moletom. O dele está seco. O jeito como o cabelo de Charlie está raspado, tão rente à cabeça, acentua o maxilar, e, se já não o conhecesse, eu o acharia intimidante. Mas agora sei que não há razão para me sentir intimidada. A doçura dele coincide com toda a dureza de seus traços e seus gracejos.

Charlie está olhando o celular, e eu estou mexendo na minha câmera. Ele já nem reage quando tiro uma foto sua. Não sou a única que ficou mais confortável neste verão.

— O que está olhando? — Chego mais perto e o vejo rolando vagarosamente a tela pelo meu Instagram. Sei que ele viu o que postei do lago, mas vê-lo analisar meu trabalho tão de perto me provoca uma mistura muito específica de nervosismo e enjoo. Eu me importo com sua opinião. Preciso me esforçar para não cobrir a cabeça com uma almofada.

— Porra, você é muito boa — murmura Charlie, e minhas bochechas esquentam muito. — Olha só pra isso.

Ele mostra uma fotografia de anos atrás, de uma florista em Leslieville que me pediu para tirar fotos dela e de sua loja para o site depois que ela redecorasse o lugar. Aquela foto era a minha favorita. Ela arrumou as flores sobre uma enorme mesa, e a superfície e o chão estão cobertos de pétalas, gravetos e folhas. Um pouco bagunçado, o cabelo da mulher está trançado em uma coroa ao redor da cabeça. Uma luz difusa se derrama pela janela, e amo a característica atemporal tanto do elemento principal quanto da foto em si.

Charlie vê mais postagens do meu perfil. Está indo bem a fundo.

— Você não postou nenhuma foto sua — comenta depois de um tempo.

— E por que eu postaria?

— E por que não postaria?

— É uma conta profissional. Não vou ficar postando selfies. — Eca. — E eu *odeio* que tirem fotos minhas.

Charlie sorri.

— Que clichê, não acha? A fotógrafa que não suporta ficar na frente de uma câmera.

— Cale a boca. — Cutuco a perna dele com um dedo do pé. — E o que tem no seu perfil?

Ele me olha, de sobrancelhas erguidas.

— Você saberia se me seguisse.

Não consigo explicar direito por que não o segui antes. Talvez eu esteja com medo de ver a vida de Charlie para além do lago.

— Tá bom. — Mando uma solicitação para ele, e Charlie imediatamente aceita.

— Viu? — diz ele enquanto reviro suas fotos. — É só um bando de coisas aleatórias *e* selfies.

Fotos do lago e do barco. A maioria inclui Charlie e os amigos. Há uma dele com o braço em torno de Sam no que é claramente o dia do casamento do irmão. Ambos vestem ternos. Charlie aponta para si mesmo.

— Sexy pra caramba.

— Sabia que já conheci modelos profissionais que não sentiam metade da sua confiança em relação à própria aparência?

— Eu poderia ser modelo.

Solto uma risada.

— Você é velho demais.

— Vá se foder.

Espio a lateral de sua cabeça.

— Acho que estou vendo um fiozinho branco ali.

— Não está, não.

Não estou mesmo.

— Estou sim, bem aqui. — Passo um dedo sobre a orelha dele, e Charlie logo vira a cabeça para capturá-lo entre os dentes.

De algum modo, estou deitada de costas com Charlie sentado sobre mim. Ele prende meus pulsos acima da minha cabeça com uma das mãos, enquanto a outra pega minha câmera.

— Solte isso aí, Charlie Florek — exijo. — Você nem sabe como usar.

— Estou ficando melhor. — Ando mostrando-lhe algumas técnicas básicas. — Por favor. Só uma. Você passou o verão inteiro tirando foto dos outros. Por que não ter uma foto sua também?

— Nunca deixo ninguém tirar fotos minhas.

— Por quê? — Charlie sai de cima de mim. Eu me endireito, dobrando as pernas debaixo do corpo para poder encará-lo.

— Me deixa extremamente desconfortável.

Charlie deixa a câmera de lado e me oferece o próprio celular.

— Por acaso seria mais fácil para você assim? Não tenho nenhuma foto sua, e você já deve ter milhares de fotos minhas a esta altura.

— Tá bom — cedo, bufando.

Eu o observo se concentrar no que quer que esteja fazendo com as configurações da câmera. Charlie é tão bonito.

— Está pronta?

— Não. — Mas dou meu sorriso mais besta e cheio de dentes.

— Linda — elogia Charlie quando termina.

Naquela noite, depois que ele trouxe Nan para casa e nós duas lhe desejamos boa viagem até a cidade, recebo uma notificação: charlesflorek marcou você em uma foto. Meu peito se contrai enquanto eu a analiso. Charlie deve ter tirado fotos antes de perguntar se eu estava pronta. Ali estou eu, encarando a câmera, encarando-o. Há um sorriso suave em minha boca, e meus olhos estão cheios de ternura. Pareço feliz — não, mais do que feliz. Pareço em paz.

A legenda é curta. Charlie usou apenas uma única palavra.

Alice.

38

SÁBADO, 9 DE AGOSTO
RESTAM 23 DIAS NO LAGO

Cumprimento o sol que nasce no sábado com um senso de esperança e propósito. O reflexo no lago dança no teto do meu quarto, e a sala de estar está banhada de um amarelo profundo. Nan ainda está dormindo, então preparo um café para mim e desço até o cais com meu caderno. Charlie partiu há dois dias, e já sinto saudade dele como se me faltasse uma costela. Saudade demais, talvez. Mas ele volta hoje, e Heather e Bennett vão chegar hoje à tarde. Estou contando os minutos até que estejam aqui.

O vapor sobe de minha caneca em espirais. Absorvo a tranquilidade silenciosa da manhã durante alguns minutos antes de abrir meu caderno. Passei a maior parte das últimas quarenta e oito horas anotando todas as coisas esquisitas, surpreendentes e importantes que aconteceram neste verão até o momento. Estou quase chegando na data atual — narrando os acontecimentos do chá de bebê de Percy e Sam. O quanto me senti nervosa, e o quanto me senti incluída. O discurso de Charlie antes de revelar a casa na árvore. Paro e folheio de volta até a lista de desejos que escrevi no início do verão. Naquela época, parecia algo leviano, mas agora vejo como me convenci a me arriscar, a sair da zona de conforto.

Contemplo o barco amarelo do outro lado da baía, aquele em que já passei tanto tempo. Não sou a garota que eu era aos dezessete anos. Agora sou Alice Everly, com trinta e três anos, e consigo fazer coisas difíceis. Pular de penhascos. Beijar caras bonitos. Não consigo dar um mortal para trás na água, mas sou capaz de dizer não a oportunidades que não me servem. E sou capaz de fazer Charlie Florek corar. Ainda consigo sentir minhas pernas ao redor dos quadris dele na água.

Minha irmã e sobrinha chegam no chalé um pouquinho depois das duas da tarde.

— O que aconteceu com você? — pergunta Heather, me dando um abraço, e eu inspiro seu perfume. É um cheiro quase masculino: esfumaçado e intenso, ousado como ela é. Segurando a mim com ambos os braços, minha irmã diz: — Não consigo me lembrar da última vez que vi seu cabelo assim.

Eu o soltei e deixei secar naturalmente depois de nadar. Está um furacão de cachos.

— É o meu visual do lago — conto enquanto Bennett sai do carro e vem pulando até mim.

— Eu queria ter o cabelo igual ao seu — comenta minha sobrinha, me abraçando. Seu perfume é bem adocicado, aquele cheirinho artificial de doce de meninas de treze anos.

— Eu também queria ter o seu — respondo, tirando uma mecha de seu longo cabelo escuro da frente dos olhos dela. Bennett é alta igual à minha irmã, mas fica constantemente tentando parecer menor, cruzando os braços na frente do corpo e curvando os ombros. Minha sobrinha me lembra muito a mim mesma quando tinha treze anos.

— Venha aqui dar um abraço na sua bisavó — chama Nan da porta do chalé, e Bennett sai correndo para cumprimentá-la. Minha avó está com as costas bem eretas, sem nem sinal de sua bengala. — Vou mostrar o lugar inteirinho para você — ouço-a dizer enquanto Heather e eu levamos as coisas de Bennett lá para dentro, incluindo duas ecobags cheias de livros.

— Estou preocupada com ela — desabafa Heather baixinho enquanto Nan leva Bennett até o cais.

— Sério?

— Ela anda assistindo a vários tutoriais de maquiagem.

— Você começou a mexer na maquiagem da nossa mãe antes de completar quatro anos.

— Não é só isso. — Heather me olha, horrorizada. — Ela está a fim de um garoto.

— Ah, é?

Bennett tem amadurecido um pouco mais tarde do que as outras meninas.

— Anthony. Olhei o diário dela.

— Heather!

— Que foi? Ela ficou cheia de segredos e ainda mais tímida.

— Não leia o diário dela — chio. — Você não se lembra de como era ter treze anos?

— Lembro! E por isso estou preocupada. Ter treze anos é uma *droga*.

Minha irmã é durona, exceto quando se trata da filha. Aonde quer que Bennett vá, ela carrega um pedacinho do coração de Heather consigo. Se, por um lado, há várias diferenças entre mim e meus irmãos, por outro temos isto em comum: a família Everly ama muito, e ama intensamente.

— Posso tentar conversar com ela, se você quiser — ofereço.

— Por favor. Preciso que ela fique igual a você.

— Você só quer que ela continue virgem até ter vinte e dois anos.

— Trinta e dois, na verdade.

— Bennett é esperta e tem uma ótima mãe. Ela vai ficar bem.

Heather respira fundo.

— Você deve ter razão.

Passo o braço ao redor da cintura de minha irmã.

— Sabe do que você precisa?

— De um martíni.

— Tenho gim, mas não é isso. — Eu lhe dou um beijo na bochecha. — Você, querida irmã, precisa dar um passeio de unicórnio-pégaso.

Bennett, Heather e eu estamos relaxando em nossas boias de colchão inflável enquanto Nan nos observa do cais com uma xícara de chá.

Minha sobrinha está usando uma camiseta folgada por cima do biquíni, até mesmo na água. Isso me lembra do verão que passei aqui. Nossa mãe havia me levado ao shopping antes de virmos, uma rara ocasião em que éramos só nós duas. Eu estava eufórica, agitada pelo açúcar de dois milk-shakes que tomamos na praça de alimentação, e escolhi meu primeiro conjunto de biquíni, um tanquíni, na verdade, com um top comprido que mostrava só um pedacinho da barriga. Quando chegamos a Barry's Bay, minha confiança havia evaporado. Coloquei o biquíni por baixo de um vestido felpudo que tirei um segundo antes de pular no lago e botei por cima da cabeça assim que saí.

Heather, por outro lado, está usando um maiô magenta de um ombro só, com aberturas na cintura, e tem a postura de alguém prestes a embarcar em um iate. Tudo nela diz *olhe para mim,* embora Heather não se importe com o que pensem dela. Meio parecida com Charlie.

Ele não entrou em contato desde que voltou hoje, se é que voltou, e meu olhar fica se desviando para sua casa.

— Esqueça o martíni — diz minha irmã. — Preciso de alguma coisa que tenha um guarda-chuvinha. Isto aqui é maravilhoso.

— Eu queria que você pudesse passar a semana toda, mãe — comenta Bennett.

A expressão de Heather está repleta de culpa.

— Eu queria poder, mas tenho...

— Eu sei — interrompe Bennett. — Tem que trabalhar.

Ela não parece chateada, apenas triste. Vou lembrar à minha irmã mais tarde que é uma verdadeira bênção que sua filha adolescente queira a mãe por perto.

— Tenho novidades — anuncio para mudar de assunto. — Decidi não participar da exposição. Retirei minha foto.

Heather olha para mim, perplexa.

— Me dê um segundo — peço, antes que ela comece a apresentar seus argumentos. — Andei tirando fotos durante minha estadia aqui. Começou só por diversão, mas acho que algumas das que tirei devem estar boas.

Ao longo dos últimos dois dias, revi todas as fotos digitais que tirei. Estão muito mais descontraídas do que o meu trabalho normal. Mais naturais. Há uma de Nan com uma xícara e um pires na mão, a cabeça jogada para trás enquanto ri e o sol da tarde se inclina sobre seu rosto. Está completamente encantadora. Charlie não está no enquadramento, mas foi ele que a fez sorrir.

Há dezenas, talvez centenas, de fotos dele também. Mas passei rapidamente por elas. Fiquei com medo de sentir sua falta ainda mais se me demorasse na luz batendo em seus olhos ou no jeito como sorri para mim através das lentes.

— Na verdade — me corrijo —, acho que devem estar ótimas.

Heather me encara por um momento, depois bate palmas.

— Conte tudo.

Explico à minha irmã e à minha sobrinha como senti que meu trabalho tinha se tornado quase exclusivamente sobre obter a versão da fotografia ideal de outra pessoa. Conto a elas que andei tão focada em agradar clientes e editores fotográficos que esqueci como me agradar também.

Heather me lança um olhar, e sei exatamente no que está pensando. Estou pensando na mesma coisa. Uma conversa inteira se desenrola entre nós sem que digamos uma única palavra. A maneira como tratei meu trabalho até então é a mesma de como tratava meus relacionamentos.

— Mas algo mudou desde que vim para cá — continuo.

As fotos que tirei no lago são muito mais descontraídas. O que consigo alcançar no set requer certas habilidades, com um assistente de luz, cabelo e maquiagem. Mas há uma espécie de magia espontânea em tirar fotos com o coração. Sigo os instintos, não um briefing planejado até os mínimos detalhes. E, claro, algumas das fotografias estão ruins, longe de estarem impecáveis, mas mesmo as imagens medíocres são ricas em emoção. Fotos de Nan. A água. O barco amarelo de Charlie disparando pela baía. Lembranças deste segundo verão radiante.

Parece que voltei ao início.

— Caramba — comenta Bennett quando termino de falar.

Heather solta um gritinho animado e fica de joelhos, rebolando no unicórnio-pégaso e batendo palmas por cima da cabeça.

— Não ouço você falar do seu trabalho com tanta paixão há anos — exclama ela.

— Não achei que ela seria capaz de fazer isso ali em cima — digo para Bennett.

— Nada impede a mamãe de fazer a dancinha da vitória dela.

Eu rio, mas então vejo uma figura familiar do outro lado da baía, e meu corpo é tomado por um calor. Meus batimentos cardíacos começam a ficar erráticos. Ele acena, e eu aceno de volta.

Heather segue meu olhar.

— É *ele*?

— Ele *quem*? — pergunta Bennett.

— O novo namorado da tia Ali.

Viro a cabeça bruscamente na direção da minha irmã, com as bochechas esquentando.

— Ele *não é* meu namorado.

Minha irmã e minha sobrinha compartilham expressões de olhos arregalados, e ambas começam a rir.

Heather fecha as mãos em concha ao redor da boca e grita:

— Venha conhecer a família, Charlie!

Depois ela balança o braço sobre a cabeça.

— Você é tão encrenca quanto a Alice? — pergunta ele em voz alta.

Heather me lança um olhar que me diz que mais tarde quer saber o que aquilo significa.

— Muito mais — grita ela de volta.

Imagino Charlie rindo sozinho enquanto entra no barco.

— Não vá me fazer passar vergonha, Heather.

Ela coloca a mão no peito.

— Eu? *Jamais*. E ainda mais na frente do seu... — Minha irmã olha de relance para Bennett, e ambas cantarolam: — *Namoraaaaado*.

— Ele é só um amigo.

— Claro, claro.

Eu olho para minha sobrinha.

— Ele é só um amigo.

— Então por que está tão vermelha, tia Ali?

Heather solta uma risada sarcástica, e o motor do barco amarelo ruge ao ligar.

— Pois é, Ali — concorda Heather. — Por que está tão vermelha? É porque o seu *namoraaaaado* está vindo até aqui?

Bennett ri.

— Parem com isso — peço, embora também comece a rir. Não me lembro da última vez em que eu e minha irmã agimos que nem duas bobas.

Quando o barco de Charlie se aproxima e Heather começa a cantar "Alice e Charlie sentados debaixo de uma árvore", eu me inclino sobre a lateral do alce e coloco a mão na água para jogar um pouco na minha irmã, mas perco o equilíbrio e rolo para dentro do lago.

A primeira coisa que vejo quando ergo a cabeça para fora da água é Charlie, de pé no barco, a alguns metros de nós. Ele está usando uma sunga azul-petróleo e uma camisa branca, e algo em mim relaxa ao saber que ele não voltou diferente da cidade.

— Que bom te ver, Encrenca.

Ergo o olhar para Charlie, com meus lábios se curvando em um sorriso idêntico ao dele.

— Oi — eu o cumprimento.

— Oi — responde Charlie, o olhar e a voz se suavizando.

Às minhas costas, Heather pigarreia.

— Charlie — digo. — Esta é minha irmã Heather e a filha dela, Bennett.

— Que prazer conhecer você pessoalmente — diz ele para Heather.

— E prazer em conhecer você, Bennett.

Minha sobrinha o olha por baixo dos cílios enquanto Heather diz *Ai, meu Deus* para mim só com os lábios.

— Vou dar uma saída com o barco — conta Charlie para minha sobrinha. — Quer vir junto?

Ela assente, incapaz de falar.

— Heather?

Minha irmã sorri entre Charlie e eu.

— Eu não perderia isso por nada.

— Acha que conseguimos convencer Nan a se juntar a nós?

Minha sobrinha nega com a cabeça.

— Ela estava cansada demais para subir as escadas hoje — explica Heather.

— Posso dar uma mãozinha. — Charlie ergue a voz para onde minha avó está sentada no cais: — É hora de trazer a senhora pro lago, Nan.

Mesmo que eu não tenha fotografado, a imagem de Charlie carregando minha avó por trinta e dois degraus de madeira até o cais ficará permanentemente marcada no meu cérebro.

Nan se senta ao lado dele, no banco do passageiro, e Heather, Bennett e eu nos sentamos à frente. Lágrimas escorrem pelas bochechas de Nan enquanto velejamos pela água, e não tenho certeza se é por causa do vento ou porque ela está emocionada com o momento.

Registro tudo em filme, e com alguma frequência me deparo com Charlie olhando para mim com um sorriso tão letal e magnífico quanto o sol.

Viajamos até a extremidade sul do lago, até a estreita foz do rio, e quando passamos ao lado de um casal andando de jet ski, Charlie aperta a buzina.

Aaaah-uuuuh-gaaaaah!

Bennett morre de rir, soltando tanta risada que chega a ficar sem fôlego, o que faz Heather sorrir para a filha, maravilhada. Consigo quase escutar o que está se passando em sua mente: que se sua filha consegue rir desse jeito, ela está se saindo bem.

Vou até a parte traseira do barco e me sento ao lado de Charlie. Não conversamos. Só quero estar perto dele.

— O que é que as mulheres Everly acham de dar uma petiscada? — pergunta ele conforme nos aproximamos do Bent Anchor.

— Tô dentro — responde Heather.

— Alice? — Charlie olha para mim por cima do ombro.

— Não trouxe a carteira.

O olhar dele percorre meu rosto. Senti falta desse sorrisinho travesso.

— Então acho que você vai ficar me devendo essa.

Tiro fotos de tudo: Charlie escoltando Nan até o terraço, de braços dados. As doses generosas de vinho branco. A cesta de batatas fritas e o prato de nachos. Charlie ouvindo Nan descrever como Heather e eu éramos quando crianças. Charlie olhando para mim. Bato fotos até que Heather confisque minha câmera e a entregue aos cuidados de Charlie.

Bennett e eu estamos sentadas na extremidade do cais do restaurante quando terminamos de comer, esperando que Charlie pague a conta. Não estamos conversando muito, apenas batendo os dedos dos pés na água, observando um grupo de adolescentes pular de uma ponte ali perto para dentro do rio. Minha sobrinha apoia a cabeça no meu ombro, e passo um braço ao redor dela. Ouço o clique de minha câmera.

Nós duas nos viramos. Charlie segura minha Pentax na altura dos olhos.

— Você não vai querer se esquecer deste momento — diz ele. — Sorria.

Mas já estou sorrindo. Eu deixo Charlie tirar uma foto minha.

— Bennett, venha aqui um segundinho — chama Heather do barco, e minha sobrinha se coloca de pé num salto.

— Mais uma — pede Charlie, se agachando ao meu lado. Ele vira a câmera de frente para nós para tirar uma selfie das antigas.

— É sério? — pergunto.

— É sério.

Ainda estamos olhando um para o outro quando ele aperta o obturador.

Assim que todos estão dentro do barco, Charlie nos leva em direção à ponte. Há uma fila de jovens esperando para saltar.

— Vamos fazer isso uma hora dessas — sugiro a Charlie.

— Por que não agora? — indaga ele.

— Bem, isso aí eu preciso ver — comenta Heather.

Charlie baixa a âncora e nós nadamos até a orla, subimos até a ponte e ficamos na fila atrás de duas garotas bronzeadas que devem ter dezoito ou dezenove anos.

— Podem ir primeiro — dizem elas para nós. — A gente nunca pulou antes.

— Nem eu — respondo, dando um cutucão em Charlie.

Ele dá de ombros e sobe sobre o guarda-corpo até o topo de um pilar de concreto. Ouço uma das garotas perguntar à amiga se ela pensa que ele é velho demais para ela.

E então Charlie se vira para me encarar, dá uma piscadinha e depois salta de costas da plataforma, girando no ar antes de mergulhar no lago.

— Caramba — ouço uma das garotas exclamar.

Subo sobre o guarda-corpo e, antes de pular, olho por cima do ombro e digo:

— Desculpe, ele já é meu.

39

— Tá bom, me conte tudo. — Heather me encara enquanto toma um golinho de seu martíni. — E eu vou saber se estiver escondendo alguma coisa.

Eu sabia que isso iria acontecer. Por isso sugeri que nos sentássemos na varanda telada, embora Nan e Bennett já tenham ido dormir. Também por isso estou bebendo um coquetel forte em um copo de suco das antigas — o chalé tem quinze canecas, nenhuma combinando entre si, mas nem uma única taça de martíni à vista.

Tomo um gole e tusso.

— Isso aqui está com sabor de inferno.

— Pare de enrolar. — Heather levanta as pernas e as cruza, me encarando. Eu a imito. Estamos vestindo pijamas parecidos, exceto que o meu é azul e o dela, rosa. Parece até que somos crianças de novo, dividindo um quarto, embora, naquela época, fosse Heather quem costumasse descrever seu último crush.

— Hã... — Não sei por onde começar.

— Tá — diz minha irmã. — Vou te contar o que eu gosto nele. — Ela ergue um dedo. — Primeiro: ele se meteu de queixo erguido em três gerações de mulheres Everly. Conseguiu fazer com que Bennett conversasse com ele durante o almoço e carregou Nan feito o tesouro que ela é. — Heather ergue um segundo dedo. — Segundo: tem que ter culhão para desligar na cara do papai e da minha que nem ele fez no mês passado. Respeito esse tipo de coisa. E em terceiro lugar: ele ficou de camisa o tempo todo.

Solto um suspiro, lembrando-me de como na viagem de barco de volta Charlie desligou o motor no meio do lago para que pudéssemos pular. Heather foi primeiro, e eu em seguida. Bennett hesitou, então Charlie se ofereceu para pular com ela. Os dois ficaram de pé na extremidade do barco, ambos de camiseta, e deram

251

pulos de bola de canhão para dentro d'água. Charlie raramente usa camisa em terra firme, muito menos na água.

Heather pigarreia.

— E em quarto lugar, bem, olhe só pra ele. O jeito que a camisa fica grudada no tanquinho. Me dê outro martíni e talvez eu vá brigar por ele com você.

Solto uma risada.

— E em quinto lugar...

— Nossa, que lista longa.

Minha irmã me dirige um olhar cheio de significado.

— Ele te adora.

Fito minha bebida, sentindo o calor se espalhar pelas bochechas.

— E ele te faz rir. Tipo, rir de verdade. Aquela sua risada assustadora de bruxa.

— Pois é — murmuro.

— Vocês já transaram?

— Quê? — exclamo, com a voz esganiçada. — Não.

— Mentirosa — diz Heather, a voz impassível. — Seu rosto está vermelho igual um tomate.

— Somos só *amigos*.

— Mentirosa.

— Somos, sim, Heather. É a verdade.

— Por favor. Você ficou babando como se já o tivesse visto pelado.

— Bem...

— Eu sabia! — grita minha irmã, me dando um tapa tão forte no braço que quase derramo a bebida. — Descreva tudo para mim. Tamanho. Grossura. Curvatura. Não deixe nenhum detalhe de fora.

— De jeito nenhum, sua psicopata.

Heather suspira.

— Sua sem-graça. Mas foi bom? Aposto que foi. Ele parece o tipo de cara que sabe f...

— Ainda não transamos — intervenho, antes que ela continue. — Mas fizemos... outras coisas.

— Eu tô adorando que você parece tão desconfortável. Que tipo de outras coisas, Ali?

— Tipo, terceira base.

Heather ri tão alto que tenho certeza de que a baía inteira consegue ouvi-la.

— Xiu! — Dou um chute nela. — E nós *somos* amigos. Só acontece de também sentirmos atração física um pelo outro, então a gente segue o fluxo. Estamos tendo um rolo de verão. Nada muito complicado. Nenhum de nós está atrás de um relacionamento.

— Então você está seguindo o fluxo?

— Estou.

— Tartaruga, você nunca *seguiu o fluxo* de nenhum relacionamento a sua vida inteira.

— Estou experimentando coisas novas — retruco. — Nós gostamos um do outro de verdade. Respeitamos um ao outro. Nos divertimos juntos. É algo novo.

Minha irmã comprime os lábios enquanto me fita, do jeito que faz quando está entrando no modo advogada.

— Do que você gosta nele?

Do que eu não gosto nele?

— Ele... — Olho para o lago, pensando no momento que percebi pela primeira vez que Charlie era muito mais do que piadinhas e peitorais. — Ele é tão diferente de mim: mais extrovertido, mais confiante, nem um pouquinho tímido. Mas também somos parecidos. Ele é bem atencioso com as pessoas e cuida delas à sua própria maneira. Conseguimos passar horas e horas juntos, conversando ou não, e não ficamos exaustos um do outro. Ele é engraçado, mas também incrivelmente cuidadoso. Consigo ser eu mesma quando estou com Charlie. E nunca me diverti tanto com alguém. A minha vida toda.

Olho de volta para minha irmã. Ela está de queixo caído.

— Ai, meu Deus. Você está apaixonada por ele.

— Não estou — respondo depressa.

— Está, sim, Ali. Não ouço você falar de alguém assim desde o Oz.

Sinto um frio na barriga. Nada de bom aconteceu por causa do que eu sentia por Oz, mas as circunstâncias são muito familiares. Um homem maravilhoso. Uma amizade forte. Oz e eu completando as frases um do outro. Nós apoiávamos um ao outro. Eu lhe contei quase tudo que eu pensava. Costumávamos ficar deitados em lados opostos do futon dele, meus pés ao lado da cabeça dele, e conversávamos a noite toda. Semanas antes de transarmos, ele me disse:

— Ninguém me entende como você.

Na noite em que ele me levou para casa, eu me permiti acreditar que ele esteve esperando aquele momento, assim como eu. Balanço a cabeça devagar. Não posso cometer o mesmo erro que cometi com Oz.

Heather deixa a bebida de lado e coloca ambas as mãos em meus joelhos.

— Acho que desta vez é diferente. Oz tratava você que nem uma fã. Charlie te olha como se ele fosse seguir *você* para onde quer que fosse.

— O que Charlie e eu temos agora funciona para a gente — digo à minha irmã, com firmeza. E *é* diferente do que o que eu tinha com Oz. Não se trata de um crush não correspondido durante anos. Charlie e eu temos sido francos sobre em que pé estamos.

— E o que seria isso, exatamente?

— Amizade. Não quero que vá além disso.

Minha irmã me olha com grande ceticismo.

— Não consigo, Heather. Acho que o que Charlie e eu temos talvez seja algo raro. Não quero estragar as coisas. Relações são muito arriscadas. Olhe só para mamãe e papai. Eles desperdiçaram todos esses anos juntos, e aí mamãe fugiu para o outro lado do país. — Evito mencionar o divórcio angustiante da minha irmã.

— Mamãe não *fugiu* — retruca Heather. — Ela sempre quis morar na Colúmbia Britânica, e agora ela está fazendo acontecer. E está feliz.

— Eu sei.

Lembro de minha mãe no primeiro dia em que a visitei, de bochechas rosadas e bebendo uma xícara de chá de rooibos. Fomos à aula de hot yoga e depois à cafeteria favorita dela. Nossa mãe parecia feliz e realizada de uma maneira que eu jamais havia visto. Até mesmo seus movimentos eram menos frenéticos. Pensei que fosse a yoga, mas ela agiu assim o tempo inteiro que passei lá. Estava em paz.

— Acho que relações podem mudar — diz Heather agora. — E nem sempre são fáceis. Apesar de tudo, ainda acredito no amor.

Só não tenho tempo nem energia para oferecer a outra pessoa no momento. — Ela observa as luzes na orla ao longe por um momento. — Também não acho que mamãe e papai considerem os anos que passaram juntos uma perda de tempo. Nada dura para sempre, Ali.

— Pois é — digo. Assunto encerrado.

— Pois é — repete minha irmã. — É por isso que você deveria aproveitar o que quer que te faça feliz no momento e se agarrar durante o máximo de tempo que conseguir. A vida é curta.

Fecho os olhos por um instante. Parece o tipo de coisa que Charlie diria.

40

SEGUNDA, 11 DE AGOSTO
RESTAM 21 DIAS NO LAGO

É a semana mais longa e mais rápida do verão. Cada dia começa com Charlie ensinando Bennett e a mim como esquiar na água. Ela fica de pé no segundo dia, enquanto eu continuo caindo de cara no lago. Quando enfim consigo, solto um grito de alegria, depois saio derrapando pela água feito uma pedrinha que alguém atirou. Charlie nos leva para passear de barco à tarde, e às vezes Nan vem junto. Quando Bennett reclama da seleção de DVDs do chalé (pendendo fortemente para os filmes de James Bond), Charlie traz de seu porão uma caixa de filmes antigos de terror. Questiono se *A bruxa de Blair* é apropriado para uma menina de treze anos, mas recebo em resposta três pares de olhos se revirando. Às vezes Charlie se junta a nós, e ele e Bennett se divertem tentando arrancar a almofada do meu rosto durante as partes assustadoras.

Os dias passam sem que Charlie e eu fiquemos sozinhos por um único momento. A necessidade de sentir os lábios dele nos meus, de saboreá-lo, de pressionar meu nariz contra seu pescoço e respirar fundo é um tipo específico de tortura que jamais experimentei. Às vezes flagro Charlie olhando para mim, e acho que ele também sente isso. Numa noite, quando Bennett cai no sono no sofá, eu e ele nos esgueiramos para a varanda telada e eu me enrosco nele como se fosse hera. Mas, assim que nossos lábios se encostam, ouço Bennett se mexendo lá dentro, e nos separamos com tanta rapidez que chega a ser cômico. Não posso ser pega no pulo pela minha sobrinha.

— Fique sentadinha aí — instrui Charlie, apontando para uma ponta do sofá, depois para a outra. — E eu vou sentar ali. Preciso de alguns centímetros de distância entre nós. Não confio que não vou tocar você.

O jeito como ele está me encarando, com os olhos cintilando feito esmeraldas, acende um fogo no meu estômago.

— Não seja dramático — digo a ele.

Nós nos acomodamos em lados opostos do sofá, com uma coberta sobre nossas pernas. Tenho a sensação de que combinamos, de que nos encaixamos, apesar de nossas diferenças. Charlie me deixa mais ousada, e eu o deixo mais sereno. Ele também deixa Bennett mais ousada.

Aos pouquinhos, Charlie consegue fazê-la sair de sua concha, ou fazendo gracinhas com ela ou tirando sarro de si mesmo. A cada hora que passa, minha sobrinha se solta mais um pouco. Um dia, quando estou levando o almoço do chalé até o cais, ouço-a contar a Charlie sobre um garoto de quem ela achava que gostava até que o viu no cinema com outra pessoa. O rapaz ignorou quando Bennett disse oi. Nenhum deles me vê, então fico bem paradinha enquanto Charlie lhe dá um tipo de lição curta sobre não tolerar essas merdas dos meninos.

— Minha mãe sempre disse que confiança e amizade vêm primeiro — relata Charlie à minha sobrinha, depois acrescenta: — E não parece que ele tem sido um bom amigo.

Bennett solta um suspiro.

— Não, ele tem sido meio babaca.

— Se for um garoto esperto, ele vai perceber. E se não perceber, então ele não é esperto o suficiente para você.

Minha sobrinha assente, e me dirijo até eles.

— Vamos nadar rapidinho antes do almoço? — sugere Charlie a Bennett. — Aposto que consigo levantar mais água do que você.

Ela sorri para Charlie.

— Desafio aceito.

Os dois saem em disparada até a ponta do cais em suas roupas de banho e camisetas, dobrando as pernas enquanto mergulham em formato de bola de canhão para dentro da água. Voltam à superfície aos risos. Os olhos de Charlie encontram os meus, e eu tropeço.

— Venha cá, Alice — chama Charlie. — Mostre quanta água consegue levantar.

— Não, obrigada. Não quero molhar o cabelo.

Ambos trocam um olhar, e então Charlie nada até a escada e se ergue. Ele vem andando na minha direção. Eu deixo a bandeja de sanduíches e chá gelado de lado.

— Não — digo, vendo a expressão em seu rosto. — Nem pense nisso.

Com um sorriso, Charlie me ergue do chão.

— Tarde demais.

— Eu te odeio — exclamo, enquanto ele me carrega até a extremidade do cais, com meus braços ao redor de seu pescoço.

Ele sorri para mim, com água escorrendo por seu rosto em riozinhos reluzentes.

— Que nada — diz Charlie. — Você me ama.

E então me joga dentro do lago.

Naquela noite, depois que fazemos uma chamada de vídeo com minha mãe e Bennett relata em detalhes como ficou de pé no esqui aquático, minha sobrinha e eu chegamos à casa de Charlie de pijamas com pacotes de batata frita, doces, refrigerante, nossas escovas de dente e mais livros e revistas do que seria possível ler em uma única noite. Charlie preparou a casa na árvore para nos receber, com dois sacos de dormir e travesseiros em um colchão inflável encostado sob a janela, para que possamos dormir sob o céu estrelado (número dezessete).

Bennett fica maravilhada com a vista, com os pisca-piscas e a arcada redonda da porta, e Charlie parece que vai sair voando de tanto orgulho. Ele nos deixa sozinhas. Bennett e eu comemos, conversamos e lemos, depois comemos e lemos mais um pouco até que ela não consiga mais ficar mais de olhos abertos. Coloco o saco de dormir em volta dos ombros de minha sobrinha e, em silêncio, me esgueiro para fora da casa na árvore com a escova de dentes.

A casa está mergulhada na escuridão, mas Charlie deixou a luz da varanda acesa e a porta destrancada. Torci meu pulso direito durante um pequeno acidente nesta tarde, então estou escovando os dentes com a mão esquerda. Ouço o piso ranger às minhas costas. Encontro o olhar de Charlie no espelho. Está recostado no batente. Sem camisa. Só com a calça de pijama.

— Acordei você? — sussurro, embora não haja mais ninguém ali além de nós dois.

Ele nega com a cabeça.

— Estava assistindo à televisão no porão. Ouvi você entrando. Cadê a Bennett?

— Dormindo.

— Precisa de ajuda? — pergunta ele, entrando no banheiro.

— Para escovar os dentes?

O olhar dele recai sobre a mancha de pasta de dente que caiu na minha camisa.

Franzo a testa.

— É difícil fazer isso com a mão esquerda.

Charlie oferece a palma da mão, e eu ergo as sobrancelhas.

— Está falando sério?

— Sempre falo sério.

Hesito por um instante, depois lhe entrego a escova de dentes. Eu o encaro, de repente me sentindo mais vulnerável perto de Charlie do que me sinto há bastante tempo.

— Abra a boca — pede ele, tomando meu queixo em uma das mãos com gentileza. Ele começa com os molares de baixo, completamente concentrado em fazer um bom trabalho. Quando seu olhar encontra o meu de relance, uma curtíssima explosão de verde, sinto o peito apertar. Charlie Florek está escovando meus dentes, e isso deve ser a experiência mais íntima da minha vida toda. Agarro a bancada atrás de mim, porque minhas pernas parecem perder as forças.

— Sabe no que eu estava pensando? — pergunta ele, em voz baixa.

Balanço a cabeça, negando.

— Depois de hoje à noite, vamos ter completado tudo na sua lista.

Arregalo os olhos.

— Assim que você tiver tirado uma boa foto, vai estar terminado — diz ele. — Tirando o mortal para trás.

— Nossa — tento falar, e Charlie sorri.

— Cuspa — pede ele, e eu obedeço.

Ele toma meu queixo de novo, passando para os dentes de cima.

— Senti sua falta na semana passada. — A voz dele está rouca, arranhando meu corpo feito a palma de uma mão calejada. Ainda está concentrado na tarefa, e eu não consigo responder. — Mal podia esperar para voltar. Não fiz uma única parada durante a viagem toda até aqui. Parecia que eu tinha deixado minha família para trás enquanto estava na cidade. — O olhar dele encontra o meu. — Você é importante para mim, Alice. Queria lhe falar só para o caso de você não saber. Este tem sido um ano difícil, e não tenho certeza de como eu teria lidado com ele sem você neste verão.

Deixo Charlie terminar, e levo um momento para lavar o rosto com água fria. Encontro o olhar dele no espelho.

— Você também é importante para mim.

Com a mão no meu ombro, Charlie me vira para que eu o encare. Ele coloca atrás da minha orelha um cacho solto que caiu do meu coque.

— Não quero que o verão termine — admito para ele.

— Podemos fingir que ele não vai terminar. — O tom de Charlie é casual, mas seu olhar é pesado.

O ar tremeluz ao nosso redor. Encaramos um ao outro, com respirações pesadas, e então nos chocamos feito cavaleiros em um campo de batalha. Beijamos, mordemos e saboreamos um ao outro. Nossas bocas estão famintas. Assim como as mãos de Charlie, que passam por cada centímetro de pele que ele consegue encontrar. As minhas percorrem seus sulcos e vales. Minha camisa é retirada. As mãos dele estão ao redor de minha cintura, me erguendo do chão. Eu me sento na bancada, de pernas abertas, esticando as mãos até suas calças enquanto ele tira meu short de pijama.

Charlie solta um palavrão e leva a boca até meu peito. Recosto a cabeça contra o espelho, pelada. Ele xinga de novo.

— Senti tanto a sua falta, Alice.

Ficamos paralisados ao ouvir a voz de Bennett.

— Tia Ali? Charlie?

— Um segundinho — exclamo. — Estou só escovando os dentes.

Eu me apresso para colocar o pijama de volta, olhando feio para Charlie, que se esforça ao máximo para não rir.

Meu coração não volta aos batimentos normais até que Bennett e eu estejamos de volta na casa da árvore e ela já tenha adormecido. Mas então me lembro da voz de Charlie.

Senti tanto a sua falta, Alice.

Meu pulso começa a disparar mais uma vez.

260

41

SEXTA-FEIRA, 15 DE AGOSTO
RESTAM 17 DIAS NO LAGO

Estou preparando chá no dia seguinte depois de dormirmos na casa da árvore. Enquanto isso, Nan está ao telefone com John. Os dois andam conversando algumas vezes durante a semana desde a noite da festa.

— Seria ótimo — eu a ouço dizer. — Mas não tenho como ir até lá.

— Ir até onde? — pergunto quando ela encerra a chamada.

— John me convidou para almoçar, convidou todos nós, na verdade, mas fica muito longe.

Procuro o caminho até Ottawa em meu celular.

— Só fica a duas horas daqui.

— O que fica a duas horas daqui? — pergunta Charlie. Ele e Bennett acabaram de voltar de um passeio de jet ski.

— Ottawa — respondemos eu e Nan.

— O que fica em Ottawa? — pergunta minha sobrinha enquanto entra no chalé de chinelos e camiseta molhada.

— Meu amigo John — conta Nan a ela.

— Vamos passear de carro — sugere Charlie. — Você está mais perto aqui do que estaria em Toronto, e eu ando querendo visitar John o verão inteiro.

— Eu quero ir — diz Bennett, e todos nós olhamos para ela. — Nunca fui para Ottawa.

Charlie olha para mim.

— O que me diz, tia Ali?

Eu me viro para Nan.

— Vamos perguntar a John se ele está livre amanhã.

Charlie e eu trocamos mensagens naquela noite, formulando um plano. Vamos com meu carro. Vou dirigir na ida até lá, e ele vai dirigir de volta.

EU

Acho que deveríamos deixar Nan
e John um pouco a sós amanhã.

CHARLIE

Claro. Podemos comer no centro e levar Bennett
até Parliament Hill enquanto eles conversam.

EU

Obrigada por fazer isso por mim.

CHARLIE

Não precisa me agradecer, embora tenha outras coisas que
eu preferiria estar fazendo.

EU

Se importa de me contar?

CHARLIE

Por acaso já te falei que você é encrenca?

EU

Se não está a fim de encrenca,
vou ter que ler a página 179 de novo.

Meu celular toca segundos depois.

— Por que não lê para mim?

Nan mal fala durante a viagem até Ottawa. Quando paramos perto da casa moderna, parecida com um cubo, onde John mora, ela espia pela janela.

— Não foi aqui que imaginei que ele terminaria.

A casa é uma propriedade do filho de John, e é uma daquelas construções de vários andares e teto plano, feita de concreto e vidro.

— Está tudo bem, Nan? — pergunta Bennett.

Charlie e eu trocamos um olhar.

— Não muito — confessa minha avó. — Eis uma lição para todos vocês: não deixem as feridas infeccionarem. Só vai ficando mais difícil de curá-las.

Depois disso, minha avó sai do carro. Charlie lhe oferece o braço, mas ela o dispensa. Ficamos para trás, dando-lhe espaço.

Nan toca a campainha, e a porta se abre. Ouço John dizer o nome de minha avó antes de dar um passo adiante para lhe dar um longo abraço. Quando eles se separam, Charlie aperta a mão de John e lhe dá um tapinha caloroso no ombro.

— Por Deus, Alice — diz John quando me vê. — Como você cresceu.

— Você também — respondo, dando-lhe um beijo na bochecha.

O cabelo grisalho de John ficou branco. Ele veste calças de cintura alta de um modo que eu costumava achar engraçado quando mais nova, mas que agora parece bem estiloso. Os olhos dele ainda cintilam por trás dos óculos de armação de metal, do mesmo jeito que os do meu avô. John é alguns centímetros mais baixo do que Nan. Assim como meu avô era. Eles eram melhores amigos: dois caras baixinhos e brigões apaixonados por pescar, pregar peças e jogar pôquer.

— John, esta é a minha bisneta, Bennett — apresenta Nan.

John fita minha sobrinha, que está dando seu melhor para manter contato visual. Ele estica a mão.

— É uma honra conhecer você. Gostariam de chá? Ou café? — pergunta John enquanto nos leva pelo cômodo branco. O lugar me lembra mais uma galeria do que uma casa. Gosto de como é limpa, de como não há bagunça, embora me pareça que John está meio deslocado. É diferente da casa estilo Tudor em que ele e Joyce moravam, de madeira escura, brocado e cheia de quinquilharias.

— Obrigado por oferecer — respondo. — Mas vamos levar Bennett até o centro enquanto vocês dois põem a conversa em dia.

Nan concordou com esse plano, mas agora me encara de olhos arregalados.

— Conseguimos ingressos para fazer um tour no East Block — comenta Charlie. — Bennett quer ver as salas históricas. Estaremos de volta às três, se tudo correr bem.

John olha de relance para Nan, depois endireita os ombros.

— Vemos vocês à tarde. Divirtam-se, crianças.

Comemos no terraço de um pub em ByWard Market antes de irmos até o East Block, um dos prédios do Parlamento, a imponente fortaleza parecida com um castelo gótico. Charlie está fissurado em cada palavra do guia turístico, e em certo momento ele ergue a mão para fazer uma pergunta quanto à restauração do prédio.

Bato uma foto e sussurro "nerd" em seu ouvido. Charlie me prende debaixo do cotovelo e bagunça meu cabelo antes de beijar o topo da minha cabeça. Bennett nos encara, de queixo caído, e nós dois ficamos paralisados.

Passo as mãos pelo meu short quando Charlie me solta.

— Só estávamos brincando — explico à minha sobrinha.

— Que seja. — Ela revira os olhos. Nunca pareceu tanto uma adolescente.

— Não é "que seja" — digo.

— Tia Ali, pelo amor de Deus. Não sou idiota. Sei que vocês dois estão dormindo juntos.

Meu queixo: caído. Minha cara: vermelha. Minha capacidade de falar: zero.

Minha sobrinha — cujas fraldas troquei há pouquíssimo tempo! — está falando de sexo.

Charlie coloca a mão no meu ombro, dá uma apertadinha e me solta.

— Bennett, sua tia e eu somos bons amigos. Não somos um casal. E, além disso, isso não é da conta de ninguém. — Ele fala essas coisas daquele seu jeitão simples, sem qualquer indício de reprimenda, mas não há como disfarçar que Charlie está dizendo para ela deixar o assunto morrer.

Prendo a respiração, esperando que a expressão de Bennett murche, mas ela apenas assente.

— Tá bom.

Mais tarde naquele dia, voltamos para a casa de John cansados de passar a tarde perambulando pela cidade e melecados de açúcar e canela do doce que compramos no BeaverTails e comemos no carro. Ninguém atende quando tocamos a campainha. Nós três estamos parados nos degraus, olhando uns para os outros, e de repente ouvimos a risada de minha avó. Seguimos o som até o quintal dos fundos, que é praticamente igual ao da frente. Grama esmeralda em canteiros direcionados para a direita, um pátio de bloco de concreto. Nan e John estão sentados em lados opostos da mesa, cada um com uma xícara de chá. Ambos riem. Ergo a câmera.

Clique.

Não quero interrompê-los, mas Nan escuta o obturador.

— Ah — exclama ela. — Já são três da tarde?

Ficamos para tomar chá gelado e, quando nos despedimos, John não esconde que está de olhos marejados, tirando um lencinho do bolso da calça para assoar o nariz.

— Vamos manter contato? — pergunta ele a Nan quando minha avó se senta no banco de trás.

Ela assente uma única vez.

— Sim, vamos.

Charlie guia o carro para longe da casa de John, e Nan acena para o amigo pela janela. Minha avó e minha sobrinha estão no banco de trás, e Charlie está ao meu lado. Solto um suspiro.

Ele me lança um olhar rápido.

— Que barulho é esse?

— Só estou feliz.

— Eu também.

— Somos três — comenta Bennet no banco de trás.

— Somos quatro — completa Nan. — Obrigada por terem vindo comigo. Não vou me esquecer do dia de hoje.

— Você contou ao John sobre nossas reformas no chalé? — pergunto.

— Por Deus, não. Quero ver se ele vai notar.

— Ah, ele vai, sim — diz Charlie. — Impossível não notar. Há tantas flores.

— Você não gosta delas? — pergunta Bennett.

— Não gosto — responde Charlie, fitando minha sobrinha pelo retrovisor. — Eu *amo*.

Poucos antes de pegarmos a rodovia, Charlie coloca música para tocar. Começo a rir quando a voz rouca de Rod Stewart sai pelos alto-falantes. Aumento o som, e nós cantamos "Forever Young" para valer. Nan é a única que consegue acertar as notas e Bennett só sabe o refrão, mas é a melhor interpretação que já ouvi dessa canção.

Vamos ouvindo os hits de Rod enquanto dirigimos. Não consigo evitar olhar para Charlie. O sol do fim da tarde realça os pontinhos dourados em seus olhos, fazendo com que pareçam ainda mais com os de um gato. A luz reflete em seus cílios e cabelo, criando uma auréola ao seu redor. Charlie não parece ser deste mundo.

Estamos quase chegando em casa, subindo e descendo sobre as enormes colinas em Wilno, e substituímos Rod Stewart por Shania Twain, que soube que era uma das cantoras favoritas da mãe de Charlie. Estamos todos cantando sobre camisetas masculinas e minissaias, até mesmo Bennett, que pegou a letra em seu celular.

O sol baixou até a altura de nossos olhos. Charlie abaixa o quebra-sol, e eu pego os óculos de sol dele de dentro do console central. São óculos de aviador com armação prateada, e há um logo de marca discretamente gravado na haste. Eu os coloco no rosto dele, e Charlie me agradece sem tirar os olhos da estrada. Uma de suas mãos está no volante, e a outra dá tapinhas na própria coxa enquanto ele canta. E, embora eu ame estar aqui com Nan e Bennett, gostaria de ir até algum lugar com o carro veloz de Charlie, de janelas abaixadas e com a música estourando. Apenas eu e ele. Conjecturo se o Porsche é grande o bastante por dentro para fazermos umas safadezas ali.

— No que está pensando? — pergunta Charlie, olhando de relance para mim. Ele arqueia uma sobrancelha.

— Nada.

— Não é nada. Você está ficando vermelha.

Ele estica a mão e bagunça meu cabelo, e eu o afasto com um tapinha.

— Estava pensando que quero que você me leve para dar um passeio no seu carro.

— É mesmo?

— É. Vamos acrescentar isso à lista.

— Já terminamos a lista — diz Charlie.

— Talvez devêssemos fazer uma nova. Uma que possamos levar para Toronto.

— Do que vocês estão falando? — pergunta Bennett, se aproximando.

Charlie olha rapidamente nos olhos dela pelo retrovisor.

— Não estamos falando de nada.

Observo o sorriso de minha sobrinha aumentar.

— Ai, meu Deus — exclama ela. — Vocês estão falando de ser um casal, não estão?

Estou prestes a lembrá-la de nossa conversa hoje mais cedo quando Charlie nega com a cabeça.

— Não.

— Mas vocês deveriam *mesmo* ser um casal, não é, Nan?

Minha avó fica quieta.

— Seríamos um péssimo casal, não seríamos, Alice? — pergunta Charlie, me oferecendo suas covinhas.

Consigo sentir todos no carro me encarando, mas não me pronuncio. Quanto mais demoro para responder, mais difícil fica falar. Não sou boa em mentir. E a verdade está olhando para mim, baixando seus óculos de sol. Engulo o nó na minha garganta.

— *Que teeeenso* — cantarola Bennett baixinho, e Nan a faz calar a boca.

O sorriso de Charlie desaparece.

— Alice?

Balanço a cabeça, afundando alguns centímetros em meu assento.

Charlie tenta pegar minha mão, mas não quero que ele me toque. Eu me afasto, sentindo o olhar dele em mim.

E então a vejo na estrada.

Acontece tudo muito rápido.

Grito o nome de Charlie.

Há o cantar dos pneus. Os freios sendo pisados com tudo. E então sou arremessada contra a lateral do carro.

42

SÁBADO, 16 DE AGOSTO
RESTAM 16 DIAS NO LAGO

— Tem certeza de que eu não deveria ir hoje à noite? — pergunta Heather.

Estou na cama do pronto-socorro do hospital de Barry's Bay, com uma dor de cabeça daquelas e três pontos recém-feitos acima da sobrancelha direita.

— Não quero que você dirija no escuro — digo à minha irmã. — E Bennett e Nan estão bem.

Abaladas, mas ilesas.

A raposa também está bem. Charlie deu uma guinada para desviar dela, depois deu outra para sair do caminho de um carro vindo em nossa direção. Ele pisou fundo nos freios bem na hora que estávamos prestes a cair na vala. De maneira geral, foi uma proeza bastante impressionante de direção em meio a uma emergência, mas bati a cabeça no batente do carro, apaguei por um tempinho e acordei com Charlie chamando meu nome freneticamente e pressionando a camiseta amassada em formato de bola contra minha sobrancelha.

— Sei que elas estão bem — esbraveja Heather. — Bennett me ligou na mesma hora. Estou preocupada *com você*.

— Não parece uma concussão — respondo para ela. — O médico e as enfermeiras já deram uma olhada em mim. E, de qualquer maneira, você vai estar aqui amanhã.

Ergo o olhar e vejo Charlie se demorando ao lado da cortina ao redor do meu leito. Insisti que levasse Nan e Bennett de volta ao chalé. Não queria que elas ficassem esperando no hospital. Charlie encara meus pontos, sulcos profundos entre minhas sobrancelhas. Ele deve ter parado na casa dele, já que está vestindo uma camiseta que não está coberta do meu sangue.

— Preciso ir — falo para Heather. — Por favor, não conte para a mamãe nem para o papai. Estou bem. Vejo você amanhã.

Ela solta um suspiro.

— Te amo, Tartaruga.

— Também te amo.

Uma enfermeira passa ao lado de Charlie e lhe diz para se sentar. Evito olhar para ele enquanto a mulher me faz uma série de perguntas.

Estou sentindo tontura? Não.

Como está minha dor de cabeça? Terrível.

Estou sentindo náuseas? Não.

Meus ouvidos estão zumbindo? Não.

Ela examina meus olhos de novo, e depois pede licença para ir conversar com o médico de plantão.

— Alice? — A voz de Charlie parece metal sendo raspado.

Remexo na pulseirinha de identificação no meu pulso.

— Nan e Bennett estão bem?

— Estão preocupadas com você, mas bem. Coloquei uma pizza congelada no forno e servi um uísque para a sua avó. As duas estão te esperando.

Assinto.

— Alice?

Com relutância, ergo o olhar até encontrar o de Charlie. Ele está pálido e irradiando ansiedade em ondas. Nós nos encaramos, mas então a enfermeira reaparece e anuncia que posso voltar para casa. Ela nos aconselha a continuar me monitorando atrás de sinais de uma concussão, depois faz uma lista de sintomas que me obrigariam a chamar uma ambulância.

— Cuide bem dela, Charlie — declara a mulher, dando-lhe um tapinha no ombro. Os dois têm mais ou menos a mesma idade.

— Pode deixar. Obrigado, Meredith.

Nem Charlie nem eu dizemos uma única palavra enquanto cruzamos o estacionamento, de braços dados para me ajudar a ficar de pé.

— Sinto muito — diz ele assim que entramos no carro. — Não consigo acreditar que machuquei você. — Ele está encarando a fazenda do outro lado da estrada, e o lago mais adiante.

— Não foi culpa sua.

Os olhos dele se voltam para os meus, repletos de incredulidade.

269

— Eu não estava prestando atenção. E agora olha só para você. — Charlie ergue os dedos em direção à minha têmpora, e eu me retraio. Ele deixa o braço cair. — Eu poderia ter perdido você.

Eu me preparo para ignorar o quanto ele soa devastado, lembrando a mim mesma do que Charlie falou mais cedo no carro. *Seríamos um péssimo casal, não seríamos, Alice?*

— São só alguns pontos. Não foi nada de mais.

— Vai ficar com uma cicatriz.

Dou de ombros.

— Uma bem pequenininha.

O médico disse que ela desbotaria até quase sumir.

Charlie esfrega o rosto com as mãos. Quando olha de volta para mim, dá para ver que ele quer continuar falando, mas levanto as mãos. O que ele quer dizer, seja lá o que for, pode ficar para mais tarde; meu cérebro parece purê de batata.

— Pode me levar de volta ao chalé? — peço. — Só quero colocar roupas limpas e ver Nan e Bennett.

Charlie assente e dá partida no carro.

— Vou passar a noite com você — avisa ele minutos depois de pegarmos a estrada.

— Não precisa.

— E também não é uma opção. Falei que cuidaria bem de você.

Ele desliga o carro e me encara.

— Não quero que você fique — argumento.

Charlie fica sem reação, e sei que o insultei. Não foi de propósito, mas preciso de espaço para esclarecer meus sentimentos.

Justo quando penso que ele vai ceder, Charlie endireita a coluna.

— Que pena.

Deixo Nan e Bennett me paparicarem e prepararem uma xícara de chá de camomila enquanto Charlie se senta em um canto, nos observando com um silêncio sucinto pouco característico. Às dez da noite, me sinto exausta e anuncio que vou me deitar. Quando acabo de escovar os dentes, encontro Charlie na minha cama usando pijama em vez de calça jeans.

— O que é isso? — pergunto, apontando para a cadeira de balanço de madeira que ele colocou em um canto.

— É onde vou passar a noite.

Comparo o tamanho da cadeira com o de Charlie. Os dois são incompatíveis.

— Não preciso que fique tomando conta de mim.

— Por favor, me deixe fazer isso — pede ele. — Prometi a Heather.

— Você falou com a minha irmã?

— Quis me desculpar por colocar a vida de todas vocês em risco.

Estou cansada demais para argumentar, então levanto as cobertas, desligo a luminária na mesa de cabeceira e me deito. Não é a cama mais confortável do mundo, mas, neste exato momento, parece o céu. Ouço o rangido da cadeira de balanço quando Charlie se senta.

— Não vou conseguir dormir com você me encarando desse jeito — falo depois de alguns minutos. Ele está sendo iluminado pelo luar, as mãos entre os joelhos, bem acordado. — Vá para casa, Charlie.

— De jeito nenhum.

— Tá. Então venha aqui. Vai ser menos esquisito do que você sentado aí.

— Tenho medo de acabar dormindo se eu me deitar.

— Você deveria dormir — sugiro a ele. — Não vou contar para Heather que você deu mole no trabalho.

O colchão afunda com o peso dele. Sinto o corpo aquecer vários graus com Charlie deitado ali, de rosto inclinado na minha direção. Encaro o teto com as mãos atrás da cabeça, desejando que eu pudesse fingir que ele não está presente, que o que ele falou no carro não me machucou.

Fica muito mais escuro aqui do que na cidade, mas a presença de Charlie interrompe a escuridão. É estranho eu e ele estarmos deitados juntos na minha cama.

— Estou fedendo, não estou? — Não tive energia suficiente para tomar banho, e Charlie está com um cheiro ótimo.

— Você está de boa. — Faço um ruído de dúvida, e Charlie se aproxima, dando uma boa fungada na minha axila. — Mais do que de boa.

Eu o empurro para longe.

— Que nojo.

Ele se vira para mim, repousa o queixo na mão e arrasta um dedo sobre a parte de dentro do meu antebraço.

— Você não tem nada de nojenta.

Eu me arrepio e, apesar da dor de cabeça, apesar do bom senso, meu corpo se acende.

O dedo de Charlie roça para a frente e para trás sobre a pele sensível, descendo em direção à minha axila e voltando até meu cotovelo. A boca dele segue o mesmo caminho um minuto depois, deixando beijos em seu encalço. Enquanto os lábios dele acariciam meu braço, depois minha orelha, seus dedos viajam mais para baixo, ao longo da lateral do meu corpo, sobre minha barriga, deslizando por baixo do cós do meu short de pijama.

— Não acho que deveríamos fazer isso — digo.

Os dedos dele se detêm.

— Quero fazer você se sentir bem. Depois de hoje, é o mínimo que devo a você.

Balanço a cabeça, negando.

— É arriscado demais. Nan, Bennett... — Mas também sou eu. Preciso me certificar de controlar qualquer sentimentozinho carinhoso.

Charlie recua a mão.

— Não tenho mais nada que possa lhe dar, nem outra maneira de me desculpar.

Franzo a testa.

— Sexo não é a única coisa que você tem a oferecer.

Ele se vira para encarar o teto.

— Conheço muitas mulheres que discordariam de você.

Estou sem paciência hoje à noite.

— É porque você vai propositalmente atrás de parceiras que você sabe que não vão lhe pedir mais nada.

— O que você realmente acha, Alice? — O tom dele é leve, mas sinto-o me perscrutando com atenção.

— Acho que, um dia desses, quando eu não sentir que minha cabeça está sendo esmagada pelo pé de um gigante, nós vamos ter uma conversa de verdade sobre o seu histórico de relacionamentos.

Ele sabe o meu. Já lhe contei sobre Oz e Trevor, e todos os namorados entre um e outro. Compartilhei minha teoria de que amor para a vida toda é uma mentira. Ele não discordou.

Charlie não fala por um bom tempo.

— Um dia — diz ele por fim. — Mas não agora.

Ele passa um dos braços ao redor de meus ombros, me dando um empurrãozinho. Eu cedo, encostando a cabeça em seu peito, e ele acaricia minhas costas com a mão.

— Alice, não sei o que eu teria feito se você tivesse se machucado seriamente... ou coisa pior.

Eu o faço calar a boca.

— Não pense nesse tipo de coisa.

— Eu me sinto melhor agora que posso tocar você — confessa Charlie. — Acho que isso ajuda meu cérebro a entender que você está bem.

— Eu *estou* bem — sussurro, fechando os olhos. Meu corpo está pesado. — Mas agora vamos descansar.

Caio no sono ao som do coração e das respirações regulares de Charlie. Uma canção de ninar que é específica dele, desta noite.

43

DOMINGO, 17 DE AGOSTO
RESTAM 15 DIAS NO LAGO

Tenho uma noite de sono profunda e sem sonhos, e quando abro os olhos estou deitada no mesmo lugar contra o peito de Charlie. Tenho a vaga lembrança de ele tentar me acordar durante a noite para verificar se eu estava bem, e de eu o repreendendo.

— Aprendi muito sobre você nessas últimas nove horas — ouço-o dizer agora. A voz de Charlie está áspera de sono. Sinto os dedos dele brincando com meu cabelo. Estou apenas meio acordada, e respondo com um som que parece um grunhido. — Você falou que me odiava pelo menos quatro vezes.

— Não me arrependo de nada — balbucio.

— É impossível mover você. Tentei tirá-la de cima mim uma vez porque meu braço ficou dormente, mas você ficou voltando para o lugar.

— Foi você que me colocou aqui.

— E... — Consigo ouvi-lo sorrir. — Você baba.

Eu me sento e encaro a mancha úmida na camiseta cinza de Charlie, onde minha boca deve ter estado. Ele ri. Encontro seu olhar pela primeira vez esta manhã. Ele está com um sorriso preguiçoso estampado na cara, e sua bochecha está marcada pelos vincos do travesseiro.

— Bom dia, Alice.

Passo alguns poucos segundos maravilhosos encarando Charlie, um momento em que tudo o que importa é o quão bonito e aconchegante ele parece. Mas então o que ele disse ontem no carro volta de repente.

Seríamos um péssimo casal, não seríamos, Alice?

É como se tivessem jogado um balde de água fria em mim.

— Não é nada de mais — continua Charlie, se confundindo e achando que minha expressão é de vergonha. Ele me puxa em sua direção. — Venha aqui. É sempre friozinho assim aqui de manhã?

Balanço a cabeça.

— A gente deveria levantar — sugiro, saindo da cama. — Vou fazer o café da manhã para todo mundo.

Charlie se senta enquanto me apresso a colocar uma camisa de moletom e um par de meias grossas.

— Não tem ninguém acordado ainda. O que foi?

Paro e olho para ele.

— Nada. Desculpe por ter babado na sua camisa.

— Não estou nem aí para a camisa. O que está acontecendo com você?

Fecho os olhos por um breve instante. Não quero admitir o que está errado, nem para Charlie nem para mim mesma. Concordamos em ter um rolo de verão sem complicações. Em sermos amigos. Eu me envolvi com plena ciência. Ele não me fez promessa alguma. Mas aquele comentário doeu. Mesmo revisitando isso no dia seguinte, aquilo doeu. Porque acho que, em outra realidade, se decidíssemos ficar juntos, talvez fôssemos o exato oposto de péssimos. Talvez fôssemos um ótimo casal.

— Preciso de um tempo sozinha — anuncio. Não vou jogar nele tudo que está passando pela minha cabeça antes de ter a chance de entender por conta própria.

Charlie está paralisado da mesma maneira que acontece quando está tentando se conter, quando não tem certeza sobre como agir em relação ao que quer que esteja acontecendo com seu corpo e mente.

— Você está brava comigo — conclui ele. — Sobre o acidente.

Estou brava comigo mesma, penso.

— Não é isso. Você mesmo acabou de falar: foi um acidente.

— Mas você está brava. Dá para ver.

— Estou cansada — respondo. — Preciso de silêncio.

Charlie me fita de testa franzida.

— Tem certeza?

— Tenho. Só me deixe sozinha um pouquinho.

Eu viro de costas enquanto Charlie veste as roupas.

Depois o observo ir embora.

Heather chega naquela manhã em uma nuvem de perfume e poeira por causa da velocidade do carro.

Ela abraça a filha tão forte que Bennett diz à mãe que ela a está machucando. Recebo um abraço de urso parecido, seguido de um interrogatório sobre como estou me sentindo. Fisicamente, estou bem. Mal dá para notar os pontos. Minha dor de cabeça melhorou muito. Fora isso, estou me sentindo um lixo.

— Como está Charlie? — pergunta Heather quando estamos sozinhas. — Ele parecia em choque quando falei com ele ontem.

— Acho que o acidente o assustou mais do que assustou a todas nós.

— Porque ele está apaixonado por você.

— Não está mesmo — respondo.

— Ah, pelo amor de Deus. Ele a olha como se você fosse uma bola de sorvete no dia mais quente do verão.

— Pare com isso, Heather. Não quero falar sobre o Charlie.

Uma vez na vida, minha irmã deixa o assunto de lado.

Ela e Bennett vão embora depois do almoço. Em qualquer outro dia, eu teria desejado que minha irmã pudesse passar outra noite aqui, mas me sinto grata pela paz.

— Quer conversar sobre o que está deixando você chateada? — pergunta Nan enquanto observamos o carro de Heather se afastar.

Nego com a cabeça, e minha avó passa um braço em volta de mim.

— Então quando você estiver pronta.

— Acho que vou voltar para a cama. — Quero tirar um tempo dos meus próprios pensamentos.

Nan olha para as nuvens escuras que espreitam ao longe.

— É um ótimo dia para um cochilo — comenta ela. — Talvez eu faça a mesma coisa.

Está na hora do jantar quando acordo. Tenho três mensagens não lidas.

CHARLIE

Posso cozinhar o jantar para você e Nan hoje à noite?

Estou fazendo o pierogi da minha mãe.

Não me faça comer tudo sozinho. Preciso manter o shape.

Por mais que eu queira passar a noite com ele, Nan e um prato enorme de massa, preciso mais é de espaço.

> **EU**
> Acabei de acordar de um cochilo enorme, e ainda estou grogue. Vamos deixar para a próxima?

CHARLIE
Tudo certo com você? Como está sua cabeça?

> **EU**
> Juro que estou bem.
> Só preciso ficar de boa hoje à noite.

CHARLIE
Quer companhia? Eu sou super de boa.

> **EU**
> Acho que preciso tirar uma noite para mim.

Durante um minuto, diversos balõezinhos de texto com três pontos aparecem e desaparecem, até que ele finalmente diz: Desculpe, Alice.

Deixo o celular de lado e saio do quarto para procurar Nan. Ela está na cozinha, esquentando uma lata de sopa de tomate Heinz e fazendo queijo quente. É o que costumava fazer quando eu ficava doente. Passo os braços em torno da cintura de minha avó e dou um beijo em sua bochecha. É exatamente disso que eu precisava.

— Obrigada.

— De nada. — Ela inclina a cabeça para o teto. — Será que eu conheço ou não conheço a nossa menina?

Não tenho certeza se ela está falando com o meu avô ou com Joyce, mas acho que isso não importa.

Nan me conta sobre a tarde que passou com John enquanto jantamos. Ela lhe pediu desculpas pela ausência. Ele se desculpou por tê-la beijado tantos anos atrás. Ambos concordaram que o ocorrido não passou de dois amigos tentando lidar com o luto. Dá para ver que minha avó tirou um enorme peso das costas. Ela está se movendo com mais fluidez. Sorrindo mais. Fazendo mais piadas sobre John.

— Você parece mais consigo mesma — comento, mergulhando um pedaço de casca de pão na sopa. Tem o mesmo sabor de quando eu tinha sete anos. O que eu não daria por uma garrafa de suco de maçã neste instante.

— Eu me *sinto* mais como eu mesma. — Nan repousa a colher na mesa. — Sei que andei sendo curta e grossa às vezes, e peço desculpas. Normalmente ainda sinto que tenho quarenta anos, pelo menos na minha cabeça. Mas a prótese no quadril me deixou estarrecida... Passei a de fato sentir minha idade. Amo este chalé, mas também tem sido um lembrete do quanto já vivi e do pouco futuro que me resta.

Minha garganta se fecha. Não consigo imaginar o mundo sem Nan.

— Desculpe — sussurro. — Espero que não tenha sido um erro você vir pra cá.

— De jeito nenhum! Sou grata a você, Alice. Lembrar-me dos velhos tempos com John colocou as coisas em perspectiva. Tenho sorte de já ter vivido tanto, de ter tantas lembranças. Envelhecer é uma bênção. — Minha avó olha para mim por cima dos óculos. — Mesmo que às vezes seja um pé no saco.

Dou risada.

— Também tem sido um presente poder passar tempo com você — continua minha avó. — Você floresceu neste verão.

Ergo as sobrancelhas.

— Eu não fiz nada o verão inteiro.

Nan balança a cabeça bruscamente.

— Você tem estado muito feliz.

Fico sem reação, mas as lágrimas surgem em meus olhos como se estivessem esperando a oportunidade certa esse tempo todo.

— E agora não está mais — conclui Nan.

Encaro minha tigela vazia.

— Não sei como estou.

Ouço a cadeira de minha avó se mexer, e então sinto a mão dela no meu ombro.

— Vamos conversar.

Vamos conversar.

Já a ouvi dizer essas palavras dezenas de vezes. Quando soube que minha mãe estava grávida de gêmeos. Quando minha amiga contou que o garoto de quem eu gostava tinha pentelhos cor de cenoura. Quando parei de falar com Oz. Quando meus pais anunciaram que estavam se separando. Quando Trevor me largou.

Nan se acomoda no sofá e dá tapinhas no próprio colo. Eu me deito com a cabeça ali e choro. É um pranto feio e sem fôlego, que fica ainda mais pesado quando sinto a mão de minha avó fazendo carinho em meu cabelo. Meu pai costumava fazer a mesma coisa quando eu tinha pesadelos ou um dia ruim. Pondero sobre quantas gerações da família Everly receberam consolo da mesma maneira.

— Acho que sinto alguma coisa por ele — confesso quando as lágrimas param. Quero tanto negar isso que meu estômago dói. — E não é isso que eu quero. Estou tentando resistir aos meus sentimentos. Só quero que sejamos amigos.

Pensar em não ter Charlie em minha vida, em afastá-lo como fiz com Oz tantos anos atrás, é insuportável.

— Bem, você pode tentar o quanto quiser, Alice, mas acredito que vai ser quase impossível. Você sente tudo muito profundamente. Sempre sentiu.

Limpo a bochecha.

— Odeio isso em mim.

A risada de minha avó é gentil.

— Essa é uma das suas melhores qualidades. A longo prazo, vai ser mais difícil continuar deixando seus sentimentos de lado do que olhar para si mesma no espelho e aceitar quem você é e o que você quer.

— Mas e se o que quero me machucar?

— Não existe garantia de nada nessa vida. Mas vou ter orgulho de ter uma neta que é corajosa o bastante para seguir o próprio coração.

— Acho que você é muito mais forte do que eu.

Minha avó solta uma risada abafada.

— Sou só mais velha. Não tenho muitos arrependimentos. — Depois de um instante, ela acrescenta: — Mas eu bem queria não ter fugido de John. Queria ter estado presente o bastante para ter conversado com ele sobre o que aconteceu, mesmo que tivesse sido difícil. Perdemos tantos anos...

— Estou com medo.

— Sim, imagino. — Nan me dá tapinhas no ombro. — Apaixonar-se é assustador.

Passo três dias evitando Charlie. Eu lhe digo que preciso fazer edições de última hora para um cliente. Não é mentira, mas levo menos de uma hora para fazer isso. Envio respostas monossilábicas para suas mensagens de texto, recuso seus convites para passeios de jet ski e assistir a filmes à noite. Ele me pergunta se pode me levar ao hospital para tirar os pontos, mas não respondo até já os ter tirado. Fico na casa de barcos quando ele aparece no chalé para tomar chá certa tarde.

— Você está torturando o pobre coitado — comenta Nan quando Charlie a traz de volta depois do jogo de cartas. — Charlie não é idiota. Ele sabe que você o está evitando. Coitado, acho que ele nem chegou a fazer a barba a semana inteira. Está bem maltrapilho.

— Estou tentando entender como me sinto — digo à minha avó, e ela responde com o silêncio de quem acha graça. Jogo as mãos para o alto e admito: — Tudo bem, estou evitando Charlie. Eu gosto dele!

Nan ri tanto que precisa secar as lágrimas com seu lencinho bordado.

— Você é uma figura — diz ela assim que se recompõe. — Mas vai ter que encarar a verdade e o Charlie, mais cedo ou mais tarde.

Mal durmo naquela noite. Fico encarando a luz na casa de Charlie. Imagino como vou manter sob controle tudo que está borbulhando dentro de mim. Eu me sinto uma chaleira humana em fogo alto, e não quero vê-lo até ter esfriado.

Mas não posso me dar a esse luxo.

Na manhã seguinte, Charlie está no batente da entrada do chalé, de braços cruzados sobre o peito, parecendo nem um pouco impressionado. Nan tinha razão: ele andou não fazendo a barba. Charlie está com o indício de uma barba, mas não está maltrapilho.

Ele olha de relance para Nan por cima de meu ombro, e ela lhe entrega uma ecobag. Antes que eu possa perguntar o que tem ali dentro, Charlie fixa os olhos em mim.

— Você vem comigo.

44

QUARTA-FEIRA, 20 DE AGOSTO
RESTAM 12 DIAS NO LAGO

— Por favor, me diga que a gente não vai invadir o seu antigo colégio do ensino médio.

Charlie e eu estamos dentro do carro dele, parados do lado externo de um prédio de tijolos marrons. Estou sentada por cima das minhas mãos a fim de impedir que elas se remexam. Não sei quais os planos dele, mas estou nervosa. Parece que estamos à beira de alguma coisa, mas não consigo identificar se o que me aguarda é traiçoeiro, maravilhoso ou os dois.

— Não vamos invadir o meu antigo colégio do ensino médio. — É a primeira coisa que ele diz em quinze minutos.

— Então o que estamos fazendo aqui?

— Se eu lhe dissesse, não seria mais surpresa. — Charlie estica a mão para o banco de trás, em busca da ecobag que minha avó lhe deu, e abre a porta. Eu o observo sair do carro, perplexa.

— O que tem aí?

Charlie abaixa a cabeça, com um dos braços encostados no carro.

— Se eu soubesse que o que faria você falar comigo era uma surpresinha, eu teria feito isso mais cedo.

— Mas eu estava falando com você. Mandei mensagens. Disse oi quando você passou lá em casa.

Ele ergue a sobrancelha.

— Você sabe que é uma péssima mentirosa, né? Venha.

Saio do carro e sigo Charlie, subindo os degraus de concreto até a entrada. Um homem em uniforme de zelador abre uma das portas de vidro. É um cara grandalhão de óculos que provavelmente tem quase setenta anos. Charlie aperta a mão dele.

— Que bom ver você, Tony. Obrigado pelo favorzinho.

— Sem problemas. Ando por aqui a semana inteira de um jeito ou de outro, já que as aulas voltam logo.

— Agradeço mesmo assim. Esta aqui é minha amiga Alice.

— A fotógrafa — conclui Tony, apertando minha mão. — É um prazer conhecer você.

— O prazer é meu — respondo enquanto entramos no prédio.

O saguão da Escola de Ensino Médio do Distrito do Vale de Madawaska parece o mesmo de qualquer outra escola: chão polido sarapintado e luzes fluorescentes. Vitrines de vidro exibindo troféus e fotos. Uma porta dupla que leva até onde presumo que seja a cantina, com suas longas mesas de aparência desconfortável. Eu me sinto imediatamente um peixe fora d'água, da mesma maneira que me senti no Colégio Leaside.

— Vou deixar você à vontade — anuncia Tony. — Tenho certeza de que ainda se lembra do lugar. — O sujeito me lança um olhar duro. — Certifique-se de que ele não vá se meter em encrenca. Já limpei a bagunça de Charlie Florek vezes o bastante em uma única vida.

— Você é famoso nesta cidade, hein? — comento enquanto atravessamos um corredor de iluminação fraca com armários azuis. Charlie usa short e um moletom de capuz, e é fácil de imaginá-lo percorrendo este mesmo lugar vinte anos atrás.

— É uma cidadezinha de mil e duzentos habitantes. Todo mundo é famoso.

Faço um som de dúvida.

— Tenho a impressão de que você é especial.

Charlie para em frente a uma porta e retira uma única chave de dentro do bolso.

— O que é isso? — pergunto quando entramos, embora esteja nítido que se trata de uma sala de artes. Um espaço não muito diferente deste costumava ser meu santuário na adolescência. As cadeiras estão apoiadas, de cabeça para baixo, sobre mesas enormes. Há uma pia e armários com pilhas de papel e molduras de tela por cima. As paredes estão cobertas de paletas de cores e pôsteres detalhando desenhos em perspectiva. Prateleiras para secar, bonecos articulados para desenho, rolos de tecido de tela. Os cheiros de minha juventude voltam com tudo: lápis recém-apontados, tinta a óleo, aguarrás.

— Isto — diz Charlie, me observando absorver tudo — é meu pedido de desculpas por colocar você, Nan e Bennett em perigo.

— Você já se desculpou.

— Não foi o suficiente.

Ele dá um passo para o lado, e sigo seu olhar até a porta do outro lado da sala. Há uma placa luminosa em cima dela onde se lê a palavra OCUPADO em vermelho.

Fico de queixo caído.

— Tem uma câmara escura aqui?

— Pois é. — Charlie me oferece a ecobag. Dentro dela há uma caixa de filmes. Todos os rolos que usei este verão. — Pode ficar à vontade para usar aquela sala o quanto quiser antes de as aulas voltarem.

— Como você fez isso?

— Sendo famoso na cidade. — Ele abre um sorriso largo. — E a professora de arte daqui, Olive, é filha de uma das melhores amigas da minha mãe.

Encaro Charlie, sem saber o que dizer e profundamente tocada. Ele sabe que sinto falta de usar uma câmara escura. Sinto meu coração crescer tanto que não cabe no peito, como se ele fosse abrir um buraco em mim. Estou encantada. Estou abalada. Sinto meu corpo ser esmagado pela totalidade de Charlie. Esse cara complicado, gentil, de dar raiva.

— Também prometi comprar um bando de materiais para a aula de Olive.

— Obrigada. — Minha voz falha, e preciso piscar para afastar a ardência nos meus olhos. — Ninguém nunca fez nada desse tipo para mim antes.

Charlie acena com a mão, como quem diz para deixar para lá.

— Me mande mensagem quando tiver terminado, eu venho te buscar.

— Você não vai ficar?

— Não. Não acho que você vai conseguir controlar as mãos em uma salinha minúscula. Eu sou irresistível sob uma luz vermelha.

— Você já esteve ali antes?

— Já.

— Com uma garota?

Charlie dá uma piscadinha.

— Com mais de uma.

E, assim, ele se vira e vai em direção à porta.

— Te vejo quando você tiver terminado — diz ele por cima do ombro.

Fico encarando a porta da câmara escura com um sorriso se abrindo em meus lábios.

Minha primeira tarefa é fazer um inventário de todo o equipamento e me situar. Esta câmara escura não está preparada para revelar a cores, mas há bastante filme em preto e branco na bolsa trazida por Charlie. Depois de usar o Google para refrescar a memória, começo a misturar revelador, interruptor e fixador, derramando-os em cilindros separados.

O cheiro de vinagre me transporta de volta no tempo, para uma época em que meu mundo se resumia a outra salinha minúscula como esta. Eu costumava passar horas e dias tentando obter uma cópia perfeita, fazendo cópias-contato, testando e retestando a exposição para acertar o contraste. Depois fazia tudo de novo com um único negativo, aumentando-o e fazendo cópias-teste em busca do equilíbrio perfeito entre luz e sombra.

Acendo a luz vermelha para tirar um rolo de filme de dentro do tubo. Não vou revelar nenhuma foto hoje — os negativos precisam ser processados primeiro. Firmo as mãos o máximo que consigo e dou conta de colocar o filme, sem arranhá-lo, em uma bobina e dentro do tanque de revelação. Confirmo três vezes a quantidade de tempo que ele precisa passar em cada solução e quantas vezes preciso virá-lo para agitar os produtos químicos.

Acho o aspecto científico desse trabalho bastante reconfortante. Mais ou menos dez minutos mais tarde, quando acrescento água ao tanque de revelação para retirar os produtos químicos, meu rosto fica franzido de concentração, mas minha alma vibra. Eu provavelmente deveria revelar apenas um rolo, para o caso de eu tê-lo estragado, mas estou me divertindo demais. Passo para o próximo.

Quando estou pronta para ir embora, há três tiras penduradas para secar. Limpo a sala, sentindo-me mais leve do que me senti quando entrei. Fiz arte apenas para mim e para mais ninguém. Mesmo se não houver nada ali que mereça ser pendurado na parede de uma galeria, isso já vale alguma coisa.

Meu rosto está corado de prazer quando saio da escola. E aí vejo Charlie.

Ele está escorado no carro, assistindo a uma bandeira se agitar ao vento. Quando me vê, seu rosto se inclina em minha direção e, mesmo desta distância, consigo ver os olhos dele cintilando. Um sorriso se abre em seus lábios, idêntico ao meu.

Isto, eu penso. *Isto aqui também vale alguma coisa.*

— Vou voltar amanhã — conto-lhe durante a volta para o chalé.

— Vou dar a chave para você. — Charlie me espia de relance. — Olive perguntou se você consideraria voltar para conversar com os alunos dela durante as aulas.

— Diga pra ela que vou pensar no assunto. Gostaria de vir comigo e transformar a oportunidade em uma viagem de carro?

Charlie encara a estrada à frente. Ele respira fundo.

— Eu adoraria — responde devagar. — Se eu conseguir, estarei lá.

— Eu adoraria ver como aqui fica no inverno.

— Fica lindo. Sam e eu costumávamos tentar manter um rinque de patinação. — Ele soa melancólico.

Eu nos imagino bebendo chocolate quente ao lado de uma lareira. Patinando no lago. Com o nariz rosado. Céus azuis límpidos e galhos de árvores perenes incrustados de um branco cintilante. Charlie e eu. Sam e Percy e um bebê recém-nascido.

— Por que não fica para o almoço? — pergunto quando viramos na Bare Rock Lane.

— E um passeio de barco depois?

— Que tal de jet ski? Vamos pular daquela rocha.

Sei que preciso contar a Charlie que sinto algo por ele, mesmo se isso for estragar tudo. Mas ainda não. Quero me agarrar ao que resta do verão e aproveitar o que temos, só mais um pouquinho.

Mas, no dia seguinte, enquanto estou na câmara escura inspecionando as cópias que passei a manhã inteira revelando, percebo que meu tempo acabou.

É a segunda foto que vai mudar a minha vida.

45

QUINTA-FEIRA, 21 DE AGOSTO
RESTAM 11 DIAS NO LAGO

Charlie me encara diretamente na foto. As covinhas aparecem nas bochechas, e o sorriso se ilumina de admiração. Mas é a expressão em seus olhos que me deixa sem fôlego. É uma que já vi antes. É como Nan olhava para o vovô. É como meus pais costumavam olhar um para o outro. É como Sam e Percy se olham. Conheço esse olhar no fundo da alma.

Meu coração não desacelerou desde que examinei o negativo. Não sei como deixei de notar, porque esse mesmo olhar aparece no rosto de Charlie pelo menos meia dúzia de vezes nas imagens. Talvez tenha sido tão breve que deixei passar, ou talvez a câmera tenha escondido a verdade de mim.

Tirei essa foto no dia que fizemos picles com minha avó. Ela está no fundo da foto, uma figura desfocada à pia, e Charlie está em primeiro plano. Acho que eu tinha acabado de contar uma piada, alguma coisa juvenil sobre suas habilidades peritas lidando com pepinos. Ele ergueu o olhar para mim com algo que pensei que fosse surpresa.

Clique.

Mas não é surpresa o que há em seu rosto. Ou não é apenas isso.

Pressiono a palma da mão contra a bochecha, sentindo como está quente, enquanto espero. Mandei mensagem para Charlie há dez minutos. Quando o ouço bater à porta, dou um salto. Devagar, afasto o olhar da fotografia e vou até a porta.

O sorriso de Charlie desaparece assim que me vê.

— O que aconteceu?

Balanço a cabeça.

— Nada... Você só me assustou. — Meu Deus, como estou nervosa. — Pensei que iria gostar do que eu revelei.

— Com certeza.

Levo Charlie até a câmara escura e fico ao seu lado.

— É uma foto muito boa, Alice.

— Tem melhores — respondo. É capaz de algumas serem até maravilhosas.

Charlie baixa o olhar para mim, a boca se contorcendo para cima.

— Então por que escolheu esta?

Não tenho certeza se ele não está vendo o mesmo que eu ou se está em negação, assim como eu. Endireito a postura na esperança de que ficar aprumada como Nan irá me convencer a ter coragem.

— A gente se conheceu por causa de pepinos — declaro.

O olhar dele se suaviza — assim como na foto. Assim como aconteceu ontem à tarde, antes de pularmos da falésia de granito para dentro do lago, e depois, quando nos sentamos na plataforma flutuante depois de termos voltado, com nossos pés dentro da água. Uma borboleta-monarca havia pousado em meu dedo. Eu a ergui até meus olhos, dizendo-lhe como era bonita, depois olhei para Charlie, que estava me observando com o mesmo carinho sem reserva.

— Que sentimental — comenta ele agora, mas sua voz está embargada.

Encontro seu olhar e meu pulso dispara.

— Esse tem sido o melhor verão da minha vida — continuo. — Os últimos dois meses significaram muito para mim. Quero lhe mostrar o quanto foram importantes. O quanto você é importante.

Os dedos dele roçam os meus.

— Alice.

Meu nome escapa de seus lábios feito uma súplica. Vejo a tensão em seu pescoço, em seus ombros.

— Eu quero você — sussurro. O olhar de Charlie fica sério, não se movendo um único centímetro enquanto fico na ponta dos pés e me inclino sobre seu ouvido. — Quero você inteirinho.

Ele vira o rosto para mim, e um raio verde relampeja em seus olhos. Antes que eu tenha sequer colocado os calcanhares de volta no piso, as mãos de Charlie me agarram, erguendo-me do chão. Sua boca encontra a minha, e um gemido ressoa bem no fundo de seu peito. A boca dele está impaciente, e seus sons estão tão desesperados quanto os meus.

— Você não faz ideia — responde ele, os lábios percorrendo meu pescoço — do que está pedindo.

— Sei *exatamente* o que estou pedindo — afirmo, inclinando meu queixo para trás para que ele prove minha pele. Charlie aperta um interruptor e a sala mergulha na escuridão, exceto pela luz vermelha brilhando em seu rosto. Frenéticos, nossos lábios se chocam de novo.

Charlie me coloca na beirada da pia e dá um passo para ficar entre minhas coxas. Ergo as mãos para puxar seu rosto contra o meu, tomando seu lábio inferior entre meus dentes, com força o bastante para que ele sibile e depois puxe meus quadris contra os seus, me mostrando o quanto ele quer isso.

— Não ouse se segurar — digo.

Charlie geme. A palavra *encrenca* vibra em seu peito.

Sinto seus dedos desfazendo meu coque, e então meu cabelo cai sobre os ombros. Levo as mãos até o zíper de suas calças ao mesmo tempo que Charlie desliza as alças do vestido pelos meus ombros e o tecido fica amontoado em minha cintura, deixando os seios expostos.

— Porra, Alice.

Não sei se Charlie está soltando um palavrão porque não estou usando sutiã hoje ou porque coloquei a mão nele. Seus dedos brincam com meu mamilo, fazendo movimentos firmes e circulares que me fazem jogar a cabeça para trás. A língua de Charlie encontra o seio oposto, girando de um modo que faz minhas pernas se contorcerem. Nós dois gememos enquanto ele belisca e chupa. Meus calcanhares encostam em algo numa prateleira abaixo, e ela se estatela no chão.

Charlie empurra meu vestido por cima das minhas pernas, pressionando o dedão contra o tecido já úmido da minha calcinha, e eu estremeço de novo, depois me apresso a puxar a calça jeans dele até seus quadris.

— Agora — digo a Charlie. — Quero você agora.

Já tivemos essa conversa. Ele está limpo. Eu estou limpa. Contraceptivo? Em dia.

Ergo os quadris para puxar a calcinha para baixo, mas Charlie a rasga.

Pisco, chocada, depois rio.

— Sempre tão dramático.

Ele sorri enquanto tira a camisa, e essa imagem é travessa e sexy e completamente Charlie. A visão de seu corpo absurdo, o quão incrivelmente grande *tudo* é. Sob a luz vermelha da câmara escura, é tão obscena que eu riria se não estivesse prestes a entrar em combustão.

— Você é tão gostoso — falo para ele.

Seu olhar percorre meu corpo devagar, e Charlie agarra a si mesmo com o punho. Ele bate uma enquanto pressiona um dedo dentro de mim, depois mais outro.

— Você tá tão prontinha.

— Você não faz ideia — respondo, repetindo as mesmas palavras dele.

Charlie mexe os dedos lentamente, me torturando, para dentro e para fora. Seus olhos estão colados aos meus.

— Por favor — imploro. — Charlie.

O sorriso dele é malicioso, uma promessa do que está por vir.

— Repete isso — pede com a voz rouca, tomando meus quadris nas mãos e me puxando até ele encostar bem ali.

— Charlie — chamo enquanto ele entra em mim.

Arquejo ao sentir seu tamanho e Charlie para, os olhos procurando os meus.

— Está tudo bem?

Assinto.

— Tudo — asseguro-lhe. — Por favor.

Ele pressiona devagar, dando tempo para eu me acostumar. Mas não quero tempo. Não quero me acostumar. Quero ele, e quero agora. Passo as pernas em torno da parte de trás de suas coxas e tento puxá-lo mais para dentro de mim.

— Você inteirinho — digo a Charlie. — Anda logo.

Ele me beija com força, depois me ergue e, com uma estocada certeira, ele chega exatamente lá. Sem fôlego, chamo seu nome.

— Não para — peço. Tento rebolar, mas suas mãos são muito fortes. Charlie está me segurando no lugar.

— Preciso de um segundo, Alice — diz Charlie com esforço, a testa colada na minha. — Tá uma delícia.

Ele inspira pelo nariz, depois seu olhar encontra o meu. Um tremor me percorre quando vejo o que há em seus olhos. Charlie encosta os lábios na minha cicatriz, depois na minha boca. É o mais doce dos beijos. Minhas costas se apoiam na parede de tijolos fria. O sorriso dele é ligeiro, e então Charlie está se movendo em investidas poderosas e implacáveis que me fazem perder o fôlego. Começo a fechar os olhos com bastante força, mas ouço Charlie dizer:

— Fica aqui comigo.

— Tá gostoso demais — consigo verbalizar. Charlie está acertando no lugar certo dentro de mim, e tudo em meu interior está se tensionando.

— Ainda não — diz ele. — Ainda não estou nem perto de fazer tudo que eu quero com você.

Ele me segura e cai sobre um banco com rodinhas. A boca dele se fecha em torno de um de meus mamilos, e seus quadris deixam de se mexer. Minhas pernas estão abertas em cima dele, mas meus pés não encostam no chão. Não há nada que eu possa usar para me segurar. Estou à sua mercê.

Charlie murmura contra minha pele, e sua língua encontra a carne retesada. Uma de suas mãos se coloca entre nossos corpos, e a sensação de seus lábios e seus dedos é quase insuportável — e então seus quadris começam a se mover. Minhas coxas começam a tremer, e Charlie alivia o ritmo. Eu solto um gemido.

— Pare de se exibir — provoco, ofegante, na terceira vez que ele quase me faz gozar. Consigo sentir minha pulsação por todo o corpo, estou hipersensível.

Charlie me mostra um meio-sorriso, o lábio inferior preso entre os dentes, e, com a voz rouca, ele diz:

— Isso aqui não é nada.

Reviro os olhos, e ele mordisca o lóbulo da minha orelha.

— Espera só até eu te levar pra cama — rosna Charlie contra meu pescoço, e sou tomada de excitação.

— Hoje à noite — afirmo.

Ele assente.

— Hoje à noite.

Charlie me posiciona para que eu possa afundar em cima dele, meus joelhos ao redor de suas coxas. Assim eu consigo me mexer. Ficar por cima sempre fez eu me sentir vulnerável, ansiosa, como se eu fosse fazer algo errado. Rebolo os quadris uma vez, com hesitação. Olho entre nós, sentindo-me desajeitada, depois de volta para Charlie. Não preciso dizer nada. Uma de suas mãos se fecha ao redor da minha cintura para me guiar. Ainda assim, Charlie me deixa no comando para experimentar o que funciona para mim. Ele ergue o olhar para mim e murmura elogios, chama meu nome, e qualquer resquício de vergonha que eu tinha desaparece. Posso ser eu mesma ao lado de Charlie. Mesmo nesta situação, ele só me quer do jeito que eu sou.

Dá para perceber que ele está tendo dificuldade de manter os olhos abertos, de se segurar para não tomar o controle. Seus dedos estão entre as minhas pernas, me incitando a chegar lá. Ele puxa o lábio inferior entre os dentes de novo, os tendões em seu pescoço se tensionam, e ver esse homem perdendo o controle diante de mim é inebriante. Não sei se já me senti tão poderosa assim antes.

Quando grito, sentindo um prazer incandescente me atravessando com tremores pulsantes, Charlie leva a boca até a minha. Nossos beijos são profundos, nossas línguas buscam uma à outra, e quando ele começa a acelerar o ritmo, minhas terminações nervosas se tensionam e se agitam mais uma vez. Um orgasmo está prestes a emendar no outro, ou talvez ele nunca tenha cessado. Eu até me surpreenderia, mas estamos falando de Charlie. Ele consegue conduzir meu corpo como se eu fosse um instrumento.

Eu lhe digo que estou prestes a gozar, e ele sorri contra meus lábios. Charlie me observa, sorrindo aquele sorriso sexy e presunçoso dele. Ele não para até meu corpo ficar molenga e eu desabar contra seu peito, tentando recuperar o ar.

A mão dele percorre minha coluna de baixo para cima, se enroscando nas pontas do meu cabelo. O contraste entre o tamanho de seu corpo e a gentileza de seu toque faz meus braços se arrepiarem.

Encosto os lábios em seu peito. Provo-o com a língua. Eu me delicio com o quanto gosto do sabor do sal em sua pele. Passo para seu ombro. Seu pescoço. Maxilar. Provando. Beijando. Chupando. Mordendo.

— Eu poderia comer você no jantar — murmuro.

Charlie solta uma risada.

— Acho que já comeu.

Passo para sua boca.

— Esta é a minha parte favorita.

— Beijar?

— Os seus lábios. — Chupo o inferior, soltando-o com um estalido. — O jeito como flertam, sorriem e provocam. — Percorro os contornos de seu lábio superior com a língua.

O rosto todo de Charlie sorri de volta para mim, não apenas a curva de sua boca. As covinhas. As linhas de expressão em suas têmporas. O brilho em seus olhos.

— Devo estar dando mole, se minha boca ainda é a sua parte favorita.

Sorrio.

— Talvez você precise tentar com mais afinco. Você me obrigou a fazer o trabalho todo.

Mal terminei a frase e Charlie colocou nós dois de pé. Suas mãos percorrem meus braços e ele me beija no pescoço.

— Você confia em mim?

— Eu confio em você. — Estou tremendo de expectativa quando Charlie faz eu me virar e me curvar sobre a bancada.

Confio nele mais do que em qualquer outra pessoa.

Não consigo parar de sorrir. Charlie e eu nos despedimos há algumas horas, e mesmo assim o sorriso bobo ainda não saiu do meu rosto.

— Quer me contar por que está com essa cara de felicidade? — pergunta Nan enquanto tomamos chá no terraço. Charlie tinha planos com Harrison hoje à tarde, mas meu olhar fica se voltando para o cais dele, à espera de vislumbrá-lo. — Ou será que preciso adivinhar?

Não respondo, apenas levo a caneca aos meus lábios ainda inchados.

— Alto, bonito e tão forte quanto um urso? — Minha avó olha para mim por cima dos óculos, e meu sorriso aumenta. — Rostinho de galã de cinema? Voz de locutor de rádio? Costas tão fortes que poderiam quebrar uma noz?

Engasgo com o chá.

— Será que preciso continuar? — pergunta Nan enquanto meu celular vibra.

HEATHER '

Aí siiiiiiiiim!!! ISSO AÍ, ALI!

Me conta TUDO. Quando? Onde? Como foi?

HEATHER

TAMANHO!!!!!

Mais mensagens supereufóricas chegam. Não consegui me conter. Foi o melhor sexo que já fiz na vida, e com um homem com quem me importo profundamente. Precisei contar para alguém.

Por mais estranho que pareça, meu primeiro instinto foi ligar para Charlie assim que nos despedimos.

Dá para acreditar no que acabou de acontecer?, eu queria dizer. *Dá para acreditar que foi tão bom?*

Heather foi a segunda opção.

Corro para respondê-la.

EU

Hoje. Numa câmara escura. Extraordinário.

Não posso falar agora. Ligo para você mais tarde.

HEATHER

ISSOOOOOOOO!!!!!!!! QUEM É O TREVOR NA FILA DO PÃO?!

Solto uma risada, depois volto a atenção para Nan.

— Você se importa se eu passar a noite na casa do Charlie?

— Claro que não — responde ela, deixando a caneca de lado.

Da próxima vez que meus olhos se dirigem até o cais dos Florek, eu o vejo ali de pé. Charlie acena, e nós acenamos de volta.

— Eu falei — diz Nan, sorrindo sobre a água.

— Falou o quê?

Ela olha para mim.

— Coisas boas acontecem no lago.

46

Charlie leva delivery do Tavern para Nan comer no jantar. Ele lhe conta sobre nossos planos para aquela noite enquanto minha avó enche o prato de repolho-roxo cozido, purê de batata e bife de porco à milanesa. De acordo com Charlie, ele vai me ensinar a fazer o pierogi da mãe dele. Nan e eu trocamos olhares de dúvida.

— A gente vai cozinhar? — pergunto no caminho até a casa dele.

— Ah, e como a gente vai cozinhar. — Ele me lança seu olhar de sexo e eu solto uma risada abafada.

Estou usando meu vestido verde elegante e não estou levando nada além da escova de dentes e das roupas que irei usar amanhã. Não trouxe nem a câmera. Estive esperando a tarde inteira para botar as mãos em Charlie de novo. Apesar de toda a sua conversinha sobre ir para a cama, duvido que eu consiga esperar até subirmos as escadas. Mas então ele me leva para dentro, direto para a cozinha. Há um saco de mais de dois quilos de batata e um saco de farinha na bancada.

Olho de relance para ele. Charlie está de jeans e camiseta. Os lábios ainda estão um pouco inchados e o rosto está bem presunçoso.

— A gente vai mesmo fazer pierogi?

— Foi isso que eu falei. — O olhar dele viaja pelo meu corpo e, quando volta ao meu rosto, está cheio de promessas. — Mas não contei para a sua avó quais eram os outros planos.

— E que são...?

— Comer. Nadar. Et cetera.

— Pensei que você precisava esperar trinta minutos depois de comer para poder nadar.

Charlie cruza a cozinha a passos largos até mim.

— Não falei o que eu ia comer.

Faço careta, apesar de sentir um único pulsar de desejo entre as pernas.

— Você é terrível.

— Você não faz a menor ideia. — Charlie me beija uma vez, bem rápido, passando o dedão em meu lábio inferior antes de contornar a bancada. — Você descasca as batatas.

Minhas mãos tremem enquanto faço isso. Charlie sova a massa, com os antebraços flexionando de uma maneira que me faria pensar em safadezas se eu não estivesse tão tensa. Não consigo mais fingir. Preciso contar a ele como me sinto. O que me deixa apreensiva não é o medo, é como Charlie vai olhar para mim. Estou nervosa, mas também animada.

— Vamos acabar com um estoque de pierogi digno de restaurante — comenta Charlie enquanto tapa a massa. — Talvez possamos congelar alguns para você levar de volta para a cidade.

Concordo com um murmúrio. Estamos cozinhando juntos, conversando sobre congelar o que sobrar. Somos amigos, mas já somos muito mais do que isso.

Charlie botou música para tocar na caixa de som sobre a bancada — sua playlist de dock rock. Clássicos que meus amigos talvez tocassem de maneira irônica, mas que Charlie recebe de braços abertos. Ele não gosta de nada de maneira irônica. Está cantando fora de tom, e percebo que isso é algo que admiro nele. Charlie não tem vergonha de ser ele mesmo. Ele me flagra o encarando e dá uma piscadinha.

"Forever Young" começa a tocar, e eu solto uma risada. Vou associar Rod Stewart a este verão, a esta noite, até o fim dos tempos.

Estou terminando as batatas quando sinto Charlie às minhas costas. Ele beija meu pescoço, desliza a alça de meu vestido sobre o ombro. Seus lábios percorrem o mesmo caminho. Uma das mãos passa pela minha cintura. Mais para baixo. Eu o cutuco com o cotovelo.

— A gente está cozinhando, lembra?

— Desculpe — diz ele, embora eu consiga ouvi-lo sorrindo. — Eu amo esse vestido. E estive pensando em você o dia inteiro.

— Eu também. — Viro o rosto para fitar Charlie. — Queria ter ligado para você. Queria conversar com alguém sobre como foi maravilhoso.

Os olhos dele se suavizam. O sorriso é radiante. É o olhar daquela foto. O olhar que falhei em reconhecer até hoje.

— Você podia ter ligado — responde Charlie. — Ficaria mais do que feliz de conversar sobre minhas proezas sexuais a qualquer momento. Ângulos, profundidade, velocidade, posições favoritas.

Eu rio e lhe dou uma cotovelada de novo, e Charlie me vira e me beija tão profundamente que deixo o descascador de vegetais cair no chão. Ele geme na minha boca. Parece um som repleto de alívio, saudade e desejo. Nossos beijos costumam ficar mais e mais frenéticos até que estejamos implorando um pelo outro, mas este vai na direção oposta. Charlie segura meu rosto entre as mãos. Abro os olhos e o vejo me encarando de um jeito que ninguém nunca fez.

Apenas ele.

Charlie dá tapinhas no meu quadril, sorrindo.

— De volta ao trabalho, molenga.

Começamos a cozinhar as batatas e a fritar as cebolas na manteiga, o perfume preenchendo a cozinha com algo que se parece muito com o cheiro de lar. Quando a massa está pronta, Charlie a abre até que fique fina e lisa. Ele olha para mim e estou o observando de queixo um pouco caído.

Charlie dá uma risadinha.

— Fascinante, né?

— Queria dizer que não, porque a última coisa de que o seu ego precisa é ser ainda mais afagado. Mas é. É fascinante.

— Às vezes eu ajudava minha mãe a cozinhar quando ela estava sem tempo. Abrir a massa era a parte de que ela menos gostava. — Charlie dá de ombros. — Eu não me importava, e gostava de estar na cozinha do Tavern. Fazia eu me sentir mais próximo do... — Charlie para de falar, e eu coloco a mão em seu braço.

— Do seu pai.

Ele assente.

— Não conversamos sobre meu pai em casa depois que ele morreu. Mas no restaurante eu conseguia sentir sua presença. Quando minha mãe não estava por perto para ouvir, Julien costumava contar histórias sobre o meu pai, a maioria tirando sarro dele. E acho que parecia normal. Sam nunca gostou muito de trabalhar na cozinha. Não lavaria uma louça nem que sua vida dependesse disso. Mas, para mim, aquele lugar, as pessoas de lá... eram minha família.

Charlie fica em silêncio enquanto corta a massa em círculos. Acrescento uma colher da mistura de batata e cebola e então ele me mostra como fechar a massa, formando uma lua crescente com a borda em pregas. Demoro uma dúzia de tentativas até acertar, enquanto Charlie trabalha três vezes mais rápido que eu.

Eu o fito de soslaio depois que fiz um pierogi direito, mas ele está encarando minhas mãos, de maxilar tenso.

— Charlie? Está tudo bem?

Ele me mostra um sorriso fraco.

— Sim. Só voltei no tempo um segundinho.

— Quer conversar sobre o assunto?

— Não é nada — responde. Ele inspeciona os bolinhos de massa diante de mim. — Você pegou o jeito.

— Nada mal, né?

— Não — diz ele, beijando minha têmpora. — Nada mal mesmo.

Damos um passeio de barco antes de comer. O sol afundou para além da encosta, deixando o horizonte com rastros de rosa e azul. Embora ver Charlie nesta noite tão perfeita seja algo que eu queira lembrar para sempre, não sinto vontade de pegar a câmera. Estou no momento, no centro da ação.

Solto o cabelo do elástico e Charlie sorri, depois aperta o acelerador. Saímos voando pelo lago, e tento absorver cada mínimo detalhe. O ronco do motor, um som que consigo distinguir de todos os outros barcos no lago. Meu cabelo açoita minhas bochechas. A maciez do suéter de Charlie contra minha pele. O arrepio nas minhas pernas. O vento gelado no rosto e o ar fresco nos pulmões. O reflexo do pôr do sol no lago, como se estivéssemos navegando pelos céus.

E Charlie.

Não quero que isso termine nunca.

Mas em dado momento meus dentes começam a bater. Charlie tira a jaqueta que está usando e a joga por cima das minhas pernas, e nós voltamos para casa. Pulo em cima dele assim que estamos no cais, entrelaçando os braços ao redor de seu pescoço. Charlie tropeça para trás.

— Peguei você — cantarolo.

Charlie levanta uma sobrancelha, depois me ergue do chão e me joga sobre um dos ombros.

— *Eu* peguei você — corrige ele, me carregando colina acima.

— Viagem turbulenta, mas estou gostando da paisagem. — Dou um tapa na sua bunda.

Ele beija meu quadril, sem me botar no chão até estarmos na cozinha.

Coloco as mãos em seu peito.

— Me mostra o seu quarto?

— Encrenca — diz Charlie, mas ele pega minha mão e me leva escada acima.

— Não acredito que nunca estive aqui antes.

Charlie aponta para uma porta.

— Aquele é o quarto antigo do Sam.

Enfio a cabeça lá dentro. Tirando um berço, parece o quarto de um menino adolescente. Há uma estante abarrotada de quadrinhos, livros do Tolkien e livros didáticos, e há dois pôsteres colados na parede. Um é do filme *Monstro da lagoa negra* e o outro é de um coração anatômico.

— Sam e Percy estão ficando ali — diz Charlie, gesticulando para o fim do corredor. — E aquele... — Ele indica com a cabeça o quarto do outro lado do corredor. — É o meu quarto.

Eu entro. O lugar é tudo, *menos* um quarto de infância. Há uma enorme cama de cabeceira baixa estofada em tecido preto. Passo a mão ali. É veludo. Das obras de arte penduradas nas paredes até a escrivaninha polida, tudo é luxuoso, novo e de aparência cara.

Vou até uma das duas enormes janelas com vista para o lago.

— Dá pra ver a casa de John daqui — comento.

— Dá mesmo. — Charlie para ao meu lado. Mantenho os olhos na água enquanto ele mexe no meu cabelo e beija meu pescoço.

— É uma bela vista — murmuro.

— É mesmo. — Uma das mãos dele se esgueira por baixo da minha blusa de moletom, deslizando por cima do vestido de seda. Tiro a blusa e sinto o sorriso de Charlie contra minha pele, bem entre minhas omoplatas. — Se bem que prefiro esta aqui.

Tiro o vestido pela cabeça e o ouço cantarolar de aprovação. Um de seus dedos percorre o centro de minhas costas, e eu estremeço.

Charlie estica o braço além de mim, apoiando as mãos no caixilho da janela, me cercando. Ele leva os lábios até meu ouvido.

— É assim que você quer, Alice? Contra a janela de vidro?

Faço um som evasivo, embora eu esteja quase vibrando por causa de suas palavras, pela sensação de suas roupas contra minha pele nua.

— Acho que não. — Eu me viro para olhar no rosto de Charlie, meus lábios se partindo diante da urgência em seu olhar, do rubor de suas bochechas. Esgueiro as mãos por baixo de sua camiseta, descansando-as contra sua barriga. — Acho que me lembro de você ficar só de conversinha, falando sobre uma cama.

As covinhas de Charlie aparecem, e então ele me levanta e me coloca sobre o colchão.

— Justo.

Já é mais de meia-noite quando Charlie prepara um prato de pierogi para cada um de nós. Eu o observo cozinhar só de cueca e como sentada na bancada da cozinha. Mal terminei de mastigar meu último pierogi antes de estarmos nos beijando de novo. A lua está cheia, e seu brilho nos envolve feito um manto etéreo, até que por fim caímos no sono, com o corpo de Charlie aconchegado ao redor do meu.

Sonho que acordei no meu quarto em Toronto e encontrei Charlie dormindo ao meu lado. Os lábios dele estão franzidos e sua testa, levemente enrugada. É um sonho tão vívido que consigo até sentir seu cheiro. Consigo sentir a barba por fazer quando passo a palma da mão sobre seu maxilar. As pálpebras dele estremecem, os cílios refletem os primeiros raios de sol que se derramam pela minha janela. Charlie estica um braço por cima da cabeça e então me envolve com ele, me trazendo para perto. Seus olhos estão fechados, mas ele sorri. Ele dá um beijo na minha testa.

— Ainda estou dormindo.

Mas ele rola por cima de mim, e eu encaro um par de olhos verdes impressionantes. Eu o beijo, devagar e sem pudor.

— Por mais que eu queira ficar aqui — digo —, nós concordamos em receber minha família inteira para o almoço de hoje, e temos pierogis para preparar.

Charlie afasta o cabelo do meu rosto.

— Vamos ficar na cama só um pouquinho mais.

Ele passa a mão para o meu ombro. E embora eu esteja vagamente ciente de estar sonhando, sinto seu toque ao longo do braço, para a frente e para trás e solto um gemido.

— Bom dia, Alice — ouço o Charlie da vida real dizer.

Acordo, piscando.

Estou no quarto dele. Uma luz forte atravessa as janelas. O reflexo da água cintila no teto. O corpo de Charlie está aconchegado contra o meu, seus dedos se movendo pelo meu braço.

— Bom dia — sussurro, sorrindo. — Acabei de ter um sonho muito bom.

— É mesmo?

Eu me viro em seus braços, e Charlie me puxa contra seu peito.

— Eu e você na minha cama em Toronto.

— Que sexy.

— Foi mesmo. Mas também foi... — Eu me mexo até ficar apoiada sobre um cotovelo. A luz do sol repousa sobre as bochechas e cílios dele, banhando-o de dourado. — Foi muito bom.

Charlie me mostra um sorriso sonolento. Acordar ao lado dele assim é ainda melhor do que no sonho.

— Charlie? — chamo, traçando seu maxilar.

— Alice? — Os olhos dele estão incandescentes.

Sei exatamente o que eu quero. E chegou a hora de contar para ele.

— Quando voltarmos para a cidade — digo, passando os dedos sobre uma covinha —, acho que deveríamos levar isso a sério. Quero dar uma chance para... você e eu.

Charlie aperta os olhos como se não tivesse certeza do que ouviu.

— Dar uma chance?

— É, ver onde isso vai dar — respondo. — Sei que não foi o que planejamos no início, mas a gente combina muito. É estranho o quanto as coisas entre a gente fazem sentido.

Faço uma pausa, porque Charlie ficou tão paralisado que chega a me assustar. De repente, ele se senta e me apresso a fazer o mesmo.

— Alice. — Não tenho certeza de como ele consegue colocar tanto peso em um nome, como consegue preencher três sílabas com tanta frustração e tristeza. Seus olhos me imploram. Tudo que eu queria dizer morre na minha boca.

Charlie passa a mão sobre a cabeça.

— Preciso de um café. — Ele praticamente pula para fora da cama. — O que você quer comer de café da manhã? — Puxo as cobertas ao redor do meu corpo enquanto ele coloca uma calça esportiva. Charlie me espia por cima do ombro e se detém. — Não sirvo para nada antes de uma xícara de café.

— Claro. — Pareço desanimada.

Charlie se senta ao meu lado na cama.

— Por favor, Alice. Será que podemos só ir até lá embaixo e esperar para ter essa conversa quando estivermos os dois acordados?

Eu o encaro.

— É uma conversa bem direta.

— Por favor — repete ele.

Então espero enquanto Charlie passa o café e prepara ovos mexidos com torrada para mim, que não consigo me forçar a engolir. Deixo o garfo sobre a mesa e Charlie se retrai atrás de sua caneca. Espero que ele termine o último gole, e então lhe conto a verdade.

— Eu gosto de você — confesso. Charlie abre a boca, mas sigo em frente. — E não consigo fingir que não sinto nada. Não vou fingir.

— Alice. — Ele está balançando a cabeça de olhos baixados. — Alice, eu não consigo.

Minha frustração cresce.

— Como assim "você não consegue"? É claro que consegue. Nós nos divertimos como nunca juntos. A gente combina. Quero mais noites como a noite passada. Quero mais de tudo. Você pode, por favor, olhar para mim?

Leva um minuto para que Charlie erga os olhos. Consigo ver o pedido de desculpas antes mesmo de ele falar.

— Eu te falei que não estou no momento certo para me envolver com ninguém.

— A gente já se envolveu, Charlie. Isso que a gente tem feito durante o verão... é um relacionamento. E a gente *é bom* nisso.

— Não consigo fazer isso a longo prazo. — Ele desvia o olhar. — Não funcionaria.

— E como diabos você sabe disso? — Minha voz falha.

Charlie se levanta, dando a volta na mesa e se agachando à minha frente. Ele seca as lágrimas do meu rosto.

— Por favor, não chore. Eu me importo com você. Eu me importo muito com você. — Ele parece quase tão chateado quanto eu. — Só não fui feito para ter um relacionamento.

— Você foi feito para MIM.

— Alice. — A voz dele é pura angústia.

— Não finja que não concorda ou que não sente nada por mim. Eu já percebi, Charlie. Eu te conheço.

Encaramos um ao outro durante alguns segundos, e então o rosto dele fica inexpressivo.

Charlie se põe de pé e me dá as costas.

— Este verão foi ótimo — diz devagar. — Eu queria que pudesse continuar assim, que eu pudesse manter o interesse durante mais do que alguns meses. Mas eu sou eu e você é você. Somos muito diferentes. Nunca daríamos certo. Eu ficaria entediado.

— Não acredito em você — sussurro. Mas não tenho tanta certeza assim. Talvez eu tenha me iludido, assim como fiz anos atrás com Oz. — Olhe para mim, Charlie.

Quando ele me encara, está mais fechado e impenetrável do que nunca. Seus olhos estão frios, o maxilar tenso. Sua voz parece se arrastar por cima de cacos de vidro.

— Estou lhe fazendo um favor, Alice. Um dia você vai entender isso.

Fico de pé, forçando-me a engolir as lágrimas, e o olho bem no fundo dos olhos.

— Sabe o que eu acho? Acho que você é um covarde do caralho. Acho que um dia vai perceber que, apesar de toda a merda que você diz ter feito, *isto aqui* é o seu maior erro.

Uma expressão de dor cruza o rosto de Charlie. Eu lhe dou mais um momento, mas os olhos dele baixam ao chão.

— Achei que você fosse melhor que isso — falo para ele. E então vou embora.

Não me permito chorar até ver o chalé, e meus prantos saem em arquejos altos e dolorosos. Eu me encolho, sem saber se consigo dar mais um passo. Mas Nan abre a porta e me oferece seus braços.

47

SEGUNDA-FEIRA, 25 DE AGOSTO
O ÚLTIMO DIA NO LAGO

Passo dois dias em um torpor mental, desejando nunca ter vindo até o lago, até me livrar disso. Então bloqueio o número de Charlie. Eu me recuso a vê-lo. Ainda resta uma semana inteirinha de agosto, mas Nan e eu vamos embora mais cedo.

Arrumo nossas malas no carro e dou uma última olhada em volta do chalé. Despeço-me da vista, das cortinas, das fronhas e toalhas de mesa que Nan e eu fizemos este verão, do pote de vidro com caixas de fósforo e da prateleira de livros de romance. Eu me despeço de meu quarto. Deixo as chaves no anexo. Mas não me despeço de Charlie.

Passo a primeira semana na cidade concentrada em criar uma nova rotina. Encontro uma câmara escura para alugar. Abro espaço na agenda para trabalhar em minha própria arte. Escolho uma data para me encontrar com Elyse, para lhe mostrar minhas novas fotos. E nado todos os dias de manhã.

Hoje começa da mesma maneira que os outros sete dias da semana: tomo banho. Coloco a touca e os óculos de natação. Subo na plataforma de mergulho e pulo na água. Faço vinte voltas. Trinta. Não paro, não desacelero, não penso. Respiro, bato as pernas e conto, uma clareza cristalina suavizando os ângulos agudos da minha dor. Quarenta. Cinquenta. Chego a sessenta mais rápido do que ontem. Mas não sinto o menor prazer nisso. Como em todos os outros dias, a realidade me atinge antes mesmo de eu ter saído da piscina.

Nunca carreguei esse tipo de decepção amorosa. Além da perda do que eu tinha com Charlie — a amizade e a conexão inesperadas, a facilidade de estar com ele —, é a perda de como as coisas poderiam ter sido. Dei meu melhor para lidar com a situação, me atirei em um novo projeto, passei horas no meu estúdio, depois me recolhi para o conforto de meu apartamento. Eu costumava encontrar tranquilidade no piso de concreto polido e frio e nas superfícies minimalistas, no mármore brilhante e no vidro imaculado. Mas depois de estar no chalé com Nan e Charlie, eu me sinto solitária. A mobília elegante que Trevor escolheu parece ainda mais esquisita. E, apesar da barulheira de sirenes, buzinas e caminhões de lixo lá fora, está quieto demais.

Fico parada ao lado da piscina, as mãos nos joelhos, curvada na altura da cintura, respirando pesadamente, tentando conter as lágrimas.

— Está tudo bem — digo a mim mesma. — Está tudo bem. Está tudo bem.

Sinto a mão de alguém nas minhas costas.

— Precisa se sentar? — É a voz de uma mulher.

Estou causando uma cena. Que maravilha.

— Preciso — respondo. — Acho que exagerei.

— Venha, deixe eu te ajudar.

A estranha passa um braço ao redor dos meus ombros e coloca a mão na minha cintura para me levar até o banco. Tiro os óculos de natação e respiro mais um pouco com a cabeça entre meus joelhos.

— Obrigada — agradeço, endireitando a coluna. Eu me vejo encarando os grandes olhos castanhos de uma mulher extremamente grávida vestindo um maiô laranja. O cabelo dela está preso em um coque no topo de sua cabeça. — Percy?

Ela me fita.

— Ai, meu Deus, Alice. Nem te reconheci. Você vem sempre aqui? Comecei a vir quando fiquei grávida. Eu fazia parte do time de natação quando era criança, e Sam pensou que fosse uma ótima maneira de esfriar a cabeça e me mexer um pouco, mesmo que eu preferisse estar dormindo até tarde num sábado de manhã. — Ela baixa a voz. — Está tudo bem com você?

Sinto as lágrimas surgindo enquanto me lembro de como Charlie dizia que Percy falava muito.

— Sim, está tudo bem — minto. — Obrigada por me dar uma mãozinha.

— Fiquei sabendo do que rolou com o Charlie. Ou pelo menos ouvi uma versão curta do Sam, que envolvia alguns palavrões escolhidos a dedo. Sinto muito.

— Está tudo bem — garanto a ela. A última coisa que quero é que Percy se sinta mal por mim.

— Dá para ver que não está. Não se esqueça de que vi vocês dois juntos. — Percy escolhe as próximas palavras com cuidado. — Este ano tem sido difícil para Charlie, pior do que qualquer um de nós teria esperado.

— Por causa do pai dele?

— Em parte. Sei que Sam também não está empolgado para fazer trinta e cinco. Mas tem outras coisas que você não sabe — diz ela, em voz baixa. — Sam e eu tentamos convencer Charlie a se abrir mais sobre o assunto. Acho que ele... bem, não importa o que eu acho. Só, por favor, tenha um pouco de paciência. Vou continuar tentando fazer com que ele fale.

— Nem se dê ao trabalho — digo a ela, soando mais resoluta do que me sinto. Apanho os óculos de natação do banco e fico de pé. — Foi bom te ver. Aproveite a piscina.

— Alice — chama Percy quando já estou quase no vestiário. Ela anda até mim devagar, com uma das mãos na barriga. — Entendo se não quiser conversar com Charlie, mas podemos manter contato? Poderíamos vir nadar juntas e comer alguma coisa depois.

Franzo a testa para ela.

— Por quê?

Percy dá risada.

— Porque gosto de você. Preciso de um motivo melhor do que esse?

Por alguma razão inexplicável, sinto o fundo do nariz arder. Eu assinto.

Percy sorri, um sorriso largo e enorme, o tipo que deixa o seu coração quentinho na mesma hora.

— Ótimo. Que tal no próximo sábado? Eu mando mensagem para você.

Estou sentada em meio ao silêncio do meu apartamento com um chá de hortelã, as cortinas fechadas para esconder o sol de setembro. Estou abalada pelo que Percy me contou hoje de manhã. Preciso me segurar para não ligar para Charlie e fazer perguntas.

Mas estou planejando me agarrar à pouca dignidade que me resta. Falei para ele o que eu queria, e Charlie me rejeitou. Permiti que me visse, visse o meu verdadeiro eu, não uma versão fabricada e sem defeitos. Mostrei-lhe quem eu era, e isso não bastou.

Mas sinto falta dele. Do seu sorriso. Do movimento de seus olhos, parecidos aos de um vaga-lume. De sua voz, de suas risadas, de suas gracinhas. Do jeito que ele me escutava. Não sei se existe lugar no meu coração para vê-lo apenas como amigo, no entanto, também não sei se sou capaz de tirá-lo da minha vida por completo.

— Está tudo bem — digo a mim mesma. Assim como digo depois de uma ou outra decepção ou coração partido. Não vou pensar em como meus sentimentos por Charlie depois de apenas dois meses eram muito maiores do que os sentimentos que tive por Trevor. Vou botar o pé no chão e me concentrar no trabalho que amo. Vou comprar para mim o abajur de coluna que andei namorando. Talvez eu pinte meu quarto de novo. Vou me assentar de volta na vida que criei para mim mesma, confortável e segura.

Passo o restante do dia encolhida no sofá com o notebook, dando uma olhada em fotos de Nan que tirei durante o verão. Só quando meu estômago demonstra sua insatisfação é que me afasto da tela, de olhos secos e pescoço dolorido. Não tem quase nada na geladeira. Eu deveria ter ido ao mercado, mas perdi a noção do tempo. Evitei abrir o freezer a semana inteira, mas estou desesperada.

— Está tudo bem — repito, pegando um dos potes que Charlie deixou no chalé um dia antes de irmos embora. Eu tinha ficado dentro de casa, ouvindo-o implorar a Nan para me ver. Tinha contado para ela o que aconteceu, com a cabeça em seu colo e a mão dela fazendo carinho no meu cabelo. Minha avó não falara quase nada, mas, antes de mandar Charlie embora, eu a ouvi dizer que estava *muito decepcionada* com ele. Aquilo fez eu me sentir pior. Eles também costumavam ser amigos.

Preparo o pierogi do jeito que Charlie fazia, fervendo primeiro e depois refogando em uma frigideira até ficarem douradinhos. Não tenho sour cream, então coloco um pouco de queijo ralado por cima. Não estão tão gostosos quanto naquela noite que passei com Charlie. Nada tem tido um sabor agradável ultimamente.

Dou uma olhada pela sala de estar. As pilhas bem organizadas de revistas estão exatamente onde as deixei; assim como as almofadas, afofadas e posicionadas tal qual em revistas. O sofá e as cadeiras de jantar que odeio. Comprei novas velas aromáticas para o outono, mas não tem mais ninguém aqui para aproveitar o brilho acompanhado do cheiro de maçã e especiarias. Ando desanimada demais para entrar em contato com meus amigos, e não vi mais minha família desde que cheguei em casa. Heather e meu pai andam ocupados com um caso na firma. Lavinia está estressada por causa de uma audição, e Luca acorda uma hora antes de seu turno da noite no bar. Não quis incomodar nenhum deles. Liguei para minha mãe, mas ela estava de saída para a aula de yoga, e eu estava na câmara escura quando ela retornou a ligação mais tarde. Ligo para ela de novo neste instante, mas vai direto para a caixa postal.

Se por um lado gosto da minha própria companhia, por outro não é isso que eu queria. Preciso de membros da família Everly ao meu redor.

Escrevo uma mensagem no grupo da família. Hesito por um momento, e então aperto o botão de enviar.

Ando passando por umas coisas e adoraria ter vocês por perto. Tem alguém disponível para vir aqui hoje à noite?

O esforço de pedir que alguém largue o que está fazendo para me ajudar é cansativo. Não percebo que dormi no sofá até ouvir batidas altas à porta.

— Abra aí, Ali. — É Heather.

— A gente trouxe tequila. — Lavinia.

— E bolo. — Luca.

Abro a porta, esfregando os olhos, e meus irmãos me cobrem em um redemoinho de perfume, lantejoulas e beijos.

— Não achei que vocês viriam — admito quando nos afastamos. Todos me mostram a mesma cara franzida. Heather veste um conjunto de moletom rosa. Lavinia está com um vestido cintilante e saltos altos, e Luca veste uma camisa branca justinha e os suspensórios que usa para trabalhar. Os três são morenos, mas os gêmeos têm os olhos azuis de Nan.

— Essa deve ser a coisa mais Tartaruga que você já disse — comenta Luca, deixando o bolo na bancada. Está em uma embalagem plástica de mercado, é de chocolate e tem os dizeres FELIZ ANIVERSÁRIO em cobertura rosa.

— É claro que viemos — diz Lavinia. — Você pediu.

— E você nunca pede nada, Ali — acrescenta Heather.

Meus olhos se enchem de lágrimas, e logo estou no meio de outro redemoinho Everly.

— O que aconteceu? — pergunta Lavinia, me conduzindo até o sofá e fazendo carinho em mim como se eu fosse um gatinho.

— Conte a história de verdade — pede Luca, jogando-se ao meu lado e colocando os pés na mesinha de centro, derrubando as revistas.

Heather faz uma barulheira na cozinha e traz um copo de tequila para cada um de nós, soltando um palavrão quando derruba um pouco da bebida no meu tapete de lã cor de creme.

— Desculpe, Ali. Pelo menos a bebida é transparente.

— Não tem problema — falo. Uma vez na vida, não me importo com a bagunça.

Nós quatro brindamos, e então Heather me olha nos olhos.

— Conte tudo para a gente.

— E rápido — completa Lavinia.

— Antes que o papai chegue — acrescenta Luca.

Nosso pai chega trinta minutos mais tarde, de terno e gravata-borboleta. Tudo em Kip Everly é imponente: o bigode, a personalidade, a reputação de litigante.

— Bem-vinda de volta, Alice — diz ele, dando um beijo na minha têmpora. — É bom ter você de volta na cidade.

Heather serve mais tequila para todos, e Lavinia e Luca recapitulam o que aconteceu com Charlie para nosso pai em menos de dois minutos e de um jeito que não vai fazer com que ele se preocupe comigo. Do jeito que eles contaram, foi um rolinho de verão que deu errado. Do jeito que eles contaram, foi quase engraçado.

Meu pai ri nos momentos apropriados do relato dos gêmeos, mas consigo ver que eles não o estão enganando. Meu pai coloca um dos braços ao redor dos meus ombros e me apoio nele.

— Quer que eu vá lá dar uma surra nele?

— Quero. — Solto um longo suspiro. — Mas ele é bem forte. Meu pai me dá uma apertadinha.

— Você também é.

Quando a campainha toca, dou uma olhada ao redor da sala, perplexa. Estamos todos aqui. Vejo Luca e Lavinia trocando olhares. Olho através do olho mágico e solto um arquejo; abro a porta e me jogo nos braços da minha mãe.

— Como você veio parar aqui? — pergunto, com as lágrimas rolando pelo meu rosto.

— Nan pensou que talvez você precisasse de mim.

Afundo o rosto no pescoço dela e inspiro seu doce perfume de lírio-do-vale. O cabelo dela está ainda mais curto, e ela não é mais tão macia quanto costumava ser, mas ainda tem o cheiro da minha mãe.

De pijama, minha mãe e eu comemos bolo de chocolate na manhã seguinte cercadas pelo que restou da reuniãozinha de ontem.

— Quer me contar o que aconteceu? — pergunta ela. — A história de verdade, não o que quer que Luca e Lavinia inventaram na noite passada.

— Talvez eu chore — aviso.

— Então chore.

Enquanto comemos, eu lhe conto sobre o verão: as partes boas e as partes trágicas.

— Eu não estava preparada para me apaixonar por ele — digo, acrescentando outro lencinho molhado à minha pilha.

Minha mãe murmura:

— Parece que ele também não estava preparado para se apaixonar por você. Mas talvez a história ainda não tenha acabado.

Minha mãe ri da expressão de surpresa no meu rosto.

— O quê? Uma divorciada de sessenta anos não pode mais acreditar em romance?

— É isso que você está procurando no oeste? Amor?

— Estou em busca de um recomeço. Não é fácil estar sozinha depois de todos esses anos. Não é fácil passar de ter uma enorme família sob um único teto a... bem, eu não gostei. Se eu pudesse, teria mantido todos vocês em casa comigo.

Fico encarando-a.

— É sério? Você sempre pareceu tão estressada.

Minha mãe ri.

— E eu estava! Mas eu sentia que tinha um propósito. Sentia que eu era necessária. Nada me fazia tão feliz do que estar junto a todos. Nas manhãs de Natal. Nos jantares quando seu pai chegava cedo o bastante para comer com a gente. Naquelas viagens de férias. Você se lembra da Flórida?

— Os gêmeos ainda nem sabiam usar o peniquinho. — Ficaram aos berros a viagem de avião inteira, e fizeram birra em todas as lojas e em todos os restaurantes.

Minha mãe sorri ao se recordar.

— Você e Heather se tornaram uma dupla durante aquela viagem.

Meus pais tinham alugado uma casa com piscina, e minha irmã e eu passamos bastante tempo debaixo da água, fugindo da barulheira dos gêmeos, sentadas em poltronas folheando revistas enquanto os dois cochilavam. Heather me deixou pegar seu gloss emprestado. Fiquei exultante que minha irmã mais velha me considerava legal o bastante para querer passar tempo comigo.

— Naquela época eu era feliz — diz minha mãe. — Era uma loucura, Alice. Mas era uma bela loucura. — Ela suspira. — Mas esta cidade faz eu me sentir presa no passado. Preciso passar um tempo longe para desapegar. Para descobrir quem eu sou quando não sou mãe nem esposa. Não vou ficar lá para sempre.

— Ainda bem — respondo. — Ainda preciso de você. Não acredito que todo mundo apareceu assim do nada. Não acredito que você cruzou o país por minha causa.

— Sério? — Minha mãe inclina a cabeça. — Sabe, você era uma criança tão independente. Eu estava tão ocupada com os gêmeos e em conter os sufocos da Heather que, quando olho para trás, sei que deixei passar quando você precisava de mais colo. — Ela estica a mão por cima da mesa para pegar a minha. — Vejo que você se tornou uma mulher incrível, mas isso não significa que não precise de ajuda. Sempre estarei ao seu lado, Alice. Sempre vou aparecer quando minha filha precisar.

— Tá bom — sussurro, sentindo a garganta pesada. Não sabia o quanto precisava ouvi-la dizer isso.

Minha mãe aperta minha mão e então endireita as costas.

— Você trabalha muito, e sei que precisa ter o seu espaço. Tento não incomodar você. A última coisa que eu quero é ser um fardo para os meus filhos.

Fito minha mãe. Não sabia que ela se sentia assim, do mesmo jeito que eu me senti durante tanto tempo, praticamente alérgica a ser um incômodo. A gente troca mais mensagens do que conversa hoje em dia. Pensei que fosse porque minha mãe estava ocupada com sua nova vida no oeste, não porque ela pensava que eu estava ocupada demais com a minha.

— Você jamais seria um fardo, mãe — afirmo. — Também pode pedir para a gente aparecer. Sempre pode me ligar.

Minha mãe faz um gesto de dispensa.

— Não se preocupe comigo. Posso cuidar de mim mesma.

Isso também soa como algo que eu diria.

— Mas não precisa cuidar sempre. Estou aqui.

Ela sorri.

— Sei que está.

48

DOMINGO, 7 DE SETEMBRO
13 DIAS DESDE A VOLTA PARA CASA

Algo muda depois do dia em que chorei comendo bolo com minha mãe. Acontece quando estou nadando, como se fosse uma epifania. Estou dando voltas na piscina e, em vez de dizer a mim mesma que está tudo bem, digo a mim mesma que *vai ficar* tudo bem. Talvez não hoje, mas um dia eu chego lá. Repito isso na minha cabeça continuamente.

Estou no vestiário prestes a secar o cabelo, um processo que leva uns trinta minutos, quando eu paro. Eu *odeio* secador. Odeio chapinha. Prefiro usar meu tempo para fazer coisa melhor. Saio e fico debaixo do sol de fim de verão com o cabelo úmido, os cachos já se formando na nuca.

As coisas que eu quero começam a despencar dentro da minha mente, como se um chuvisco se transformasse em um aguaceiro. Quero ficar aconchegada no sofá e nas cadeiras de jantar de que eu gosto, e depois quero receber amigos para jantar. Quero passar mais tempo com minha sobrinha e mais noites descontraídas com a família. Não quero mais correr; só quero nadar. Quero visitar minha mãe na Colúmbia Britânica de novo. Quero fazer mais projetos de costura com Nan. Quero trabalhar duro, mas quero me divertir ainda mais. Quero mais bagunça. Mais pessoas que amo.

Já o que quero em relação a Charlie não está tão nítido. Quero que ele volte para minha vida. Quero nunca mais falar com ele.

Revelo meu filme e me deparo com aquela expressão em seus olhos de novo, de novo e de novo. Encontro Percy na piscina na metade de setembro e depois saímos para um brunch. Conto para ela que tenho certeza de que Charlie também sentia algo além de amizade e sexo. Percy responde que ela também acha isso. Ela me diz para desbloquear o número dele, me encoraja a ligar para Charlie. E quase faço isso. Quero dizer a ele como estou brava. Quero escrever todo um discurso impactante, um que resuma o quanto me sinto arrasada. Quero gritar na sua caixa postal para que ele possa ouvir repetidas vezes. Quando tento descobrir o que dizer, começo com *estou brava com você* e a seguir o que sai é *sinto sua falta*.

Jogo fora a caixa com os objetos de Trevor. Dou uma pequena festa para o jantar. Peço delivery em vez de ficar reclamando, como eu costumava fazer. E não me importo de limpar as coisas sozinha depois que expulso todo mundo de manhã. Gosto quando meu apartamento está barulhento e cheio de pessoas, mas também gosto quando está silencioso e há apenas eu.

Bennett dorme lá em casa certa noite. Levo Nan à sua primeira aula de dança desde a cirurgia. Ela está quase completamente recuperada, e quando "Dancing Queen" começa a tocar, rimos tanto que nós duas precisamos nos sentar no chão.

Passo alguns dias avaliando meu trabalho freelance e tomo decisões conscientes para reduzir minha lista de clientes e assim encontrar tempo para meu próprio trabalho enquanto ainda pago as contas. É fácil determinar quem eliminar: a partir de agora, só vou trabalhar com pessoas com quem gosto de trabalhar. Então envio uma mensagem para o diretor de arte da revista de Percy dizendo o quanto eu gostaria de voltar a colaborar com ela, e quando recebo um e-mail de Willa perguntando se eu pegaria outro serviço para a *Swish*, recuso educadamente.

Contudo, fico surpresa quando Willa responde que entende e quer saber se pode me convidar para um drinque. Vamos a um bar perto do escritório dela, e Willa se desculpa pelo que aconteceu com as fotos de roupa de banho.

— Era um trabalho novo — diz ela. — Eu estava tão estressada por causa do meu chefe, preocupada em impressioná-lo.

Digo a ela que entendo exatamente do que está falando e que lhe darei uma segunda chance.

Encontro Elyse para compartilhar as fotos que tirei durante o verão, e ela solta uma exclamação.

— Estou trabalhando em uma exposição solo — conto, e pergunto se ela consideraria me exibir em sua galeria.

Apenas metade da pergunta saiu da minha boca e Elyse já estava gritando:

— Mas é claro que sim!

Ao final de setembro, me sinto mais do que bem.

Mas ainda sinto falta de Charlie. Quero vê-lo de novo. Quero gritar na sua cara.

Só não sei o que vem a seguir.

O primeiro dia de outubro cai numa quarta. É um típico dia de outono. O céu está azul, o sol está da cor de um cravo amarelo rechonchudo. Todo vendedor de hortifrúti colocou vasos de crisântemo, abóboras e cabaças na calçada. A cafeteria ao lado de meu estúdio colocou fardos de feno para servir de banco. Eu adoraria passar o dia ali, lendo a continuação de *Como dominar um trapaceiro* que comprei na farmácia ontem, mas tenho um ensaio fotográfico temático para a *Swish*.

Foi um longo dia de set cheio — Willa, modelos, cabelo, maquiagem, dois assistentes, comida e um estilista de cenário —, e acabamos de finalizar quando meu celular toca. Franzo a testa para o nome na tela. Percy sempre manda mensagem.

Vou até o corredor e fecho a porta atrás de mim, já sentindo o estômago embrulhar.

— Alô?

— Oi, Alice. Tenho notícias sobre o Charlie. Você está sentada?

49

QUARTA-FEIRA, 1º DE OUTUBRO
37 DIAS DESDE A VOLTA PARA CASA

Pego um táxi até o hospital. Não sei se consigo dirigir. Mal consegui processar o que Percy estava me dizendo além das palavras *cirurgia cardíaca aberta* e *terapia intensiva*.

— Ele está bem — digo a mim mesma. Porque é o que Percy me falou. Fico repetindo isso, mesmo quando o motorista me encara de maneira assustada pelo retrovisor.

Ando o mais rápido que consigo pelo saguão de entrada, e então começo a correr. Perco-me em meio ao pânico. Eu me viro, na tentativa de encontrar o número do quarto, e então vejo uma mulher grávida ao final do corredor. Percy está usando uma camisola de hospital amarela e máscara facial, conversando com um médico, as mãos apoiadas na lombar. Conforme me aproximo, percebo que o médico é Sam.

Percy ergue a mão quando me vê, e sei qual deve ser a minha cara: rosto vermelho e manchado de lágrimas, com rímel escorrendo até o queixo.

— Charlie está bem — garante ela, me abraçando por cima da barriga. — Não é, Sam?

— Não sei se ele está tão feliz com você, Percy. — Sam se vira para mim. — Mas sim, Charlie está bem, dadas as circunstâncias. Operações de Ross são cirurgias cardíacas de grande porte, mas a dra. Lim é uma de nossas melhores cirurgiãs, e ela está feliz com o procedimento. Já se passaram mais de vinte e quatro horas desde a operação e Charlie está se recuperando bem.

— Eu teria ligado mais cedo — diz Percy. — Mas eles são bem rígidos quanto a visitas no dia da cirurgia. Sei que isso deve ser chocante. A gente queria te contar. Sam tentou convencer o irmão, mas ele foi teimoso.

Eu a encaro de queixo caído. Isso tudo estava planejado. Charlie sabia desde o início que operaria o coração. Eu apoio a mão na parede.

A expressão de Sam é a de quem pede desculpas.

— No começo, ele também não contou nada para a gente. Por sorte, eu trabalho neste hospital, então não tinha como Charlie manter segredo. Mas vou deixar que ele se explique. — Sam lança um olhar significativo para Percy. — Outro dia.

— Tem uma enfermeira acompanhando Charlie agora — informa Percy. — Ele vai sair da UTI e passar para o centro cirúrgico amanhã de manhã.

Mal consigo processar o que os dois estão falando.

— Ele sabe que você está aqui, e vou levá-la até o quarto quando ele estiver pronto — explica Sam. — Mas quer alguma coisa enquanto isso? Água? Talvez um lencinho?

Durante a próxima meia hora na cafeteria, escuto Sam explicar que Charlie recebeu um stent na primavera, além da cirurgia de ontem. Eu digito *estenose aórtica* e *coarctação da aorta* no celular para procurar mais tarde.

— Apareceu do nada — comenta Percy. — Sam obrigou Charlie a ver um médico lá em março, depois de ele ter reclamado de ficar sem fôlego na academia.

— Ele também andava se sentindo fraco — acrescenta Sam. — A pressão estava alta e o médico encontrou um sopro no coração.

Eu me lembro do medo nos olhos de Charlie quando ficou ofegante naquele dia em que trabalhou no cais, e de quando o vi através da janela com a braçadeira. Ele mencionou que sua pressão andava um pouco alta. Eu não havia pensado muito no assunto. Presumi que estivesse relacionado ao estresse do trabalho.

Sam me conta que esses problemas são congênitos, que costumam ser mais passados de pai para filho.

— Presumimos que nosso pai morreu de ataque cardíaco, mas não houve autópsia. Ele provavelmente morreu pelas mesmas complicações. Casos graves, se não forem tratados, podem causar morte súbita.

Olho para a barriga de Percy.

— A bebê está bem — esclarece Percy. — Os exames pré-natais estão todos bons. É menos comum em meninas.

— É uma menina? — Consigo sorrir.

— É uma menina. — Percy devolve o sorriso.

Mas então olho para Sam. Ele parece tão sereno apesar de tudo isso.

— E quanto a você?

— Fiz o exame depois do diagnóstico de Charlie. Não tenho nada.

— Tem sido um ano difícil — conta Percy. — Mas Charlie vai se recuperar, e nós vamos ter essa linda menininha. As coisas vão melhorar. — Ela olha para o marido. — Não é?

Sam lhe dá um beijo na testa.

— Prometo que vai. — E então Sam olha de relance para o relógio. — Acho que você deve conseguir vê-lo agora, Alice. Está pronta?

Respiro fundo e assinto.

— Estou.

Antes de Sam me levar até o elevador, Percy dá um apertãozinho na minha mão.

— Obrigada por ter vindo.

Retribuo o gesto.

— Obrigada por ter me ligado.

— Talvez seja difícil para você vê-lo nesse estado — avisa Sam enquanto coloco a camisola hospitalar. — Ele vai estar grogue. A garganta está inchada, então talvez ele não consiga falar muito.

Concordo com a cabeça.

— Eu não quis entrar em detalhes na frente de Percy, porque isso a deixa enjoada, mas acho que é importante saber pelo que ele passou — continua Sam. — A cirurgia envolveu fazer uma incisão e separar o esterno. O peito de Charlie vai doer. Na verdade, tudo vai doer.

É difícil respirar. Charlie passou o verão esperando por isso. Penso em como às vezes ele parecia perdido, triste. E agora também sei por que ele queria passar o verão como se tivesse dezessete anos.

— É uma cirurgia complexa. A válvula aórtica foi substituída por uma válvula pulmonar, e a válvula de um doador foi colocada no lugar desta. Durante esse processo, pararam o coração dele. Os cirurgiões tiveram todos os motivos para se sentirem confiantes de que a operação seria tranquila, mas...

Sam desvia o olhar. Dá para ver que ele precisa de um momento para se recompor.

Assinto de novo. Falar também é difícil para mim.

— Charlie já não está mais intubado, mas há vários fios... nos braços dele, no abdômen — diz Sam baixinho. — O quarto está repleto de equipamentos. Há diversos monitores ligados. Talvez seja bem intenso.

— Você está me pedindo para não surtar.

— Estou pedindo que tente não surtar. — Sam coloca a mão no meu cotovelo. — Mas é difícil ver as pessoas com quem nos importamos nesse estado. Dê o seu melhor.

Meu nariz arde em razão da gentileza em seus olhos, por ele saber que me importo. Eu me importo muito. Encaro o teto, piscando para afastar as lágrimas. Vou ver Charlie depois de ele passar por uma cirurgia cardíaca e preciso ficar calma.

— Desculpe. Vou ficar bem — garanto a Sam.

Ele me fita.

— Quer que eu entre com você?

Recuso com um gesto de cabeça.

— Eu consigo.

— Então vou levar Percy de volta para casa para descansar, mas vou pedir que ela mande meu número para você. Se tiver alguma pergunta depois que vir Charlie, ou a qualquer momento, é só me ligar, está bem?

— Obrigada.

Ele se vira para ir embora.

— Sam?

Ele para e encontra meu olhar.

— Quem mais veio visitar? Para quem mais você ligou?

Sam puxa a máscara facial até o queixo e me dá um sorriso de leve.

— Só você, Alice. Acho que você já sabe disso.

Depois disso, Sam me deixa sozinha no corredor do lado externo do quarto de Charlie.

— Vai ficar tudo bem — digo a mim mesma. E então abro a porta.

Os olhos de Charlie estão fechados. O cabelo está mais longo, e a pele perdeu o brilho do verão. Ele está deitado e uma camisola azul cobre a parte superior do corpo. Há todo tipo de fios entrando em seus braços e pescoço, assim como bolsas de soro e monitores, do jeito que Sam descreveu. Ignoro tudo e me concentro apenas em Charlie.

Não querendo acordá-lo, vou em silêncio até a cadeira ao lado de sua cama, observando seu peito subir e descer enquanto afasto as lágrimas.

Charlie ainda não abriu os olhos quando fala:

— Pare de me encarar, Alice.

Cada palavra soa repleta de dor.

— Como sabe que estou encarando você?

— Porque você não consegue evitar me encarar — responde ele, com a voz rouca.

Aos poucos, Charlie vira a cabeça na minha direção. Olhos verdes deslumbrantes encontram os meus, e não consigo segurar as lágrimas que escorrem pelas minhas bochechas e molham a máscara.

— Estou tão brava com você — digo a ele. — E senti tanto a sua falta.

Charlie engole em seco, e seus olhos começam a ficar marejados.

— Você não deveria estar aqui — responde ele.

— Xiu. É claro que eu deveria.

Os dedos de Charlie se contraem como se ele estivesse tentando trazê-los para perto de mim. Eu me aproximo e pouso as mãos no antebraço de Charlie, longe de todos os aparelhos ligados ao seu corpo. Ele fecha os olhos de novo.

— Você fica bem de amarelo — balbucia ele.

Momentos depois, ele pega no sono.

50

QUINTA-FEIRA, 2 DE OUTUBRO
2 DIAS DEPOIS DA CIRURGIA DE CHARLIE

Sam me manda uma mensagem no dia seguinte para dizer que Charlie saiu da UTI. Ele me conta que o irmão vai ficar no hospital por mais uma semana, mas que está bem. Pergunto a Sam se posso visitar à noite, depois do trabalho. Sam começa a digitar uma resposta, mas então meu celular toca.

— Oi, Alice. — Ele hesita antes de dizer: — Desculpe, mas Charlie falou que não quer mais que você o visite.

Estou parada no meio da minha cozinha e sinto um arrepio gélido descendo minha coluna.

— Ele falou que não quer que você perca o seu tempo.

Antes deste verão, talvez eu tivesse concordado em manter distância. Mas conheço Charlie e não acredito que é isso que ele quer de fato. Também não é o que eu quero.

— Bom, problema do Charlie — digo a Sam. — Fale para o seu irmão que vou dar uns dias pra ele colocar o sono de beleza em dia, mas que vou estar lá no sábado.

— Ótimo — responde Sam. Dá para ouvir seu sorriso. — Já estava na hora de ele encontrar alguém páreo para ele.

Chego ao hospital no sábado com um buquê de balões e um envelope.

Charlie está sentado, com uma cor bem mais saudável do que uns dias atrás. Ele está em um quarto privativo, não sei se por sorte ou por causa da intervenção de Sam.

Estou parada na soleira da porta quando nossos olhos se encontram.

— Eu estava falando sério quando disse que você não deveria estar aqui — afirma Charlie. A voz está mais nítida do que estava no início da semana.

— Não vou ficar muito tempo — respondo. — Mas também não vou me afastar.

— Não quero que me veja desse jeito. Tem um motivo para eu não ter lhe contado nada. — Ele fecha os olhos por um breve momento, reunindo forças.

— Não precisamos conversar sobre isso hoje — digo. — Mas você não pode me impedir de me preocupar ou de querer ajudar. Você precisa de apoio, Charlie. Você precisa de quem lhe quer bem e, você gostando ou não, eu sou uma dessas pessoas. — Charlie me encara. Ele não discute. — Tudo o que importa agora é que você se recupere. E aí depois eu grito na sua cara.

Os lábios dele se curvam.

— Justo.

Eu lhe entrego o envelope.

— São para você. Para não se esquecer.

Os olhos dele passam pelos meus.

— Não me esquecer do quê?

— Da gente.

Visito Charlie por quatro dias seguidos. Não menciono as fotos que lhe dei, e ele também não fala nada. Em vez disso, ele me conta sobre o último dia da primavera, quando ele entrou no consultório do médico pensando que Sam estava fazendo tempestade em copo d'água por ele estar ofegante e saiu de lá em choque. O médico havia escutado um sopro em seu coração. Mais testes o levaram ao consultório de um cardiologista e ao diagnóstico de dois problemas no coração que poderiam ser fatais. A primeira condição, uma coarctação da aorta, foi resolvida com um stent logo em seguida.

— Um stent não é nem considerado uma cirurgia — explica Charlie. — Os médicos fazem isso o tempo todo, eu entrei e fui liberado do hospital no mesmo dia. Mas ainda havia riscos. Mesmo que Sam seja um cardiologista e tenha me garantido que eu estava sob os melhores cuidados, dava para ver que até ele estava ficando nervoso quanto mais perto chegava o dia da minha cirurgia.

Charlie me conta que a operação significa que ele tem uma expectativa de vida normal. Ele está se recuperando conforme o esperado, mas vai levar alguns meses até estar completamente bem. Não vai poder voltar ao trabalho de imediato, mas Charlie não tem certeza se quer voltar, de qualquer maneira. Ele me conta como o diagnóstico o deixou perplexo, como ficou preocupado quando estavam esperando o resultado dos exames de Sam, e como ficou nervoso pela bebê.

Trombo com Sam no corredor e o cabelo dele está amassado de um dos lados, como se ele estivesse passando a mão ali. Ele está irradiando estresse — a filha vai chegar a qualquer momento. Pergunto o que posso fazer para ajudar, e ele me dá as chaves do apartamento do irmão.

Encho a geladeira de Charlie com comidas tão saudáveis que chegam a ser desagradáveis; separo sua correspondência; rego sua única planta, uma figueira-lira; e coloco um lençol limpo na cama.

No dia antes de ele receber alta, nós andamos pelos corredores do hospital juntos.

— Não conseguia me concentrar no trabalho — comenta Charlie enquanto viramos de volta em direção ao seu quarto. — A recuperação depois do stent foi simples, mas esperar por esta cirurgia realmente me desestabilizou. Não havia motivo para não trabalhar e era para eu me manter ativo, mas não consegui me obrigar a me importar com meu trabalho, então tirei um período sabático.

— Isso parece ter sido uma escolha inteligente — digo a ele. — Tirar um tempo para pensar, para relaxar.

Charlie me encara, seus olhos dançando.

— Até que conheci uma ruiva que era encrenca.

— Cuidado — digo. — Ainda estou furiosa por você não ter me contado nada.

Chegamos ao seu quarto, e a voz de Charlie se suaviza.

— Você iria querer cuidar de mim. Teria ficado preocupada.

— Teria mesmo.

Seus olhos fitam meu rosto e, mesmo se eu não tivesse contado como me sentia, ele perceberia neste exato momento.

— Você teria ficado ao meu lado o tempo todo.

Ergo o queixo.

— Teria.

— E eu não poderia lhe pedir nada disso. Você já se doou tanto para outras pessoas. Você contou que uma vez perdeu a si mesma em um relacionamento. Eu queria que você tivesse a liberdade que merecia. Não teria sido justo lhe pedir para se prender a alguém como eu.

— Alguém como você?

— Eu sou um desastre, Alice.

Quando Charlie disse que não tinha sido feito para relacionamentos, ele realmente quis dizer isso.

— Me desculpe — diz ele, com o olhar suplicante. — Por tudo que falei naquele dia. Não consegui me forçar a contar a verdade. Não queria que você sentisse que tinha que ficar ao meu lado por pena ou algum senso de lealdade.

— Eu jamais sentiria pena de você — tento fazer piada.

Mas Charlie se aproxima, os olhos disparando entre os meus.

— E se algo tivesse dado errado? Ou então: e se algo der errado no futuro? É bem possível. Pode haver complicações. Talvez eu precise de outra cirurgia daqui vinte ou trinta anos, e não serei mais tão forte quanto sou agora. Testemunhei o efeito que perder meu pai causou à minha mãe. — Charlie mira os próprios pés. — Não vale a pena sofrer desse jeito por mim, Alice.

— Você não pode viver só pensando "e se", Charlie. Você está aqui. Eu estou aqui. Eu também queria que sua mãe estivesse aqui.

Ele franze as sobrancelhas.

— Por quê?

— Porque acho que ela lhe diria que você está muito errado. Acho que ela lhe diria que toda dor e todo sofrimento valeram cada minuto que ela teve com seu pai. — Coloco a mão na bochecha dele. — Você vale a pena, Charlie. Acredite você ou não.

No dia seguinte, recebo uma ligação alvoroçada de Sam.

— Alice? Oi. Estamos a caminho do hospital.

Eu me coloco de pé num pulo. Charlie vai receber alta hoje.

— O que aconteceu? Ele está bem?

— Está. Merda. Desculpe. A bolsa da Percy acabou de estourar, e ela está sentindo contrações a cada poucos minutos. Não vamos para o hospital do Charlie. Estamos indo para o Monte Sinai. — Percy solta uma série de palavrões ao fundo da chamada.

Em pânico, Sam continua: — Era para eu ir buscar o Charlie em trinta minutos.

— Eu vou lá — digo. — Não se preocupe.

— Obrigado. Eu te devo essa.

— Respire fundo, Sam. Você vai ser pai.

Eu o ouço inspirar.

— Obrigado, Alice. Eu mantenho você atualizada.

Encontro Charlie no quarto do hospital. Nos dias que ele passou aqui, seu cabelo ficou desgrenhado. Agora ele tem uma barba. Está usando as roupas que eu trouxe para ele vestir na volta para casa: suas calças confortáveis favoritas e uma camisa de botão larga que não vai irritar o local da incisão.

— Ofuscado por sua sobrinha, hein?

Ele abre um sorriso deslumbrante e radiante, que é a cara de Charlie.

— Essa garota é uma atrevida.

— Uma completa monstrinha — concordo.

— Eu estava torcendo para ela chegar no meu aniversário. Tinha grandes planos para uma festa anual em 16 de outubro.

— Eu sei. Mas a diferença do aniversário de vocês vai ser só de uma semana. Tenho certeza de que conseguem lidar com isso.

— Obrigado por vir.

— Falei para Sam que deveríamos só te colocar em um táxi, mas ele insistiu.

Charlie ri, e eu pego sua mala para pernoite.

— Venha. Vamos levar você para casa.

51

QUINTA-FEIRA, 9 DE OUTUBRO
9 DIAS DEPOIS DA CIRURGIA DE CHARLIE

Charlie e eu entramos em seu extraordinário apartamento. Ele tem uma suíte na cobertura no décimo oitavo andar com uma incrível vista panorâmica da cidade. A decoração é toda de um preto reluzente e latão, com apenas algumas pitadas modernas de um carvalho pálido e pé-direito alto com teto em caixotões. Até a cozinha é preta no preto. Mas o lugar ainda traz uma sensação aconchegante com a luz refletida de todas as superfícies. Há almofadas de veludo macio, assentos de couro e um tapete grosso em frente à lareira a gás cercada de vidro no centro da sala de estar.

O lugar está pronto para um ensaio fotográfico, mas também parecia meio morto, então coloquei flores na cozinha, na sala de estar e ao lado da cama de Charlie. Coloquei pequenas abóboras brancas no centro da mesa de jantar. Comprei revistas e livros que pensei que Charlie gostaria e os arrumei em cima da mesinha de centro. Não precisei limpar nada. O lugar estava impecável.

— Obrigado pelas flores — diz ele. — E pelas abóboras. — Charlie abre a geladeira e balança a cabeça. — E por tudo isso. — A voz dele está embargada.

— Achei que seria o mínimo que eu poderia fazer, considerando tudo o que você fez por mim e pela Nan. Ela gostaria de vir visitar você, aliás. Quando estiver pronto.

— Eu adoraria que ela me visitasse. — Charlie se vira para mim, de sobrancelhas erguidas. — O que você achou daqui?

Isso é outra coisa sobre a qual ainda não conversamos: passei horas sozinha em sua casa, sem ele. O prédio é bem mais bacana do que o meu. Tem uma vibe art déco, e o saguão de entrada parece o de um hotel cinco estrelas. Há uma piscina coberta no segundo andar e um jardim frondoso com fontes de água borbulhantes no quinto. Até mesmo os corredores são elegantes, com lambris e arandelas que lançam uma luz fraca, porém atraente.

— Parece um set de pornô dos caros — respondo. — Fiquei surpresa com o fato de a cama não ser redonda.

Charlie ri, depois se encolhe de dor.

— Estou brincando. É um apê de solteiro bem chique. Combina com você.

Ele me observa, franzindo a testa de leve.

— Que estranho ver você aqui. Você está fora de contexto.

— Você vai acabar se acostumando, mas vou interpretar isso como a minha deixa para ir embora. Você precisa descansar. Ligue se precisar de mim. — Desbloqueei o número dele oito dias atrás.

Eu me aproximo para lhe dar um beijo de despedida na bochecha e, pouco antes de meus lábios roçarem sua pele, Charlie vira a cabeça. Seus olhos se fixam aos meus.

— Fique aqui.

Hesito.

— Pode dormir no quarto de hóspedes. Eu não quero ficar sozinho. Não quero que você vá embora.

— Acho melhor não — sussurro. Quero ser uma boa amiga, mas passar o dia e a noite juntos, mesmo em quartos separados, não parece certo. — Não acho que consigo passar tanto tempo fingindo que nada mudou. — E quero dar a Charlie tempo suficiente para se recuperar antes de conversarmos sobre nós.

— Nunca mais será como era durante o verão, não é? — Há tanto desespero em sua voz que quase mudo de ideia.

— Não, não vai — respondo com suavidade. Vou até a porta da frente. — Volto amanhã depois do trabalho, ok? Me fale assim que você souber alguma novidade sobre a bebê.

Charlie assente.

— Eu mando mensagem.

Fecho a porta ao sair.

52

Estou quase no hall de elevadores quando ouço a voz dele.

— Alice. Espere aí.

Eu me viro e vejo Charlie na entrada de seu apartamento.

Estamos de lados opostos do corredor, mas mesmo dessa distância consigo ver quão lindos são seus olhos. Meu peito fica apertado ao notar a esperança existente neles.

— Eu abri o envelope.

— Abriu?

Havia sete fotos lá dentro. Algumas coloridas. Algumas em preto e branco. Algumas tiradas com a câmera digital. Algumas eu revelei por conta própria.

Seis são de Charlie: Charlie segurando um bolo de chocolate, com glitter nas bochechas e uma tiara na cabeça, me encarando enquanto canta "Parabéns a você" numa voz desafinada. Charlie flutuando no unicórnio-pégaso. Charlie e Nan conversando naquele primeiro dia, ela com um colar de pérolas, ele em traje de banho. Charlie fazendo picles. Charlie aos pés da casa na árvore durante a festa de Percy e Sam. Charlie no barco amarelo. Em cada uma delas, ele olha diretamente para a câmera e me encara através das lentes.

A sétima é a foto que ele tirou de nós dois no cais do restaurante no dia em que fomos lá com Bennett, Heather e Nan. E, se por um lado a imagem não está perfeitamente focalizada, por outro ela é supernítida.

Charlie vem andando até mim e eu o encontro no meio do caminho.

— Nesta manhã — diz ele. — Vi todas. Tentei vê-las antes, mas não consegui.

— Por quê? — A pergunta sai em um sussurro.

Charlie tira um cacho de minha têmpora.

— Tem certeza de que quer saber, Alice? Tem certeza absoluta? — Nunca vi tanta vulnerabilidade em seu olhar antes. — Porque ando tentando fazer a coisa certa. Quero alguém melhor para você do que eu. Quero que tenha uma vida repleta de liberdade, alegria, glitter e arte. Uma lista de desejos infinita.

Ele mira no fundo dos meus olhos, e é a mesma expressão das fotos. O olhar que inspira artistas a escrever músicas, poemas e livros. É o olhar que vi naquele dia na câmara escura.

— Conte para mim o que você viu naquelas fotos, Charlie — peço.

O olhar dele passa pelo meu rosto e, quando seus olhos encontram os meus, há algo novo ali. Uma concentração sólida e implacável que me prende no lugar.

— Vi um homem que não conseguia tirar os olhos de você. Um homem que não parece tão feliz assim há muito tempo. Vi um homem que finalmente encontrou o tipo de pessoa que ele sempre quis. Uma melhor amiga. Uma sabichona. Uma mulher brilhante, talentosa e afetuosa que merece muito mais do que eu.

Os olhos de Charlie deslizam pelo meu rosto feito um carinho delicado, e ele pega minha mão. Encaramos um ao outro.

Eu quero o que vier a seguir, quero tantos momentos com Charlie, mas ficar de pé à beira do precipício ao lado dele, prestes a darmos um salto juntos, é uma das experiências mais arrebatadoras da minha vida.

— Eu vi mais uma coisa naquelas fotos — continua Charlie.

E então ele se joga.

— Eu me vi me apaixonando por você.

Meu coração está acelerado e minha garganta está apertada demais para falar.

— Estou apaixonado por você, Alice — admite ele. — No dia que você bateu o barco de John eu soube que você ia ser encrenca para mim. Eu deveria ter mantido distância, mas não consegui me afastar. E quanto mais eu a conhecia, mais bela e assustadora a coisa ficava. Até que me dei conta de que enfim tinha encontrado a pessoa que estive esperando.

Charlie encosta a testa na minha e fecha os olhos.

— Mas pensei que pedir para você ficar comigo fosse egoísmo demais, até para mim. Pensei que poderia lhe dar o que você queria, amizade e sexo, e deixar as coisas por isso mesmo. Eu cuidaria de você, e você cuidaria de mim, passaríamos tempo juntos e nos beijaríamos o verão inteiro e isso por si só seria suficiente. E um dia, quando você encontrasse alguém que pudesse lhe garantir o final feliz que você merece, eu aprenderia a ficar feliz por você.

A imagem dele fica borrada pelas minhas lágrimas.

— Quando você me falou que sentia algo por mim... Me desculpe, Alice. Me desculpe por tudo que eu disse. Eu só...

Eu tapo a boca dele com a minha mão.

— Vamos deixar a humilhação para quando você estiver com mais energia e voltar à parte que veio antes disso.

Charlie sorri sob meus dedos.

— A parte em que eu digo que te amo?

— Isso, essa parte. Gosto bastante dessa parte.

Lágrimas escorrem pelas minhas bochechas, e Charlie as seca com seus beijos. Já estou sorrindo quando ele diz:

— Eu te amo, Alice Everly.

Alice Everly. Alice Everly. Alice Everly.

— Quero te fazer soltar aquela risada de bruxa. E quero estar ao seu lado quando você chorar. Vou preparar todos os seus bolos de aniversário. Quero te dizer safadezas e ver você ficar vermelha. Quero ver cada foto que você tirar e te dizer como você é brilhante. Quero conhecer a sua família inteira. Quero ouvir todas as suas piadas. Quero passar os verões no lago com você, e os invernos na cidade. Quero fazer tarefas para você, te comprar sabonete caro e posar nu para você.

Dou risada.

— Olha ela aí — diz Charlie para si mesmo. — Minha Alice tem a melhor risada do mundo.

— "Minha Alice"? — pergunto, sorrindo.

— Espero que sim. É isso que eu quero — diz Charlie. — Eu te quero mais do que tudo.

— Que bom — respondo, pousando a mão em seu maxilar. — Porque eu também te amo, Charlie Florek.

O sorriso dele aumenta. É a luz do sol cintilando sobre a água. É o verão que nunca acaba.

— Eu te amo tanto que chega a me dar um pouco de vergonha — admito.

Os olhos verdes dele brilham. Sua linda boca sorri de canto.

Meu Charlie.

— Vergonha tipo *uau*? Ou vergonha tipo bati-seu-barco-contra-
-uma-rocha?

— Pior do que isso — respondo. — Muito pior.

Eu o beijo uma única vez, com cuidado.

— Você pode fazer melhor do que isso, Alice.

— Tenho medo de machucar você.

Ele enrosca os dedos no meu cabelo.

— Valeria a pena — declara, e então toma minha boca com a sua.

Parece todos os melhores beijos da vida ao mesmo tempo. Como beijar seu crush do ensino médio, o melhor amigo por quem você se apaixonou e a pessoa que você quer ao seu lado por tanto tempo quanto for permitido. É a pistola de partida e a linha de chegada. É a explosão de prazer e satisfação, e de tudo se encaixando no lugar, que chega bem ao fundo da minha alma. E, mesmo quando um vizinho abre a porta do próprio apartamento e solta uma exclamação, não paramos de nos beijar. Por fim, Charlie se afasta com um gemido.

— Eu sabia que teria sido mais inteligente guardar isso tudo para mim mesmo.

— Por quê?

— Porque ainda devo precisar de pelo menos uma semana antes de poder transar.

Eu rio.

— Que típico. Você sempre quer ir devagar.

— Eu vou te compensar — diz ele. — Vou te compensar durante muito tempo.

53

SEXTA-FEIRA, 10 DE OUTUBRO
O DIA EM QUE SUSIE NASCEU

Na manhã seguinte, Sam nos acorda com uma ligação para informar que a bebê nasceu nas primeiras horas da manhã. Tanto ela quanto Percy estão bem. Decidiram chamar a criança de Sue, em homenagem à mãe de Sam e Charlie, mas estão planejando apelidá-la de Susie. Sam nos envia uma dúzia de fotos, e todo mundo parece cansado, feliz e aconchegante.

Charlie e eu estamos deitados na cama, nos maravilhando com as fotos, e depois do café da manhã ele me pergunta se posso ajudá-lo a fazer a barba, já que ele precisa tomar cuidado ao levantar os braços. Eu me sento na bancada de mármore no banheiro dele e Charlie fica de pé entre minhas pernas. Enquanto passo com cuidado a lâmina por sua bochecha, maxilar e pescoço, Charlie pede desculpas pela nossa última conversa no lago, por me afastar, por dizer que ele não continuaria interessado, que não daria certo, que ele ficaria entediado.

— Era tudo mentira, Alice — explica ele, enquanto raspo seu pescoço. — Foi a única coisa em que consegui pensar naquela hora para te proteger. Eu não queria que você se amarrasse a mim. Mas me arrependi assim que você foi embora. Acho que nunca vou conseguir expressar o quanto sinto muito.

Durante a semana seguinte, somos inseparáveis. Ficamos o tempo todo juntos na casa de Charlie, exceto quando estou tirando fotos ou cuidando de compromissos. Sei que logo vou ter que parar para respirar, voltar para o meu apartamento, voltar à piscina. E vou fazer tudo isso. Mas ainda não. Neste exato momento, estamos ávidos um pelo outro. Não é igual a como foi no verão. É inebriante e sincero. Não há mais barreiras separando o que compartilhamos. Charlie ainda é todo cheio de gracinhas e sorrisos presunçosos, mas não está brincando quando diz o quanto me ama. Eu me sinto querida e segura, mas também sinto como se estivesse voando.

O aniversário de Charlie cai em uma quinta-feira de outubro, sete dias depois de ele receber alta do hospital. Assim que meus olhos encontram os dele de manhã, dá para ver que algo mudou. Há uma leveza em seu olhar que não vejo desde o lago.

— Feliz aniversário — parabenizo, meus dedos deslizando sobre sua bochecha à medida que olhamos um para o outro sob a luz pálida da manhã. — Você está com trinta e seis anos.

O sorriso dele me faz perder o fôlego.

— Consegui — diz Charlie.

E sei exatamente o que ele quer dizer: ele passou dos trinta e cinco. Passou da idade que o pai dele tinha quando morreu.

— Você conseguiu.

— E agora você está aqui. Eu devo ter feito alguma coisa direito na minha vida passada — comenta Charlie.

Eu o beijo.

— Você fez várias coisas direito nesta vida.

Quanto mais conheço Charlie, mais evidente se torna o fato de que, apesar de toda sua ladainha, ele não tem uma autoestima tão boa. Então, naquela manhã, conforme olhamos um para o outro na cama, eu lhe digo tudo que amo nele. Há as coisas que eu já sabia de antes: como ele é gentil. Seu sorriso. O jeito como ele tira sarro da minha cara, mas sabe quando preciso ser levada a sério. A aurora boreal que são seus olhos. O jeito como ele fala com a minha avó. A vez que ele desligou na cara do meu pai e da minha irmã. A curva de seu lábio superior. Como ele segue as receitas da mãe. Sua honestidade. Sua casa na árvore. Seus beijos.

E também há as coisas que estou aprendendo sobre ele agora: que ele arruma a cama todos os dias. Que ele ganha vida depois de três goles de café. Como organiza as gravatas por cor, tem uma enorme coleção de livros chiques de receitas e um fraco por desenhos animados infantis. Que ele canta no chuveiro. Que conversa com Sam todo dia.

— Essa é uma lista bem longa — comenta Charlie. — Não sei se um dia a ficha vai cair. Parece impossível você sentir tudo isso por mim.

— Então vou te falar de novo e de novo até você acreditar.

Permaneço no set até a metade da tarde. Quando termino o trabalho, passo rapidinho no mercado antes de voltar ao apartamento de Charlie. A boca dele já está na minha antes mesmo de eu dar dois passos para dentro do lugar. É um beijo exigente, de fazer os joelhos ficarem bambos.

— Recebi ótimas notícias do médico mais cedo — comenta Charlie enquanto desabotoa meu casaco e o joga no chão.

Olho de relance para o relógio. Sam e Percy estão descansando em casa com a bebê, mas virão para o jantar de aniversário de Charlie. Nós os visitamos quando chegaram em casa do hospital, mas só ficamos um pouquinho. Susie e eu éramos as únicas pessoas presentes que não estavam completamente exaustas. Ela é quase careca, mas se parece muito com Sam.

— Como isso me irrita — comentou Percy naquela hora, sorrindo.

— Só temos uma hora antes de eles chegarem — digo a Charlie agora. — E ainda preciso cozinhar.

Ele me dá uma piscadinha.

— Eu dou um jeito.

Charlie me leva até o quarto. As cortinas estão fechadas, e o cômodo está iluminado por dezenas de velas.

— O que é isso? — Eu me viro na direção da cama, pasma ao ver o que está espalhado por cima da manta de veludo cinza. — Isso são pétalas de rosa? Não era isso que eu estava esperando.

— Espere só para ver. — Charlie me dá um sorriso enquanto coloca a mão no bolso e tira o celular de lá.

Segundos mais tarde, estou curvando o corpo, gargalhando enquanto a versão de Rod Stewart de "Have I Told You Lately" toca na caixa de som.

Charlie desliga a música e eu me endireito, ainda rindo.

— Meu Deus, como você é bonita.

— Meu Deus, como você é brega — respondo, com as bochechas doendo.

— E você gosta.

— Eu amo — eu o corrijo.

E então Charlie me beija tão profunda e cuidadosamente que eu uno os pulsos ao redor do pescoço dele para me equilibrar. Ele se afasta um centímetro, me encarando sob o brilho bruxuleante das velas, e a seriedade em seu olhar me causa um friozinho na barriga.

— Eu queria preparar algo mais romântico do que uma câmara escura.

— Gostei da câmara escura.

— Sei que sim. Mas posso fazer melhor do que isso. Em relação a tudo. Eu me comprometo, Alice. De coração e alma.

— Eu sei.

Sei que ele vale muito mais do que ele acha. Darei a Charlie tudo que tenho: meu tempo, minha devoção e meu coração. E sei que ele vai retribuir tudo. Porque conheço Charlie. O paquerador incorrigível. A personificação de um raio de sol. O homem que eu amo.

Ele é meu melhor amigo. E é impressionante.

EPÍLOGO
UM ANO MAIS TARDE

Encaro a foto e automaticamente estou com dezessete anos de novo, simples assim.

Eu os ouço atravessar a baía. Por um instante, fico perdida no brilho dourado de um verão de muito tempo atrás. A risada de três adolescentes. O ronco de um motor familiar. Uma câmera entre minhas mãos.

E então eu o sinto parado ao meu lado — seu calor, seu cheiro, a mão que se apoia na minha lombar. Eu o vi cruzar o salão mais cedo naquela noite, mas não tivemos a oportunidade de conversar. Ele parecia tão orgulhoso e envaidecido quanto um pavão. Eu estava no meio de uma conversa com um colecionador, e ele ergueu a taça de vidro, me lançou uma piscadinha e disse apenas com os lábios: *Mais tarde.*

— Fiquei esperando para conseguir falar com você — diz Charlie agora. — Você é uma mulher muito popular esta noite.

Inclino a cabeça e encontro um par de olhos verdes reluzentes.

— Nem consigo imaginar quantas pessoas estão aqui agora — comento. O lugar está lotado, mal dá para ouvir a música em meio ao barulho da multidão.

— Eu consigo — responde Charlie. Ele passa a mão pelo meu braço e seus dedos se entrelaçam aos meus. — Nunca acreditei em destino. Mas é difícil discutir com isto aqui.

Nós nos viramos e fitamos os três rostos adolescentes à nossa frente. Charlie, Sam e Percy no barco amarelo. Meu nome na parede ao lado deles.

Passei um tempo na galeria de Elyse durante a instalação da exposição, mas andar pelo lugar mais cedo esta noite, mesmo enquanto ainda estava vazio, cercada pelas minhas fotos, me afetou de tal maneira que eu não estava esperando. Fiquei feliz de ter vindo sozinha, de ter pedido a Charlie e à minha família para esperarem a multidão começar a chegar. Eu me sentei no chão no meio da exposição, absorvendo tudo.

Há doze fotografias em formato grande na exposição *Alice Everly: Vista*. Em uma delas, Nan e John estão sentados em um banco no quintal da casa dele em Ottawa. A obra se chama *Reunião*. Em *Desapego*, minha mãe caminha por entre fileiras de uvas com suas galochas enlameadas, de bochechas rosadas pelo vento. Há uma de Percy grávida, de biquíni laranja, servindo-se de uma xícara de café enquanto a luz do sol se derrama através de uma janela. Eu a chamei de *Em breve*. E há *A queda*, a foto de Charlie que revelei na câmara escura da sua escola de ensino médio no verão passado. *Um verão radiante* está pendurado em um canto atrás.

— Muitas pessoas não suportam olhar para seus primeiros trabalhos, mas eu ainda amo — digo a Charlie agora. — Parece algo atemporal.

Charlie se inclina para perto do meu ouvido.

— Isso aí é só a minha beleza. — Eu bufo uma risada, e ele acrescenta: — E seu talento excepcional.

Ele dá um beijo delicado em minha bochecha.

— Sei que estamos aqui para celebrar o seu trabalho, mas acho que é importante também celebrarmos essas calças.

O olhar dele percorre meu corpo até embaixo, com o lábio inferior preso entre os dentes, e eu rio.

Não alisei meu cabelo, mas, fora isso, vesti minha armadura: óculos, batom vermelho, saltos grossos e uma blusa de seda preta. Só que também estou usando um par de calças de couro que a antiga Alice não teria ousado vestir. Charlie me prensou contra a porta quando as coloquei para ele dar uma olhada.

— Estou me arriscando a inflar o seu ego a um nível insuportável — digo a ele —, mas não sei se *impressionante* consegue transmitir como você está hoje à noite.

Charlie também comprou roupas novas. Uma calça e um blazer cinza-escuros de sarja com trama de espinha de peixe por cima de um suéter justo de gola rolê, feito de caxemira cor de creme. Charlie está tão gostoso quanto ele pensa que é.

Eu passo a mão por sua lapela.

— Eu amei.

— Ah, é? Mais do que o terno e a gravata? — O uniforme urbano de Charlie mudou desde que ele pediu as contas na primavera. Semanas atrás, ele se tornou o diretor financeiro de uma fundação de prestígio que angaria fundos para pesquisa de doenças cardíacas.

— Eu amo, sim, o terno e a gravata — digo a ele. — Mas isto aqui não é tão engomadinho. Você parece mais consigo mesmo.

A cirurgia de Charlie foi há apenas um ano, mas é difícil imaginá-lo sendo algo diferente de saudável, feliz e leve. Todo lugar em que ele entra reluz com sua simpatia e tranquilidade.

Não que isso me surpreenda. Eu me apaixono mais e mais por Charlie a cada piadinha, a cada risada, a cada noite em que ele me deixa sozinha para ir ao ensaio de coral com Nan, a cada manhã em que ele desfila pelo apartamento sem camisa, a cada beijo que dou na cicatriz que desce pelo meio de seu peito.

Eu me mudei para o apartamento dele — o *nosso* apartamento — na primavera, assim que ele entregou sua carta de demissão. Charlie tirou o verão de férias para decidir o que queria fazer a seguir e para trabalhar no chalé de John. Ainda o chamamos assim, apesar de a propriedade agora ser nossa. Percy e Sam insistiram que havia espaço suficiente na casa depois da chegada de Susie, mas não foi por isso que Charlie comprou o lugar. Ele queria um novo começo, um chalé para preenchermos com nossas próprias lembranças. Passei o verão viajando entre Barry's Bay e a cidade. Passei tempo com Percy e Susie enquanto Sam e Charlie tentavam modernizar a cozinha do chalé. Eles chamaram Harrison como reforço depois do primeiro fim de semana. Foi uma melhora e tanto, apesar de a cortinas que Nan e eu costuramos ainda estarem lá.

— Você fez Charlie se tornar sua melhor versão — disse-me Sam em um desses fins de semana. Estávamos sentados no cais com Percy enquanto Charlie estava na água ao nosso lado, levando Susie para nadar. A bebê tinha tanto o pai quanto o tio na palma da mão.

— Ele sempre foi essa versão — respondi a Sam.

Charlie só estava esperando que alguém o visse e o amasse como ele é de verdade, da mesma forma que eu. Somos completos opostos de várias maneiras, mas, lá no fundo, somos muito parecidos.

Nós o observamos girar as perninhas rechonchudas de Susie na água, e então Percy se virou para mim.

— Talvez isso soe meio estranho — disse ela, e Sam começa a rir. Percy olhou feio para o marido antes de se voltar para mim. — Mas eu tinha a sensação de que as coisas não estavam completas até você aparecer. É como se fosse para você estar aqui desde sempre, Alice.

Ao ouvir isso, os olhos de Charlie encontraram os meus.

— É porque ela sempre esteve.

Também trouxemos Nan de volta ao lago com a gente. Ela passou a semana com Charlie e eu, mais alegre e ágil do que no verão anterior. Seu quadril está bem melhor do que estava antes da cirurgia. Ela estava presente no chalé para presenciar a maior briga de nosso relacionamento até então: eu queria pintar as paredes de madeira de branco e Charlie foi terminantemente contra. Estávamos na cozinha, lavando a louça, ambos em trajes de banho, eu de luvas, e o que começou como uma conversa se tornou uma batalha de verdade que só foi interrompida por Nan chorando de tanto rir em sua poltrona.

— John e Joyce costumavam brigar pela mesma coisa todo verão — disse minha avó quando nos juntamos a ela na sala de estar. — É bom que tanta coisa tenha mudado, mas tanta coisa também continue igual.

Agora eu passo os braços ao redor do pescoço de Charlie, mal ciente de estar em um salão cheio de amigos, parentes e colegas. Ele coloca as mãos nos meus quadris.

— Já deu uma olhada? — pergunto.

— Já.

Tirei o retrato final da exposição há apenas um mês. Eu estava sentada em um banquinho em meu estúdio. Sem maquiagem. Sem rabo de cavalo elegante. Sem roupas. Encarei a lente da câmera e tirei minha própria foto. A placa abaixo dela diz:

Odeio que tirem fotos de mim. Mas quando comecei a reunir as imagens desta exposição, fui inspirada pela coragem das pessoas que serviram de elementos principais. Decidi que não era justo pedir que se mostrassem vulneráveis sem confrontar minhas próprias vulnerabilidades. Isso é uma das coisas mais assustadoras que nós todos fazemos: permitir que as pessoas nos vejam sem nossas camadas protetoras.

É a única foto que não mostrei a Charlie antes de hoje à noite.

— O que você acha? — pergunto a ele agora.

As bochechas de Charlie ficam rosadas, e de repente fico preocupada de ter ido longe demais. Ele leva um minuto para responder.

— É lindo, Alice — responde, com a voz rouca de emoção. Ele me dá um beijo na bochecha. — A foto. Você. A exposição inteira. O jeito com que você mergulha de cabeça em tudo que faz.

Antes mesmo de ele terminar de falar, eu o puxo com força contra mim e Charlie sussurra em meu ouvido:

— Eu te amo.

— Está quase na hora — digo, soltando-o.

— Você está pronta?

Eu olho ao redor do salão, e então Elyse ergue a mão para pedir que eu me aproxime. Respiro fundo.

— Estou.

— Porque, se você ainda estiver nervosa, posso começar a tirar a roupa. Assim te poupo de ter que imaginar.

— Eu sei que você faria isso — digo a ele. — Mas vai ficar tudo bem.

Ele dá um apertãozinho na minha mão.

— Vá lá ser brilhante, Alice Everly.

Eu me posiciono à frente do salão, ouvindo a fala de abertura de Elyse. Quando pego o microfone, percorro os rostos me encarando de volta. Heather, Bennett e minha mãe. Nan e meu pai. Luca e Lavinia. Sam, Percy e Susie. Meus amigos. Tantas pessoas com quem trabalhei ao longo dos anos. Mas também há colecionadores, jornalistas e pessoas que não reconheço. Minha garganta começa a fechar. Estou suando frio de nervosismo.

E então vejo Charlie. Ele está afastado em um canto e, de onde estou, *Um verão radiante* está pendurado ao fundo, acima de seu ombro.

Eu te amo, ele me diz apenas com os lábios.

Eu olho no fundo daqueles impressionantes olhos verdes. E então começo a falar.

AGRADECIMENTOS

Este livro não existiria sem a paixão desmedida dos fãs de meu primeiro romance, *Depois daquele verão*. Obrigada por colocarem minha cidade natal no mapa! Aos leitores que aguardaram pacientemente o final feliz de Charlie: obrigada por amarem-no tanto quanto eu.

Obrigada às imbatíveis Amanda Bergeron e Taylor Haggerty, o casal vinte do mercado editorial.

Obrigada a Jasmine Brown, que, nas últimas semanas de 2020, recuperou o manuscrito de *Depois daquele verão* (naquela época, chamava-se *Jure para mim)* da pilha de lixo.

Obrigada a Deborah Sun de la Cruz e a Emma Ingram, meu time dos sonhos canadense.

Obrigada a Christine Ball, Anika Bates, Craig Burke, Kristin Cipolla, Kristin Cochrane, Beth Cockeram, Erin Galloway, Ivan Held, Jeanne-Marie Hudson, Sareer Khader, Bonnie Maitland, Vi-An Nguyen, Bridget O'Toole, Chelsea Pascoe, Theresa Tran e a todo mundo de Berkley e da Penguin Random House Canada que tocou meus livros.

Obrigada a Heather Baror-Shapiro, Hannah Smith e meus editores e publishers ao redor do mundo.

Obrigada a Carolina Beltran e Jamie Feldman, duas das pessoas mais legais e inteligentes de Los Angeles.

Obrigada a Elizabeth Lennie por outra capa maravilhosa. Esta me fez soltar um gritinho.

Obrigada à minha amiga e fotógrafa Jenna Marie Wakani, que respondeu a todas as perguntas que fiz, do nada, por mensagem de texto, sobre câmeras, filmes e terminologia, e que me deu a ideia da cena erótica na câmara escura. Obrigada também à fotógrafa Erin Leydon, que com muita graça compartilhou detalhes de sua carreira comigo.

Obrigada a Meredith Marino por ser minha fã número um e melhor amiga. Não consigo colocar em palavras o quanto o seu apoio significa para mim, e é por isso que gastei uma quantia exorbitante nos nossos ingressos para o show da Taylor Swift. Jay, obrigada por emprestar a sua esposa para ela poder vir comigo na turnê do livro, e por seu cosplay muito inspirador de Charlie Florek.

Às minhas amigas Sadiya Ansari, Ashley Audrain, Lianne George, Heather Lisi, Courtney Shea, Rosemary Westwood e Maggie Wrobel: obrigada por estarem ao meu lado.

Eu sempre soube que Charlie tinha uma doença cardíaca, mas eu não fazia ideia do que era até conversar com a cardiologista dra. Beatriz A. Fernandez Campos. Bety, obrigada por aceitar diagnosticar Charlie e por me explicar os pormenores sobre a operação de Ross, stents, a recuperação, o estresse e a ansiedade que Charlie teria passado. Qualquer erro é meu.

Joanne Olsen é uma das melhores fisioterapeutas de Barry's Bay e membro ativo da StationKeepers, um grupo de voluntários que torna a comunidade mais vibrante. (Se vocês forem até lá algum dia, façam questão de visitar a Railway Station Museum e o Water Tower Park ali perto.) Joanne também é membro do coral do Station Keeper Singers (assim como minha mãe). Joanne, obrigada por me ajudar a entender a recuperação de Nan e por tudo que você faz por Barry's Bay.

Obrigada a Neil e Connie O'Reilly, antigos donos da Barry's Bay Metro, que fizeram de tudo e um pouco mais para manter um estoque de exemplares de meus livros lá em 2022 e organizaram meu primeiro evento literário na área de Barry's Bay. Uma vez me voluntariei para me fantasiar de elfo do Papai Noel para tirar fotos na loja, então acho que agora estamos quites. Parabéns pela aposentadoria!

Obrigada à minha mãe e ao meu pai pelo incentivo, por tirarem minhas dúvidas sobre Barry's Bay e pelas piadinhas constantes. Assim como os Florek, a linguagem do amor da família Fortune é tirar sarro da cara uns dos outros. Mas não estou brincando quando digo que devo muito a vocês dois.

Max e Finn, o tempo que passamos no lago em família é uma das minhas lembranças mais preciosas do verão. Amo vocês.

Marco, quando este livro tiver sido publicado, teremos celebrado vinte anos juntos. Como assim? Quando fecho os olhos, consigo visualizar a primeira vez que você me visitou em Barry's Bay. Eu estava parada no saguão da pousada, você cruzou o gramado usando sua camisa marrom da Wilco, e eu fiquei observando com um enorme sorriso no rosto. Não consegui acreditar que meu crush da faculdade de jornalismo era meu namorado, e que ele tinha viajado de carro de Toronto para me ver. Duas décadas depois, nossa história de amor continua a se desenrolar, mas você sempre será meu final feliz.

GUIA DE LEITURA
POR TRÁS DO LIVRO

Meu primeiro romance, *Depois daquele verão*, foi publicado há três anos, em 2022. Naquela primavera, fiquei observando, com grande espanto, enquanto a conversa em torno do livro mudava, durante a primeira semana de vendas, de "Ansiosa para ler este aqui" para "Este aqui é o livro do momento!" e até "Será que esse livro vale o hype?". *Não!*, pensei comigo mesma. *Diminuam suas expectativas! É só um livro!* Foi uma introdução espantosa à vida de autora, para dizer o mínimo.

Escrevi *Depois daquele verão* durante a pandemia, e é um livro que fala sobre onde e como eu cresci. Canalizei toda a minha angústia e inseguranças adolescentes em Percy e Sam, e, através deles, fui capaz de reviver os verões da minha juventude em Barry's Bay. Escrever essa história foi um projeto que assumi para mim, e foi tanto um escapismo quanto uma revelação. Eu era jornalista há quinze anos, mas também aprendi a ser romancista nas páginas de *Depois daquele verão*.

Fico tão feliz que eu não fazia ideia de que o livro iria acabar parando nas mãos de tantos leitores e se tornando um sucesso tão grande. Duvido que eu teria tido coragem de colocar tanto de mim em uma história se soubesse disso. Fico feliz de comentar sobre algumas partes, como a minha infância no lago Kamaniskeg, trabalhar no restaurante de meus pais, o barco amarelo de meus primos e o rochedo; mas algumas partes são apenas minhas. E, embora eu estivesse pensando em escrever uma história sobre Charlie desde que *Depois daquele verão* foi publicado, não estava esperando que fossem me pedir para fazer isso tantas vezes. Os leitores queriam mais de Percy e Sam. Os leitores queriam um final feliz para Charlie. Os leitores queriam mais de Barry's Bay.

Em um evento durante minha turnê de divulgação para meu segundo romance, *Me encontre no lago*, duas moças estavam esperando ao final da fila de autógrafos. Olhei para elas com um sorriso, mas nenhuma das duas retribuiu.

A gente quer ter uma conversinha séria com você, disseram. Olhei em torno do auditório, na esperança de encontrar uma rota de fuga. *A gente* precisa *de um final feliz para o Charlie. Justiça para o Charlie!*

Quanto mais as pessoas pediam uma história de amor para Charlie ou outro livro sobre Percy e Sam, mais intimidante parecia. Eu não queria escrever uma continuação. Naquela época, eu havia deixado Percy e Sam exatamente onde eu queria. Mas Charlie ficou matutando na minha cabeça. Eu tinha mais coisas a contar sobre quem ele era e, assim como muitos leitores, queria saber como sua própria história de amor se desenrolaria. Isso significava que eu precisava de duas coisas: uma heroína e coragem.

Porque o que aprendi durante o verão de 2022 é que, assim que um livro é publicado, ele já não pertence mais apenas a mim. Ele também é seu. Ele pertence ao leitor. Assim como Alice, sou grata por passar meus dias fazendo o que amo, mas existe um tipo muito particular de mágica em criar arte para si mesma, sem se preocupar com expectativas ou julgamentos dos outros. Isso é ainda mais verdade para as Alices e Carleys pelo mundo: a gente se importa com o que as pessoas pensam. Nosso público importa.

Para escrever para vocês a melhor história que eu poderia, precisei ter confiança suficiente para não me afligir sobre como vocês reagiriam. Precisei ignorar vocês o máximo que conseguisse. Eu me concentrei em inventar Alice. Testei muitos personagens antes de encontrar alguém que fosse tanto o par ideal de Charlie quanto alguém com a própria jornada envolvente. E, se por um lado espero que quem queria mais de Sam e Percy tenha gostado dos vislumbres da vida de casados deles, por outro eu queria que este livro fosse muito mais do que apenas dar uma espiadinha no mundo deles de novo.

Depois daquele verão tinha um quê bastante autobiográfico enquanto eu explorava o que o lago Kamaniskeg significou para o meu eu adolescente. Mas *Um verão radiante* me permitiu examinar o que voltar ao lago significa para o meu eu adulto. Através de Alice, Charlie e Nan, fui capaz de explorar como se perder na natureza, longe da cidade, pode nos proporcionar uma distância, tanto literal quanto metafórica, para refletir sobre nossas vidas. *Um verão radiante* é uma história sobre como às vezes precisamos dar um passo para trás para podermos seguir em frente. Somos, de muitas maneiras, exatamente quem éramos quando adolescentes, e ainda assim pessoas completamente diferentes: algo que tanto Charlie quanto Alice descobrem neste livro. Esta é uma história sobre duas pessoas que sentem medo de deixar os outros verem quem realmente são. Também é um livro sobre perfeccionismo, arrependimentos e o passar do tempo. E, é claro, é uma carta de amor para o lugar onde cresci. E já dizia Nan: coisas boas acontecem no lago.

Beijinhos,
Carley

UM VERÃO RADIANTE
PERGUNTAS PARA DEBATER

1. Alice passa dois meses que mudam sua vida no lago Kamaniskeg quando ela tem dezessete anos. Alguma das suas férias de verão possui o mesmo papel importante em suas lembranças?

2. Como você se identifica com as dificuldades que Alice enfrenta para agradar as pessoas e diante do perfeccionismo?

3. Você acha que "amizade colorida" é uma boa ideia? Por que sim ou por que não?

4. A verdadeira motivação de Charlie para afastar Alice não é revelada até próximo ao final da história. O que você achava que estava por trás da recusa dele de ter um relacionamento com ela?

5. Em nossa sociedade, envelhecer é algo particularmente difícil para as mulheres. Mas Nan diz a Alice que "envelhecer é uma bênção". O que você acha disso?

6. Alice encontra felicidade ao tirar fotos apenas por diversão enquanto está no lago. Qual foi a última vez que você teve um projeto criativo voltado para o seu próprio prazer?

7. As dinâmicas familiares são exploradas neste livro. Alice é a "tartaruga" da família. Charlie é o "palhaço". Qual é o seu papel na sua família?

8. Quais são as cinco coisas no topo da sua lista de desejos ideal para o verão?

DEPOIS DAQUELE VERÃO
PERGUNTAS PARA FÃS

1. *Um verão radiante* se passa três anos depois dos acontecimentos de *Depois daquele verão*. A vida de Percy e Sam está do jeito que você esperava?

2. As coisas que você pensava sobre Charlie mudaram (ou não) entre a leitura do primeiro e do segundo livro?

3. Como Alice se compara à parceira que você imaginou para Charlie?

LIVROS QUE LI E AMEI ENQUANTO ESCREVIA *UM VERÃO RADIANTE*

1.

Amar é assim, de Dolly Alderton

2.

In Exile [Em exílio], de Sadiya Ansari

3.

O ministério do tempo, de Kaliane Bradley

4.

This Is It [A hora é agora], de Matthew Fox

5.

Os maridos, de Holly Gramazio

6.

O amor (depois) da minha vida, de Kirsty Greenwood

7.

The Most Famous Girl in the World
[A garota mais famosa do mundo], de Iman Hariri-Kia

8.

The Life Cycle of the Common Octopus
[A vida de um polvo comum], de Emma Knight

9.

The God of the Woods [O deus da floresta], de Liz Moore

10.

A Love Song for Ricki Wilde
[Uma canção de amor para Ricki Wilde], de Tia Williams

Fontes TIEMPOS e GT HAPTIK
Papel HYLTE CREAM 70 G/M²
Impressão IMPRENSA DA FÉ